Seguindo com Jesus

Na Judeia

E a história continua...

Adilson Ferreira

Seguindo com Jesus
Na Judeia

E a história continua...

Seguindo com Jesus na Judeia
Copyright© Intelítera Editora

Editores: *Luiz Saegusa e Claudia Z. Saegusa*
Imagem da Capa: *Thamara Fraga*
Finalização da Capa: *Luiz Saegusa / Mauro Bufano*
Projeto gráfico e diagramação: *Casa de Ideias*
Revisão: *Rosemarie Giudilli*
1ª Edição: *2017*
Impressão: *Lis Gráfica e Editora*

Rua Lucrécia Maciel, 39 – Vila Guarani
CEP 04314-130 – São Paulo – SP
11 2369-5377
www.intelitera.com.br - facebook.com/intelitera

Dados Internacionais de Catalogação na Publicação (CIP)
(Câmara Brasileira do Livro, SP, Brasil)

Ferreira, Adilson
  Seguindo com Jesus na Judeia / Adilson Ferreira. -- São Paulo : Intelítera Editora, 2017.

  1. Jesus Cristo 2. Jesus Cristo - Ensinamentos 3. Jesus Cristo - Espíritas 4. Jesus Cristo - Interpretação espíritas 5. Romance espírita 6. Vida de Jesus I. Título.

17-08172   CDD-133.901

Índices para catálogo sistemático:

1. Jesus Cristo : Doutrina espírita   133.901

ISBN: 978-85-63808-53-0

Adilson Ferreira
Prefácio de SEVERINO CELESTINO

Seguindo com
Jesus

Na Judeia

E a história continua...

Romance

Minha gratidão:

– a Deus, nosso Pai: pela existência;

– a Jesus, nosso Mestre maior: pelo carinho, amizade e inspiração;

– aos meus pais – Antonio e Yolanda: pela presente encarnação;

– à minha esposa – Cida, meus filhos, genros e netos: pelo incentivo e carinho;

– à irmã-amiga Paula Zamp: pela colaboração inestimável;

– ao Prof. Severino Celestino da Silva: pelas orientações;

– às amigas Wanda e Márcia, da RW Turismo: onde tudo começou.

Sumário

Prefácio		11
Introdução		13
Capítulo 1	Seguindo para a Judeia	15
Capítulo 2	Chegando a Betânia	32
Capítulo 3	Jesus entra em Jerusalém	43
Capítulo 4	A prece inesquecível	57
Capítulo 5	Muitos os chamados, poucos os escolhidos	67
Capítulo 6	Humildade	76
Capítulo 7	Caridade	90
Capítulo 8	O filho pródigo - A misericórdia	105
Capítulo 9	Não vim destruir a Lei	120
Capítulo 10	Falsos deuses e falsos profetas	130
Capítulo 11	O desfecho se aproximava	143
Capítulo 12	Um amigo volta a viver	159
Capítulo 13	O Mestre recebe uma visita - A intolerância dos poderosos	165
Capítulo 14	O sofrimento do discípulo	176

CAPÍTULO **15** Na casa de um publicano, em Jericó 189

CAPÍTULO **16** Nova Luz...203

CAPÍTULO **17** O sofrimento do discípulo - A última ceia..229

CAPÍTULO **18** A prisão e o julgamento 244

CAPÍTULO **19** Jesus é morto 265

CAPÍTULO **20** Judas não resiste à traição.........................282

CAPÍTULO **21** O Mestre voltou...289

CAPÍTULO **22** Os quinhentos da Galileia - Pentecostes
e as línguas de fogo......................................302

CAPÍTULO **23** De regresso ao lar 321

CAPÍTULO **24** O coração ficou no passado 329

Prefácio
Severino Celestino da Silva

Nunca é demais um livro sobre Jesus. João, o evangelista, fala-nos que o mundo não seria capaz de conter as obras escritas que narrariam a história e os ensinamentos deixados por Ele.

Sinto-me honrado pelo fato de mais uma vez ser convidado a prefaciar um livro de Adilson Ferreira.

Agora, recebemos "Seguindo com Jesus na Judeia" e este é um livro que acentua e esclarece todo o ministério de Jesus naquela região, como uma consequência natural do primeiro livro: "Caminhando com Jesus na Galileia". Adilson conseguiu transformar a história de Jesus naqueles lugares em um reencontro com a história, com os fatos narrados nos evangelhos e, de certa forma, com a possibilidade de formular um reencontro de qualquer leitor desta obra com Jesus. A ficção faz com que tenhamos a oportunidade de uma convivência com Jesus e seus discípulos, durante os últimos oito meses de sua existência em nosso planeta.

Adilson coloca-nos em Jerusalém, no Monte das Oliveiras, em Betânia e Jericó, de uma forma tão real que nos parece estar caminhando com Jesus e seus discípulos.

A história é contada com detalhes e muito sentimento e sintonia, envolvendo-nos com o Evangelho e com a missão de Jesus. Você torce, emociona-se e vibra para que Judas não entregue o

Mestre, mesmo sabendo que tinha de ser daquela forma, pois, sem sombra de dúvida, o projeto foi e é de Jesus. É uma obra que possui caráter de muita realidade. Ninguém, ao ler este livro, deixa de receber algum conhecimento novo sobre Jesus. Você tem condições de ser um espectador envolvido na história, pois, o personagem David proporciona essa condição. De repente, você se encontra no Monte das Oliveiras, numa gruta onde dorme, acorda e passa grandes momentos junto com Jesus e seus discípulos.

Fiquei feliz em poder reviver tantos locais e tantas situações históricas e geográficas que me levaram a matar saudades daqueles ambientes, por mim tão conhecidos, da região da Judeia.

A literatura cristã fica enriquecida com esta obra. Desfrute e aproveite-a, caro leitor, e não permaneça apenas com a história, mas lembre-se, sobretudo, de seguir e praticar todos os ensinamentos apresentados e descritos nela.

O mais importante e o mais valioso de tudo isso é verificar que o livro representa grandes ensinamentos do nosso querido e amado Jesus.

João Pessoa, 25 de julho de 2017

Introdução

SEGUINDO *com Jesus na Judeia*, a exemplo da obra *Caminhando com Jesus na Galileia*, a primeira desta série, é um romance baseado principalmente nos textos dos Evangelhos canônicos (Mateus, Marcos, Lucas e João), que traz as passagens mais significativas da vida de Jesus.

Enquanto *Caminhando com Jesus na Galileia* relata os fatos protagonizados por Jesus ao longo de aproximadamente dois anos e três meses, quando o seu Evangelho de Amor espalhava-se pela doce e inesquecível Galileia, *Seguindo com Jesus na Judeia* é a conclusão desta tarefa de divulgação da Boa Nova, que se prolongou por cerca de oito meses, basicamente na região de Jerusalém.

Semelhante ao modo estrutural narrativo, anteriormente apresentado, os fatos mencionados em *Seguindo com Jesus na Judeia* não seguem rigorosamente a sua cronologia, uma vez que apresentam conceitos e diálogos que não constam nos Evangelhos, embora sejam perfeitamente coerentes com o pensamento que o Cristo nos deixou.

Para a produção desta obra também foram empregadas informações históricas, além de recortes de revelações inspiradas.

Busquei, igualmente, inspiração em viagens realizadas às terras por onde Jesus caminhou, ocasião em que me reencontrei com o passado. E se não bastasse apenas o passado, revi amigos do presente, como o nosso querido Davi Yuval, o mais cristão de todos os judeus que eu já conheci.

Davi, o nosso querido guia pelas longínquas terras de Israel, ensinou-me inesquecíveis lições, mostrando toda a sua emoção, carinho e respeito ao falar do nosso amado Mestre Jesus.

E as conclusões apresentadas, desveladas não como uma verdade absoluta, podem e devem ser analisadas pelo leitor, que por certo lançará mão de sua capacidade de avaliação e as compreenderá sob a ótica dos ensinamentos do Mestre.

Em *Seguindo com Jesus na Judeia* é possível reviver a emoção da entrada triunfal de Jesus em Jerusalém, estar ao seu lado quando proferiu a prece Pai Nosso, extrair ensinamentos valiosos ("Muitos são os chamados, poucos os escolhidos"), e lições preciosas acerca de humildade, caridade e misericórdia.

Nessa trajetória é também possível acompanhar os momentos em que Jesus preconizou pelas Parábolas ("Não vim destruir a Lei" e "Os falsos profetas"), vivenciar o episódio do despertar de Lázaro, o encontro com Nicodemos, a visita a Zaqueu, em Jericó, do mesmo modo a prisão de Jesus e sua morte, as suas aparições durante quarenta dias, os quinhentos da Galileia, o início da Casa do Caminho, e, finalmente, alcançar uma visão totalmente inédita da trajetória de Judas Iscariotis, aquele para quem a humanidade jamais aplicou a orientação de Jesus – que se perdoe setenta vezes sete vezes.

Que Jesus me inspire sempre na direção da melhor compreensão da Obra do Pai e na descoberta de um Jesus sempre atual. Sou infinitamente grato a Ele.

São Paulo, SP

Adilson Ferreira

CAPÍTULO 1

Seguindo para a Judeia

Eu, David Chwarts, jornalista recém-formado em Tel Aviv, no ano de 2029 havia me decidido a fazer minha primeira matéria jornalística, cujo assunto se relacionaria à religião. Procurando em Jerusalém algo que me chamasse atenção para que pudesse desenvolver o meu primeiro trabalho, deparei-me com uma luz que modificou por completo a minha vida.

Junto às muralhas que cercam a velha cidade, visitando as ruínas que ficam abaixo do nível do solo, acidentalmente encontrei uma passagem que me permitia voltar exatos dois mil anos no tempo.

Aventurei-me e empreendi uma viagem fantástica, encontrando-me junto às escadarias do Templo de Jerusalém no ano 30 da nossa Era.

Aquela obra havia me impressionado sobremaneira, pois era o orgulho de todos os judeus. A construção do primeiro Templo havia ocorrido durante o reinado de Salomão (século XI a.C.), levando por base plantas fornecidas por Deus a Davi, e tinha

16 *Seguindo com Jesus na Judeia*

por objetivo abrigar a Arca da Aliança, contudo, esse segundo Templo que eu via, havia sido reconstruído em meados do século IV a.C. por orientação de Zorobabel, após o retorno do cativeiro na Babilônia, e restaurado por Herodes, O Grande, no final do século I a.C.

Na verdade, em meu tempo eu havia feito uma visita virtual a uma réplica do templo construída no Brasil, cuja edificação observou rigorosamente todas as dimensões reais especificadas na Bíblia (no capítulo 6 do 1º Livro dos Reis), fielmente seguidas por Salomão.

Mas o mais importante aconteceu: encontrei Jesus sentado nas escadarias e, após longa conversação, tornei-me o seu primeiro seguidor em sua caminhada terrena.

Praticamente eu não o conhecia, pois, sendo judeu, jamais havia me interessado em saber detalhes de sua passagem pela Terra. Após minucioso estudo das Escrituras Sagradas, livros paralelos e conversas com estudiosos de sua vida, aventurei-me nessa viagem que acabou por modificar a minha vida por completo.

Eu o acompanhei durante toda a sua trajetória pela Galileia, onde por aproximadamente dois anos e três meses ali permaneceu divulgando a Boa Nova, o seu Evangelho de amor. A convivência contínua com o Mestre me fazia cada vez mais apaixonado por sua mensagem e por seus exemplos.

A cada novo dia sentia em mim novo amor pela vida, por Deus, pelos meus irmãos em humanidade. Embora sentindo falta de meus velhos e queridos pais que havia deixado distantes dois mil anos, sabia que o trabalho que faria, ou seja, o de divulgar no meu tempo real a mensagem redentora de Jesus, corrigindo as distorções plantadas pelos homens ao longo dos séculos, compensaria tal distância.

Agora chegávamos a Cafarnaum vindos de Cesareia de Felipe, e uma profunda emoção tomava conta de nossos corações. Em breve partiríamos para a Judeia, mais precisamente rumo a Jerusalém, para a fase seguinte do trabalho redentor de Jesus.

Após a excursão feita a Cesareia, a terra dos adoradores do deus Pã, junto às colinas de Golan, quando o Mestre nos fez a marcante pergunta "Quem vós dizeis que eu sou", eu percebi que o nosso grupo estava com uma compreensão muito maior sobre a sua missão. Crescia o sentimento de união entre todos, e o amor que nos unia aumentava a cada instante.

Buscávamos servir à causa do Mestre e não mais nos preocupávamos com assuntos que pudessem nos desviar dessa rota. Naquele momento, restava partir para a nova fase e lutar ainda mais pela implantação do Reino do Pai no coração dos homens.

Conforme ele mesmo havia falado, a nova etapa tinha o condão de provocar mudança de conceitos dentro de corações cristalizados nos entendimentos seculares. Não seriam fáceis os embates que aconteceriam com os doutores da Lei e os membros do Sinédrio; certamente os sacerdotes e os fariseus teriam uma reação enérgica contra a mensagem amorosa de Jesus.

Ficava imaginando essa reação tomando por medida o que estava ocorrendo comigo mesmo. Minha mente trazia informações do século XXI, e ao tomar conhecimento de tantos conceitos novos que me foram passados por Jesus, entendia as dificuldades de ambos os lados: um deles, o Mestre procurando transmitir lições tão maravilhosas e inovadoras a um povo ainda mergulhado em vícios de entendimento, e sem a menor disposição de mudar sua forma de encarar as coisas da alma; de outro, uma humanidade despreparada e manipulada, a ponto de não utilizar a sua própria capacidade de raciocínio, não conseguindo, portanto, abrir a mente e analisar novos conceitos. Mas essa mesma dificuldade eu mesmo encontro entre os homens de meu tempo – tudo parece incrivelmente igual.

Confesso que a cada ensinamento de Jesus eu parava e refletia sobre tudo o que estava aprendendo. Tinha o privilégio de estar ao lado dele e haurir também um pouco de seus sentimen-

18 *Seguindo com Jesus na Judeia*

tos, o que facilitava esse entendimento, embora tudo para mim fosse rigorosamente novo.

Ainda, seria natural imaginar a reação violenta que viria por parte das autoridades romanas instaladas em Jerusalém. Certamente, veriam em Jesus grave ameaça à estabilidade do regime implantado por Roma e a perseguição seria implacável.

Como eu já sabia quanto ao desfecho de tudo, incluindo a morte dolorosa do Mestre, e não podendo nem devendo alterar a história, tentava imaginar se aqueles que o seguiam conseguiam levantar alguma suspeita quanto ao que estava por vir, afinal, ele mesmo havia falado acerca do vaso que seria quebrado, embora viesse a ser restaurado no terceiro dia; do cálice que haveria de beber e de outras coisas mais.

Era bem possível que os meus companheiros imaginassem que a dor maior não chegasse a acontecer, ou seja, ele seria preservado da morte, afinal, era um homem muito especial. Pela sua ligação íntima com o Pai, poderiam acreditar que algo seria maravilhosamente modificado e o amor prevaleceria sobre o orgulho e o ódio; o bem venceria o mal, e assim o Senhor poderia ficar ao nosso lado para sempre.

Quanto a mim, mesmo se viesse a ser chamado a me manifestar quanto ao que imaginava que ocorreria, precisaria me conter. Mas isso seria difícil, pois certamente as lágrimas brotariam de meus olhos e precisaria me utilizar de alguma desculpa para explicar o motivo da aflição.

Aproximava-se o momento de partirmos, e as costumeiras reuniões de aprendizado que aconteciam na casa de Pedro não eram interrompidas. Por mais de dois anos tivemos a oportunidade de ouvir naquele local os mais doces ensinamentos ministrados pelo Mestre, e por todo o sempre carregaríamos em nossos corações tudo aquilo que aprendemos.

Certa noite, quando nos encontrávamos reunidos, ao término da reunião o Mestre levantou-se e disse que precisava caminhar um pouco junto às margens do Mar da Galileia. Ao sair, pediu que eu o acompanhasse.

O clarão do luar iluminava suavemente as águas mansas que se apresentavam à nossa frente, e logo começamos a descer a suave encosta que nos levava às margens do mar.

Logo no início da caminhada, tive a nítida impressão que Jesus procurava por alguém que estaria perdido no meio da escuridão e que vinha em busca de ajuda. Talvez fosse um daqueles que, ouvindo os enviados do Mestre às várias localidades, tivesse sido tocado em razão de alguma dor. E o Senhor me falou:

– David, meu companheiro de tempos vindouros, é preciso que o homem perceba em seu coração que a busca da paz em seu interior sempre pede a modificação de comportamentos cristalizados ao longo da existência. Se não se doma os impulsos do orgulho, da cólera, do ciúme, dificilmente se conseguirá alcançar a felicidade que se busca.

– Também entendo assim, Jesus – disse meneando a cabeça.

– Alguém nos procura nesse instante, mas a névoa provocada por esses equívocos está dificultando sua visão. Aguarde um pouco ao meu lado e observe.

De repente, do meio da escuridão vimos surgir o vulto de um homem que se aproximava. Chegando mais perto, percebi tratar-se de um estrangeiro, tal a forma como se vestia e seu porte altivo. Apesar da ausência de luz suficiente que permitisse uma correta avaliação, ele tinha a pele clara, cabelos curtos com entradas profundas, estatura avantajada, olhos fundos e marcantes, passos resolutos demonstrando uma personalidade austera. Quem seria ele?

Chegando diante do Mestre, perguntou com voz firme e sem muita cordialidade:

– Preciso conversar com um homem que se chama Jesus. Onde posso encontrá-lo?

– Eu sou Jesus, Senador... sou eu a quem procuras.

O homem ficou desconcertado ao ouvir a palavra senador, e eu também. Refeito do susto, o estranho se apresentou:

– Sim, sou um Senador de Roma. Chamo-me Públius Lentulus Cornelius – disse o estrangeiro.

– E em que posso ajudá-lo, meu querido irmão? – falou docemente Jesus.

Percebi que a forma como o Mestre se dirigira a ele o fez parar por alguns instantes, como a meditar sobre quem estava à sua frente. Talvez nunca tivesse, em toda sua vida, ouvido alguém falar tão docemente a ponto de tocar o mais fundo de sua alma. Então, disse:

– Venho a ti não por decisão minha, mas tão somente para atender a um pedido de minha esposa – Lívia. Ela ouviu falar a teu respeito e sobre os feitos que te são atribuídos e, por sua vez, entende que poderás curar uma dura chaga que carrega em seu peito.

– E qual seria essa chaga que aflige tão somente o coração de tua esposa? – perguntou o Mestre, com uma entonação de voz que parecia pedir ao Senador que analisasse se tal dor também não se encontrava instalada em seu próprio coração.

O Senador baixou a cabeça por alguns instantes – foi a primeira manifestação de fraqueza que ele demonstrou. E, por sua vez, com a voz embargada, dando mostra de que se encontrava bastante sensibilizado diante de uma personalidade tão especial, falou:

– Na verdade, essa dor aflige a nós dois – a mim e a ela. Temos uma pequena filha de nome Flávia Lentúlia, que carrega consigo as marcas terríveis da lepra. Esse sofrimento tem se mostrado cruel, pois ela não tem encontrado melhora por esses sítios, embora para cá tenhamos nos dirigido em busca de um clima mais ameno que pudesse favorecê-la.

A conversação durou mais alguns instantes, e até parecia que aquele homem tão orgulhoso e senhor de si dobraria seus joelhos diante de tanta luz que presenciava. Mas não; resistiu, pois para ele isso seria uma demonstração de fraqueza que o seu orgulho custava permitir. E o diálogo encerrou-se com o Mestre falando:

– Senador Públius, percebo a sinceridade, o amor e a confiança que residem no coração de tua consorte, Lívia. Ela é uma irmã especial, digna de todo o respeito e carinho, totalmente fiel à sua família. Os sentimentos que ela carrega em seu peito já lhe permitem encontrar a felicidade, apesar das dores e sofrimentos que a cercam. Diante da solicitação que parte daquele coração generoso, afirmo-te que a pequena Flávia já se encontra curada nesse instante. Quanto a ti, meu irmão, se o teu despertar não for por agora, o será após dúvidas e dores reservadas para momentos futuros.

O visitante mantinha-se paralisado diante da majestade daquele humilde jovem – Jesus. Talvez analisasse os próprios valores defendidos ao longo de toda a sua vida: Teria valido a pena tudo aquilo? Talvez se questionasse quanto ao orgulho fortemente instalado dentro de seu coração?

A luz doce e suave emanada da lua cheia que cobria toda a paisagem bela da querida Galileia de repente se fez mais forte, e nesse momento o imponente Senador conseguiu fitar com mais precisão o olhar doce e generoso de Jesus.

Públius não mais resistiu e caiu de joelhos, chorando como se fosse uma criança abandonada por seus pais. Parecia que ouvíamos o bater de seu coração, que se misturava com os soluços que externava.

Jesus aproximou-se ainda mais e tocou seu ombro com toda a ternura de que sempre era portador. O romano tentou articular alguma frase, mas não conseguiu, pois seu peito estava sufocado; somente pôde ver que, à sua frente, o nazareno fechou os olhos e dirigiu sua cabeça ao Alto. Era possível que naquele instante o Senador tivesse compreendido alguma mensagem que o Mestre lhe passava, de espírito para espírito, pois ele ergueu sua cabeça e respirou mais aliviado.

Públius levantou-se e, acenando com a cabeça, retirou-se sem dizer palavra alguma. Uma certeza eu tinha – a menina estava curada. E recordei-me do episódio envolvendo o Centurião romano, ali mesmo em Cafarnaum, que veio pedir a Jesus para que seu escravo fosse agraciado com a cura. Sem nem mesmo ir até a casa daquele oficial, o Mestre curou o servo a distância, o que fez com que seu senhor retornasse para agradecê-lo. Agora, quanto ao orgulhoso Senador, eu não arriscaria nenhum palpite.

Aproximava-se o momento de partirmos e nos entregamos às providências finais, preparando nossa transferência para Jerusalém. Cada qual necessitava organizar-se quanto aos compromissos que tinha ali na Galileia e que precisariam ser resolvidos adequadamente.

Mateus, que até então exercia a função de publicano, precisava acertar com as autoridades fiscais de Jerusalém o seu substituto, uma vez que não pretendia ficar preso à Coletoria. Queria seguir sempre de perto os passos do Mestre, pois sendo o mais intelectualizado de todos os seguidores, já havia manifestado a sua vontade de começar a escrever sobre aquela caminhada histórica – era o embrião daquilo que se converteria futuramente no Evangelho de Mateus, dentro do Novo Testamento.

Pedro e seu irmão André, que sustentavam a família com o produto da pesca que faziam no Mar da Galileia, precisavam dar continuidade à assistência ao lar, provendo a família de tudo quanto viesse a necessitar. Durante todo o período em que pudemos frequentar a sua casa em Cafarnaum, local onde aconteceram reuniões maravilhosas presididas por Jesus, sempre notávamos as enormes dificuldades financeiras pelas quais a família passava. Assim, arrendaram o seu barco a alguns homens de Dalmanuta, que proporcionariam o sustento para os seus. O mesmo fizeram João e Tiago Maior, que também eram pescadores, uma vez que seu pai, o velho Zebedeu, já não mais encontrava forças para o trabalho duro da pesca.

Judas Iscariotis, cuja atividade se ligava ao comércio de peixes, mesmo vislumbrando grande prosperidade futura, já havia se afastado desse labor, transferindo os negócios para um amigo interessado em assumir seu lugar. Todos foram se desvencilhando de seus compromissos rotineiros de modo a poderem seguir o Mestre sem maiores embaraços.

A partida de Jesus para a Judeia não significava que a Galileia estivesse sendo abandonada quanto à semeadura da Boa Nova. Durante todo o período em que permanecemos sediados em Cafarnaum, vários foram os seguidores dedicados ao Mestre que compreenderam a sua mensagem redentora e se tornaram verdadeiros porta-vozes da Verdade Divina, deslocando-se para outros vilarejos. Eles eram os responsáveis pela vinda de muitos, que buscavam um encontro com Jesus, uma vez que sempre aumentava o número de aflitos sedentos de uma palavra e esperançosos quanto ao conforto da alma e do corpo. Ao longo desse período, ao menos setenta abnegados divulgadores da mensagem redentora saíram a campo no trabalho da propagação daquela mensagem de amor.

Passados alguns poucos dias e estávamos prontos para a partida. Embora Jesus fosse concentrar seu trabalho em Jerusalém, não ficaríamos sem retornar, mesmo que por breves dias, à nossa querida Galileia.

Na última noite em que permaneceria na casa de Mateus, onde fiquei abrigado por mais de dois anos, via-me inundado de belas e doces recordações que me impediam de adormecer.

Revi a minha chegada àquelas paragens, acompanhando o Mestre; o encontro com os primeiros discípulos; o trabalho desajeitado na embarcação de João e Tiago Maior, que cortava as águas silenciosas do Mar da Galileia; a acolhida generosa, embora rápida, pela família Zebedeu, e, finalmente, a oferta amorosa de Mateus cedendo-me o seu lar por todo aquele tempo.

Eu me via conversando com Maria, a mãe de Jesus, ouvindo as histórias que me contara sobre a infância de seu filho; recordava Caná, quando ele transformou a água em vinho; a multiplicação dos pães e peixes; a emoção de ouvir o Sermão das Bem-Aventuranças; as curas; parábolas; o aplacar da tempestade no Mar da Galileia.

E pensava: "quantas amizades sinceras e fiéis eu pude fazer ao lado dos seguidores de Jesus!" O próprio Mestre havia se convertido no meu melhor e maior amigo – e justo eu que havia chegado tão cético àquela época distante!

Como havia feito outras tantas vezes, procurava me lembrar dos valores antigos que trazia dentro de meu peito, mas não conseguia mais identificá-los. Vivia uma vida renovada, como se eu tivesse nascido novamente, e agora caminhava com mais decisão, mais firmeza, mais amor. Sentia-me feliz em poder ajudar a quem necessitava de meu apoio e o fazia pelo simples prazer de servir.

Quando via a reação das pessoas que saiam da presença do Senhor, percebia de imediato a mudança que nelas ocorria, mesmo que esse contato tivesse sido por apenas alguns poucos minutos, pois notava que passavam a ter diferente brilho no olhar. No meu caso não: havia sido mais de dois anos de contínuo aprendizado; de observações detalhadas sobre as ações do Mestre; de um convívio fascinante, motivo pelo qual eu me encontrava profundamente modificado. Para aquele que de fato acolhe Jesus em seu coração torna impossível não se modificar para melhor.

Meu pensamento viajava pelas estradas do infinito e não me permitia dormir. Resolvi sair no meio da madrugada, sentando-me em um banco que ficava em meio às tamareiras. Era o local que havia escolhido como refúgio, onde costumeiramente pensava na minha vida; na experiência extraordinária pela qual passava; na minha responsabilidade quanto à mensagem que levaria aos irmãos do meu tempo; mas nunca me esquecia de meus velhos e queridos pais, distantes dois mil anos.

Como eles estariam? Certamente preocupadíssimos comigo, pois nunca mais haviam recebido notícias minhas. Mas ao retornar dessa viagem maravilhosa, eu lhes contaria com tanto entusiasmo tudo o que havia presenciado e aprendido com Jesus, que por certo eles abraçariam a causa do Mestre. Quantas saudades!

Sozinho, olhava para o alto e via a imensidão dos céus. Estrelas incontáveis e distantes cintilavam na noite escura e serena.

Será que Jesus conhecia tudo sobre aquela pintura divina que eu via no alto? Como Mensageiro do Pai, ele bem poderia viajar pelo espaço, ensinando a todos, socorrendo, abraçando, amando. Afinal, seu amor não tem limites.

Dirigi meu pensamento à nova fase que se descortinava – a Judeia, e fiquei mais detidamente pensando em uma pessoa maravilhosamente especial que, embora desprezado por toda a humanidade, eu havia aprendido a amar intensamente.

Esse amigo sempre se mostrou solícito, amável, generoso. A bondade o acompanhava em todos os instantes, transformando-o em um dos mais cuidadosos seguidores de Jesus. Tinha um coração tão bem preparado que, mesmo cometendo equívocos, como todos nós cometemos, dirigia o foco de suas preocupações maiores para o seu povo – o judeu. Era como se já tivesse dominado dentro de si a grande fera chamada "egoísmo", parecendo que o motivo maior de sua existência fosse auxiliar a todos eles, sem exceção. Esse meu querido amigo e companheiro chamava-se Judas, de Iscariotis.

Quando ele ouvia comentários sobre perseguições à sua gente, ou presenciava agressões vindas dos dominadores romanos, ou, até mesmo, percebia a pobreza assolando seus patrícios, enquanto que os pesados impostos lhes roubavam o suor e o sangue, eu sentia nele sinais de forte revolta. Parecia que nesse momento os ensinamentos recebidos da parte de Jesus encontravam enorme resistência diante de sua indignação com o sofrimento alheio.

Em meio a toda bondade e generosidade de seu coração, surgia uma força maior que o levava à indignação, mas ao se recordar dos ensinamentos da Boa Nova sua alma recobrava a paz e novamente o via com o olhar alegre e espontâneo. Ele era realmente uma pessoa admirável.

Com as informações de que dispunha quando da leitura dos Evangelhos, notava que o Judas mencionado nos livros sagrados nada tinha a ver com aquele que eu conhecia e aprendera a amar – o verdadeiro. Por que será?

26 *Seguindo com Jesus na Judeia*

Em minhas análises sobre o seu comportamento, não poderia imaginar que ele viesse a se tornar aquela figura desprezível, perversa, insensível e interesseira, odiada por todos. Ele amava tanto a Jesus, que a história da traição não era concebível de forma alguma.

Em razão de nossa amizade, provavelmente, eu conseguiria fazer novas leituras acerca do seu coração e compreender o que de fato teria ocorrido no desfecho da caminhada de Jesus. Tinha a convicção de que meu amigo não havia cometido a terrível traição, mas se tivesse acontecido alguma coisa que pudesse envolvê-lo, certamente haveria uma explicação plausível.

De qualquer forma, a mensagem de Jesus orienta-nos quanto a não julgar quem quer que seja, mas em relação a Judas, mesmo aqueles que afirmam entender a palavra do Senhor equivocam-se redondamente. A humanidade não só o julga, mas condena e o executa impiedosamente. Que contrassenso!

Finalmente, fui vencido pelo cansaço e me recolhi para a última noite na adorável Galileia. Meu coração batia feliz pela oportunidade que a vida havia me proporcionado, e estava ansioso por tudo o que haveria de acontecer na Judeia distante. Estaria mais próximo do meu portal do tempo, junto às muralhas de Jerusalém, caminho certo ao encontro dos braços de meus queridos e velhos pais.

Na manhã seguinte, quando os primeiros raios de sol começavam a banhar o generoso Mar da Galileia, nós nos despedimos e começamos a empreender a caminhada rumo à velha cidade. No alto, víamos uma revoada de pássaros que pareciam estar se despedindo de Jesus.

Ao descermos pelo lado ocidental do Mar, nós chegamos à região de Magdala e nos deparamos com Maria, que nos aguardava às margens da tortuosa estrada. Ela trazia um maravilhoso sorriso nos lábios e nos cumprimentou fraternalmente, embora muitos ainda demonstrassem algum sentimento de rejeição quanto àquela bela mulher. No que concerne a Jesus, sua alegria foi muito grande ao vê-la refeita e alegre. Maria havia superado suas dificuldades e se lembrava em todos os instantes da recomendação do Mestre – ultrapassar a porta estreita. Então, disse:

– Senhor, eu não sei se posso pedir-te algo, mas se me permitires, gostaria de logo mais seguir até a Judeia para ficar mais próxima de todos. Fiquei sabendo que permanecerão por lá, no teu trabalho de socorro aos corações mais endurecidos. Já fui um destes, machucada e sedenta de amor, e agora gostaria de servir à tua causa, auxiliando aos que sofrem como eu sofria.

A voz de Maria era mais uma súplica do que um pedido comum. Todos ficaram olhando para o Mestre, como a se perguntar se seria conveniente aquela mulher em nosso meio, mas o coração de Jesus jamais recusaria uma solicitação daquelas. Disse:

– Minha irmã, estou feliz com a tua decisão que bem demonstra a nova conduta que imprimiste à tua atual existência. Vem sim, logo que puderes, e terás a possibilidade de ajudar a muitos, pois agora vives o verdadeiro amor. Estarei providenciando, por lá, um local onde possas ficar convenientemente instalada. Vem sim, irmãzinha.

Após as despedidas, o grupo seguiu em direção à velha cidade, sabendo que logo mais estaria contando com a presença de Maria. Eu tinha a certeza de que todos aprenderiam a amar aquela devotada seguidora que muito tinha a nos ensinar.

O plano de Jesus era o de nos instalarmos em uma das numerosas grutas existentes nas proximidades de Jerusalém, e isso seria feito. Mas com a futura presença de Maria, de Magdala, seria necessário procurar outro local em que ela pudesse ficar, assim que viesse ao nosso encontro.

Após cerca de duas horas de caminhada passávamos no lado oeste da cidade de Tiberíades, também às margens do Mar da Galileia. Aquela cidade havia sido fundada há cerca de treze anos por Herodes Antipas, o Tetrarca da Galileia e Pereia, e era onde ele residia oficialmente.

Recordo-me de ter lido que tal cidade recebera esse nome em razão da homenagem que esse rei fez a Tibério Cesar, Impera-

28 *Seguindo com Jesus na Judeia*

dor de Roma, motivo pelo qual os judeus mais conservadores a evitavam. O mesmo acontecia com a cidade de Séforis, situada perto de Nazaré, que apesar de sua importância era discriminada pelos judeus, em razão de sua população ser de cultura helênica.

Em que pese, tivéssemos passado por lá várias vezes, nunca nos dispusemos a entrar na cidade de Herodes. Esse monarca, segundo relatos feitos por populares, era uma pessoa inexpressiva e extremamente violenta. Para ser sincero, ele não atraia minha atenção.

Quando saímos da região da Galileia e entrávamos na Samaria, ao pararmos em um vilarejo, fomos surpreendidos por um grupo de dez leprosos que ansiosamente procuravam falar com Jesus, pois ele era muito conhecido em todos os locais. De longe gritaram:

– Senhor, Senhor, tem compaixão de nós! Somos leprosos e precisamos de tua ajuda! Cure-nos Senhor, em nome de Deus!

Condoído com aquela súplica e percebendo a oportunidade de passar novo ensinamento aos seus seguidores, Jesus lhes disse:

– Ide até a sinagoga em vossa cidade e mostrai aos sacerdotes as vossas chagas.

E demonstrando confiança no Senhor, todos começaram a caminhada de retorno à sua cidade, buscando chegar até a sinagoga. E perceberam que quanto mais se aproximavam do destino, mais limpos ficavam quanto às feridas que traziam há tantos anos, até que, finalmente não mais carregavam em si qualquer sinal daquela dolorosa doença.

Apenas um desses doentes, ao perceber a cura recebida, voltou imediatamente à presença do Senhor e narrou tudo o que havia ocorrido. Com o rosto colocado sobre o solo, agradecia a Deus a benção recebida.

– Os dez foram curados, e onde se encontram os outros nove? Não deveriam igualmente estar agradecendo ao nosso Pai pela cura recebida? – perguntou Jesus.

Embora conhecesse bem os seus colegas de infortúnio, aquele samaritano não sabia o que responder. Estava tão emocionado e grato a Deus, quando ouviu o Mestre falar:

– Vai meu irmão, segue o teu caminho; a tua fé te curou. Estás com o teu coração em paz.

Mesmo tendo visto outras curas realizadas por Jesus, ficamos pensando sobre o episódio que acabávamos de assistir. Em meio a tanta dor que aquela doença causava àqueles homens, quando curados apenas um deles demonstrou gratidão para com o Pai, retornando até a presença de Jesus. E os outros nove? Tomei a iniciativa de perguntar sobre o episódio.

– Curaste dez homens e provavelmente diria a todos eles que a fé por eles edificada em seus corações os teria livrado da dor. Contudo, os outros nove demonstraram enorme ingratidão, não retornando à tua presença em agradecimento ao Pai! Como fica esta situação: de um lado a fé e a cura, de outro a ingratidão?

– Tua pergunta é oportuna, meu amigo. É preciso que a criatura humana comece a colocar dentro de si tudo aquilo que a conduzirá à verdadeira felicidade, ou seja, observando e cumprindo cada vez mais as Leis Divinas e Imutáveis estabelecidas por nosso Pai. Além da fé, não se pode esquecer a gratidão, a humildade, o amor, a perseverança no novo caminho a seguir, e tudo o mais. Receber uma cura e se esquecer do agradecimento é grande demonstração de indiferença para com o Benfeitor Celeste, que sempre é o nosso Pai.

– E quanto à cura dos outros nove? Foi realmente realizada? – perguntei novamente.

– Preciso é que a pessoa compreenda que toda cura parte de dentro para fora do ser. Há situações em que o bem-estar até se faz presente sem que haja efetivamente uma solução definitiva quanto ao mal que a aflige. Para aqueles nove não tive a oportunidade de dizer "– A tua fé te curou, estás em paz", porque a verdadeira fé não está simplesmente no crer, mas na prática efetiva do bem, e nisso se inclui a gratidão, o reconhecimento, a submissão à vontade de nosso Pai, ou seja, às suas Sagradas

30   *Seguindo com Jesus na Judeia*

Leis. O clima que se instalou em torno deles os fez sentirem-se fisicamente melhores, embora espiritualmente não tenham conquistado melhora. Em pouco tempo retornarão à sofrida condição pretérita, ainda necessária para que os faça buscar a solução dos Céus.

– Como assim?

– É que para muitos a ligação com o Alto ainda se faz através das dores pelas quais passam na Terra. Desfeita a dor desligam-se dos Céus, pois por ora não têm consciência de que são muito mais do que simples corpos de carne, caminhando pelas estradas da vida. É preciso curar a alma pela compreensão da obra de nosso Criador, pela prática do bem e submissão à Sua Divina vontade.

Esse ensinamento me fez voltar ao meu tempo, quando via que tantas agremiações religiosas prometiam curas, como se fosse um produto colocado em prateleiras para distribuição automática, sem o imprescindível envolvimento mais sério da alma doente. Será que isso é realmente cura? Se o mal reside no âmago do ser, fazendo com que o corpo sofra as suas consequências, realmente a cura não pode ocorrer plenamente enquanto o espírito não se conscientizar da necessidade de modificar seu comportamento.

Continuamos na direção sul rumo à Judeia, até que vimos, embora ainda distante, o Mar Morto. Já era o segundo dia de jornada e estávamos ao lado da cidade mais velha do mundo – Jericó, também conhecida como a Cidade da Lua. À nossa esquerda, divisávamos o importante Rio Jordão, e me foi impossível não lembrar o batismo do Mestre realizado por seu primo João.

Pela sua localização, Jericó mostrava-se importante centro comercial, pois ficava na confluência das rotas das caravanas entre o Egito, a Mesopotâmia, a Síria e o Mar Mediterrâneo. Estava a cerca de vinte e quatro quilômetros de Jerusalém e a mais de quatrocentos metros abaixo do nível do Mar Mediterrâneo.

Pudemos ver ao longe o Monte Nebo, de onde Moisés teria visto a Terra Prometida por Deus, assim que chegou do exílio no Egito, conduzindo o povo hebreu. Foi também nesse local que ele teria morrido, conforme narram as Escrituras.

Passamos pelo lado norte da cidade e seguimos rumo ao sudoeste, em direção à Jerusalém. Era necessário vencer a subida pelo deserto escaldante, e nossa rota tinha por objetivo a passagem por um conhecido oásis no meio do caminho, onde pernoitaríamos.

Ao amanhecer nos colocamos novamente a caminho, sendo informados por Jesus que nos deteríamos em Betânia, que fica a nordeste de Jerusalém e ainda dentro de nossa rota normal, pois pretendia abraçar velhos amigos que tinha por lá, a quem constantemente visitava.

Apesar do forte calor seguimos alegres e confiantes. Jesus estava no comando e nada temíamos.

CAPÍTULO 2

Chegando a Betânia

Prosseguindo a viagem, e antes de chegarmos à cidade de Jerusalém paramos em Betânia. Jesus queria abraçar seus queridos amigos, os irmãos Lázaro, Marta e Maria, e pedir a eles que acolhessem Maria de Magdala, assim que ela se transferisse para a Judeia.

A casa deles era bem próxima da gruta idealizada por Jesus, onde deveríamos permanecer abrigados, e que ficava no alto do Monte das Oliveiras, a leste da grande Jerusalém. Dessa forma, Maria não ficaria distante de nosso grupo.

Ao chegarmos foi estonteante a alegria demonstrada por todos , pois eles conheciam muito bem Jesus. Ficaram igualmente felizes em receber a todos os seus seguidores. Quando o Mestre lhes falou sobre Maria de Magdala, percebemos de início certa reação preconceituosa, mas em razão da plena confiança que tinham no Mestre, concordaram em abrigá-la na esperança de que viesse a se tornar amiga das duas irmãs. Sabiam que o Senhor jamais os colocaria em situação embaraçosa.

A família preparou uma agradável ceia e queria que o Mestre lhes falasse a respeito de seus planos, logo que se estabelecesse em Jerusalém.

Jesus falou que permaneceria pela Judeia por algum tempo, visto que necessitava divulgar a Boa Nova do Pai por aquelas paragens. Existiam muitas ovelhas a serem pastoreadas e ele, o Enviado do Alto, necessitava executar sua tarefa. Disse assim:

– Eu sou o Pastor, e em verdade vos digo: quem não entra pela porta no aprisco das ovelhas, mas sobe por outra parte, esse é ladrão e salteador, não pastor. Aquele que entra pela porta é o pastor das ovelhas, e a esse o porteiro abre e as ovelhas ouvem a sua voz; e ele as chama pelo nome e as conduz para fora. Depois de conduzir para fora todas as que lhe pertencem, vai adiante delas, e as ovelhas o seguem porque conhecem a sua voz; mas de modo algum seguirão a um estranho, antes fugirão dele, porque não conhecem a voz dos estranhos.

E completou sua explanação nos deixando mais uma bela mensagem:

– Em verdade, em verdade vos digo: eu sou a porta das ovelhas. Todos quantos vieram antes de mim são como ladrões e salteadores; mas as ovelhas não os ouviram. Eu sou a porta, e se alguém entrar por mim, encontrar-se-á e entrará e sairá e achará pastagens. O ladrão não vem senão para roubar, matar e destruir; eu vim para que tenham vida, e a tenham em abundância. Eu sou o bom pastor; o bom pastor dá a sua vida pelas ovelhas. Mas o que é mercenário, não pastor, de quem não são as ovelhas, vendo vir o lobo, deixa as ovelhas e foge; e o lobo as arrebata e dispersa. Ora, o mercenário foge porque é mercenário e não se importa com as ovelhas. Eu sou o bom pastor, pois conheço as minhas ovelhas e elas me conhecem, assim como o Pai me conhece e eu conheço o Pai; e dou a minha vida pelas ovelhas. Tenho outras ovelhas que ainda não são desse aprisco; a essas também me importa conduzir, e elas ouvirão a minha voz; e haverá um só rebanho e um único pastor. Por isso, o Pai me ama, porque dou a minha vida para retomá-las.

34 *Seguindo com Jesus na Judeia*

Lembrei-me de ter lido essa passagem nos Evangelhos quando me preparava para a viagem no tempo, mas ouvi-la diretamente da boca de Jesus e, sentindo toda a sua vibração de amor, era comovente. Chorei, e muito.

Nesse momento chegava a casa uma mulher de aspecto nobre, muito bem vestida, embora bastante simples. Seu nome era Joana, casada com Cuza, um intendente no Palácio de Herodes, na cidade de Tiberíades, e muito amiga dos irmãos tão amados por Jesus.

Joana cumprimentou a todos, e em especial o Mestre, pois já o conhecia de outras oportunidades, sobretudo, ao ouvir seus sermões na Galileia. Havia ficado muito impressionada com a sua sabedoria e, ao saber que estava na região, rapidamente veio ao seu encontro.

Trazia consigo grande dor e precisava de uma palavra de conforto. Jesus, sentindo a necessidade daquela mulher, pediu-lhe que falasse daquilo que trazia em seu coração. E ela falou:

– Tenho ouvido teus ensinamentos e tudo cala fundo em minha alma. Sei que trazes a Boa Nova, e essa mensagem deve sempre ser de alegria, nunca de tristeza para quem a recebe. Eu, contudo, permaneço triste, pois não encontro no coração de meu consorte, cujo nome é Cuza, a mesma receptividade. Meu marido trabalha como intendente no palácio de Herodes e vive em constante envolvimento entre o poder romano e os interesses religiosos locais. Seu coração permanece insensível e não me permite que lhe fale das verdades que tu nos trazes. E por isso vivo em meio a uma angústia profunda e uma tristeza que parece não ter fim.

Rolaram algumas lágrimas dos olhos daquela nobre mulher, e Jesus afagando docemente os seus cabelos, falou:

– Embora exista um único Deus, que é o nosso Pai, as manifestações religiosas acabam se vinculando aos hábitos exteriores de sua crença. Enquanto muitos se vinculam unicamente aos templos de pedra, eu venho lhes mostrar que o templo da fé viva está no coração de cada um. Assim, entre o discípulo sincero, que tu és, e os equívocos praticados no mundo, começa a se travar intensa e silenciosa batalha. Tenha certeza de que teu marido encontra-se ao teu lado movido por alguma necessidade não somente dele, mas tua também. O Pai o colocou em tuas mãos, pois tens algo de bom a fazer por ele. Embora hoje ele não te compreenda, te entenderá em algum momento e se modificará. Servindo a ele com toda a tua dedicação e amor, estarás fazendo o que é necessário para o cumprimento das Leis que o nosso Pai editou em tua consciência.

– Se tudo o que dizes pacifica minha alma, não seria justo que lutasse para colocar esse entendimento também no coração de meu esposo? É o que tento fazer, buscando reformá-lo, mas não encontro sucesso!

– Mulher, tu já tens condição de compreender, mas teu esposo ainda não, embora um dia certamente terá – disse Jesus. – Quanto a impor o teu entendimento, percebas que nem mesmo o Alto faz isso. O Criador Divino simplesmente espera, aguarda que as paixões se transformem em esforços para o bem, com o decorrer do tempo. Ele sabe que aqueles que semearam intensa dor nos caminhos da Terra podem despertar para o amor com apenas uma simples lágrima, e nada mais. Aguarda filha, e acontecerá o melhor contigo e com o teu marido também. Seja sempre fiel!

Joana estava aliviada. Tinha uma compreensão diferente, que lhe daria resignação e, ao mesmo tempo, disposição renovada para o trabalho a ser executado durante sua existência.

Naquela época, a mulher era tratada com muito desprezo, colocada sempre em plano inferior, mas o Mestre fazia questão de tratá-la rigorosamente igual ao homem, ele não fazia nenhuma distinção. Por isso, era constantemente procurado por elas, que encontravam nele uma atenção que não viam em outras situações.

Ao se retirar, Joana disse ao Senhor que conhecia uma jovem que se encontrava bastante doente, a ponto de não poder vir até ele, mas que pedia, se possível fosse, a sua presença. Morava não muito distante dali e Joana se dispunha a conduzi-lo até lá.

Jesus acedeu prontamente, e pedindo para que eu o acompanhasse, nós nos dirigimos à casa da sofrida moça. Parecia que já sabia o que ocorreria.

Percorrendo por estreitas vielas, em meio a toda espécie de imundície, nos detivemos diante de uma casa bastante humilde. Entrando, deparamos com uma mulher terrivelmente deformada em razão do estado avançado em que a lepra a consumia, parecendo prestes a morrer. Ela era muito jovem, embora nenhuma beleza pudesse ser notada em razão das feridas pustulentas que apresentava.

Tive a impressão inicial de que a conhecia, mas, de onde? Quem seria ela?

Jesus aproximou-se amorosamente, levantou-a e colocou sua cabeça em seu ombro, beijou-lhe a fronte machucada, afagou seus cabelos mansamente e lhe disse:

– Filha, agora sim, estou aqui.

Não entendi a frase do Mestre, mas continuei atento.

– Senhor – disse a jovem, revelando muita dificuldade para articular as palavras. – Tenho ouvido falar de ti e peço que me ajude. Meu sofrimento é tão grande que, às vezes, julgo não poder suportar. Tive uma vida tão irregular, e entendo agora estar sofrendo um castigo imposto por Deus.

– Minha amada filha, jamais te desesperes. Nosso Pai te ama intensamente e te reserva sempre o melhor. Esqueça-te do passado; busque o presente. Se tens dores, converta-as em preces ao Alto através de tua resignação e submissão à Sua vontade. Ele está sempre na expectativa da recuperação de seus filhos e jamais castiga a qualquer um deles... Repentinamente, a pobre moça interrompeu a fala de Jesus e exclamou emocionada:

– Esta voz! Conheço esta voz!

– Sim, conheces minha voz e agora percebes também o meu coração – falou docemente o Senhor.

– Sim, sim, nas escadarias do Templo, em Jerusalém! Há cerca de dois ou três anos! Estavas lá sentado e eu lhe ofereci vergonhosamente o meu amor – falou demonstrando grande arrependimento e baixando a cabeça timidamente.

– Naquela época eu não aceitei tua oferta, mas agora estou aqui, pois sinto necessidade de mostrar o quanto te amo, e tu necessitas do verdadeiro amor.

Fiquei pálido. Agora sabia quem era aquela pobre moça. Seu nome era Sara, a formosa mercadora de essências, que no dia em que encontrei Jesus pela primeira vez nas escadarias do Templo ofereceu-se ao Mestre, pouco antes da chegada de Hanã, o Sacerdote.

E os meus pensamentos iam muito longe: a criatura humana muitas vezes se julga tão grande que parece ser imortal ou inatingível. Contudo, o passar do tempo mostra-nos que ela é perecível e sujeita a doenças e à morte. Vale a pena cultivar tanto orgulho, tanta prepotência, sensualidade? De minha parte já estava começando a compreender que a tarefa mais importante é aquela que visava a cuidar da alma.

Após longa conversação, Jesus levantou-se e beijou novamente a cabeça da pobre Sara, que parecia se sentir bem melhor. Ao sairmos ela falou com dificuldade:

– Meu coração encheu-se de alegria e esperança. Mesmo próxima do término de minha existência, sei que partirei feliz, pois encontrei o verdadeiro amor. Agora sei que o Deus, que me ensinaste a chamar de Pai, nunca me desamparará. Obrigada.

Em seguida, retornamos à casa de Lázaro com paz no coração, somente possível de encontrar quando se faz o bem. E Jesus era a expressão maior da bondade.

Lá chegando fomos recebidos pelos irmãos que, sabendo da situação da pobre Sara, perguntaram como estava, e o Mestre começou a lhes falar sobre seu estado. Enquanto falava, Marta, a mais velha das irmãs, cuidava dos afazeres da casa, embora continuasse a ouvir atentamente o Senhor. Ela era como a dona da casa, cuidando de seus irmãos com extremo zelo. A jovem Maria, por sua vez, era mais espontânea e carinhosa.

Jesus, sentado à mesa, continuava falando a respeito de Sara, quando a jovenzinha sentou-se à sua frente. Colocou sua cabeça sobre os seus joelhos, e ouvia as palavras como se fosse uma criança diante do pai que lhe contava uma linda historinha. E sorria e mexia nas dobras de sua túnica.

Marta enfurecida, ou talvez enciumada, falou mais duramente:

– Senhor, não te percebes que minha irmã me deixou sozinha a fazer as tarefas da casa? Diga-lhe que me ajude, por favor!

E o Mestre lhe respondeu amorosamente:

– Marta, Marta, minha irmã querida. Estás muito ansiosa e assoberbada com os afazeres rotineiros. Preocupas-te demais com as coisas transitórias e não te dás conta de que existe muito mais a ser vivido, a ser compreendido. Maria, contudo, escolheu a boa parte, ou seja, a da busca do real sentimento, e este nunca lhe será tirado. Fiques tranquila e senta-te conosco.

Compreendendo o que o Senhor lhe falara, Marta deixou de lado os afazeres e se aproximou dele, e afagando ternamente os seus cabelos sentou-se ao seu lado. Jesus era como um grande pai para aquela família.

Nesse momento Lázaro, o grande amigo do Mestre, relatou-lhe uma séria preocupação:

– Todos nós já começamos a compreender o objetivo de tua presença em nosso meio, e por esse motivo agradecemos ao Pai por ter te conduzido até nós. Entretanto, o povo não parece ainda ter te compreendido muito bem. Em Jerusalém, quase todos falam o teu nome e dizem a teu respeito coisas que não são verdadeiras.

– Compreendo muito bem a tua preocupação, mas não é de se esperar que todos aceitem de imediato a minha mensagem – falou Jesus.

– Também entendo assim, mas o que está acontecendo é grave. A grande maioria imagina que tu, sendo o Messias, haverás de nos libertar do jugo romano. O povo padece nas mãos do opressor, e os impostos nos sufocam sobremaneira, e tudo o que esperam do Alto é a libertação, expulsando os dominadores de nossa terra – disse Lázaro.

– É compreensível que assim seja, pois grande parte da humanidade busca somente a solução dos problemas que consegue divisar de imediato – disse o Senhor. – Para esses a grande dor é aquela que os sentidos conseguem perceber e que se restringem aos aspectos materiais, pois ainda não se enxergam feito necessitados da alma. Não vim para promover afronta com quem quer que seja, vim para realizar o bom combate, aquele que pacifica os corações e encaminha para o Alto. Todo o resto é passageiro.

Lázaro respondeu:

– Compreendo tudo isso, mas o que pretendo falar-te é que as autoridades de Roma já começaram a comentar sobre ti e com muita apreensão. Também, entendem que és um agitador buscando a oportunidade de concretizar uma rebelião no seio do povo judeu. Um amigo que temos em comum, José, de Arimateia, disse-me que teria contigo para alertar quanto às preocupações de Pôncio Pilatos, que anda se reportando aos seus superiores, alertando-os sobre eventuais perigos à estabilidade do regime opressor. Se me permites uma sugestão, gostaria que não te colocasses em situação que pudesse gerar reações indesejáveis por parte dos romanos.

Jesus ficou meditando acerca das palavras daquele amigo, enquanto todos demonstravam muita preocupação. Tudo o que ele havia falado, antes de sairmos da doce Galileia, começava a acontecer. Lázaro prosseguiu:

– Outra situação tem me preocupado bastante: bem sabemos que aqueles que cuidam dos destinos de nossa religião são bem intencionados e zelosos em relação às necessidades de nosso povo. De modo geral, os sacerdotes e doutores da lei buscam conduzir-nos ao entendimento de Deus e à prática da bondade. Por não terem a compreensão daquilo que tu estás nos trazendo, acabam se escandalizando com o que dizem a teu respeito, e isso também começa a gerar indisposição quanto ao teu nome.

40 *Seguindo com Jesus na Judeia*

Temo que a junção dos dois poderes em nossa terra, o romano e o judaico poderá resultar na articulação de algo que venha te prejudicar.

– Agradeço o cuidado que tens para comigo, Lázaro, mas não te preocupes, pois a tarefa que trago comigo está intimamente vinculada ao desejo de nosso Pai, e nada devemos temer. A vontade do Bem imperará: se ainda não por agora, no futuro ela estará concretizada. Aquele que aprende a confiar no Alto não deve se permitir o pessimismo e o medo, mas sempre seguir em frente.

Jesus mostrava confiança e calma impressionantes, somente explicadas em razão da profunda intimidade que tinha com o Criador. Nós, porém, ficamos muito preocupados com o futuro que nos aguardava, pois uma coisa é imaginar o que aconteceria, outra é viver o que está acontecendo. Mesmo não sendo novidade para mim, uma vez que sabia antecipadamente da história, confesso que me senti abalado.

Encerrada a conversação, o Mestre falou que era preciso chegar à gruta antes que a noite caísse. Estávamos no início do outono, e as noites já nos traziam um frio que maltratava àqueles que não se encontrassem devidamente abrigados.

Após as despedidas, seguimos em busca do nosso refúgio para os próximos meses – uma gruta que eu já conhecia do meu tempo, e que se encontra sob a Igreja do Pater Nostro, em Jerusalém. Ela seria, por sua vez, o nosso novo Lar.

Logo no início da caminhada que nos levaria à gruta, procurei ficar ao lado de Jesus e aproveitar para colher mais aprendizado. E, então, falei:

– Interessante como a dor, que tanto incômodo provoca, pode nos levar a um crescimento que não nos dávamos conta que seria possível e necessário.

– Certamente estás te referindo a Sara – disse o Mestre.

– Sem dúvida, pois quando a vimos nas escadarias do Templo, há mais de dois anos, a vida que levava parecia lhe sorrir plenamente. Tinha a beleza; buscava os prazeres imediatos; não se preocupava, talvez, com um futuro que certamente chegaria. Se pensarmos bem, esse futuro invariavelmente nos trará algum tipo de dor e sofrimento. Ninguém está imune às incertezas; à necessidade de mudança de rotas, ou seja, de conceitos – respondi imediatamente.

– O que acontece no campo individual também ocorre no coletivo. A nossa querida irmã Sara, que se encontrava iludida, precisou da dor para despertar, e esse despertamento finalmente ocorreu, como tivemos a oportunidade de presenciar. Agora, ela sente o Pai mais pertinho de seu coração, o que lhe dará mais confiança para superar seus momentos de aflição. O mesmo ocorre no campo coletivo com toda a humanidade.

– Compreendo cada vez melhor os teus ensinamentos. Estamos chegando à Judeia para que o povo seja despertado quanto à vida ilusória na qual se encontra, assim como era a condição de Sara. Mas, enquanto não compreender que vive dentro de uma realidade equivocada, como despertar para a necessidade de mudança? Só conseguimos abrir os olhos para a busca de algo novo, em razão do incômodo que causa aquilo que é "velho e obsoleto".

– É isso mesmo, David. Existindo dor e sofrimento no campo individual, servindo de aguilhão para a mudança, o mesmo processo acontece no campo coletivo. Um povo também colhe o que semeou em tempos idos. Por várias e várias vezes falei a respeito do orgulho e prepotência do povo judeu, provocando enormes desencontros, e essa semeadura tem lhe provocado constantes amarguras ao longo dos séculos. Não aprendendo com a lição do cativeiro no Egito, a perda da unidade do povo provocou a separação em dois reinos – de Israel e Judá –, o que facilitou sua nova subjugação, agora na Macedônia, com a dispersão de muitos. Vês que nos tempos de hoje existe a submissão ao dominador romano, e isso gera grande descontentamento no seio do povo. Em algum momento haverá de despertar para a busca de melhores condições, mas por enquanto ainda não se habilitou para tal.

42 *Seguindo com Jesus na Judeia*

– Sedento de liberdade quanto ao jugo romano, vivem tão somente no aguardo da vinda de um messias que os liberte dessa terrível opressão – falei. – Assim, dificilmente conseguirão observar que precisam, antes de tudo, se libertar do orgulho, da vaidade, da presunção de serem os escolhidos de Deus, o que os leva a uma adoração puramente exterior e sem grandes proveitos para a alma.

– É verdade o que dizes, mas esse povo haverá de passar por dores ainda terríveis no futuro, até que despertem. É por esse motivo que já afirmei que a minha mensagem será acolhida por todos de boa vontade, e isso inclui os gentios.

Finalmente chegamos à gruta. Embora já tivesse estado por lá no meu tempo, nova emoção senti: via as muralhas imponentes de Jerusalém, e na sua parte sul divisava o local onde se situava a minha passagem no tempo. E lembrava carinhosamente de meus queridos pais, distantes de mim dois mil anos.

CAPÍTULO 3

Jesus entra em Jerusalém

A gruta, no alto do Monte das Oliveiras, acolheu-nos confortavelmente, dando-me a impressão de ter retornado ao meu tempo, uma vez que já havia estado em seu interior juntamente com alguns amigos do curso ginasial.

Do alto do Monte avistava-se a cidade de Jerusalém, majestosa e imponente. As estradas estreitas que para ela conduziam, levavam as pessoas, seus animais e carroças, numa agitação intensa. Essa movimentação deveria estar ainda maior que a normal, pois nos encontrávamos no início da comemoração da Festa dos Tabernáculos, também conhecida por Festa das Cabanas (Sucot), que acontecia sempre no outono, no mês de Tishrei.

Ao meu tempo sempre apreciei esses festejos, que visam rememorar a época em que o povo hebreu caminhou por quarenta anos pelo deserto, após a partida do cativeiro no Egito. Durante o Êxodo o povo era nômade e se instalava temporariamente em cabanas simples, e essa experiência era relembrada durante a festa.

Logo nesses primeiros dias na gruta, começamos a receber visitas especiais: as crianças de Betânia. Os pais, sabendo que Jesus ali se instalara, começaram a levar suas crianças para que ele as abraçasse, as beijasse, enfim, distribuísse todo o seu amor.

E quando elas chegavam era uma alegria imensa. Dezenas delas brincavam com ele, correndo pelos campos e se escondendo. O Mestre misturava-se no meio dos pequeninos, parecendo mais criança que eles mesmos.

Gritavam, corriam e se escondiam, e ao final se abraçavam e rolavam pela rala vegetação do local, enquanto que os discípulos ficavam acompanhando toda a brincadeira, sorrindo e até mesmo gargalhando com as peripécias do Mestre. Que homem era aquele! Tão grande, tão sábio, e ao mesmo tempo tão terno, a ponto de se tornar uma criança em meio às demais.

Mas, os folguedos não recebiam apenas a atenção do Senhor; um dos seus seguidores sempre se juntava a ele, brincando igualmente com todas elas. Era Judas, que trazia uma alma infantil, e que talvez quisesse naquele momento minimizar a dor daquele povo tão sofrido, oprimido pelos invasores. Igual a Jesus, Judas parecia mais criança que adulto, distribuindo todo o seu carinho e atenção para com os pequerruchos.

Certa noite, quando estávamos realizando o tradicional estudo, a exemplo do que fazíamos quando ainda na casa da sogra de Pedro, em Cafarnaum, o Mestre nos informou que na manhã do dia seguinte, o último dia da Festa dos Tabernáculos, faríamos uma excursão até a velha cidade. Havia chegado o momento de levar o ensinamento aos irmãos que lá residiam, objetivando fazer com que refletissem sobre a mensagem do Pai.

Embora o Mestre já tivesse visitado por *várias vezes* a cidade em outras ocasiões, agora seria diferente: era o momento de se revelar ainda mais intensamente e procurar fixar, no coração do povo e dos poderosos, a sua mensagem de amor. Iria certamente encontrar a natural resistência em razão do entendimento cristalizado há séculos, acendendo ainda mais a desconfiança das autoridades romanas e dirigentes religiosos.

Em razão de minha convivência por mais de dois anos com o Mestre, já compreendia que o entendimento do judaísmo era bastante próximo daquilo que ele falava. A rigor, não deveria haver nenhuma objeção, de vez que falava do mesmo Deus, apenas que, naquele momento, era adjetivado de Pai, dado o amor com que Ele nos trata. A essência da mensagem entregue a Moisés pregava o amor e o respeito a Deus e ao próximo, ou seja, nada diferente do que Jesus ensinava.

E eu, como judeu que era, ficava procurando onde poderia encontrar alguma divergência significativa entre os dois ensinamentos. Por que tanta rejeição, não só naquela época, como na minha também? Afinal, eu mesmo nunca havia me interessado em saber sobre a vida dele e a sua mensagem.

Como o ensinamento de Jesus resumia-se em AMOR, era preciso somente rever os entendimentos colocados nas Leis Mosaicas, e convertê-los também em AMOR. Amor implica liberdade, responsabilidade, respeito, mansidão, perdão, compreensão – isso sim deveria ser entendido como a essência da mensagem de Jesus, que situa o ser humano como o ponto principal de tudo.

O fato de não o aceitarem como o Messias, devia-se à expectativa que o judeu tinha pela vinda de um libertador quanto à opressão romana. Mas em relação à mensagem em si, a rigor não deveria haver resistências. E pensei comigo: "foi como jogar a correspondência no lixo somente por não se ter simpatia pelo carteiro. Estranho, muito estranho!"

Logo ao amanhecer nos preparamos para descer à cidade. O dia estava claro e podíamos notar no semblante de Jesus toda a expectativa de quem daria início à nova fase de seu trabalho. Após as preces, iniciamos a caminhada que nos levaria às portas de Jerusalém.

Quando descíamos a encosta do Monte das Oliveiras, Jesus fez uma parada e pediu a Pedro e João:

46 *Seguindo com Jesus na Judeia*

– Meus amigos, eu vos peço que ides até a aldeia que fica fora dos muros da cidade, e lá encontrareis um burrinho preso a uma cerca. Peçais ao dono que o empreste ao Senhor, e que depois o havereis de restituir.

Os dois prontamente obedeceram, e em pouco tempo estavam de volta trazendo consigo o pequeno animal, mas também acompanhados de muitas pessoas que sabiam que eles seguiam o Senhor.

Diante do fato lembrei-me do que estava escrito no Livro de Zacarias (9:9-10), quando aquele profeta se reportava à futura vinda do Messias dizendo: "Exulta muito, filha de Sião! Grita de alegria, filha de Jerusalém! Eis que o teu rei vem a ti; ele é justo e vitorioso, humilde, montado sobre um jumento, sobre um jumentinho, filho da jumenta. Ele eliminará os carros de Efraim e os cavalos de Jerusalém; o arco de guerra será eliminado. Ele anunciará a paz às nações. O seu domínio irá de mar a mar e do rio às extremidades da Terra."

Entendi que essa entrada era a forma escolhida por Jesus para se mostrar efetivamente como o Enviado do Pai ao povo de Israel, desvendando, assim, o segredo messiânico e transformando-o em notícia corrente por toda a Jerusalém.

Do local onde nós nos encontrávamos, cujo nome é Betfagé, Jesus observava silenciosamente a bela e imponente cidade, com um olhar tão distante e melancólico que parecia buscar a presença do Pai naquelas paragens.

As pessoas que acompanharam o retorno de Pedro e João estavam entusiasmadas com a proximidade da entrada de Jesus à cidade e gritavam a altos brados:

– Bendito o Rei que vem em nome do Senhor; paz no céu e glória nas alturas.

Nisso, alguns fariseus que se encontravam no meio delas pediram que o Mestre repreendesse os seus seguidores, ao que ele falou:

– Digo-vos que se esses se calarem as pedras clamarão.

A rigor ninguém entendeu nada, mas deveria haver uma explicação para aquela frase dita por Jesus. E fitando a velha cidade, rodeado por seus discípulos e pelo povo que lá estava, começou a chorar intensamente. Sem que entendêssemos o motivo desse pranto, profeticamente falou:

– Ah, Jerusalém! Se neste dia também tu conhecesses a mensagem de paz! Agora, porém, isso está escondido a teus olhos. Dias virão sobre ti, e os teus inimigos te cercarão com trincheiras, te rodearão e te apertarão por todos os lados. Deitarão por terra a ti e a teus filhos no meio de ti e não deixarão de ti pedra sobre pedra, porque não reconheceste o tempo em que foste visitada.

– Que quereis dizer com isso, Senhor? – perguntou Judas, assustado.

– O que vos digo é que quem está comigo, junta; sem mim, espalha. Os ensinamentos que trago de nosso Pai vos levam ao amor, à paz, à concórdia; fora dele a criatura humana cai nos despenhadeiros da perdição, da violência, da dor. Jerusalém, Jerusalém... Trago para ti as diretrizes vindas da parte do Pai, mas seria preciso que as aceitasses antes que venha a dor maior.

Diante das palavras de Jesus, remeti meu pensamento ao que a história narra como acontecido no ano 70, da era cristã. Tito Flávio, filho de Vespasiano, sufocando a primeira guerra judaico-romana acontecida a partir do ano 67 d.C., acabou destruindo Jerusalém, não deixando pedra sobre pedra. O Mestre profeticamente falava do que aconteceria após mais de três décadas.

Em seguida, colocou sobre o dorso do animal o seu manto e sentou-se, orientando-o a dirigir-se para a Porta Dourada da cidade, situada no lado oriental das muralhas, dizendo:

– Pai, eis-me aqui. Estou pronto.

O movimento de entrada e saída de pessoas a pé ou montando seus imponentes animais era intenso, afinal estávamos no último dia da Festa das Cabanas. Lá chegando o alvoroço foi impressionante.

Muitos vieram até a Porta Dourada recepcionar o Senhor, colocando sobre o chão os seus mantos para que Jesus pudesse adentrar a cidade; outros, por serem extremamente pobres e não terem o que colocar para a passagem dele, subiram nas palmeiras e retiraram galhos, que também foram utilizados para forrar o chão. Aquele gesto parecia demonstrar a intenção de dizer que era ele quem deveria conduzir os destinos daquele povo, razão pela qual estava sendo recepcionado como se fosse um verdadeiro rei.

Não entenderam, porém, que o Mestre acenava com outro sinal: ao montar em um pequeno burrinho, dava demonstração de humildade, pois que os poderosos normalmente montavam os seus formosos corcéis enfeitados com pedrarias. Ainda, o burrinho significava o "servir", uma vez que esse animal simplesmente trabalha em favor dos outros, nada recebendo em troca, nem mesmo a admiração pela beleza que a rigor não tem, frente à formosura dos alazães.

Mesmo assim, as pessoas mostravam-se entusiasmadas, gritando alto aquilo que representava uma súplica pela libertação de todo um povo: "Hosana! Bendito o que vem em nome do Senhor! Bendito o reino que vem, o reino de nosso pai Davi! Hosana nas alturas!"

Fiquei observando com muita atenção a reação daquela massa popular, colocando em Jesus as esperanças de uma libertação tão esperada – a volta da dignidade através da recuperação da liberdade perdida há tantos anos. Ao mesmo tempo fiquei atento à reação de alguns soldados romanos e de algumas autoridades religiosas que estavam próximas.

E vendo aquela cena, comecei a pensar na Porta Dourada e no Messias que se encontrava ao meu lado – Jesus. As muralhas de Jerusalém apresentavam uma série de portas estrategicamente reconstruídas por Herodes, o Grande, visando à defesa da cidade contra ataques externos, como a de Damasco, de Jafa, dos Leões e de outras quatro de menor importância.

No meu tempo, via a Porta Dourada que se encontrava lacrada desde meados do século XVI, por ordem do sultão do Império Otomano, Suleiman – o Magnífico, que expandia o seu território e divulgava a fé em Alá, e eu via até sentido nesse lacre. Como as profecias feitas por Ezequiel diziam que o Messias viria do leste, descendo pelo Monte das Oliveiras e entrando em Jerusalém pela Porta Oriental ou Dourada, aquele sultão mandou fechá-la para que o Enviado não pudesse entrar na cidade.

Ainda, imaginando que esse Messias seria um sacerdote conduzindo seus guerreiros e também acreditando que o Juízo Final ocorreria no vale que fica defronte ao portão, mandou que se construísse ali um cemitério para os muçulmanos, com um duplo objetivo: o primeiro era fazer com que os que lá fossem sepultados viessem a ser os primeiros a se reerguerem para o julgamento; e o segundo, imaginando que o Enviado do Alto seria um sacerdote judeu, este não poderia passar por entre as sepulturas, pois se contaminaria, segundo a crença existente.

O que Suleiman não imaginou, foi que ele mesmo deu cumprimento à outra profecia feita pelo mesmo profeta Ezequiel, que havia dito: "Então, o homem me fez voltar para o caminho da porta exterior do santuário, que olha para o oriente, a qual estava fechada. Disse-me o SENHOR: Esta porta permanecerá fechada, não se abrirá; ninguém entrará por ela, porque o SENHOR, Deus de Israel, entrou por ela; por isso, permanecerá fechada." O sultão fechou a porta, mas o Messias já havia entrado há quinze séculos.

Enquanto a comitiva percorria as ruas da cidade como se fosse um grande desfile, via os soldados romanos conversando entre si e procurando chamar seus superiores para tomarem conhecimento do que ocorria. Quanto aos religiosos, os cochichos ao pé do ouvido eram constantes, e ao mesmo tempo nos dirigiam olhares de censura e desprezo.

A população ensandecida gritava palavras de ordem contra os dominadores romanos, a ponto de provocar reações dos soldados que se encontravam próximos ao tumulto. Realmente, o clima ficou tenso, embora isso jamais representasse a intenção de Jesus.

50 *Seguindo com Jesus na Judeia*

Percebendo a delicadeza do momento, ele decidiu retornar ao alto do Monte das Oliveiras, onde ficava a nossa casa-gruta, e reavaliar a situação. Ele não queria, de forma alguma, que acontecesse qualquer confronto motivado pelo entendimento equivocado da população quanto ao seu verdadeiro trabalho – o do AMOR e da PAZ.

Retornamos em um misto de alegria e apreensão. Realmente, a entrada de Jesus em Jerusalém havia sido um triunfo, pois muitos já o conheciam e ele representava nova esperança. A apreensão ficou por conta da expectativa de libertação imediata que parte do povo depositou nele, dando-nos a certeza de que os poderosos já começariam a se articular no sentido de apagar a sua presença.

No dia seguinte recebemos a visita de um amigo do Senhor, conforme previamente anunciado por Lázaro. Era José de Arimateia, que vinha ao cair da noite informar sobre o que se passava entre os poderosos de Jerusalém, após a excursão do dia anterior. O ilustre visitante assim falou:

– Jesus, eu venho trazer-te informações acerca das consequências de tua ida à cidade, no dia de ontem. Pilatos está enfurecido, acreditando piamente que tu espalhas a desordem e a desobediência. Teme que o povo possa se insurgir contra Roma, incentivado por tua presença e orientação.

– Esta não foi a minha intenção, meu amigo – disse Jesus.

– Disso eu tenho certeza, mas o entendimento de Pilatos foi outro – disse José. – Ele é um governante duro e decidido, que nunca simpatizou com o nosso povo. Conheço-o bem e sei que é inflexível e cruel por causa de sua obstinação, além de violento, extorsivo e tirânico. Bem sabes que Roma não permite o menor sinal de resistência à sua dominação, e que não hesita sufocar qualquer tentativa de rebelião, à custa de sangue. O passado mostra isso ao abafar com ferocidade rebeliões acontecidas em outras plagas.

– Nosso Pai me confiou uma missão que será levada adiante, até o final. A mensagem da libertação espiritual será concretizada segundo os desígnios d'Ele. A Sua vontade jamais encontra barreiras intransponíveis.

– Entendo, mas peço-te que consideres que Pilatos ordenou que seus observadores não mais te perdessem de vista. No entanto, estarás sendo vigiado continuamente, e isso requer que tenhas muita prudência – disse o visitante.

– Naturalmente, entendemos a opressão que vem de Roma, objetivando manter sua dominação – falou Judas. – Mas, de onde vem tamanho ódio pelo nosso povo, por parte de Pilatos? Deve haver algum motivo especial.

– Sim, há um forte motivo para tal – disse José. – Ele foi indicado Governador da Província da Judeia, por Tibério, graças à influência de Sejano, poderoso prefeito da guarda pretoriana em Roma, que nos odeia sobremaneira e que influencia Pilatos a nos prejudicar. É um ódio inexplicável. Apenas para ilustrar, recordo de um triste episódio: sabendo que abominamos qualquer tipo de imagem, ele mandou cunhar moedas com símbolos gentios, ou seja, pagãos, apenas para provocar a ira de nosso povo. Seu ódio ainda aumentou quando quis nos afrontar com imagens de César, conhecidas por ele como "estandartes" e que quase custou a vida de muitos patrícios. Nesse episódio, Pôncio teve de recuar frente à indignação e à coragem de nosso povo.

Judas, sempre preocupado com as questões que envolviam o povo, perguntou:

– Que episódio é esse, que eu desconheço?

– Aconteceu assim, Judas. Pilatos mandou trazer para Jerusalém grande número de imagens de César e, ao amanhecer, nosso povo ficou indignado com o que viu, pois afrontava nossa lei e nossos costumes. Em pouco tempo, uma verdadeira multidão se dirigiu a Pilatos pedindo que nos respeitasse e retirasse as imagens. Diante da recusa, o nosso povo se lançou por terra, permanecendo imóvel por cinco dias e cinco noites, até que no sexto dia Pilatos nos convocou para uma notícia. Esperávamos que ele recuasse de sua decisão e não imaginávamos que havia sido articulada uma cilada, pois nosso povo ficou cercado por tropas que estavam de armas em punho. Então, Pilatos nos informou que se não admitíssemos tais imagens em nossa cidade, seríamos todos massacrados naquele instante.

– Que situação gravíssima – falou Judas, visivelmente consternado.

– Sim, sem dúvidas, mas o que Pilatos não esperava era a reação dos nossos. Embora não estivesse combinado, atiramo-nos ao solo oferecendo o pescoço desnudo e declarando em voz bem alta que preferíamos morrer a transgredir a Lei. Espantado diante desse ato de coragem, restou a Pilatos mandar remover todas as imagens. Isso por certo feriu ainda mais o seu orgulho e aumentou seu desprezo por todos nós.

E olhando para Jesus, – José continuou:

– E se não bastasse vigilância que será exercida por Roma, os dirigentes de nossa religião farão o mesmo, não dando um segundo de paz para ti e teus seguidores. É preciso que tenhas muito cuidado, meu amigo.

Após os agradecimentos, ao se retirar, eu e Judas o acompanhamos até a saída da gruta. Do lado de fora, José dirigiu-se ao meu amigo dizendo-lhe:

– Judas, a mesma preocupação que tenho quanto ao Mestre, tenho por ti. Muitos sabem que és, ou foste um dos zelotes que combatem a permanência de Roma em nosso meio. Tu sabes que isso incomoda muito os que nos dominam, até porque nas fileiras desses rebeldes aparecem muitos salteadores e criminosos. Quando entraste em Jerusalém, acompanhando o Mestre, alguns soldados romanos te reconheceram, e essa informação chegou até o Governador, que recomendou igualmente observar atentamente os teus passos.

– Já imaginava que isso aconteceria mas, na verdade, embora te seja grato pela informação, em nada mudarei a minha forma de agir nem o zelo e carinho com que acompanho os passos de Jesus – respondeu Judas, sem demonstrar em seu semblante qualquer abalo.

– Mesmo assim não te descuides, pois por muito pouco poderás ser taxado de perturbador da ordem em nossa cidade – disse José de Arimateia.

Em seguida, o visitante retornou a Jerusalém protegido pelo manto escuro da noite, enquanto que em nossa casa-gruta, do alto do Monte das Oliveiras, começávamos a discutir acerca da situação. Jesus, do lado de fora e distante das preocupações de todos, olhava o firmamento, como se estivesse confabulando com o Pai.

Em nossa conversação, recordamos que na Festa dos Tabernáculos do ano anterior, Jesus, ainda na Galileia, havia se manifestado não disposto a participar dela, decidindo inicialmente não subir a Jerusalém. Ao receber a visita de sua mãe Maria e dos familiares que com ela conviviam, dentre eles o seu querido companheiro de longa data – Tiago, o Justo – em conversa o convenceu a participar do evento, embora já naquele momento corresse algum risco.

Agora a situação era muito mais delicada, pois qualquer acontecimento poderia sugerir intervenção violenta por parte da repressão romana, aliada ao descontentamento de alguns religiosos. Decidimos que todos ficariam sempre ao lado do Mestre, não permitindo que jamais permanecesse a sós, pois temíamos por sua sorte.

Quando a maioria começou a se recolher, dado o adiantado da hora, Judas e eu saímos da gruta e começamos a conversar a respeito do que José havia dito. Então, falei:

– Judas, eu sinto que a situação começa realmente a ficar delicada. Com as informações que recebemos de José, entendo que tu também deverás ter muito cuidado, não é mesmo?

– Entendo que sim, mas isso na verdade não me preocupa muito.

– É que por teres sido reconhecido como um dos zelotes, a coisa fica mais complicada para ti – falei-lhe, demonstrando minha aflição de amigo sincero.

– Não te preocupes em excesso, pois tudo acontecerá como está previsto acontecer. Eu de fato fui um dos zelotes, pois sempre me preocupei com essa opressão absurda e desumana que os romanos exercem sobre o nosso povo, e quanto a isso não me arrependerei jamais.

– Acho bonito esse teu envolvimento nessa luta, pois a maior parte do povo sempre permanece omissa, calada, submissa. Mesmo me parecendo uma luta inglória considerando a força descomunal que Roma tem, podendo sufocar qualquer levante, tu tens o mérito de ter batalhado pelos ideais de liberdade de todo o povo.

Enquanto eu falava, observava o semblante daquele querido amigo. Sempre sereno e com um olhar bonito; emocionava-se profundamente quando o assunto versava sobre o sofrimento dos judeus. Era como se qualquer sofredor fosse um parente seu – que amor ele tinha pelo próximo!

Quando fui pedir a Jesus que me acolhesse como um de seus seguidores, na verdade alimentava a ilusão de poder associar as duas forças – a dos zelotes, que combatem o sofrimento físico e emocional pelo qual o nosso povo passa, e a de Jesus, que alimenta nossas almas com vigor novo e oferece motivos para uma luta maior e mais intensa. Mas, logo que comecei a entender a verdade do Senhor, fui percebendo mais claramente que a luta que ele empreende é contra a ignorância que atinge de forma intensa a humanidade.

– Quando se combate essa ignorância, aos poucos, a terrível força dos mais fortes vai cessando, porque também eles aprenderão a amar, e em algum momento auxiliarão os mais fracos, ao invés de dominá-los – disse Judas.

– É verdade, amigo. Quando o orgulho e o egoísmo prevalecem na mente humana, as aberrações acontecem, e tudo nos seduz. Eu mesmo carregava em mim sonhos de conquistas e realizações que somente me conduziriam a uma glória mundana. Com o Mestre, aprendi que a verdadeira vida está muito além do orgulho e do egoísmo, e agora que compreendo esta verdade não me permito trair minhas convicções – falei emocionado.

– Nem deves traí-las jamais, pois uma verdadeira traição deve nos causar um sofrimento insuportável – falou Judas. – Acredito que precisamos encontrar forças para compreender que o tempo deverá ajustar tudo e que, segundo o que o Mestre nos falou, teremos todo o tempo do Universo a nosso favor. Mas não é fácil meu amigo, ao menos para mim, pois estou sempre procurando a solução dos problemas de nosso povo, com um imediatismo que não existe!

Nesse momento, pude perceber certa angústia no olhar dele, pois ainda não havia aprendido a conviver com o sofrimento alheio. E continuou:

– Quando vejo a tristeza no olhar de uma mãe; se percebo a menor dor em uma criança que não consegue correr, brincar, sorrir, em razão da falta de alimento, de saúde, de amparo; se noto em um pai de família a falta de condição para dar o sustento ao seu lar, parece que eu me desequilibro e, então, procuro desesperadamente encontrar forças naquilo que Jesus nos ensina. Mas eu choro muito, pois a dor alheia me sufoca o peito e maltrata o coração. Só mesmo Jesus para me amparar nesses momentos.

As lágrimas que corriam de seus olhos fizeram com que eu não permanecesse insensível, comecei também a chorar. O meu choro não se restringia apenas à dor relatada por ele, mas tinha outro motivo: como a humanidade, em todas as épocas, jamais conseguiu perceber que aquele coração era tão generoso, carregando tanto amor e carinho!

A cada instante ficava mais convicto de que Judas se convertera na maior injustiça praticada na Terra, em todos os tempos. Haveria uma explicação para aquilo que aconteceu com ele ou que disseram ter acontecido com ele!

E eu via aquele olhar diante de mim, banhado em lágrimas, e sentia vontade de abraçar aquele amigo e lhe pedir perdão em nome de todas as criaturas, de todos os tempos. Ele era uma pessoa nobre, boa, carinhosa e que se preocupava com os outros, antes de se preocupar consigo mesmo. Doía-me lembrar da forma como ele viria a ser tratado pela humanidade; das palavras duras que seriam dirigidas a ele; do desprezo e indiferença com que seria lembrado.

Sentia, cada vez mais, que além de levar a verdade da mensagem de Jesus, precisava também falar da verdade acerca de Judas, que por certo eu ainda descobriria.

Passados aqueles momentos de emoção, nós nos dirigimos para a gruta. Antes de entrarmos não resisti: o abraço que lhe dei foi como se eu selasse o compromisso de ajustar a história, acabando com a injustiça praticada por todos nós.

CAPÍTULO 4

A prece inesquecível

Deveríamos permanecer abrigados em nossa gruta por cerca de sete meses, até o momento em que ocorreria a partida do Senhor.

Dali era fácil nos deslocarmos até Jerusalém, assim também recebermos a visita de Lázaro, suas irmãs e Maria de Magdala, que já residia em Betânia, e que frequentemente estavam conosco, sobretudo, nos momentos de aprendizado.

Não raras vezes eu saia da gruta e ficava olhando para a velha cidade. Observava as muralhas que a defendiam e podia ver exatamente o local onde se encontrava o meu portal do tempo.

Confesso que apesar de toda a alegria que sentia ao lado de Jesus e dos demais, tinha de fazer enorme esforço para não sair em desabalada carreira, em direção ao túnel que me conduziria ao meu tempo, e abraçar os meus velhos e queridos pais. Como eles estariam? Será que tinham assimilado bem a minha ausência?

Queria estar perto deles. Sentia tanta falta! E só me restava falar com eles através de meus pensamentos e orações, o que acontecia rigorosamente todos os dias. Mas, mesmo assim,

58 *Seguindo com Jesus na Judeia*

aguardava ansiosamente o momento de estar fisicamente com eles. Que falta eles me faziam!

E quanto às minhas orações, não sabia se as fazia corretamente. Se o Pai as ouvia ou não; se podia mesmo atingir o coração de meus genitores; se poderia ser atendido naquilo que eu pedia. Na verdade, em toda a minha vida nunca estive muito atento à forma como conversava com Deus e nada sabia sobre a eficácia desse contato, mas o maior professor de todos os tempos estava ali, bem pertinho de mim, e chegaria o momento adequado de falarmos sobre a prece.

Frequentemente, íamos a Jerusalém, onde tínhamos novidades quanto aos ensinamentos de Jesus, embora sempre vigiados pelos soldados de Pilatos e pelos emissários do Sinédrio. As pessoas ficavam impressionadas com a sabedoria, bondade e simplicidade dele. Porém, mesmo percebendo essa grandeza de Espírito, muitos insistiam em desprezá-lo, ignorá-lo e até mesmo ofendê-lo.

Lembrava-me, nesses instantes, do que ele nos falara enquanto ainda nos encontrávamos na querida Galileia: era na Judeia que encontraria as mais ferrenhas resistências às suas lições de amor e paz. Mudar conceitos é realmente uma tarefa dificílima.

Numa dessas idas à velha cidade, quando falava para o povo dentro do Templo, foi interrogado pelos fariseus que costumeiramente tentavam deixá-lo em situação delicada.

– Jesus, já que és tão ligado ao teu Pai, a quem nós chamamos de Deus, diga-nos, quando virá esse Reino do qual nos fala?

– Prestai atenção no que vos direi: estais habituados a ver apenas aquilo que todos podem ver, mas cuidais de procurar aquilo que cada um pode, por sua vez, observar isoladamente. O Reino de Deus não virá com aparência exterior, aquela que pode ser tocada pelos dedos. Se vos disserem que o Reino está aqui ou está ali, não vos enganeis. O verdadeiro Reino de Deus estará dentro de vós, não alhures. Assim será comigo, meus seguidores desejarão ardentemente ver-me, mas não me verão.

Alguns vos dirão: ele está ali ou ele está aqui, mas não o sigam, pois eu serei como o relâmpago, que ao fuzilar de uma extremidade do céu, ilumina até a outra.

O silêncio era total, por sua vez o Mestre se reportava a todos os que o seguiam verdadeiramente, dizendo:

– Mas para que isso aconteça será necessário antes que eu padeça muitas coisas, a ponto de ser rejeitado por essa geração. Assim aconteceu na época de Noé: comiam, bebiam, casavam e se davam em casamento, até o dia em que Noé entrou na arca, e veio o dilúvio que os destruiu. O mesmo com Ló: comiam, bebiam, compravam, vendiam, plantavam e edificavam; mas no dia em que Ló saiu de Sodoma, choveu do céu fogo e enxofre que os destruiu. Assim será no final dos tempos atuais: naquele tempo, quem estiver no eirado, tendo os seus bens em casa, não desça para tirá-los, e, da mesma sorte, quem estiver no campo, não volte para trás. Quem quiser preservar a sua vida, perdê-la-á, e qualquer que a perder, conservá-la-á. Naquela época, estarão dois numa cama: um será tomado e o outro será deixado. Duas mulheres estarão juntas moendo – uma será tomada e a outra será deixada. Dois homens estarão no campo: um será tomado e o outro será deixado.

Diante de todos os ouvintes, que permaneciam intrigados com o que ele falava, Jesus prosseguiu:

– E onde estiver o corpo, aí se ajuntarão também os abutres.

Desta vez não eram apenas os fariseus que não haviam entendido, nós também. Apenas com uma diferença: acreditávamos piamente que o Mestre haveria de nos explicar. Quanto aos fariseus, simplesmente zombaram das suas palavras.

Realmente, eu precisava que ele se explicasse melhor, pois desta vez eu estava muito longe de decifrar aquela mensagem. Aguardaria pela primeira oportunidade.

Retornamos à nossa gruta, e no final da noite, junto à fogueira que sempre fazíamos para afugentar o frio daquelas horas, aproveitei-me de um instante a sós com o Mestre e toquei no assunto.

60 *Seguindo com Jesus na Judeia*

– Até o momento em que disseste que o Reino dos Céus era uma construção individual, e que não se deveria buscá-lo em qualquer outro local que não fosse o próprio interior da criatura humana, eu havia compreendido. O mesmo se aplica a procurar-te futuramente, iludindo-se na expectativa de te encontrar em qualquer local, que não seja no coração da própria criatura. Mas, quando disseste o que acontecerá no final dos tempos, realmente nada entendi. Disseste que naquela época, quem estiver no eirado não deverá descer; no campo, não deverá voltar; quem quiser preservar sua vida vai perdê-la, e o que a perder irá conservá-la. Continuaste dizendo que dois em uma cama, apenas um ficará. O que vem a ser isso?

E Jesus disse:

– David, sei que tens um entendimento diferente, próprio dos da tua época. Vou falar-te a respeito, muito embora esteja bem próximo o momento de revelar detalhes maiores sobre a obra do Pai. Não te esqueças, também, que já te falei da existência, em teu tempo, dessas informações reveladas em detalhes e que deverá buscá-las.

– Ah, sim Mestre, isso farei assim que retornar. Mas quanto ao entendimento, o que vem a ser tudo o que disseste?

– Em primeiro lugar, é necessário sempre que se tenha edificado o Reino dos Céus dentro de si, e isso se faz aproximando do Pai o próprio coração, ou seja, cumprindo o mais fielmente possível as suas Leis de Amor. Uma ferramenta de grande importância para essa aproximação é a prece. Ela vos eleva e vos coloca ao lado d'Ele, e quanto mais vos aproximais, mais vos afastais das coisas que costumam seduzir a humanidade, ou seja, menos envolvidos pelas coisas mundanas estareis. Se estiverdes no alto, aqui simbolizado pelo eirado, e decidirdes descer para buscar as coisas perecíveis, de fato perecereis. Aquele que estiver no campo da liberdade e retornar à prisão da casa, perecerá. Se quiserdes preservar a vossa vida, tal qual o mundo a entende, ireis perdê-la, ou seja, tereis uma existência nula, voltada apenas para as seduções mundanas, enquanto que se a perderdes, também conforme os olhos do mundo, ireis ganhá-la, pois o mundo ainda não compreende uma existência de doação em favor do semelhante. Para a grande maioria, doar-se é desperdício; o que importa é juntar, ganhar, enriquecer. Chegará o momento em que a Terra estará mudando de patamar, pois a humanidade assim estará também. Alguns irão herdá-la em razão das conquistas obtidas, mas outros não. Por esse motivo lhes disse, quando ainda na doce Galileia, que os mansos herdarão a Terra, e é por isso que também falei: numa cama, um será levado e o outro permanecerá; no campo, um ficará e o outro não poderá, pois os retardatários serão levados a novo orbe para a continuidade de seus aprendizados. Fique tranquilo, pois detalhes eu vos darei oportunamente.

Numa das noites em que ficávamos em torno da fogueira, lembrando-me do que o Mestre falara sobre a prece, perguntei:

– Jesus, as preces preferencialmente devem ser feitas individualmente ou as podemos fazer de forma coletiva?

– As preces devem sempre ser feitas individual ou coletivamente. Quando é feita em conjunto pode-se dizer que ficam mais eficazes, pois existe a vontade de muitos, dirigida a um determinado objetivo. Mas mesmo quando feita individualmente ainda se pode dizer que é coletiva: quando se eleva as preces ao Alto, a pessoa já se faz acompanhada de amigos verdadeiros, mesmo que não os consiga enxergar. Portanto, jamais estará a sós. É por isso que digo que quando dois ou mais se reunirem para a prece, ali estarei presente.

Os demais discípulos, junto à fogueira, começaram a discutir em torno da prece, procurando mais entendimento. E pediram a Jesus que falasse sobre ela. Ele assim falou:

– Recordem-se de que já vos disse anteriormente: quando orardes não vos assemelheis aos de comportamento hipócrita, que oram escandalosamente de pé nas sinagogas e nos cantos das ruas, apenas para serem vistos por todos. Digo-vos que estes tais não serão ouvidos pelo Alto, pois já receberam a recompensa que realmente esperavam: a admiração alheia. Quando quiserdes orar, entrai em vosso quarto, ou seja, em vossa intimidade, e, fechada a porta, orai ao nosso Pai em secreto, e Ele, que tudo vê e sabe vos atenderá.

– Recordo-me que quando estivemos em Cesareia de Filipe, vimos os adoradores de Pã fazendo suas preces em altos brados. Como deve ser a nossa forma de falar com o Pai, para que Ele nos ouça? – perguntou Tomé.

– O maior templo de adoração ao Pai é o nosso coração, e quando nos recolhemos em preces silenciosas, Ele já está nos ouvindo. O exemplo que vos dei já deixa isso entendido: o Pai já sabe de nossas necessidades, de nossos sentimentos, nossas aflições, antes mesmo que digamos uma única palavra.

– Mas, o que pedir? – perguntou Pedro – E será mesmo que o nosso Pai ouve todas as nossas rogativas? Às vezes, acho que não.

– Pedro, o que tens pedido em tuas preces que o nosso Pai não te atendeu?

– Ah, Senhor, tenho pedido tantas coisas! Que ele aplaine a minha caminhada e a de minha família, eliminando as nossas dificuldades, pois em meu lar, lá em Cafarnaum, vivemos sempre em meio às necessidades. Ora é a falta de alimento, ora a falta do dinheiro; o trabalho é árduo. Peço, peço, peço, mas as dificuldades continuam!

– Meu velho amigo, enquanto pedirdes coisas da Terra possivelmente saireis desiludido de vossas preces. As preces existem não para satisfazer caprichos ou conduzir à ociosidade, mas sim para auxiliar no crescimento interior. Muitos precisam exatamente passar pelas dificuldades do dia a dia, pois sem elas se perderiam.

– E, então, o que devo pedir?

– Que o Pai vos dê coragem, forças para continuar lutando, ânimo para enfrentar os reveses, esperança para embelezar vossa existência. O que deveis pedir são os elementos com os quais possais criar o Reino dos Céus em vosso coração. E quanto ao resto, aguardai: virá por acréscimo.

Outra questão foi levantada por Tomé:

– Às vezes, começo a fazer uma prece e aí me lembro de que não tive um dia feliz. Briguei com alguém, desentendi-me com um companheiro de jornada e parece que isso me incomoda tanto quando vou fazer a oração. Tenho a sensação de que o Pai não está feliz com o que faço e que não vai aceitar as minhas rogativas.

– Quando infringimos as Leis que regem o Universo, não podemos estar em sintonia plena com o Legislador, ou seja, o nosso Pai. Como chegar até Ele, que ainda não vês, se não consegues antes chegar ao irmão que está ao teu lado? De nada adianta pretender demonstrar que O amas, se desprezas a outro filho d'Ele, teu irmão. É necessário antes estar de bem com ele, para depois ir ao Pai. Nosso povo há tempos faz sacrifícios e oferendas a Deus, na expectativa de agradá-lo. Mas, digo-te que a oferenda mais agradável a Ele é quando se sacrifica o orgulho, o egoísmo, a vaidade, a inveja, o ódio. Pedir perdão ao irmão a quem ofendeste é sacrificar o teu orgulho, e disso o Pai se alegra.

– E devemos insistir na prece até que o Pai nos atenda? – perguntou Filipe.

– Primeiramente, é preciso saber o que se deve pedir. Depois, se de fato tens necessidade daquilo que pedes e se será útil para ti ser atendido em tua solicitação. Muitas vezes, pede-se algo que te desviará do caminho reto: fortuna, reconhecimento, fama. Outro ponto ainda: quem pede merece o que pede? Quanto a insistir, desde que esteja correto em tua petição, estarás demonstrando perseverança, confiança. Vou contar uma história a respeito: Havia em certa cidade um juiz que não temia a Deus nem respeitava os homens. Havia também, naquela mesma cidade, uma viúva que ia ter com ele, dizendo: Faze-me justiça contra o meu adversário. E por algum tempo não quis atendê-la, mas depois disse consigo: Ainda que eu não tema a Deus nem respeite os homens, todavia, como essa viúva me incomoda, hei de fazer-lhe justiça, para que ela não continue a me molestar. Ouve o que diz esse juiz injusto. E não

64 Seguindo com Jesus na Judeia

fará Deus justiça aos seus filhos, que dia e noite clamam a Ele, já que é generoso para com todos? Digo-vos que depressa lhes fará justiça.

– Entendi, Senhor. A perseverança deverá fazer com que as portas se abram, mas será que não nos tornamos inconvenientes em razão de tanta insistência? – perguntou Filipe.

– Prestai atenção nessa outra história, para a qual me utilizarei da figura do amigo. É assim: Se um de vós tiver um amigo, e se vos for procurar à meia-noite e vos disser: – Amigo, empresta-me três pães, pois que outro amigo meu, estando em viagem, chegou à minha casa e não tenho o que lhe oferecer; e se ele, de dentro, responder: – Não me incomodes, pois já está a porta fechada, e os meus filhos estão comigo na cama e não posso me levantar para te atender; digo-vos que, ainda que se levante para lhos dar por ser seu amigo, todavia, por causa da sua importunação, se levantará e lhe dará quantos pães ele precisar. Pelo que eu vos digo: pedi, e dar-se-vos-á, buscai e achareis, batei e abrir-se-vos-á, pois todo o que pede, recebe; e quem busca, acha; e ao que bate, abrir-se-lhe-á. E qual o pai dentre vós que, se o filho lhe pedir pão, lhe dará uma pedra? Ou, se lhe pedir peixe, lhe dará por peixe uma serpente? Ou, se pedir um ovo, lhe dará um escorpião? Se vós, pois, sendo ainda imperfeitos, sabeis dar boas dádivas aos vossos filhos, quanto mais dará o Pai celestial àqueles que lho pedirem? Reparai, também, que o amigo que foi importunado perceberá que a solicitação foi feita para atender a outro amigo – e isto é louvável, pois o mesmo solicitante certamente faria o mesmo por ele.

– E quantas vezes devemos fazer preces durante o dia, Senhor? – perguntou André.

– Digo-vos que deveis fazê-la em todos os momentos, assim também se estivésseis buscando o ar, para manter a vida. Em todos os instantes deveis aproximar-te do Pai, do mesmo modo que continuamente necessitas respirar. É necessário que compreendas que prece não é necessariamente o movimentar dos lábios, dobrar os joelhos ou as mãos postas. A criatura pode e deve viver incessantemente num clima de ligação com o Alto, e isso se faz quando suas ações são boas. Quando a criatura pratica o bem, já está fazendo preces: é a mãe que zela por seu filho; o pai que se ausenta do lar em busca do sustento digno; os vizinhos que se acolhem mutuamente; o sorriso que se dispensa àquele que tem dor; o abraço que acalma o desesperado; em todas essas ocasiões, o Pai sente que o filho está ligado a Ele e, portanto, em incessante prece.

A conversação sobre a prece estava fascinante, e todos certamente procurariam aplicar os ensinamentos do Mestre já naquela mesma noite, quando fôssemos nos recolher. Mas, aí o Mestre proferiu uma frase que ficaria marcada para todo o sempre, quando alguém pediu:

– Mestre, como ainda temos dificuldades em nos dirigir ao Criador, ensina-nos a orar.

Nesse momento Jesus levantou-se, olhou para o céu estrelado e divisando o infinito, mostrava-nos uma luz intensa em razão de sua comunhão com o Alto. Colocamo-nos em círculo e nos abraçamos envolvendo o Mestre, que ficou ao centro. E assim, o Divino Mensageiro do Pai falou suave e pausadamente:

– Pai nosso dos Céus, Santo é Teu nome, venha o Teu reino, Tua vontade se faz na Terra, como também nos Céus. Dá-nos hoje nossa parte de pão. Perdoa as nossas culpas, quando tivermos perdoado a culpa dos nossos devedores. Não nos deixes entregues à provação, porque assim nos resgatas do mal. Que assim seja.

Encerrada a prece, percebia-se a emoção no coração de todos. Uma ligação tão forte com o Pai havia ocorrido, que tocou fundo a alma de cada um. Era como se do Alto chovesse pétalas perfumadas de rosa.

– Foi maravilhoso fazer essa prece contigo, senti que estava ao lado do Pai – disse-lhe, ainda com a voz embargada. – Mas, quando não mais estiveres em nosso meio e precisarmos da tua presença? Quando fizermos uma prece, tu estarás conosco?

– Sempre estarei convosco. Quando fizerdes vossas preces estareis recordando que nunca me ausentarei, e que, portanto, estarei ao vosso lado continuamente. Seja a existência de todos vós uma ininterrupta prece de amor e paz.

Abraçamo-nos todos e assim permanecemos por longo tempo sob a luz do luar, que mais parecia uma benção do Pai para os seus filhos. Naquele instante, pude notar lágrimas que caiam dos olhos do Mestre, assemelhando-se a formosos diamantes. A partir daquele momento, jamais nos esqueceríamos do valor da prece.

CAPÍTULO 5

Muitos os chamados, poucos os escolhidos

A tarefa do Mestre seguia seu curso normal, apesar dos incessantes ataques promovidos por alguns religiosos, e a constante vigilância empreendida pelas autoridades romanas, por determinação de Pôncio Pilatos. Não raras vezes surgiam entreveros entre populares e os soldados romanos, fazendo com que o clima ficasse cada vez mais delicado.

Constantemente, éramos informados por José de Arimateia a respeito das consequências geradas por esses conflitos e que colocavam Pilatos em situação muito delicada junto a Tibério Cesar, Imperador de Roma.

A cada excursão que fazíamos até a cidade, notávamos que o povo seguia de mais perto os passos de Jesus, ansiando pela liberdade, nem sempre da alma, mas muitas vezes quanto ao jugo imposto pelos dominadores estrangeiros. A grande maioria das pessoas, mesmo demonstrando muito amor e respeito por Jesus, estava muito longe de entender a sua real missão entre nós, ou seja, a do esclarecimento quanto às coisas da alma, visando à sua real libertação.

Os soldados romanos ficavam agitados, contendo-se para não intervir em nossa caminhada, a cada manifestação mais ousada por parte de algum popular. Tudo isso certamente era relatado a Pôncio Pilatos e talvez apresentado com tintas ainda mais carregadas.

Em meio a toda essa preocupação, havia uma alegria especial e consoladora: a visita constante de nossa irmã de Magdala, que sempre tinha uma palavra de amor e incentivo para todos, embora ainda sofresse certa rejeição por parte de muitos. Ela era realmente admirável e se esforçava muito para compreender a mensagem redentora do Mestre. Sentia necessidade de ajudar, orientar, servir e passou a ser como mãe carinhosa daquelas crianças de Betânia, que costumeiramente frequentavam a nossa gruta.

Normalmente, quando nos dirigíamos à cidade, Maria de Magdala não nos acompanhava, por considerar que sua presença pudesse agitar ainda mais os populares, que poderiam tecer comentários nada agradáveis. Se muitos não conseguiam aceitar a mensagem redentora do Senhor, em que pese toda a clareza e bondade, o fato de estarmos acompanhados por uma mulher poderia fazer com que esse entendimento sofresse mais rejeições. Assim pensava ela.

Numa manhã ensolarada nos dirigimos a Jerusalém e entramos no majestoso Templo. A multidão estava aglomerada, pois seria dado início à cerimônia do Simchat Torá ou Regozijo da Torá, que acontece oito dias após o término da Festa dos Tabernáculos. Essa cerimônia acontece com o encerramento e o reinício da leitura anual da Torá, simbolizando a sua eternidade.

No grandioso Templo havia um lugar de destaque para os sacerdotes que participariam dessa festividade, tão concorrida por toda a sociedade daquela época.

Jesus deteve a caminhada diante desse local importante, e ficamos todos observando o que ocorria com aquelas autoridades religiosas. Conforme chegavam, imediatamente procuravam os melhores locais, ou seja, aqueles onde ficariam em maior evidência perante o público.

Os retardatários procuravam desesperadamente algum assento mais próximo ao centro, o qual pudesse eventualmente ter ficado vago por descuido de alguém.

Ficamos acompanhando o que acontecia, e na verdade ninguém ficou chocado com aquelas cenas. Estávamos acostumados a presenciar tudo aquilo com certa naturalidade, mas o Mestre nos preparava novos ensinamentos.

Ao sairmos do Templo fomos abordados por um grupo de fariseus, que convidou Jesus e nós para tomarmos a refeição na casa de um deles. Ao entrarmos na residência, a cena que presenciamos foi exatamente a mesma que acabávamos de ver no Templo: todos eles corriam para ocuparem os lugares ao centro da mesa.

Nesse instante, o anfitrião pediu a um deles que se levantasse e desse seu lugar a Jesus, indo aquele se assentar no último local disponível no ambiente. O Mestre olhou-nos significativamente, mostrando que daquele fato surgiriam ensinamentos novos.

Em meio à refeição, o principal dos fariseus dirigiu-se ao Mestre e disse:

— Sabemos que teus ensinamentos são profundos e que só podem vir do Alto. Temos, nós outros também intimidade com o nosso Deus, a ponto de seguir Suas diretrizes, que muitas das vezes nos parecem conflitantes com o que tu dizes...

— Não vejo dessa forma, meu amigo – disse Jesus docemente. – A mensagem que trago do Pai é a mesma que nos foi deixada por Moisés. Os conflitos a que te aludes são mais em razão da não compreensão e vivência dos ensinamentos do Sinai, por parte de nosso povo.

— Queres, então, dizer que nos equivocamos quanto à forma de adorar a Deus? Tu não nos compreendes como povo escolhido por Ele?

— Escolhido por Ele são todos, meu amigo, mas fazer a Sua vontade, isso ainda é para poucos. Quando a criatura humana

70 *Seguindo com Jesus na Judeia*

se prende ao orgulho, à falta da simplicidade e humildade, isto a afasta do Pai. É necessário amá-Lo sinceramente e com todas as forças do coração – falou o Mestre.

– Mas fazemos tudo o que nos foi ensinado por nossos antepassados! Não vejo onde nos equivocamos a respeito – falou o fariseu em tom áspero.

– Dou-vos, por exemplo, aquilo que presenciamos quando aqui chegamos. Todos correram para ocupar os primeiros lugares, na certeza de serem as pessoas mais importantes dentro do evento. Quando se instala no coração humano o orgulho feroz, quem vos traz um ensinamento novo, calcado na humildade e no amor, vos causará incômodo e será alvo de perseguição, eis que será rejeitado – falou mansamente Jesus.

– Recordo-vos, uma vez mais, que somos o povo escolhido por Deus – falou novamente o fariseu, em tom ainda mais grave.

Nesse momento, Jesus narrou a todos que ali estavam mais uma de suas parábolas, que ficaria marcada de forma indelével.

– O Reino dos Céus é semelhante a um rei que celebrou as bodas de seu filho. Enviou os seus servos a chamar os convidados para a grande festa, mas estes não quiseram vir. Depois enviou outros servos, ordenando: "– Dizei aos convidados: eis que tenho o meu jantar preparado; os meus bois e cevados já estão mortos e tudo está pronto; vinde às bodas." Eles, porém, não fazendo caso, se foram, um para o seu campo, outro para o seu negócio; e outros, apoderando-se dos servos, os ultrajaram e mataram. Mas o rei encolerizou-se, e enviando os seus exércitos, destruiu aqueles homicidas e incendiou a sua cidade. Então, disse aos seus servos: "– As bodas, na verdade, estão preparadas, mas os convidados não eram dignos".

– Não entendi bem o que queres dizer com isto – falou outro fariseu.

– Entenda da seguinte forma, meu amigo: o Reino dos Céus é a grande festa que foi preparada por meu Pai e da qual todo o povo de Israel estaria sendo convidado a participar. Para essas bodas, Ele enviou emissários chamando a todos, mas muitos não aceitaram o convite. Colocaram à frente seus interesses pessoais, seus prazeres, o seu orgulho. Trucidaram os emissários, que eram os profetas que vinham anunciar a grande festa do Senhor. Na figura do rei que se encolerizou, temos tão somente as consequências funestas da indiferença e desprezo à mensagem redentora do verdadeiro amor. Mas a festa estava preparada, mas os convidados mostravam-se indignos.

Estava estampado na face de todos os fariseus um ar de revolta. Mas continuaram ouvindo.

– O rei, ante a negativa dos convidados, determinou que seus emissários procurassem em todos os caminhos e encruzilhadas aqueles que se mostrassem favoráveis à participação nas bodas, e o salão nupcial encheu-se de convivas. O que vos quero dizer neste momento é que a mensagem que trago do Pai será levada a todos os de boa vontade, que aceitam a palavra de amor e esperança que vem do Alto, não mais somente aos do povo judeu.

– Acredito que tenhas te esquecido daquilo que Deus prometeu ao nosso pai Abraão: "Tua posteridade haverá de cobrir toda a Terra" – disse outro fariseu, visivelmente consternado. – Está prometido que nossa nação terá supremacia sobre todas as outras.

– A questão é que o povo tomou a forma pelo fundo, ou seja, não percebeu que essa supremacia prometida encontrava-se na condução das verdades do espírito, não nas conquistas efêmeras do mundo. Nenhum outro povo, além do judeu, tinha condição de levar adiante as verdades do Divino Construtor do Universo, dando a Abraão posteridade espiritual tão numerosa como os astros que circulam pelo Universo. Mas, os desvios aconteceram e perderam o rumo da verdade – disse Jesus.

Diante do olhar reprovador de todos, ele prosseguiu:

– Mas quando o rei entrou para ver os convivas, viu ali um homem que não trajava veste apropriada e perguntou-lhe: "– Amigo, como entraste aqui sem teres veste nupcial?" Ele, porém, emudeceu. Ordenou então o rei aos servos: "– Amarrai-o de pés e mãos e lançai-o para fora das bodas. Porque muitos

72 Seguindo com Jesus na Judeia

são chamados, mas poucos escolhidos." Quero-vos dizer que, mesmo entre os que vierem a ser convidados, posteriormente, a condição básica para permanecer na festa e conquistar o Reino dos Céus é estar vestido de forma adequada, ou seja, com o coração puro, praticando a Lei segundo o Espírito – a Lei de Amor. Praticar a Lei segundo o Espírito é servi-Lo, servindo ao irmão; assistindo-o em suas necessidades, não se preocupando quanto às fórmulas de adoração exterior, que normalmente ficam distantes do sentimento de pureza e humildade.

– Por que dizes que nos falta humildade? – perguntou outro fariseu, que não concordava com as colocações de Jesus.

– Observes por ti mesmo. Ao entrarmos nesta casa vimos que todos correram para ocupar os lugares mais ao centro da mesa. Isto foi motivado pelo orgulho ou pela humildade? É óbvio que foi pelo orgulho. Assim digo: Em todas as ocasiões para as quais fores convidado, não te acotoveles em busca dos melhores lugares, que te possam destacar perante todos os convivas, pois pode ocorrer que aquele que te convidou, tenha convidado outro pelo qual nutre maior consideração. E se estiveres no local de destaque, pode ser que venhas a ser convocado a dar teu lugar a esse tal e, então, envergonhado, tenhas de ocupar o último lugar. Entretanto, o que deves fazer é, ao chegar ao recinto, ocupar o último lugar, pois haverá a possibilidade daquele que te convidou vir até ti e te dizer: "– Amigo, venha ocupar um lugar mais ao centro." Então, terás honra diante de todos os que estiverem contigo à mesa. Todo aquele que a si mesmo se exaltar, será humilhado, e o que se humildar será exaltado.

Terminada a refeição e após as despedidas, nós nos retiramos agradecidos pelo acolhimento, embora ficasse no ar sentimentos de repulsa por parte daqueles fariseus. Mas quanto a Jesus, a mensagem havia sido dada – era apenas preciso que tivessem ouvidos de ouvir e olhos de ver.

Nos dias que se seguiram, junto à gruta que nos acolhia, foram intensos os comentários a respeito do que ocorrera no Templo e na casa daquele fariseu. Tudo era motivo de ensinamento por parte do Mestre.

Numa noite, junto à fogueira que ardia e em meio à conversação que ocorria, o Mestre assim falou:

– Às verdades que foram trazidas a Moisés, inscritas nas Tábuas dos Mandamentos, foram acrescentadas outras Leis de origem humana, necessárias à condução da humanidade daquela época. Estas últimas deveriam ser analisadas e devidamente ajustadas pelas criaturas, tendo sempre como balizamento de sua conduta a Lei do Amor. Contudo, o povo hebreu permaneceu observando as leis de origem humana com tal fervor, a ponto de não observar que sua conduta afrontava as Leis Divinas. Foi dito que não era para adorar a outros deuses, a não ser o nosso Pai, e que Seu nome jamais deveria ser tomado em vão. Mas ao procederem aos rituais que decidiram criar, onde se exalta os aspectos exteriores, em detrimento do sentimento verdadeiro, toma-se continuadamente em vão o nome D'Ele. E quantos outros deuses foram criados em razão da ignorância humana? O deus da riqueza, o deus do poder, da projeção, da sensualidade. Criou-se até mesmo o deus do sábado, que adorado com tamanha intensidade, não permita prática do verdadeiro amor nesse dia, através do socorro ao semelhante que sofre.

E continuava Jesus:

– Foi transmitido a Moisés a orientação quanto ao não matar, não adulterar, não furtar, não cobiçar o que pertence ao próximo. O objetivo em tudo era fazer com que a criatura começasse a se respeitar cada vez mais, a ponto de surgir, com o tempo, o verdadeiro amor entre elas. Mas é evidente que se deu mais importância às coisas ligadas ao mundo, que as do espírito. Está faltando o principal: o AMOR.

– Que bom já termos compreendido que seguir-te nos aproxima do Pai – disse Judas.

– Sim, meu querido amigo. Entretanto, muitos terão apenas a aparência do entendimento, mas não colocarão dentro de si a real compreensão. Eu não só falo de amor, mas na verdade procuro exemplificar essa preciosa virtude, e tenho a esperança de que todos os que ouvirem também pratiquem o verdadeiro amor. Muitos aceitarão minha mensagem apenas com os lábios, mas seu coração estará distante dela, uma vez que suas ações irão contradizer o que dizem.

E continuou:

– Nem todo o que me diz: – *Senhor, Senhor!* estará de fato conquistando a edificação do Reino dos Céus em seu coração, mas sim aquele que faz a vontade de nosso Pai, que está nos Céus. Muitos me dirão: "– Senhor, Senhor, não profetizamos nós em teu nome? E em teu nome não expulsamos os maus espíritos? E em teu nome não fizemos muitos milagres?" Então, sentirão como se eu mesmo lhes falasse: "– A leviandade de vossos atos e a incredulidade não vos permitem sentir, em vossos corações, a minha presença; vós que ainda praticais a iniquidade." Todo aquele, pois, que ouve estas minhas palavras e as põe em prática, será comparado a um homem prudente que edificou a casa sobre a rocha. E desceu a chuva, correram as torrentes, sopraram os ventos que bateram com ímpeto contra aquela casa, contudo não caiu, porque estava fundada sobre a rocha. Mas, todo aquele que ouve estas minhas palavras e não as põe em prática, será comparado a um homem insensato que edificou a sua casa sobre a areia. E desceu a chuva, correram as torrentes, sopraram os ventos que bateram com ímpeto contra aquela casa, e ela caiu; e grande foi a sua queda.

Diante daquilo que Jesus nos falou, foi fácil fazer uma ligação com o que havia anteriormente dito, quanto à necessidade da veste nupcial. Quantos, no meu tempo, de fato afirmavam estar seguindo os passos do Mestre, mas as suas atitudes nada tinham a ver com as verdades que ele nos deixou. Não se preocupavam em possuir a pureza, a mansuetude e a bondade, que deveriam caracterizar os verdadeiros seguidores do Senhor, viviam apenas a teoria e permaneciam tão distantes da prática.

Quantos, ainda, entendem que estar seguindo Jesus é simplesmente fazer parte de alguma agremiação religiosa; viver a prática de alguns rituais, acreditar em certos dogmas. Outros tantos ainda se alegram na indecência; na violência contra si e o irmão; sacrificam seus semelhantes, vivendo exclusivamente para si mesmos; quantos ainda permanecem indiferentes ao sofrimento alheio, e em razão de uma simples prece formulada ao acaso e sem qualquer envolvimento, julgam alcançar a sintonia com o Alto.

Quanto mais ensinamentos eu recebia do Mestre, mais me convencia da necessidade de auxiliar na modificação do pensamento humano de minha época. Minha participação nesse esclarecimento seria através do que escreveria a respeito da verdade maior, vinda da parte de Jesus. E dessa tarefa não me afastaria um milímetro sequer.

A noite se fazia alta, e as tarefas do dia seguinte nos convidavam ao recolhimento, ao refazimento de nossas forças. Após as preces que fazíamos em conjunto, dirigi o meu pensamento aos meus velhos e queridos pais, pedindo ao Pai de Amor Infinito que os protegesse. Sentia tanto a falta deles.

CAPÍTULO 6

Humildade

Certa manhã, logo no início da primeira hora, ou seja, às seis horas da manhã, Jesus decidiu ir até a velha cidade para assistir aos trabalhos que aconteciam no majestoso Templo.

A brisa ainda era percebida por todos, quando iniciamos a descida do Monte das Oliveiras, diante da visão deslumbrante que se tinha das construções que se apresentavam à nossa frente. Realmente, Jerusalém era a demonstração mais eloquente da vontade e do trabalho do homem.

Toda vez que meus olhos se dirigiam às velhas muralhas da cidade, era impossível não olhar para o ponto que representava a minha possibilidade de retorno aos meus pais – o meu túnel do tempo. Ao lembrar deles meu coração doía, pois me perguntava como estariam. Só mesmo a presença de Jesus para consolar essa dor.

Ao chegarmos ao Templo, vimos a enorme agitação daqueles que lá compareciam na expectativa de cumprirem com suas obrigações religiosas. Muitos saiam, outros entravam levando consigo suas oferendas. No caminho, eles se encontravam com amigos, travavam conversações animadas, abraçavam-se, e tudo isso era muito agradável de se ver. Entre os mais simples esse contato parecia mais espontâneo, saudável, verdadeiro.

Aqueles que pareciam mais orgulhosos trajavam vestimentas mais finas, ricas e andavam pelos espaços procurando manter razoável distância dos que eram mais pobres. Pareciam ter medo de algum contágio ou de abrirem espaços para uma conversação inoportuna, como se isso pudesse lhes revelar alguma fraqueza interior. No olhar revelavam a vontade de se manter distantes, e quando sorriam parecia que o faziam por simples obrigação.

Andavam com o "nariz empinado", como minha querida mãe sempre dizia. Os que carregavam seus filhos os mantinham à certa distância dos outros pequeninos, como se essa aproximação fosse prejudicial.

Se entre o povo comum, que lá entrava, eu via esse comportamento, o mesmo acontecia com alguns sacerdotes e levitas. Eles que deveriam estar mais próximos de Deus, em razão das atividades que exerciam, mostravam-se ainda mais distantes de seus semelhantes. Olhar de superioridade, vestimentas que os distinguiam dos outros mortais, espaços reservados somente a eles e contato com o povo somente a distância. E pensava comigo: "esses sacerdotes até se parecem com várias autoridades religiosas do meu tempo. Impossível deixar de fazer as comparações, decorrentes de observações tão visíveis e marcantes."

Ao meu lado, eu via Jesus, a expressão maior da presença do Pai entre nós. Ele era a simplicidade absoluta: fazia questão de estar entre todos, abraçando, beijando, fazendo um afago; distância não era com ele, estava sempre próximo. Tinha um sorriso que nunca revelava nenhum tipo de crítica, condenação – era doce por excelência. Consigo, tinha apenas uma túnica e um par de sandálias e nada mais. E constantemente dizia que não tinha uma única pedra onde reclinar a cabeça.

Em contrapartida, via um Templo majestoso, que abrigava os religiosos que diziam estar em perfeita conexão com Deus, enquanto que o Mestre dizia que o único Templo verdadeiro era o do coração de boa vontade. Via riquezas expostas nos altares, vestimentas riquíssimas, ornamentos valiosos e ao mesmo tempo olhava para o rosto sereno de Jesus e via em seu olhar a maior riqueza que alguém poderia ter – o amor verdadeiro.

Quantas contradições o ser humano constrói e, então, passa a acreditar em tesouros equivocados, que seu coração começa a amealhar! Convencia-me, cada vez mais, se é que era possível, da necessidade de narrar tudo o que via e sentia ao lado de Jesus, para depois poder levar essa mensagem de amor àqueles que viviam no meu verdadeiro tempo. Tinha esperanças de que eles pudessem sentir um pouco do que eu estava sentindo e assim deixariam de lado a busca desenfreada pelo poder, a conquista do ouro a qualquer custo, a agressão ao irmão, na procura de se sobrepor a tudo e a todos.

Havia se passado vinte e um séculos e tudo parecia igual! Era como se eu estivesse no meu tempo, presenciando o mesmo sentimento equivocado no semblante de muitos! O orgulho ainda preponderava, apesar da mensagem do Mestre! Como era possível passarem-se os séculos e, embora se dizendo cristão, não procurar compreender a natureza sublime e amorosa daquele homem grandioso? Passado tanto tempo e ainda permanecerem distantes de sua mensagem, apesar de se dizerem seus seguidores?

"Verniz, apenas verniz", pensei comigo. Temos um aspecto exterior que não condiz com o que somos internamente. Precisamos mudar tudo, colocar as verdades dentro de nossa mente e do nosso coração e trabalhar, mas trabalhar sempre, e muito, pela implantação do verdadeiro Cristo em cada um de nós.

Recordei-me de quando me encontrei com Jesus pela primeira vez. Caminhando na direção de Nazaré ele me havia falado de sua estada no deserto, e que um dos motivos desse afastamento era o de analisar a condição humana, em razão da balbúrdia existente em seu coração: enquanto fala uma coisa, o seu coração diz outra bem diferente e em tom bem mais alto.

Naquele momento, não podia esconder o que se passava em meu interior. Era um misto de alívio, pelo entendimento que já tinha; de desolação, pela incompreensão que via em muitos; de paz e confiança, pela presença do Mestre ao meu lado; de desespero, pela cegueira alheia que, aliás, eu mesmo tinha até essa viagem acontecer.

Olhei para o Senhor, e ele percebeu o que se passava em meu coração. Eram tantas coisas que me afligiam naquele instante, e eu precisava de um abraço, de um conforto. O coração estava doendo tanto.

E o abraço veio. Ele se aproximou de mim e me levou ao encontro de seu peito, enquanto eu chorava. O seu poder era tão grande que esse abraço, seguido de um doce sorriso, acalmou-me. E disse-me baixinho, para que apenas eu escutasse:

– Calma, meu querido irmão, as aflições que ora sentes não podem ser ainda sentidas pelos outros companheiros que nos seguem. Mas acredite: tudo está acontecendo dentro do que foi previsto pelo Pai. Sabes que ao subirmos uma escada, devemos fazê-lo degrau a degrau. E assim está caminhando a humanidade, rumo ao que é melhor, embora muitas vezes não pareça estar. O tempo está encarregado dessa construção, e eu estou sempre vigilante.

E conduzindo-nos a um canto do imenso Templo, assim falou:

– Temos de dar graças sempre ao nosso Pai, que está nos Céus. As verdades que vos trago é como se Ele as escondesse dos sábios e entendidos e as revelasse aos pequeninos. Quanto aos sábios e entendidos, deveis compreender aqueles que ainda permanecem sobre a forte influência do orgulho, nada aceitando daquilo que lhes abriria os olhos da alma, enquanto que os pequeninos seriam os que se mostram humildes, embora incompreendidos pelos poderosos da Terra. Digo-vos ainda que todas as coisas me foram entregues pelo Pai, e que venham a mim todos os que estão cansados e oprimidos, porque eu os aliviarei.

Naquele momento eu já me sentia melhor, mais calmo. As palavras do Mestre aliviavam minhas dúvidas e pacificavam o meu coração, e eu as ouvia atentamente. Ele prosseguiu:

– Tomai sobre vós o meu jugo e aprendei de mim, que sou manso e humilde de coração, e achareis descanso para as vossas almas atribuladas. Saibam que meu jugo é suave e o meu fardo é leve. As aflições da vida humana encontram consolação quando se acredita na justiça que vem de nosso Pai, enquanto que para os que nada esperam após esta vida, as aflições lhes representam enorme peso e amargor. Portanto, meu jugo é a observância da Lei Maior, razão pela qual é suave, pois em tudo existe a justiça e a esperança vos pedindo que pratiqueis o amor e a caridade. E a prática do amor e da caridade vos fará sentir mais leves os dissabores que a vida vier a vos apresentar, em razão dessa esperança no mais Alto.

Judas, com algumas interrogações em sua mente, perguntou ao Mestre:

– Senhor, diante de tanto poder e opulência, tal qual vemos dentro deste Templo, onde as coisas da Terra se apresentam a todo instante procurando nos seduzir, como faremos para que não percamos nossos objetivos?

– Ah, meu amigo de Iscariotis, existe uma receita infalível para que não venhais a sucumbir. Esta receita é SERVIR; servir sempre e cada vez mais. Sabeis que os governadores dos gentios os dominam e os seus grandes exercem autoridade sobre eles. Não será assim entre vós, antes, qualquer entre vós que quiser tornar-se grande, seja aquele que serve; e qualquer entre vós que quiser ser o primeiro, seja aquele que mais serve; assim como eu, que não vim para ser servido, mas para servir e para dar a minha vida em resgate de muitos.

Caminhávamos em direção à saída do Templo, quando Mateus se deparou com um velho amigo, também publicano. Após os cumprimentos e apresentações, esse amigo se dirigiu a um canto para fazer as suas preces. Durante o seu deslocamento foi possível perceber olhares de desprezo dirigidos a ele, por aqueles que lá se encontravam, em razão de sua função de cobrador de impostos. Mesmo assim ele se manteve inalterado e começou o seu contato mais íntimo com Deus.

Jesus parou, e nós também. O Mestre ficou olhando, a distância, a forma como aquele publicano conduzia a sua conversa pessoal com o Pai. O homem revelava uma confiança tão grande que, ajoelhando-se, batia fortemente no peito, e de cabeça baixa e olhos para o chão, estaria pedindo perdão pelos equívocos cometidos. O quadro era de emocionar!

Em seguida, Jesus olhou para a região central do Templo, onde um fariseu igualmente procurava conversar com Deus. Mas, a conduta desse era muito diferente da forma como o publicano se comportava. O fariseu ostentava uma roupa primorosíssima, e de pé, ao centro, deixava-se ser visto por todos e bradava em alta voz: "– Ó Deus, graças te dou que não sou como os demais homens roubadores, injustos, adúlteros nem ainda como aquele publicano. Jejuo duas vezes na semana e dou o dízimo de tudo quanto ganho."

O Mestre, reunindo-nos mais uma vez, disse-nos com doçura e sem nenhuma intenção de crítica:

– Vedes. Temos no publicano, desprezado por todos, o exemplo da prece que chega ao Pai, enquanto que no fariseu, tão admirado, a prece que nada diz. Recordai-vos: o que se comporta humildemente sentir-se-á exaltado perante o Pai, enquanto que o que se exalta irá se perder no emaranhado das palavras. O publicano retornará à sua casa devidamente em paz, enquanto que o fariseu, no alto de seu pedestal de orgulho, será o artesão do seu próprio sofrimento.

Saímos do Templo e nos sentamos nas escadarias.

Impossível não recordar o momento em que vi Jesus pela primeira vez, quando pouco ou nada sabia sobre ele. Agora era tudo diferente. Compreendia, amava, seguia e defendia aquele grande amigo.

Tiago, filho de Alfeu, perguntou:

– Vimos o comportamento daquele fariseu no interior do Templo, e compreendemos perfeitamente que não é adequado tal proceder. Mas as dificuldades ainda são tão grandes dentro de nossos corações que, às vezes, chego a duvidar se realmente conseguirei edificar o Reino dos Céus no meu interior.

– Compreendo as dificuldades que sentes, mas é imprescindível continuar lutando sempre, pois a edificação desse Reino acontece a cada instante em que estiveres batalhando por tua modificação. Lute por entrar pela porta estreita, porque eu te digo que muitos procurarão entrar e não poderão.

– Por que não poderão?

Porque parte do nosso povo, em razão do orgulho que o cega, negligenciou a tarefa de modificação de seu coração, permanecendo endurecida e indiferente às coisas da alma. Nada se consegue sem a simplicidade e a humildade de espírito. Lembre-se do que falei lá na querida Galileia: é preciso se assemelhar à criança, que é símbolo da pureza e simplicidade. Tome em conta esta história: quando o dono da casa se tiver levantado e fechado a porta, e eles começarem, de fora, a bater, dizendo: "– Senhor, abre-nos"; e ele lhes responderá: "– Não sei donde vós sois"; então começarão a dizer: "– Comemos e bebemos na vossa presença, e vós ensinastes nas nossas ruas; e o dono da casa lhes responderá: – Não sei donde sois; apartai-vos de mim, vós todos os que praticais a iniquidade." Ali haverá choro e ranger de dentes quando virem Abraão, Isaque, Jacó e todos os profetas no reino de Deus, e eles mesmos deixados fora. Muitos virão do oriente e do ocidente, do norte e do sul, e reclinar-se-ão à mesa no reino de Deus. Pois, os últimos serão os primeiros, e os primeiros serão os últimos.

– É Senhor, vejo que o grande mal que nos cerca é o orgulho que nos cega – falou Tiago.

– Além do orgulho que cega, também o egoísmo que sufoca – completou o Mestre. – Os grandes antídotos para esses grandes males são a humildade e a caridade. A humildade combate o orgulho e a caridade destrói o egoísmo. O orgulhoso tem um sentimento de presunção e superioridade quanto a si mesmo, movido pela beleza, pela riqueza, pela raça, habilidades, enquanto que o humilde procura se enxergar de modo honesto e objetivo, reconhecendo suas dificuldades interiores. O humilde consegue reconhecer no irmão as suas qualidades superiores e se alegra com isso, sem ficar amargurado pela inveja ou maltratado pelo ciúme.

– Jesus, vemos os julgamentos feitos pela humanidade, em que não raras vezes se interpreta a humildade tal qual sinal de fraqueza – falou Tomé.

– É verdade, isso realmente ocorre, mas é apenas mais um equívoco ainda praticado pela humanidade. Ser humilde não é necessariamente ser pobre e nem submisso à vontade alheia, mas sim às Leis elaboradas pelo Pai. O homem deve ser humilde sempre, mas falando de suas verdades com firmeza e convicção, sem magoar a quem quer que seja. O humilde expõe, o orgulhoso impõe. É com a humildade que se conquista o coração do irmão.

– A humildade acaba nos dando maiores condições de crescimento, não é verdade? – perguntou Mateus.

– É natural que sim – respondeu o Mestre. – A Palavra do Pai incentiva a prática da humildade, e somente os humildes sentem prazer em ajustar seu ponto de vista diante de ensinamentos novos e proveitosos. Eles não têm receio em expor suas dúvidas, enquanto que os orgulhosos sentem medo de se expor e mostrar sua ignorância.

Fiquei pensando nos sacerdotes, nos fariseus e doutores da lei, que se mostravam intolerantes a qualquer reflexão mais profunda, por melhor que fosse. Ao verem a superioridade de Jesus, ralavam-se de ciúme e inveja e ficavam cegos para qualquer novo entendimento. As alternativas que eles tinham limitavam-se a armadilhas para ridicularizá-lo, pois falhas nele eles não encontravam. Em razão disso, permaneciam na escuridão espiritual. E o Senhor continuou:

– O Profeta Isaías deixou uma mensagem que dizia ser o nosso Pai um grande oleiro, e a humanidade a argila a ser modelada. Entendamos que os humildes são a argila maleável, que se submete aos toques do Senhor, enquanto que os orgulhosos são a argila endurecida que não mais presta para nada.

Jesus levantou-se, e o acompanhamos. Tomamos a direção de casa, ou melhor, de nossa gruta, e começamos a subir o Monte das Oliveiras, quando alguém perguntou:

– Mas Senhor, o Pai está sempre disposto a nos acolher, mesmo que tenhamos perdido muito tempo? Sempre há aqueles que estão mais próximos d'Ele há mais tempo, e como ficam os que se retardarem nessa chegada?

Jesus parou, sentou-se em uma pedra e nos colocamos em círculo ao seu redor. E falou:

– O Reino dos Céus assemelha-se a um homem, dono de uma vinha, que precisava contratar empregados para o trabalho da colheita. Saiu de casa logo na primeira hora e ao avistar na praça um número de trabalhadores à espera, contratou-os para a tarefa, combinando com eles o pagamento de um denário pelo dia trabalhado. E esses foram executar o que lhes cabia fazer. Mas a vinha era grandiosa, e grandiosa também era a tarefa de colheita dos frutos. Preciso era contratar mais trabalhadores para a empreitada, e o senhor novamente saiu em direção à praça, quando era a terceira hora do dia. E ao encontrar novo grupo de trabalhadores que aguardavam a oportunidade do trabalho, os convocou dizendo tão somente: "– Ide também vós para a vinha, e dar-vos-ei o que for justo." E eles foram. Novamente o senhor foi até a praça quando era a sexta hora e a nona hora e contratou novo grupo de trabalhadores, prometendo-lhes pagar o que era justo. Na undécima hora, quando já se aproximava o final da jornada, o senhor foi novamente até a praça e achou outros que lá estavam e que aguardavam pela oportunidade do trabalho. E lhes perguntou: "– Por que estais aqui ociosos o dia todo?" Responderam-lhe eles: "– Porque ninguém nos contratou." Disse-lhes o senhor: "– Ide também vós para a vinha e lhes pagarei o que for justo."

E o Mestre continuou a parábola:

– Ao anoitecer, disse o senhor da vinha ao seu administrador: – Chame os trabalhadores e pague-lhes o salário, começando pelos últimos e indo até os primeiros. Chegando, pois, os que tinham ido cerca da hora undécima, ou seja, no final da jornada, receberam um denário cada um. O mesmo aconteceu com os convocados na nona, sexta e terceira horas. Vieram, então, aqueles que foram contratados na primeira hora do dia, pensando que haviam de receber mais, no entanto, receberam um denário cada um. E ao recebê-lo, murmuravam contra o proprietário dizendo: "– Os que foram contratados na undécima hora trabalharam somente uma hora, e os igualastes a nós, que suportamos a fadiga do dia inteiro e o forte calor." Mas ele, respondendo, disse: "– Amigo, não te faço injustiça de forma alguma; não ajustaste comigo um denário? Toma o que é teu e vai-te; eu quero dar a esses últimos tanto quanto dei a ti. Não me é lícito fazer o que quero do que é meu? Ou é mau o teu olho porque eu sou bom?" Assim os últimos serão primeiros e os primeiros serão últimos.

Via-se no semblante de todos certa expectativa pelas explicações mais detalhadas por parte do Senhor, que assim prosseguiu:

– O Senhor da vinha é o nosso Pai, que aguarda o trabalho da colheita dos frutos do amor dentro de cada um de seus filhos. Para isso Ele os contrata, ou seja, convida-os através da mensagem da Boa Nova, que trago da parte d'Ele. Alguns são convidados ao trabalho logo na primeira hora do dia, ou seja, estiveram antes na praça e foram encontrados. Na história que vos contei, ficou combinado entre o Senhor e esses primeiros trabalhadores um denário por dia de trabalho. Pergunto-vos: diante do convite do Pai todos aceitaram a tarefa de bom grado? Estavam dispostos mesmos a executarem o melhor que podiam? Estavam imbuídos do desejo de crescerem e aprenderem a amar verdadeiramente?

– Acredito que sim... – disse um.

– É natural que sim, Mestre, pois aceitaram a tarefa a ser feita – respondeu outro.

E os comentários sempre apontavam para essa direção, ou seja, que estavam imbuídos do desejo de aprenderem a amar verdadeiramente.

E o Senhor continuou:

– Ao saírem nas demais horas, na terceira, na sexta, na nona e na undécima hora, seria razoável entender que esses trabalhadores não tinham o mesmo desejo de trabalhar como os da primeira hora?

– Entendo que sim – respondeu um.

– Se quisessem de fato trabalhar teriam chegado à primeira hora – respondeu outro.

– E quanto ao senhor pagar um denário a todos eles, desde os que chegaram à primeira hora até os da undécima hora, vos parece justo? – perguntou o Mestre.

– A meu ver o senhor não foi nada justo – assim alguém falou.

– É mesmo. Tiveram carga de trabalho diferente e foram remunerados de forma igual! Que justiça é essa? – questionou outro.

E os comentários iam sempre nesse sentido, entendendo que a remuneração deveria ser diferenciada em razão do tempo de trabalho de cada um. Mas, o Mestre nos reservava explicações que não podíamos sequer imaginar. E continuou:

– É necessário analisar com muito cuidado o que vos disse. As histórias devem ser vistas como uma lição a ser raciocinada, analisada sob todos os ângulos da questão. Por esse motivo, elas ficam para a posteridade descobrir mensagens que hoje raramente são percebidas. Escutai. Os da primeira hora tiveram a disposição de estar em busca de trabalho e foram convencidos a fazê-lo mediante uma remuneração previamente combinada, um denário. Trabalharam bem? Executaram corretamente sua função? Quanto a isso nada vos falei, certo? E, seguindo esse raciocínio, esses que tomaram conhecimento das verdades do Pai antes dos demais, ou seja, os que ouviram falar d'Ele logo na primeira hora, teriam de fato feito a tarefa de aprimoramento de sua alma de forma desinteressada? Ou ficaram mais atentos às benesses que poderiam vir da parte d'Ele?

Muito embora tivesse lido essa parábola quando me preparei para a viagem, nunca poderia ter imaginado essa linha de raciocínio. Ele continuou:

– E quanto aos demais? Estavam também dispostos ao trabalho, apenas que chegaram mais tarde. Tinham boa vontade e disposição para executarem a tarefa e até mesmo a aceitaram sem sequer combinar remuneração alguma. Para eles bastava a oportunidade do trabalho, e ficaram alegres por isso. Assim, podem ser almas que tomaram conhecimento do Pai um pouco mais tarde, até porque nem todos foram criados no mesmo instante. No momento do pagamento o senhor convocou os que chegaram mais próximos do término da jornada, e ao remunerá-los com o mesmo valor, ou seja, um denário, deve ter analisado com mais detalhes o que ocorrera durante a jornada, ou melhor, a maneira como trabalharam: eficazes e desinteressados quanto à remuneração. Trabalharam pela alegria de ser úteis e nada mais. Enquanto esses recebiam o valor que sequer esperavam, os da primeira hora, movidos pelo egoísmo e pela inveja, acreditavam receber mais do que efetivamente haviam combinado com o senhor. Para esses, agora não mais bastava um denário – supunham receber mais. O que era justo quando da contratação, aos seus olhos agora se tornava injusto.

Ouvia aquilo e me custava acreditar na minha infância espiritual. Nunca imaginaria esse entendimento tão perfeito e bonito. Por isso, ele era o Mestre, e eu um pequeno aprendiz. E continuou a nos falar:

88 *Seguindo com Jesus na Judeia*

– Os da primeira hora, ao receberem o que haviam combinado, um denário, rebelaram-se contra o senhor, pois não admitiam ter trabalhado mais e recebido a mesma cota. O que os movia para o trabalho era o salário, não a alegria do serviço. Sabiamente, o senhor lhes falou que não estava fazendo injustiça alguma, pois pagava o que haviam acordado. E ainda falou que lhe era lícito fazer o queria com aquilo que lhe pertencia, e que os olhos desses primeiros eram maus, apenas porque o senhor era bom.

E o Mestre complementou:

– Aos que se julgam muito próximos do Pai, apenas por seguirem um ou outro segmento religioso, serve este alerta: Estão mais preocupados em executar o bom trabalho, ou em receber o salário que julgam merecer? Mais preocupados com a luta da modificação interior, ou com a projeção e poder que esperam conseguir diante do mundo? Sua preocupação está na realização do auxílio desinteressado aos irmãos menores, que descobriram o Pai apenas nas últimas horas, ou se julgam superiores a eles? Felizes daqueles que seguem na direção do Pai, buscando a verdadeira alegria de servir sem nada esperar em troca. Por isso vos disse: os últimos serão primeiros, e os primeiros serão últimos.

Todos estavam bastante emocionados com o que haviam ouvido do Mestre. Jesus levantou-se e nos convidou a continuar a caminhada na direção de nossa gruta. Localizei-me bem próximo dele, pois precisava comentar algo:

– Junto ao meu povo vejo, muitas vezes, a prática do bem, sem que haja a vontade plena de fazê-lo. Ora é feita por costume, hábito ou rotina, ora é por fanatismo, ou qualquer outro motivo. Como deveria ser essa prática, para que sintamos a presença de nosso Pai de forma muito mais autêntica?

– David, essa é uma meta a ser atingida pela humanidade. A prática do amor parece que está sempre condicionada a alguma coisa: a uma crença que se tem, a um modelo que se viu, a uma mensagem ouvida, a um orientador espiritual do qual se ouviu falar, ou seja, parece que o amor a ser dado sempre segue alguma condição pré-estabelecida, um ritual programado, uma forma a ser observada. Embora isso represente um avanço, ainda está longe do ideal. O verdadeiro amor, perseguido pela criatura que já se compreende filho de um Pai infinitamente amoroso e justo, deve ser o incondicional, isto é, aquele que simplesmente ama, e cada vez mais. A quem? A todos.

Chegávamos à nossa gruta e eu precisava urgentemente registrar, em meus apontamentos, tudo o que havia acontecido. Era um precioso tesouro a ser levado ao meu tempo.

CAPÍTULO 7

Caridade

Da gruta que nos abrigava era possível ver, em detalhes, a majestosa Jerusalém. O movimento era intenso; pessoas iam e vinham, sem cessar. A vida agitava-se naquela cidade cosmopolita.

Por vezes, ficava admirando tudo aquilo e tentava perceber detalhes que, na minha época, passavam despercebidos. Em cada passo, cada pessoa, cada casa existia uma história particular que estava sendo vivida e construída, e isso era fascinante.

Cada homem ou mulher, que caminhava pelas ruas da cidade, guardava dentro de si tesouros maravilhosos, conquistados à custa de muita luta individual. Obviamente, havia os que mais conquistas tinham feito, fruto de uma dedicação maior, enquanto que existiam, também, aqueles que caminhavam de forma mais lenta, na busca das coisas da alma.

Inevitável o surgimento de equívocos durante essa busca, pois até hoje estamos procurando o melhor caminho. E quando via Jesus nos orientando em todos os instantes, mais eu acreditava que realmente ele era o caminho a ser seguido.

A felicidade real somente pode estar nas coisas que embelezam e engrandecem a alma humana, pois todo o resto é efêmero.

Mas, observando as pessoas distantes, ficava a imaginar o quanto elas ainda davam importância absurda às coisas materiais e muitas vezes se tornavam cegas para os assuntos do coração.

Jamais iria condená-las por isso, até mesmo pelo fato do Mestre ter-nos ensinado a compreender sempre e nunca fazer julgamentos. Ainda, ficava rememorando minha vida antes de conhecê-lo: eu era um daqueles que buscava incessantemente e quase a qualquer custo obter todos os bens que me fosse possível alcançar. Respeitava as pessoas e jamais queria lesá-las, pois foi isso que aprendi com meus amados pais, mas se fosse preciso deixar tudo o que devia realmente fazer e me dedicar às conquistas efêmeras, eu faria.

Em razão do egoísmo, a criatura humana não procura se envolver com as questões alheias. O sofrimento se lhe apresenta à porta, mas ele finge não ter escutado o toque da campainha.

Nega tudo e se apodera do que pode. Junta a qualquer custo, mesmo que nem tenha mais tempo para utilizar. Aquele que tem, procura ter cada vez mais; e o que não tem, ao ver as posses detidas por outros, corre sérios riscos de cometer violências, visando se apoderar do que não lhe pertence.

Que luta feroz! Enquanto muitos perdem a saúde em busca do supérfluo, outros também a perdem por não ter o necessário. O equilíbrio seria encontrado se houvesse a verdadeira fraternidade, que é fruto do amor bem compreendido. Mas um dia chegaremos lá.

Rotineiramente, descíamos o Monte das Oliveiras e íamos até a cidade, onde acompanhávamos as atividades no Templo. Circulávamos pelas ruas e praças, pois Jesus sempre procurava o contato com o povo, para poder lhes transmitir a sua mensagem de amor – a Boa Nova. Aproveitávamos, também, para a compra de alimentos necessários à manutenção do grupo.

Em cada incursão que fazíamos à cidade era nova agitação que surgia, pois o povo seguia Jesus freneticamente, o que fazia com que os espiões de Pilatos anotassem tudo e se reportassem a ele, mostrando toda a inquietação que ocorria na cidade. Isso era muito preocupante. O mesmo se dava com os que nos vigiavam por conta da orientação dos principais do Sinédrio.

Jesus não perdia um único instante. Não admitia gastar o seu tempo com coisas fúteis, sem proveito algum. Até nos momentos em que brincava conosco, pois era muito alegre e divertido, sempre passava orientações. Aquele homem, que muitas vezes mais se parecia com o menino que eu vi no Mar da Galileia, mantinha-se o mesmo, apesar da proximidade do desfecho de sua tarefa.

Esse seu comportamento era fruto da absoluta confiança que tinha no Alto, somado ao amor pelo seu trabalho e por todos os irmãos em humanidade. Ele tinha um viver pleno, total, perfeito.

Certo sábado, quando nos encontrávamos em Jerusalém, Jesus recebeu um convite de um dos chefes dos fariseus, para comer pão em sua casa. E para lá nos dirigimos.

Ao entrarmos percebemos que ali também se encontravam outros fariseus, que procuravam observar detidamente o que Jesus fazia. Ao lado de uma gentileza sempre estava uma cilada, não porque fossem maus, mas porque não compreendiam o Senhor.

A primeira impressão que tive ao ler os Evangelhos, quando se reportava ao comportamento dos judeus daquela época, era a de que todos os poderosos da religião eram astutos, maldosos, perseguidores e tudo o mais. Mas, agora via as coisas com outros olhos. É natural que em toda coletividade existam esses tais, mas digo que são poucos frente à totalidade de membros. E naquela época acontecia o mesmo.

As pessoas eram, em sua grande maioria, boas, dedicadas, sérias. Algumas reações com relação ao que ele pregava naturalmente aconteciam, porque o que ele fazia e ensinava divergia do que eles haviam aprendido com os seus antepassados, e isso gerava desconfiança, preocupações. Procuravam, assim, encontrar atitudes contraditórias no Mestre – algo que pudesse desmascará-lo ou, no mínimo, embaraçá-lo. Será que se Jesus tivesse vivido no século 21 seria tratado de forma diferente?

Assim pensando, confesso que outra questão surgiu à minha mente: a culpa dos religiosos na condenação de Jesus. Para mim, tratava-se de outra questão não bem explicada, tal qual o que aconteceu com Judas Iscariotis, o meu grande amigo. Porque? Porque os fariseus, os saduceus, os sacerdotes de um modo geral poderiam ter ciúmes de Jesus, poderiam não compreendê-lo, tinham seríssimas restrições a ele, mas desejar matá-lo, não. Talvez um, ou outro.

Não podia conceber essa ideia para aqueles que professavam uma religião que falava de Deus, para aqueles que procuravam cumprir o que lhes deixou Moisés, que no sexto mandamento falava "NÃO MATARÁS". Querer desmoralizar, afastar, desacreditar Jesus, isso sim. Mas, a verdade dos fatos eu estaria vendo logo mais, assim que se aproximasse o desfecho.

Quando estávamos sentados à mesa, entrou um homem que nos causou impressão terrivelmente dolorosa. Ele se arrastava com enorme dificuldade, em razão de trazer o abdome bastante inchado pelo acúmulo de líquido – padecia de hidropisia.

Com o olhar triste, mas esperançoso, parou diante do Senhor. Não tinha condições sequer de articular uma palavra, em razão da forte dor que sentia.

Jesus levantou-se e se dirigiu àquele irmão. Nesses momentos parecia ter, se é que era possível, um olhar ainda mais doce e terno. Abraçou o homem com todo o cuidado para não lhe causar dores ainda maiores e, olhando para o Alto, tocou seu abdome levemente.

Nesse instante, pude ver os fariseus se agitarem, como se estivessem prestes a interromper o que o Mestre estava fazendo. Afinal, nós nos encontrávamos em pleno *shabat*, e qualquer atividade desse tipo era proibida pelo judaísmo. Mas, até mesmo por curiosidade, eles conseguiram se conter e aguardaram o desfecho.

E Jesus, virando-se para eles, falou:

94 *Seguindo com Jesus na Judeia*

– Olhai para a dor que este irmão carrega consigo. Quereríeis sofrer igualmente? Pergunto-vos então: é lícito curar no dia de sábado, ou não?

Eles nada disseram e baixaram a cabeça. Passados alguns poucos instantes, o Mestre disse ao homem que viera lhe pedir socorro:

– Meu amigo, podeis ir, estás curado. Não tornes a cometer os equívocos de outrora. Ide em paz.

Imediatamente ele se abraçou ao Mestre e, comovido, o beijou. E a passos rápidos retirou-se.

Enquanto os fariseus permaneciam calados, Jesus lhes dirigiu a palavra com toda a doçura:

– Aquele homem foi curado porque internamente já havia executado a tarefa de sua verdadeira cura. E fisicamente ela se consumou neste dia de sábado, porque o sábado foi feito para o homem, não o homem feito para o sábado. O que importa para o Pai é o ser humano e todas as criaturas viventes. Qual de vós, se lhe cair num poço um filho, ou um boi, não o tirará logo, mesmo em dia de sábado?

Terminada a refeição e após os agradecimentos e despedidas, nós nos retiramos em direção à gruta que amorosamente nos acolhia. Ao chegar, queria deixar registrado em meus apontamentos mais essa passagem de Jesus.

E os dias se sucediam e traziam constantemente a oportunidade de novos e maravilhosos ensinamentos, sempre passados pelo nosso querido amigo Jesus.

Em outra ocasião, quando estávamos no Templo participando das atividades normais do judaísmo, o Mestre foi cercado por um grupo de saduceus que queria testá-lo.

Era a primeira vez que eu tinha contato com homens dessa seita, e eles eram realmente diferentes. Para eles Deus existia, mas não se permitiam crer em algo que transcendesse a presente vida, pois nada esperavam após a morte. Acreditavam que, servindo a Deus, as recompensas viriam tão somente no decorrer da própria existência e nada mais. Como consequência desse entendimento, a satisfação dos interesses imediatos era o que importava, o que os tornava materialistas e sensualistas. Por outro lado, colocavam as boas obras e a observância pura e simples da Lei acima das práticas exteriores do culto, e embora não numerosos formavam um partido de oposição aos fariseus. Era mesmo um entendimento bastante estranho e interessante.

Mesmo não acreditando na imortalidade da alma, mas pretendendo criar embaraços, perguntaram ao Senhor:

– Moisés disse-nos assim: "– Se irmãos morarem juntos e um deles morrer sem deixar filho, a mulher do falecido não se casará com homem estranho, de fora; seu cunhado estará com ela e a tomará por mulher, fazendo a obrigação de marido. E o primogênito que ela lhe der assumirá o nome do irmão falecido, para que o nome deste não se apague em Israel." Mas, se o homem não quiser tomar sua cunhada, esta subirá à porta, aos anciãos, e dirá: "– Meu cunhado recusa suscitar a seu irmão nome em Israel; não quer cumprir para comigo o dever de cunhado." Então, os anciãos da sua cidade o chamarão e falarão com ele. Se ele persistir e disser: "– Não quero tomá-la"; sua cunhada se chegará a ele, na presença dos anciãos, e lhe descalçará o sapato do pé e lhe cuspirá ao rosto e dirá: "– Assim se fará ao homem que não edificar a casa de seu irmão." E sua casa, então, será chamada em Israel como a "Casa do Descalçado".

– É verdade amigo, Moisés de fato falou a respeito – disse Jesus.

– Então – continuou o saduceu, um irmão morreu sem deixar descendência e seu irmão tomou sua mulher por esposa. Esse irmão também veio a morrer sem ter filhos com ela. E o mesmo sucedeu com o terceiro, até o sétimo irmão. Por último, veio a mulher também a morrer. Assim, pergunto-vos: na ressurreição que dizem haver, de qual dos sete a mulher será desposada, visto que todos a tiveram?

Seguindo com Jesus na Judeia

E intimamente sorriam ironicamente, pois acreditavam ter confundido o Mestre. O que ele poderia responder? Ela seria de todos, ou de apenas um só: talvez o primeiro? E Jesus falou:

– Estais equivocados, inclusive por não acreditardes na ressurreição dos mortos. Quanto a isso, quero que saibam que nosso Pai, o vosso Deus, não é Deus de mortos, mas sim de vivos. Quanto aos sete irmãos e a esposa, do outro lado desta vida não serão dados em casamento, pois serão como anjos nos Céus.

Embaraçados, um deles perguntou:

– Como assim, Senhor?

– Enquanto na carne se dão em casamento. Cessado o período da carne, a união entre os seres modifica-se a ponto de vir a prevalecer a união dos sentimentos. No exemplo que destes, ninguém reclamará propriedade sobre o outro, pois são como anjos no céu, sem a interferência do corpo carnal.

Com isso os saduceus não contavam, e a multidão que já se acercava do Mestre estava maravilhada. Um a um, aqueles que estavam querendo disseminar a discórdia, foram se retirando, deixando apenas os que de boa vontade pretendiam continuar ouvindo os ensinamentos de Jesus.

As pessoas que saiam da presença do Senhor, começavam a comentar o ocorrido com os saduceus, que acabaram se calando diante de Jesus. Disso ficaram sabendo alguns fariseus, que foram até o Mestre, quando um doutor da Lei, desejoso de compreender melhor a sua mensagem, perguntou:

– Senhor, dizei-nos qual é o maior de todos os mandamentos a ser observado.

– Ouve, Israel, o Senhor Deus, nosso Pai, é o único Senhor. Amarás, pois, a Ele, de todo o teu coração, de toda a tua alma, de todo o teu entendimento e de todas as tuas forças. E o segundo é este: Amarás ao teu próximo como a ti mesmo. Não há outro mandamento maior do que este, pois nisso está toda a Lei e todos os Profetas – falou Jesus.

Demonstrando ter entendido, o doutor da Lei disse com toda a sua sinceridade:

– Muito bem, Mestre. O mandamento que agora nos deixaste é mais do que todos os sacrifícios e holocaustos.

Jesus, satisfeito com o entendimento demonstrado por aquele homem, disse:

– Fico feliz contigo, porque já estás construindo o Reino do Pai em teu coração.

Desfeita a aglomeração, saímos do Templo e retornamos à nossa gruta. No caminho, Jesus falou-nos que se aproximava o momento de nos dar os grandes detalhes sobre a verdade da obra do Criador. Iria nos falar, dentre outros assuntos, sobre a ressurreição de que falara aos saduceus. Restava aguardar um pouco mais para que novos ensinamentos nos fossem transmitidos.

Os dias transcorriam repletos de ensinamentos. Várias pessoas vinham até a nossa gruta e participavam de reuniões inesquecíveis na presença do Mestre, que a todos sempre tinha uma palavra de conforto e esclarecimento.

Em uma dessas reuniões estava presente um fariseu que, desejando experimentá-lo, perguntou:

– Nazareno, que deverei fazer para conquistar a vida eterna?

Como era normal naquela época, antes de se responder a uma pergunta, o interpelado fazia outra ao interlocutor, até mesmo para ter certeza se o arguidor estava envolvido no assunto, ou se apenas era leviana a indagação. E o Mestre não fugia à regra e assim perguntou:

– E como está escrito na Lei? Como lês tu?

– Que devo amar a Deus acima de tudo e ao próximo, como amo a mim mesmo – respondeu o fariseu.

– Respondeste bem, faze isso e viverás – falou Jesus.

– Mas Senhor, eu estou vivo!

– Estar vivo não significa exatamente poder respirar, mantendo em funcionamento o corpo que o Pai te concedeu. Muitos fazem isso, mas apenas perambulam pela vida como se estivessem mortos, pois depositam suas esperanças em coisas equivocadas. Quando vos disse: fazei isso e viverás, é porque aí encontrarás o real motivo de tua existência e, dessa forma, estando perto do Pai tu estarás feliz e realmente vivo.

Com olhar desconfiado por não ter acreditado no que o Mestre havia falado, mas tentando justificar-se por não ter compreendido certas coisas, assim falou:

– Muitas vezes não faço o bem que poderia fazer, pois não sei exatamente quem é o meu próximo. Dizei-me quem ele é.

Jesus, então, narrou uma parábola assim:

– Um homem descia de Jerusalém a Jericó e caiu nas mãos de salteadores que o despojaram e o espancaram, em seguida se retiraram deixando-o meio morto. Casualmente, certo sacerdote descia pelo mesmo caminho e vendo-o, passou de largo. De igual modo também um levita chegou àquele lugar, viu-o e passou de largo também. Mas um samaritano, que ia de viagem, chegou perto dele e vendo-o, encheu-se de compaixão. Aproximando--se, atou-lhe as feridas, deitando nelas azeite e vinho e, pondo-o sobre a sua cavalgadura, levou-o para uma estalagem e cuidou dele. No dia seguinte tirou dois denários, deu-os ao hospedeiro e disse-lhe: "– Cuida dele, e tudo o que gastares a mais eu te pagarei quando voltar." Qual, pois, desses três, te parece ter sido o próximo daquele que caiu nas mãos dos salteadores?

Embora contrariado, o fariseu teve de responder, mas o fez assim:

– Foi esse último, Senhor, o que usou de misericórdia com ele.

– Vai e faze tu o mesmo – falou Jesus.

Um tanto irritado, o fariseu se retirou dali.

Não com o intuito de julgar, mas apenas compreender o que se passou, fiquei analisando o comportamento daquele homem. Trazia consigo marcas de profundo desprezo para com os samaritanos, a ponto de não responder nominalmente à indagação de Jesus, citando apenas: esse último. Para ele, um samaritano jamais seria o seu próximo, pois ainda estava preocupado com discriminações e aparências exteriores, não com o conteúdo que as pessoas têm.

E para alertá-lo, provavelmente o Mestre fez comparações bem marcantes: os que não demonstraram misericórdia foram exatamente aqueles que pareciam mais preparados para fazê-la – o sacerdote e o levita; enquanto que daquele que nada se esperava – o samaritano, veio a demonstração da verdadeira compaixão.

Pensei: "esse fariseu precisará se modificar muito até que consiga retirar de seu coração essa rejeição para com o próximo." E me recordei do que ocorria em meu tempo, quando desprezamos o próximo pelos mais variados motivos: cor, condição social, religião, aparência, escolha política.

Jesus não cessava de fazer a caridade, incentivando-nos sempre o mesmo proceder. E falava que essa virtude já começava a ganhar espaço no coração das criaturas, uma vez que se via a bondade sendo praticada por muitos.

A cada novo dia, novos ensinamentos aconteciam. Certa ocasião, ao entrarmos no Templo, o Mestre teve a oportunidade de nos mostrar uma cena que não mais sairia de nossas mentes.

Jesus conduziu-nos para junto do gazofilácio, que era a urna destinada a receber as doações que eram feitas para aquele local de adoração. Era como se Jesus antecipadamente soubesse o que viria acontecer.

De repente surgiu um homem que depositou na urna vultosa soma em dinheiro, o que foi observado por todos com muita admiração. Outra pessoa veio e, da mesma forma, depositou expressivo valor e igualmente foi objeto do reconhecimento alheio. E assim prosseguiu o cortejo daqueles que decidiam fazer suas doações em benefício do Templo.

Um do grupo dirigiu-se a Jesus, dizendo-lhe:

– Que maravilha Senhor, vermos as pessoas doando seus recursos a benefício de todos!

100 *Seguindo com Jesus na Judeia*

Ao que Jesus respondeu:

– É verdade. Percebemos que essas doações já permitem às pessoas darem um pouco daquilo que lhes sobra. É um bom começo de entendimento.

Sem que o olhar curioso de todos pudesse notar com precisão, surge inesperadamente à frente da urna uma velha senhora, humildemente vestida. E com grande esforço reclina-se diante do local e deposita duas pequenas moedas de ínfimo valor – dois léptons.

Muitos dos que ali se encontravam demonstraram certo desprezo diante daquela oferta. Depois de valores altíssimos depositados na urna, o que representaria aquela insignificante oferenda? Esse era o pensamento geral.

Em respeito a todos que haviam depositado seus valores na urna do Templo, Jesus nos convocou a irmos a um canto mais reservado e disse:

– Estávamos diante da urna e presenciamos várias ofertas. Digam-me: quem deu mais?

– Aquele senhor que depositou dois talentos, pois havia negociado uma propriedade, e dispunha de alto valor em mãos – disse Mateus.

– Vi outro que, embora não dispusesse do mesmo valor, deve ter depositado pelo menos dez minas – falou Filipe.

– Será que é isso mesmo? – perguntou Jesus.

Foi quando Judas se antecipou e falou:

– Conheço bem as dificuldades de nosso povo, que injustamente padece nas mãos de nossos opressores. Arriscaria dizer-te que a que mais deu teria sido aquela pobre senhora, que depositou seus dois humildes léptons. Digo-vos isso, pois sei a falta que fará a ela.

– Judas, meu irmão, alegro-me contigo, pois era exatamente isso que desejava passar a todos. Sua conclusão está correta. Ela não deu do que lhe sobrou, mas do que irá lhe fazer falta.

Nesse momento, vi o discípulo sorrir gostosamente, pois os seus sentimentos estavam aflorando cada vez mais.

Jesus novamente nos conduziu, agora para outro canto do Templo, e pediu:

– Agora olhem para aquele lado, lá no fundo. Conseguem ver aquela velha senhora, curvada pela idade e bastante cansada? Aquela que tem em suas mãos um galho de árvore, improvisado como se fosse uma vassoura, e que agora está varrendo aquela região de nosso Templo?

Depois de movimentarmos nossa cabeça afirmativamente, o Mestre falou:

– Analisando melhor, a que mais está dando para o Templo é ela, mais que a outra que depositou suas duas pobres moedas. Esta, que varre o Templo, não está dando o que vai lhe faltar – está doando, através de seu esforço, aquilo que nem mesmo tem: saúde, forças, disposição. É uma doação total de amor e dedicação.

Todos ficaram emocionados com o esforço daquela pobre mulher. Era uma lição que não poderia mais ser esquecida. E sensibilizados, pedimos ao Mestre que fizesse algo por ela. Aquela velha senhora que tanto dava, precisaria também receber. O Senhor, sentindo o carinho que tivemos por aquele ser, pediu-nos que o acompanhasse, pois a atenderia em suas necessidades.

Ao chegar à sua frente, Jesus começou a falar com ela de uma maneira tão carinhosa, reconhecendo a bondade que emanava daquele velho coração:

– A paz seja convosco, minha irmã.

Ela tentou endireitar um pouco o seu corpo cansado, mas não conseguiu em razão da forte dor. E respondeu:

– Que ela esteja também contigo, meu filho.

– Percebo em ti tanta devoção e amor pelo que fazes! És um exemplo para todos. Qual o teu nome? – perguntou Jesus.

– Chamo-me Ofra, meu jovem. Quanto a ser exemplo, não entendo desta forma – falou humildemente. – Faço apenas o que está ao meu alcance, tentando retribuir um pouco daquilo que

102 *Seguindo com Jesus na Judeia*

nosso Deus me concede. Sou tão grata a Ele, que não poderia me furtar a cuidar de Sua casa. E faço tudo com imensa alegria.

– Sabemos que sim – respondeu Jesus.

Nesse momento, percebi que dos olhos do Mestre corriam duas lágrimas. Aquela mulher lhe tocara tão profundamente o coração, que foi impossível contê-las.

– Minha irmã – disse ele –, peço-te permissão para dar-te um abraço de filho agradecido.

Sem entender o porquê daquele gesto, a gentil senhora acenou com a cabeça afirmativamente.

O Mestre a abraçou com uma ternura tão especial, aquela de filho para com a sua amada mãe. Dele emanava uma luz que era percebida por todos. Naquele momento, ele acariciava as costas daquela doce velhinha, que aos poucos ia se erguendo, uma vez que a moléstia que carregava começava a não mais existir.

Ao término daquele gesto tão terno, Jesus afastou-se um pouco dela, não sem antes lhe beijar a fronte.

Ao perceber que não mais se encontrava curvada, começou a chorar e agradecer. E abraçou-se novamente a Jesus, deixando que suas lágrimas ficassem impregnadas na túnica do benfeitor divino.

A velha senhora, mesmo tendo recebido a graça da cura, demonstrou seu imenso zelo para com o Deus que aprendera a amar – pegou sua vassoura improvisada e continuou alegremente a varrer o Templo.

Foi desnecessário o Mestre lhe dizer que a sua fé a havia salvado, pois a sua condição espiritual era tão bela, que já havia se desfeito de qualquer compromisso há muito tempo. Aquela foi a maior lição de caridade que pude presenciar.

Ao sairmos dali, e enquanto retornávamos à gruta, o Senhor nos orientou quanto à prática da verdadeira caridade. Disse-nos que todas as vezes que auxiliamos a um irmão, seria como se estivéssemos fazendo a ele mesmo. E falou assim:

– Bem-aventurados de meu Pai, que conquistastes o Reino dos Céus em vosso coração. Recebei, por herança, o Reino que vos está preparado desde a fundação do mundo, porque tive fome e me destes de comer; tive sede e me destes de beber; era forasteiro e me acolhestes; estava nu e me vestistes; adoeci e me visitastes; estava na prisão e fostes ver-me. Então, muitos perguntarão: – Senhor, quando te vimos com fome e te demos de comer? Ou com sede e te demos de beber? Quando te vimos forasteiro e te acolhemos? Ou nu e te vestimos? Quando te vimos enfermo ou na prisão e fomos visitar-te? E responderei, em vossas consciências: – Em verdade vos digo que, sempre que o fizestes a um desses meus irmãos, mesmo dos mais pequeninos, a mim foi que o fizestes. Mas aos outros, direi: ainda não podeis estar comigo, na minha paz, porque tive fome e não me destes de comer; tive sede e não me destes de beber; era forasteiro e não me acolhestes; estava nu e não me vestistes; enfermo e na prisão e não me visitastes. Então também estes perguntarão: – Senhor, quando te vimos com fome, ou com sede, ou forasteiro, ou nu, ou enfermo, ou na prisão e não te servimos? Ao que lhes responderei: – Em verdade vos digo que, sempre que o deixastes de fazer a um desses mais pequeninos, deixastes de fazer a mim.

E continuou:

– Quando deres um jantar, cuida para não convidar teus amigos nem teus irmãos nem os parentes nem os vizinhos ricos, com a intenção de que eles te tornem a convidar e te seja isso retribuído. Mas quando deres um banquete, convida os pobres, os aleijados, os mancos e os cegos e serás bem-aventurado, porque eles não têm com o que te retribuir. A verdadeira retribuição estará na consciência feliz por ter simplesmente dado, sem nada esperar em troca.

Após a animada caminhada chegamos em casa, ou melhor, na gruta. Todos estavam tão leves, numa paz tão grande. Nessas ocasiões, recordava do início dessa caminhada, quando ainda não conseguia entender o Mestre. Agora não, eu era um de seus discípulos – o décimo terceiro – e sentia um infinito amor e res-

104 *Seguindo com Jesus na Judeia*

peito por ele! O Mestre havia modificado totalmente a minha vida.

Dirigi-me a um local deserto e comecei a escrever as lições preciosas que havia recebido, pois não queria que uma única palavra escapasse de meus apontamentos. Todos os ensinamentos precisavam ser levados aos homens do meu tempo.

Se ao menos um desses meus irmãos de época conseguisse colocar em seu coração um pouquinho da alegria e da paz que eu próprio sentia, uma vez que me consideraria realizado no meu intento. Teria valido a pena o trabalho realizado, até mesmo o afastamento de meus pais por tanto tempo.

Enquanto eu escrevia, relatando as lições da caridade, muitas manchas apareciam no papel. Eram as lágrimas que rolavam de minha face, pois não parava de chorar.

CAPÍTULO 8

O filho pródigo – A misericórdia

Embora ainda continuasse o preconceito instalado no peito de vários companheiros, aguardávamos a ida até Betânia para reencontrar Maria de Magdala, que por lá fazia exuberante trabalho de divulgação da Boa Nova. Falava das verdades do Mestre a todo o povo simples daquela pequena aldeia, e junto às crianças mostrava um carinho ainda mais especial. Ela havia se tornado um Anjo que amparava aquela população.

No dia seguinte nos dirigimos à casa dos irmãos, onde presenciaríamos mais uma vez a disposição, o esforço, a boa vontade e o amor daquela mulher especial. A sua espiritualização era um exemplo para todos.

Em Betânia, antes mesmo de chegarmos ao lar que costumeiramente nos acolhia, Jesus foi convidado por um homem de nome Simão, para que fôssemos à sua casa e lá fizéssemos a refeição. Apesar de ser uma boa pessoa, sofria séria discriminação por parte de seus conterrâneos, uma vez que fora vitimado pela lepra.

Sentamos à mesa e, quando íamos dar início à refeição, adentrou o recinto uma mulher que residia na aldeia, e que era rejeitada por todos em razão da vida desequilibrada que levava. Dirigiu-se ao Mestre, levando nas mãos um vaso de alabastro contendo bálsamo precioso.

Colocou-se diante de Jesus, que estava reclinado sobre a mesa, e começou a derramar delicadamente um pouco do líquido sobre a sua cabeça. Fazia aquilo com tanto carinho e respeito, que não conseguimos desviar nossos olhos da cena.

Os familiares de Simão pretendiam expulsá-la. Alguém até mesmo se manifestou contrário ao derramamento do precioso bálsamo que, ao seu modo de ver, deveria ser vendido e o dinheiro entregue aos pobres.

Jesus imediatamente intercedeu, dizendo serenamente:

– Meus irmãos, compreendam a atitude desta mulher! Não há nada de errado em seu gesto. A decisão de fazê-lo partiu dela, e com certeza isto a fez se sentir melhor. Empregou seu esforço e sua dedicação na aquisição do bálsamo e não teve por ele nenhum apego, pois o intento era o de me agradar. Quanto aos pobres, vós os tendes ao vosso lado todos os dias, sem cessar, mas quanto a mim, não podereis estar ao meu lado por muito tempo. O gesto espontâneo e caridoso dela será narrado por todo o sempre, onde meu Evangelho for pregado.

Um dos que lá se encontravam, vendo o que acontecia e não concordando, falou:

– Mestre, mas esta mulher é de má fama. Ninguém em Betânia a suporta, visto que é uma ameaça à dignidade de todos nós! Na verdade, a temos como nossa inimiga!

Ao ouvir aquilo o Mestre se levantou, chegou mansamente até o homem, e apontando para o alto, disse:

– Meu amigo, quando vês subir uma nuvem do ocidente, logo dizes: "– Lá vem chuva", e assim acontece; e quando vês soprar o vento sul dizes: "– Haverá calor", e assim sucede também. Sabes discernir a face da Terra e do céu; como não sabes, então, discernir a condição em que tua alma se encontra? E por não te encontrares com o conhecimento pleno e o equilíbrio desejado, podes por ti mesmo julgar o que é realmente justo? Quando, pois, fores com o teu adversário ao magistrado, procura fazer as pazes com ele no caminho, para que não suceda que ele também te arraste ao juiz, e o juiz te entregue ao meirinho, e o meirinho te lance na prisão. Digo-te que não sairás dali enquanto não pagares o derradeiro lépton. Recorda-te sempre: todos carregam em si ainda pesados fardos de equívocos a serem corrigidos.

As irradiações de amor que Jesus impregnava às suas palavras eram tão fortes, que pudemos ver o homem imediatamente baixar a cabeça. Meditava sobre o preconceito que tinha, e, naquele momento arrependido, dirigiu-se à mulher estendendo seus braços e pedindo desculpas. Havia sido tocado pelo Mestre.

Terminada a refeição, nós nos dirigimos à casa de Lázaro, onde Jesus começou animadamente a comentar sobre o episódio ocorrido na casa de Simão, o leproso. Falou sobre a necessidade das pessoas concederem o perdão, uma vez que todas elas necessitam dele em razão dos equívocos que ainda cometem.

Pedro recordou-se que durante o Sermão da Montanha, ao perguntar ao Mestre quantas vezes deveria perdoar quando alguém o ofendesse, a resposta foi: setenta vezes sete vezes. Era aquela uma expressão que significava: sempre.

Agora, o assunto versava sobre a forma em que se deveria abordar um irmão, visando à reconciliação. Perdão era uma coisa; reconciliação era outra.

Jesus então falou:

— Se teu irmão errar contra ti, vai e conversa entre ti e ele somente. Se ele te ouvir e compreender-te, terás conquistado teu irmão, mas se ele não te ouvir, não te exasperes com ele. Em verdade te digo: tudo quanto ligares na Terra será ligado no Céu; e tudo quanto desligares na Terra será desligado no Céu. Por isso, se te ligares ao teu irmão procurando o entendimento, automaticamente promoveste a ligação com o Céu da tua consciência bem resolvida. Contudo, se te desligares na

108 *Seguindo com Jesus na Judeia*

Terra, descuidando-te quanto à busca desse entendimento, desligado estarás do Céu da paz, no interior de ti mesmo.

– Mas Senhor, e se acaso eu procurar a reconciliação com aquele que se diz meu inimigo, levando comigo toda a boa vontade que possuo, e ele não se dispuser a me ouvir e, ameaçando-me, expulsar de sua casa? Como fica esse entendimento? – perguntou Lázaro, vivamente interessado no assunto.

– Nesse caso, meu velho amigo, fique com a paz em tua consciência, pois o que te era possível fazer, visando à reaproximação, foi feito. O desfecho ideal fica dependendo apenas da boa vontade da outra parte.

– Nesse caso, quanto ao outro, a condição de sua consciência ficará um tanto quanto sofrida, não? – perguntou novamente Lázaro.

– Perfeitamente. A criatura humana, em sua atual condição, constantemente comete falhas, e por isso necessita do perdão alheio. Se de um lado ela não concede o perdão e de outro ainda necessita pedi-lo, não se pode esperar que ela esteja com a serenidade instalada em seu coração. Há algum tempo, junto à gruta onde nos instalamos, pediram-me que deixasse um exemplo de prece endereçada ao Pai. Nela foi dito: Perdoa as nossas culpas, quando tivermos perdoado a culpa dos nossos devedores. Não nos deixes entregues à provação, porque assim nos resgatas do mal. Assim seja.

– Entendo, Senhor . . .

– Como ter as tuas culpas perdoadas, se não consegues perdoar as culpas alheias? O perdão é uma condição básica para que não fiques entregues às provações – sem isso não te resgatas do mal que fizeste. Ouça esta história: O Reino dos Céus é comparado a um rei que quis tomar contas a seus servos, e tendo começado a tomá-las, foi-lhe apresentado um que lhe devia a vultosa soma de dez mil talentos. Não tendo ele com que pagar, ordenou seu senhor que fossem vendidos ele, sua mulher, seus filhos e tudo o que tinha para que se pagasse a dívida. Então, aquele servo, prostrando-se, o reverenciava, dizendo:

"– Senhor tem paciência comigo, que tudo te pagarei." O senhor daquele servo, pois, movido de compaixão, soltou-o perdoando a dívida.

– Belo gesto daquele homem – disse Lázaro.

– Sim, só que saindo, porém, aquele servo, encontrou um dos seus conservos, que lhe devia muito menos – tão somente cem denários, e, segurando-o, o sufocava dizendo: "– Paga o que me deves." Então o seu companheiro, caindo-lhe aos pés, rogava-lhe: "– Tem paciência comigo, que te pagarei." Ele, porém, não quis e foi encerrá-lo na prisão, até que pagasse a dívida. Vendo, pois, os seus conservos o que acontecera, contristaram-se grandemente e foram revelar tudo isso ao seu senhor. Então o seu senhor, chamando-o à sua presença, disse-lhe: "– Servo injusto, perdoei-te toda aquela dívida porque me suplicaste; não devias tu também ter compaixão do teu companheiro, assim como eu tive compaixão de ti?" E, indignado, o seu senhor o entregou aos verdugos, até que pagasse tudo o que lhe devia. Este é o sentimento que atingirá tua alma, se não observares corretamente as Leis de Amor dadas por nosso Pai Celestial e deixares de conceder o perdão a teu irmão.

A lição dada por Jesus havia tocado o coração de todos nós, mas na presença de Maria de Magdala veio à minha mente a necessidade das pessoas também aprenderem a se autoperdoar. Foi exatamente o que ela fez: decidiu dar novo rumo à sua existência, perdoando-se quanto aos equívocos anteriormente praticados.

Como se entrasse nos meus pensamentos, o Senhor falou:

– Muitas vezes, a criatura humana consegue conceder e pedir o perdão ao seu irmão, mas ainda precisa aprender a olhar para dentro de si mesma e se perdoar verdadeiramente. Quem não se perdoa, jamais poderá ser feliz. O perdão que se concede a si mesmo, necessariamente, traz consigo a obrigação de se buscar a eliminação do motivo que causou a dor. Em não fazendo assim a criatura cairá novamente nos mesmos equívocos.

Encerrado o diálogo, nós nos retiramos da casa de Lázaro, em Betânia, e seguimos em busca de nossa gruta, enquanto que

110 *Seguindo com Jesus na Judeia*

Maria de Magdala continuava feliz em seu novo lar. Ao lado das irmãs Marta e Maria, a nossa irmã de Magdala sentia-se mais fortalecida a cada novo dia.

Passados alguns dias, nós nos encontrávamos nas ruas centrais da velha Jerusalém. Havíamos nos afastado um pouco de Jesus, a fim de comprarmos alguns mantimentos, permanecendo próximo dele apenas Pedro. Ao retornarmos, chegando à praça principal nos deparamos com enorme alvoroço.

Ao centro estava Jesus e aos seus pés, bastante assustada, uma pobre mulher com os cabelos desarranjados. A turba enfurecida, à frente deles, gritava:

– Apedreja, apedreja...

Alguns escribas e fariseus haviam trazido aquela mulher apanhada em adultério, colocando-a diante de Jesus. Ficava clara a ideia de deixar o Mestre sem alternativas: ou se cumpria a Lei de Moisés, que nesses episódios previa o apedrejamento, ou não se cumpria, o que faria, então, entenderem que aquele que se dizia Enviado por Deus era a favor da libertinagem. Sabiam, contudo, que jamais Jesus permitiria que ela viesse a ser morta. E assim disseram:

– Mestre, esta mulher foi apanhada em flagrante adultério. Ora, Moisés nos ordena na Lei que estas tais sejam apedrejadas até a morte. Tu, pois, o que dizes?

Muito embora nossa confiança no Mestre fosse total, a situação era delicadíssima. Ele, com toda a calma do mundo, encontrava-se agachado, e com o dedo escrevia sobre o solo arenoso, afinal, nós nos encontrávamos na região da Judeia. Como insistiam em que desse o seu parecer a respeito do episódio, ergueu-se, olhando no fundo dos olhos de cada um dos acusadores, e falou:

– Aquele, dentre vós, que está sem equívocos, seja o primeiro que lhe atire uma pedra.

Dito isso, novamente se agachou e continuou a escrever sobre a areia.

Com essa resposta eles não contavam. Ao ouvirem isso, foram saindo um a um, a começar pelos mais velhos, até os últimos, ficando apenas Jesus e a mulher, em pé à sua frente. Então, erguendo-se Jesus e não vendo ninguém, senão a mulher, perguntou-lhe:

– Mulher, onde estão os que te acusam? Ninguém te condenou?

Respondeu ela:

– Ninguém, Senhor...

– Nem eu te condeno. Vai-te e não erres mais.

Pedro, que havia assistido tudo por estar bem próximo, e nós, que havíamos chegado no início do entrevero, nos dirigimos até o Mestre.

– Senhor, bem sei que sempre fazes o melhor e disso não me afasto – falou Pedro. – Mas se me permitir, gostaria de te revelar uma preocupação que agora tenho.

– Naturalmente, Pedro. Podes falar.

– Temo que venhamos a ser mal compreendidos pelas famílias de Jerusalém. Moisés foi bastante claro ao definir que as mulheres adúlteras merecem ser apedrejadas. Recordo-me de terem dito que isso está escrito em Levítico. Ao defendermos essas decaídas, certamente as famílias evitarão que seus filhos nos sigam os passos, pois poderão nos considerar a favor da depravação!

– Pedro, Pedro, ainda continuas preso aos velhos conceitos, à velha Lei! O homem polui as fontes da justiça e se julga tão correto a ponto de apontar o dedo àqueles que entende afrontá-lo. Os doutores da Lei, que trouxeram a mulher para ser apedrejada, também conhecem o Livro de Levíticos, do qual você falou, mas ajustaram às suas conveniências o texto escrito por Moisés. Eu jamais defenderia essa Lei que, aliás, necessita ser extirpada, e que no original diz assim: "O homem que adulterar com a mulher de outro, sim, aquele que adulterar com a mulher do seu próximo certamente será morto, tanto o adúltero, como a adúltera."

– O homem também, Senhor?! – falou Pedro espantado.

– Sim, o homem também, Pedro. Apenas que os costumes ditados por eles mesmos, sobrepondo-se violentamente às mulheres, os fizeram abolir esse detalhe por conveniência própria. Retiraram de si qualquer responsabilidade nesses atos equivocados, como se a mulher o praticasse isoladamente.

– Mas, e o que aquela mulher fez? O equívoco que ela praticou?

– De fato ela se equivocou, e quanto a isso não se pode negar. Mas, quais os motivos que julgas devam ser apontados para uma eventual condenação? Por que teria ela caído no erro? Acaso, tu mesmo já terias, alguma vez, passado pelas necessidades prementes que talvez ela tenha carregado ao longo de toda a sua vida? Tu não conheces as causas reais que a levaram à queda! E o escárnio que lhe endereçaram seus pais, irmãos, amigos e até mesmo as mulheres que se consideram mais felizes? Quantas vezes poderá ter-lhe faltado o pão à mesa? Talvez sua alma nunca tenha recebido uma manifestação de carinho e atenção. Suas noites silenciosas e tristes nada mais são que doloroso inferno para ela mesma. Apontar o dedo seria agravar-lhe os sofrimentos da consciência amargurada e sem rumo.

Pedro, mordendo os lábios que se escondiam sob a espessa barba, ficou algum tempo meditando sobre as palavras do Mestre e finalmente disse:

– Compreendo, Senhor. Agora penso diferente.

– Normalmente, o homem atira pedras no sofrimento comum, enquanto que persiste a hipocrisia dos poderosos que erram impunemente – falou Jesus. – Existem magistrados, filósofos e até mesmo sacerdotes que macularam suas almas por mais baixo preço. Mas o Pai, que é todo bondade, reserva a todos eles o caminho da redenção. Só não nos cabe julgar.

– Chegaremos, então, infalivelmente aos braços do Pai, ou melhor, ao cumprimento das Divinas Leis? – perguntei a Jesus.

– Sim, todos, sem exceção, chegarão aos braços de nosso Pai, ou seja, ao cumprimento melhor de suas sábias Leis. Guardai esta história, e em breve os detalhes deste entendimento vos serão dados, facilitando compreensão total e definitiva.

E assim falou:

– Certo homem tinha dois filhos. O mais moço deles disse ao seu pai: "– Pai, dá-me a parte dos bens que me toca." Repartiu--lhes, pois, os seus haveres e poucos dias depois o filho mais moço, ajuntando tudo, partiu para um país distante e ali desperdiçou os seus bens, vivendo dissolutamente. E havendo ele dissipado tudo, houve naquela terra uma grande fome e começou a passar necessidades. Então, foi encontrar-se com um dos cidadãos daquele país, que o mandou para os seus campos a apascentar porcos. E desejava encher o estômago com as alfarrobas que os porcos comiam, e ninguém lhe dava nada. Caindo, porém em si, disse: "– Quantos empregados de meu pai têm abundância de pão, e eu aqui pereço de fome! Levantar-me-ei, irei ter com meu pai e dir-lhe-ei: Pai, errei contra o céu e diante de ti, e já não sou digno de ser chamado teu filho; trata-me como um dos teus empregados." Levantou-se e foi ao encontro de seu pai.

– Acho que não deve existir nada melhor que voltar para a casa de nosso Pai – falou despretensiosamente Tiago Maior.

– É verdade, meu amigo. Mas estando ele ainda longe, seu pai o viu, encheu-se de compaixão e, correndo, lançou-se-lhe ao pescoço e o beijou. Disse-lhe o filho: "– Pai, errei contra o céu e diante de ti e já não sou digno de ser chamado teu filho." Mas o pai disse aos seus servos: "– Trazei depressa a melhor roupa, e vesti-lha, e ponde-lhe um anel no dedo e alparcas nos pés; trazei também o bezerro cevado e matai-o; comamos e regozijemo--nos, porque este meu filho estava morto e reviveu, tinha-se perdido e foi achado." E começaram a regozijar-se.

– Que acolhida emocionante ele teve! – Alguém falou, interrompendo levemente o Mestre.

114 *Seguindo com Jesus na Judeia*

– Ora, o seu filho mais velho estava no campo e quando voltava, ao aproximar-se de casa ouviu a música e as danças. E chegando a um dos servos perguntou-lhe que era aquilo. Respondeu-lhe esse: "– Chegou teu irmão; e teu pai matou o bezerro cevado, porque o recebeu são e salvo", mas ele se indignou e não queria entrar em casa. Saiu então o pai e instava com ele, que assim respondeu: "– Eis que há tantos anos te sirvo e nunca transgredi um mandamento teu. Contudo, nunca me deste um cabrito para eu me regozijar com meus amigos, mas vindo, porém, este teu filho, que desperdiçou os teus bens com as meretrizes, mataste-lhe o bezerro cevado." Replicou-lhe o pai: "– Filho, tu sempre estás comigo, e tudo o que é meu é teu; era justo, porém, regozijarmo-nos e alegrarmo-nos, porque este teu irmão estava morto e reviveu, tinha-se perdido e foi achado."

– Linda essa história, Senhor. Mas podes explicá-la melhor? – falou João.

– Por certo que sim. Vemos, na figura do filho mais novo, aqueles que decidem se afastar da casa de nosso Pai. Iludem-se com as coisas passageiras que a Terra lhes oferece e partem. Caminham equivocadamente, mas as dificuldades que surgem acabam, em algum momento, fazendo com que voltem seu pensamento para o Alto e anseiem voltar para Ele. No início parecem indecisos, acreditando que o Pai não os receberia, dado a caminhada desregrada que empreenderam. Mas Ele, ao ver que o que estava perdido retorna ao caminho mais reto, sequer aguarda desculpas; corre, abraça e acolhe o filho amado, fazendo nos Céus uma grande festa – o filho que estava morto agora vive.

– Maravilhoso, Senhor! Imaginemos a grande alegria que deve estar sentindo Maria, de Magdala, quando decidiu retornar à casa do Pai e ser acolhida – falou Judas. – Eu também, em todos os instantes, sinto estar retornando à casa d'Ele. Que alegria eu sinto!

– Sim Judas, é verdade. E quanto ao filho mais velho, temos a figura daquele que permaneceu com o Pai, mas nem sempre

O compreendeu plenamente. Muitos estão apenas acostumados com a casa do Pai, mas não conhecem a Sua soberana vontade, ou seja, as Suas Divinas Leis e, portanto, não as praticam. Na história percebe-se que ele não se alegrou com o retorno do irmão que estava perdido; que se dirigiu ao Pai sem dizer "este meu irmão", mas sim "este teu filho" que estava enciumado, reclamando direitos que julgava ter, que guardava rancores. Muitos desses acreditam que de fato seguem a vontade d'Ele, mas na realidade se trata de simples rotina – estão apenas viciados nessa conduta.

A maravilhosa lição da misericórdia ficaria gravada em nossos corações para sempre. Com muita simplicidade, o Mestre era capaz de nos passar conceitos que até então não havíamos sequer imaginado.

Fiquei pensando no episódio da mulher adúltera e fiz uma leitura do gesto de Jesus, que provavelmente os outros não tivessem feito. Sei que também falamos através do nosso corpo, de nossas reações, do modo de olhar e outras situações. Havia visto Jesus calmamente escrevendo sobre a areia, enquanto que todos os demais estavam extremamente agitados; o Mestre continuou escrevendo da mesma forma, até que deixassem o local.

A leitura que fiz foi a seguinte: embora tenha ocorrido um equívoco por parte daquela mulher, a reação do Senhor foi a de quem não queria valorizar o ocorrido, o que contribuiria para uma discussão ainda mais acirrada; de nossa parte talvez ficássemos curiosos, perguntando de que forma e com quem ela teria praticado o adultério. Aquele gesto foi também outra lição que nos transmitiu naquela oportunidade.

Em seguida, retornamos ao aconchego de nossa gruta, no alto do Monte das Oliveiras. A noite caia, e no manto azul escuro do céu as estrelas surgiam com intenso brilho, como que saudando a presença de Jesus em nosso meio.

Mais alguns dias e estávamos de volta à cidade velha e nos dirigimos à região sul, onde se localizava a piscina de Siloé.

Normalmente, por lá passávamos com a intenção de fazermos a ablução, quando nos dirigíamos ao grande Templo.

Recordei-me de ter visitado as ruínas daquela piscina, localizada no Vale de Tiropeón, e construída pelo Rei Ezequias cerca de sete séculos antes de Jesus, que recebia águas através de um túnel com mais de quinhentos metros de comprimento. Era uma obra fantástica.

Ao chegarmos, deparamos com um cego que estava mendigando. O pobre homem trazia no semblante serenidade impressionante, apesar das dificuldades que devia encontrar em razão da deficiência da qual era portador. Sua fala era doce, serena e carregada de um sentimento inexplicável.

Percebendo a oportunidade de novo ensinamento, Jesus ficou um pouco afastado, enquanto o grupo foi até aquele pobre homem. Filipe dirigiu-se a ele nos seguintes termos:

– A paz esteja convosco, amigo.

– Que ela também esteja convosco, meu jovem – respondeu o homem.

E abrindo extensa conversação, ouvimos dele que já havia nascido sem a visão e que sua luta, ao longo da vida, fora feita com muita alegria e compreensão quanto ao fardo que necessitava carregar. Acrescentou que jamais lhe faltara a certeza de que Deus havia reservado a ele o melhor, não lhe faltando, portanto, a fé necessária para seguir sempre adiante. Seu falar era doce e alegre, não revelando qualquer sentimento menos nobre.

Retornamos até o Mestre e lhe falamos tudo o que aquele homem havia nos revelado. Então, Bartolomeu fez a ele a seguinte pergunta:

– Mestre, tendo aquele irmão vindo à vida sem o dom da visão, pergunto quanto ao pecado que por ventura tenha originado tal transtorno: teria sido ele mesmo quem se equivocou no passado, ou seus pais seriam os causadores dessa deficiência?

– Nem ele nem seus pais, eis que o pecado não existe, tal qual entendias. Tudo o que ocorre é para que nele se manifestem as obras do Pai, que me enviou. Não vos fixeis nas falhas que porventura o próximo tenha cometido, uma vez que o importante é fazer por ele tudo aquilo que possais, visando amenizar sua dor enquanto é dia; virá a noite da partida e talvez nada mais podereis fazer.

Falando isso, o Mestre dirigiu-se ao homem e, na sua frente, agachou-se, cuspiu no chão, e com a saliva fez lodo e untou os olhos do cego dizendo:

– Querido irmão, eu sou a luz no mundo. Vai até o tanque e lava-te.

Sem entender o que se passava, o pobre homem começou a se dirigir até a piscina. Seguia cambaleante e inseguro, tateando as paredes, porque não conseguia ver absolutamente nada.

Com muita dificuldade chegou ao tanque e fez como o Mestre havia solicitado – debruçou-se nas águas e se lavou. Após alguns instantes levantou a cabeça, ergueu os braços para o alto e bradou:

– Meu Deus! Meu Deus! Estou vendo, agora vejo! Sonhei por toda minha vida poder ver o sol, compreender o azul do céu, presenciar o voar das aves, saber como é o olhar de alguém. E o primeiro olhar que vejo, parece ter uma doçura que nunca poderia ter imaginado – o teu olhar, Jesus. Ao ver-te, parece que estou vendo o olhar de Deus... Obrigado, Senhor – e começou a chorar copiosamente, a ponto de emocionar a todos que lá se encontravam.

E feliz, foi até Jesus e o abraçou fortemente, seguindo o seu caminho.

Passado pouco tempo, enquanto ainda estávamos circulando pela cidade, tornamos a encontrar aquele homem que, vindo em nossa direção, novamente abraçou Jesus, dizendo:

– Senhor, saí daqui com a visão que eu nunca tive, e que tu me deste hoje. Encontrei-me com vizinhos e amigos e todos se surpreenderam, perguntando-me como foi que meus olhos se abriram. Falei a teu respeito e me levaram até a sinagoga, colocando-me diante dos fariseus, que me disseram que tu não vens da parte de Deus, eis que me curaste em pleno *shabat*. Dis-

118 *Seguindo com Jesus na Judeia*

seram que eras um pecador e que jamais poderias fazer o que fizeste, e eu, em contradita, falei que eras um profeta vindo da parte do Altíssimo, pois ninguém poderia fazer o que fizeste se não viesse da parte d'Ele.

– E o que mais aconteceu? – perguntou Tiago Maior.

– Nada contentes, chamaram os meus pais para atestar o que de fato teria ocorrido. Eles disseram que deveriam conversar comigo, uma vez que sou adulto e poderia falar abertamente sobre tudo o que acontecera. Entendi que tiveram medo de se indispor com os religiosos e serem expulsos da sinagoga. Irritados, os fariseus afirmaram que eu me comportava como um dos teus discípulos, e prontamente respondi que diante de tantas perguntas, eram eles que pareciam querer compreender-te, para em seguida tornarem-se discípulos teus. Responderam-me que eram unicamente discípulos de Moisés, com quem Deus falou, e que eu, um filho do pecado, não poderia querer ensiná-los; em seguida me expulsaram.

– E tu crês que venho da parte do Pai? – perguntou Jesus.

– Sim, eu creio do fundo do meu coração – respondeu o homem.

E olhando para todos que estavam ao seu lado, o Mestre disse:

– Eu vim a este mundo para despertar as consciências, a fim de que os que não veem, vejam, e os que apenas julgam ver, tornem-se cegos.

Ao lado, presenciando tudo, estavam alguns fariseus. Um deles lhe perguntou:

– Por ventura, somos nós também cegos?

– Se fôsseis cegos não teríeis conhecimento dos equívocos por vós mesmos cometidos, mas como agora dizeis em seu interior *Nós vemos*, permanece em vós a certeza desse cometimento.

Sem compreender o que ele havia dito, os fariseus se retiraram gesticulando violentamente.

Eu havia compreendido perfeitamente. Naquele diálogo o Mestre quis mostrar que a gravidade do equívoco cometido está na proporção de nosso entendimento quanto às Verdades Divinas: quanto mais nossa consciência está despertada, mais incomodados ficamos com as falhas que cometemos. Recordei-me, nesse instante, da frase dita anteriormente por Jesus: "A quem mais é dado mais será cobrado."

Outra avaliação eu tirava daquele episódio: embora de forma confusa, todo o grupo entendia a possibilidade de um retorno a uma nova vida, após o término de uma existência, caso contrário a pergunta "Quem errou, ele ou seus pais?" não faria sentido, dado que o homem era cego de nascença. Nesse caso, ele apenas poderia ter errado em existência anterior, a ponto dessa conduta lhe prejudicar a visão ao ingressar na nova vida. Interessante!

A noite caia sobre o cenário de Jerusalém, fazendo com que as tochas instaladas nas fachadas das casas e ao longo das vielas fossem acesas, dando ao local um aspecto melancólico. O meu coração doía de saudade de meus pais, até porque me encontrava bem pertinho do portal que me conduziria até eles. Precisei me conter, pois a vontade de correr para o pórtico do tempo, pegar a minha dracma e atravessar, ficava cada vez mais forte.

Despertei daquele transe quando ouvi a voz do Mestre nos chamando de retorno à nossa gruta. Por enquanto, aquela era a minha casa. E subimos a encosta do Monte das Oliveiras, carregando nossas consciências cada vez mais preparadas para o melhor.

CAPÍTULO 9

Não vim destruir a Lei

Novo dia surgia diante do cenário esplendoroso de Jerusalém. Do alto do Monte tínhamos total visão de boa parte do lado oriental da grande cidade.

Como sempre, presenciávamos a agitação junto aos portões de entrada e vias de acesso, que levavam as pessoas ao seu interior, carregando consigo seus mais variados fardos.

Embora fossem pessoas que sofriam com a opressão pesada imposta pelos dominadores romanos, muitas pareciam caminhar indiferentes a esse sofrimento. As famílias que entravam e saíam pela imponente muralha traziam consigo uma prole imensa, fruto do entendimento do que o nosso Deus havia dito a Moisés, como primeiro mandamento, ou Mitsvá, no Gênesis (capítulo 1:28): "– Crescei e multiplicai-vos, e vossa prole cobrirá toda a Terra."

Em conversa que pude ter com várias pessoas ao longo daqueles quase três anos, tanto na Galileia querida, quanto na Judeia, percebi que boa parte permanecia indiferente às questões da alma. Traziam consigo uma prática religiosa muito forte, mas não tinham a capacidade de compreender efetivamente o que faziam e, por consequência, adquirirem uma verdadeira religiosidade.

Sua adoração a Deus era muito bonita, mas estavam apenas no verniz da compreensão quanto à bondade e ao amor d'Ele. Raramente se encontrava pessoas que buscavam entendimento racional da presença de Deus, associando o Seu amor à prática de uma vida realmente fraterna.

Compreendia que muito daquela prática se devia às Leis estabelecidas por Moisés, há cerca de mil e quinhentos anos antes daquele momento em que me encontrava. Segundo o novo entendimento que agora trazia dentro de meu coração, graças à orientação direta de Jesus, as conhecidas Leis Mosaicas haviam sido colocadas pelo próprio Moisés com o fito de conter o ímpeto mais violento do ser humano daquela época.

Se por um lado o profeta havia recebido do Alto a tábua dos Mandamentos – que seriam as Leis Divinas, por outro, deparou-se com a necessidade de implantar suas próprias Leis que, para serem obedecidas pelos homens, teve a necessidade de atribuí-las também ao Criador.

As primeiras, por ser obra do Alto, eram obviamente imutáveis, uma vez que o próprio Pai assim o é. Em relação às segundas, ou seja, às Mosaicas, essas eram temporárias, pois se adaptavam à condição de entendimento e comportamento do ser humano daquele momento.

Todas aquelas informações que vinha obtendo ao longo dessa minha viagem começavam a se juntar como peças de um grande quebra-cabeças. Tudo me levava a pensar, e muito, sobre os planos do Pai. Começava a perceber que Ele, embora sempre conosco, manifestava-se mais claramente à humanidade em determinadas situações.

Analisando o que já havia conseguido amealhar, sentia que a manifestação do Supremo Criador do Universo havia sido fortemente percebida pela história, na época de Moisés, e que no momento em que agora eu vivia, novamente Ele se fazia maravilhosamente presente por meio da figura esplendorosa de

Jesus. Em resumo: Ele havia se manifestado fortemente através de Moisés, e novamente agora através de Jesus.

Seria nova e extraordinária mensagem que estava nos enviando, substituindo o que nos havia deixado Moisés, em razão da presença do Mestre? Será que tudo seria modificado em razão dos seres humanos já se encontrarem em novo patamar de entendimento? Isso eu ainda não sabia responder, mas o meu maior Amigo – Jesus – por certo deixaria tudo claro no momento adequado.

E meus pensamentos foram ainda mais além: o Senhor nos falava em vidas sucessivas, dos comprometimentos pessoais em razão das condutas em caminhadas pretéritas; a cada cura realizada falava que somente tinha sido possível porque o beneficiado havia resgatado o mal anteriormente cometido, e muito mais. Contudo, isso não estava apontado nas escrituras sagradas, embora o Mestre tivesse falado da existência de uma Doutrina, no meu tempo correto, que já havia registrado tudo isso. E pensava: "Será que o Pai teria se manifestado novamente, de uma forma mais contundente, entre a passagem de Jesus, pela Terra, e o século XXI?" Eu haveria de pesquisar a respeito.

Voltando à observação que vinha fazendo das pessoas que entravam e saiam de Jerusalém, sabia que, independentemente do grau de conscientização, no geral eram criaturas boas, amorosas, zelosas com os seus entes amados, embora um pouco endurecidas em razão do sofrimento imposto pelo dominador estrangeiro – os romanos.

Atitudes mais violentas e estranhas normalmente partiam de alguns poucos fariseus, sacerdotes e doutores da lei, que interpretavam os códigos com extremo rigor, para não dizer fanatismo. Esses sim, pareciam se distanciar, em certos momentos, da prática do amor que era orientada por Deus.

Mesmo quanto a esses rígidos seguidores do judaísmo, nos momentos em que ficava pensando sobre o desfecho da caminhada de Jesus, não conseguia entender que deles pudesse ter partido alguma determinação quanto à sua morte. Eles adoravam o mesmo Deus e se d'Ele, às vezes, desviavam-se, era apenas em razão do entendimento que tinham de estar cumprindo as Leis deixadas por Moisés, as quais lhes pedia mais rigor nas orientações e punições. Mas não eram pessoas más, de forma alguma.

Portanto, o triste desfecho que estaria por vir, conforme havia lido nos Evangelhos antes dessa viagem, deveria me trazer entendimentos novos, para que pudesse esclarecer a humanidade de meu tempo. Seria necessário, também, ficar atento quanto à participação de meu amigo Judas, pois nele sempre percebia as mais nobres e belas intenções, nada condizentes com a figura que dele a história acabou fazendo.

Estava envolto em todos esses pensamentos, quando fui despertado pelo toque do meu amigo de Iscariotis, que disse:

– David, parece-me que estás nas nuvens! Chamei-te por várias vezes e não me atendeste. O Mestre está pronto para ir até a cidade e pergunta se vens conosco.

– Naturalmente que sim, meu amigo Judas. Não quero me distanciar um único instante de todos vós, pois são a minha família – disse-lhe, já me colocando de pé e olhando no fundo dos seus olhos.

Judas sorriu e me abraçou fortemente, e seguimos ao encontro do Mestre, que nos aguardava também sorrindo. Eu sempre procurava fazer a leitura dos sentimentos de Jesus para com Judas e percebia que havia grande sintonia entre ambos: Judas amava intensamente o Senhor.

Chegando à cidade, ocorreram os costumeiros entreveros entre a população que seguia sempre o Mestre e os soldados romanos, que nada conseguiam enxergar, além de uma ameaça contra o poder instalado. A cada ida à Jerusalém, Pilatos era informado em detalhes que, imaginava eu, agravavam a sua preocupação quanto à estabilidade de seu governo. Isso representava sérios riscos para Jesus, pois Pilatos era realmente alguém insensível e impiedoso.

Nesse dia, fomos diretamente ao majestoso Templo de Herodes. Lá entrando, Jesus procurou um canto mais afastado e começou a nos ensinar.

No momento em que falava da necessidade de seguirmos sempre as orientações que nos são passadas por nosso Pai, um homem se aproximou e, exaltado, disse que o Mestre traia os ensinamentos que haviam sido dados por Moisés. Interpelado por Filipe, o homem disse:

– Presenciei o episódio daquela mulher que havia cometido adultério e que, segundo as Leis de nosso Benfeitor Moisés, deveria ter sido apedrejada em praça pública. A intervenção desse teu Mestre fez com que não se estabelecesse a justiça que nos foi orientada por Deus. Por isso, digo que ele trai as nossas Leis e os nossos costumes.

O Senhor olhava para aquele homem e lhe dirigia tanta doçura, que sem nem mesmo compreender as irradiações de amor que o envolvia, acabou se retirando desconsertado.

Nesse momento Pedro falou:

– Senhor, quando daquele episódio, bem que eu falei que não serias bem compreendido, afinal, estavas contrariando as Leis estabelecidas há tanto tempo. Vejo pelos comentários daquele homem, que de fato foi criado um grande mal-estar.

– Pedro, eu apenas estou cumprindo as Leis de nosso Pai – falou tranquilamente Jesus.

– Mas, então por que essas contradições entre a Lei que veio por intermédio de Moisés e as que agora trazes? Tu estás mudando tudo? – perguntou Pedro, que voltava a morder os lábios escondidos sob a espessa barba.

– Meu amigo, é necessário que todos entendam que a Obra de nosso Pai é sempre AMOR, e que a humanidade deve compreender-Lhe a beleza e a justiça cada vez mais intensamente. Ele se manifesta no dia a dia de cada filho, através do sol que surge, da flor que perfuma, do alimento que sacia a fome, do sorriso que acalma a tristeza, da palavra que conforta a alma, da criança que transmite paz e alegria. O Criador sempre se manifesta, muito embora parcela grandiosa da humanidade não se dê a oportunidade de percebê-Lo.

– Que bonito, Mestre – disse André.

– É André, mas em algumas vezes Ele se manifesta de uma forma ainda mais contundente, para alertar a todos os Seus filhos sobre o caminho a ser seguido. Nessas ocasiões, são trazidas novas revelações, para que questões ainda não compreendidas pela criatura humana possam sair de sob o véu que as encobria. E assim a humanidade encontra novas condições para evoluir, pois adquire mais compreensão dessas Leis Divinas.

E continuou:

– Na época de Moisés, quando o povo hebreu acabava de se retirar do cativeiro egípcio e rumava para a Terra da Promissão, mesmo começando a acreditar no único e verdadeiro Deus, ainda trazia em si graves problemas, para se conduzirem dentro de uma conduta de mais amor para com seus semelhantes. Era o momento estabelecido por Ele, para que trouxesse o roteiro de uma conduta melhor, recebido por Moisés através das Tábuas das Leis. Nesse momento, as consciências ainda não se permitiam acolher pacificamente essas diretrizes, somente pelo desejo de seguir as orientações emanadas do Alto, motivo pelo qual o legislador hebreu foi levado a editar outras, de caráter puramente humano, que visavam conter o ímpeto ainda áspero das criaturas da época, bem como combater abusos e preconceitos adquiridos nas terras do Egito, em meio aos pagãos. Se poucos entenderam por amor, muitos haveriam de cumprir em razão do receio de sanções, por seu descumprimento.

– Dizes, então, que as leis colocadas por Moisés não tinham o respaldo do Altíssimo? Não teriam sido ditadas por Ele? – perguntou Pedro, visivelmente surpreso, talvez se recordando do episódio da mulher pega em adultério.

– Pedro, se o Criador é Amor Infinito, como poderia ter feito uma lei que mandava observar o "olho por olho, dente por dente"? Será que Ele aceitaria a dilapidação daquela mulher, em praça pública, motivada por um equívoco que ela praticou em razão de sua dor e ignorância? Onde estaria o Amor d'Ele, se aceitasse que isso acontecesse com os Seus filhos? E será que o Pai quer que a humanidade o adore somente com práticas exteriores, mantendo o interior ainda tão vazio? Se esse entendimento prevaleceu por séculos, agora é o momento de compreender que o Pai é unicamente AMOR, e somente com AMOR Ele nos trata, como permanentemente nos tratou – falou Jesus.

– Quero crer, então, que vieste para destruir as Leis que até hoje vigoram. Estou certo? – perguntou o velho pescador.

– Não exatamente, querido amigo. Não vim destruir a Lei, mas dar-lhe cumprimento, eis que as verdadeiras Leis são somente aquelas entregues a Moisés, através das Tábuas Sagradas. Ali se encontrava o roteiro moral para a felicidade da humanidade: amarás o Pai de todas as tuas forças e de todo o teu entendimento; não tomarás o Seu santo nome em vão; guardarás o sábado para santificá-Lo; honrarás teu pai e tua mãe; não matarás, não adulterarás nem roubarás; não levantarás falso testemunho contra teu próximo nem desejarás a sua mulher ou cobiçarás as coisas que lhe pertençam. Observando tudo isso, a criatura não cometeria os equívocos que redundaram na aplicação das sanções previstas por Moisés.

– Por isso, é que disseste que devíamos "amar a Deus sobre todas as coisas e ao próximo como a ti mesmo", e que nisso se encontrava toda a Lei e todos os Profetas? – perguntei-lhe, na certeza de que havia entendido tudo.

– Certamente, David – falou o Mestre. – Quem verdadeiramente ama, automaticamente já estará cumprindo o que contêm as Tábuas. Aquele que ama não mata nem rouba, não deseja o que pertence ao outro, pois nenhum mal lhe quer. Naturalmente, amará seus pais e dedicará ao Pai Celestial mais que um dia de devoção, não apenas o sábado – estará com Ele todos os dias, transformando a Adoração, que Lhe é devida, em atos de socorro e amor ao semelhante. Descobrirá que amando ao próximo estará dizendo ao Criador o quanto O respeita, e esta é a mais linda forma de Adoração.

Enquanto todos nós nos encontrávamos emocionados diante da beleza desse novo entendimento, o Senhor prosseguiu:

– E é por essa compreensão que a humanidade haverá de colocar dentro de seu coração, que digo que não vim destruir a Lei, mas dar-lhe cumprimento – é a Lei do Amor. Quanto às outras, que conflitam com essa Lei, elas sim serão descartadas pela própria criatura humana, que perceberá que não mais devem aplicá-las em suas existências.

– E em algum momento esse entendimento estará dentro do coração de toda a humanidade? – perguntou Bartolomeu.

– O Céu e a Terra não passarão sem que tudo esteja cumprido até o último jota – disse Jesus. – A Lei do Pai se instalará em toda a Terra e será observada por todas as criaturas e por todos os povos. Aquele que violar essa Lei e isso ensinar aos seus irmãos, se sentirá o menor entre todos; entretanto, aquele que cumprir os mandamentos e ensinar os semelhantes, será considerado o maior no Reino dos Céus. Se a vossa justiça não for diferente daquela professada pelos escribas e fariseus equivocados, não encontrareis esse Reino. Atentai, também, quanto ao teu pensamento, pois a agressão ao irmão não se faz unicamente pelas mãos e pelas palavras. Recordando o "olho por olho", caso um irmão ainda mergulhado na ignorância te bater na face direita, oferece-lhe a outra face...

Pedro, inconformado com a ideia de oferecer a outra face, interrompeu o Mestre, dizendo:

– Oferecer a face esquerda à quem lhe bateu na direita? Isso será muito difícil de acontecer!

– Não deves levar tudo ao rigor da letra, Pedro. O que estou dizendo é que não lhe revide a agressão, recorda que se uma face é a violência, a agressão, o ódio, a face oposta só pode ser a serenidade, a paz, o perdão; se te oferecem a face da dor, oferece a face do amor. Se ele lhe quiser tirar a túnica, larga-lhe também a capa, pois talvez sinta mais frio que tu mesmo; se te obrigar a caminhar mil passos, vai com ele dois mil, pois terás na caminhada a oportunidade de ganhar-lhe o coração; dê àquele

128 Seguindo com Jesus na Judeia

que te pede. No passado te disseram: "– Amarás o teu próximo e odiarás o teu inimigo"; eu porém vos digo: Amai os vossos inimigos e orai pelos que vos perseguem, para que vos torneis filhos de nosso Pai que está nos Céus, porque Ele faz nascer o seu sol sobre os maus e os bons e chover sobre justos e injustos. Digo-vos, também, que se amardes apenas aos que vos amam, que recompensa tereis? Não fazem os publicanos, tidos como pervertidos pela sociedade, também o mesmo? E se saudardes somente os vossos irmãos, que fazeis de mais? Não fazem os gentios também o mesmo? Buscai também a vossa perfeição, assim como é perfeito o nosso Pai Celestial.

– Quero crer que todo o ensinamento que nos trazes, tu nos deixarás agora. Penso corretamente Senhor? – perguntou Judas.

– Não, ainda não posso deixar contigo e com os demais todo o ensinamento, pois ainda não podeis suportar. A cada entendimento, novo ensinamento a ele se destinará, para a compreensão da verdade cada vez maior, e assim será por todo o sempre. Preparo-vos uma abrangente explicação sobre o funcionamento da obra do Pai, e assim entendereis como tudo acontecerá ao longo do tempo. Aguarda um pouco mais, meu irmão.

– Mas, Senhor, parece-me que os poderosos jamais aceitarão esse entendimento? Parecem querer viver longe do amor fraternal – disse André.

– Por enquanto isso ainda ocorre, André – falou o Mestre. – Já vos falei que essas verdades foram ocultadas dos sábios e mostradas apenas aos pequeninos. É que o orgulho, que ainda habita no coração dos primeiros, os faz cegos para essa compreensão, enquanto que os menores encontram-se ávidos pelo ensinamento que alivia o seu coração sofrido e a sua mente maltratada. Mas, os mais orgulhosos despertarão, um dia, para a busca da verdade, pois nos momentos de contrariedades e dores, será para eles como se eu lhes falasse: "– Vinde a mim, todos os que estais cansados e oprimidos e eu vos aliviarei. Tomai sobre vós o meu jugo e aprendei de mim, que sou manso e humilde de coração; e achareis descanso para as vossas almas, porque o meu jugo é suave e o meu fardo é leve."

– Jesus, preciso entender melhor o que venha a ser o jugo e o fardo, que acabaste de citar – falou novamente André.

– Por jugo deveis entender a obediência às Leis Divinas, que por serem orientações de Amor faz com que essa observância se torne sempre suave e serena; quanto ao fardo, resultado das misérias, decepções e dores sentidas pelas criaturas humanas, a compreensão desse roteiro Celeste faz com que essas dificuldades sejam sentidas em menor intensidade, pois, mesmo nos menores acontecimentos, sempre está presente a Justiça que vem do Alto – explicou Jesus.

– Começo a perceber o quanto trazia de orgulho e incompreensão na minha relação com o Pai, a quem costumeiramente chamava de Deus – disse João. – Assim como eu entendia, vejo que muitos ainda entendem que o Pai está sempre a postos para nos servir a todo o momento, e em razão de qualquer capricho. Muitos não pedem, exigem a satisfação de seus desejos.

– Mas isso um dia mudará, pois a criatura se compreenderá serva do Pai, e como tal, fará aquilo que precisa fazer para atender ao que o Criador lhe solicita – falou Jesus. – O Pai nunca será devedor para com o filho, ao contrário, a criatura é que Lhe deve sempre o amor, respeito e gratidão.

Encerrado esse precioso diálogo, nós nos retiramos do majestoso Templo e seguimos na direção do Monte das Oliveiras, onde a nossa gruta nos aguardava para o descanso. Todos traziam em seu coração esse entendimento inovador, percebendo a grandeza da tarefa que nos cabia levar adiante.

CAPÍTULO 10

Falsos deuses e falsos profetas

Os dias passavam rapidamente, e Jesus aproveitava cada ocasião para nos transmitir novos ensinamentos.

Eu sentia no ar que o momento extremo estava cada vez mais próximo, pois recebíamos constantemente a visita de José de Arimateia, que vinha trazer ao Mestre as informações sobre o que ocorria junto aos poderosos de Jerusalém.

O nosso amigo de Arimateia falou que Pilatos havia mandado redobrar o número de espiões que seguiam os passos do Senhor, pois sua preocupação, quanto à estabilidade do domínio em vigor, era cada vez maior.

Para aquele mandatário romano, a situação era realmente preocupante. Em relação aos passos de Jesus e de seus seguidores, a cada nova informação recebida, os que lhe estavam mais próximos percebiam que seu olhar deixava transparecer um desejo sórdido – exterminar o Mestre, a qualquer custo.

O entendimento era de que o Nazareno de fato inflamava as massas populares, a ponto de se tornar iminente uma gravíssima rebelião contra a dominação romana. Como o Imperador Tibério estava ciente desse risco, Pilatos redobrava suas inquietações e atenções, visto que era continuamente cobrado por seus superiores, em Roma.

Em uma dessas visitas, José havia dito que frequentemente os membros do Sinédrio eram convocados por Pilatos a comparecerem em seu palácio, localizado na cidade de Cesareia Marítima, junto ao Mar Mediterrâneo. Como integrante daquela Corte Suprema do povo judeu, frequentemente ele próprio participava dessas reuniões.

A residência oficial do representante romano ficava naquela cidade marítima, pois o mesmo não suportava viver em Jerusalém, em meio aos rituais promovidos pelos seguidores do judaísmo. Isso o incomodava por demais.

Pilatos praticamente vinha à grande cidade somente em datas muito especiais, ocasião em que a aglomeração de populares era maior, e onde sua presença representava mais rapidez na tomada de decisões, no caso de eventuais distúrbios.

A cada visita de José, tínhamos novas informações que nos conduziam a um estado de preocupação cada vez maior.

Os membros do Sinédrio, em várias dessas idas ao encontro com Pilatos, eram constantemente intimados no sentido de procurarem alguma forma de abafar a trajetória de Jesus, pois, segundo seu juízo, já representava seríssimo risco à estabilidade de toda região.

Esse suposto risco fazia com que os sacerdotes ficassem inquietos. Se no início Jesus representava uma visão religiosa diferente que, perante os velhos entendimentos defendidos pelos poderosos do judaísmo, colocava-os em condições de contradição perante o povo, agora a questão era ainda mais grave – o Nazareno representava riscos quanto à segurança de toda população de Jerusalém, caso Pilatos decidisse intervir de forma mais violenta. E ações desse tipo, para aquele mandatário, não exigiam nenhum esforço adicional – ele era a própria violência.

Não raras vezes, eu ficava observando a grande Jerusalém, do alto do monte em que permanecíamos, e pensando na caminhada humana sobre a Terra. O cenário que se descortinava à minha frente impressionava por demais, mesmo tendo a referência de todo o progresso que assistia em pleno século XXI.

Certa feita, nós nos encontrávamos no interior do majestoso Templo, quando alguém disse ao Mestre:

– Senhor, como esta obra é grandiosa! É impressionante como o ser humano sente a necessidade de deixar, para os seus descendentes, demonstrações de sua capacidade de realizações. E esta me parece ser a maior delas!

Ao que ele respondeu:

– Sim, mas vedes como tudo é transitório; em verdade, vos digo que não se deixará aqui pedra sobre pedra, tudo será derrubado. Contudo, as grandes e verdadeiras obras do bem, realizadas no coração de cada um, essas sim permanecerão para todo o sempre.

E durante o retorno ao nosso refúgio, no alto do monte, o Mestre falava das belezas produzidas através das boas e verdadeiras obras. Falava das alegrias que se instalam nos corações generosos, ao fazerem a caridade; das esperanças encontradas por aqueles que, até então, se encontravam desiludidos da vida, e que recebem a ajuda vinda da parte de seus irmãos.

Enquanto ele nos falava sobre essas verdades, nossos corações pareciam estar muito mais próximos do Criador, pois sentíamos cada vez mais a vontade de servir àqueles que íamos encontrando ao longo do caminho.

A cada um que se aproximava de Jesus para abraçá-lo, fazíamos questão de mostrar também o nosso carinho. Distribuíamos um abraço, um aperto de mão, um sorriso, e era visível o bem que tudo isso produzia no semblante daquelas pessoas sofridas. Se o olhar deles se modificava, era porque o coração havia sentido algo de bom.

Chegando em casa, o Mestre sentou-se para descansar, e então Tomé lhe perguntou:

– Ainda no Templo, disseste que ali não ficará pedra sobre pedra. Diga-nos quando se sucederão tais coisas e que, após partires, que sinal poderemos esperar quanto ao teu retorno?

O Mestre respondeu:

– Quando essas coisas acontecerão, somente o Pai o sabe. Mas, quanto ao meu retorno, será necessário que a humanidade fique atenta para que não venha a ser enganada, pois jamais partirei. No futuro, muitos virão falando em meu nome, querendo se passar por mim, e a muitos enganarão em razão dos momentos de dor pelo qual a criatura humana ainda passará, por não observar as Leis de Amor que foram deixadas pelo Supremo Criador. Ouvirão falar de guerras e rumores de guerras, mas não deverão se perturbar, porque é forçoso que assim aconteça – mas isso não representará o fim. Nação se levantará contra nação, e reino contra reino; e haverá fome e terremotos em vários pontos da Terra, mas todas essas coisas são ainda o princípio das dores. Em razão da falta de amor e da intolerância dos poderosos, muitos daqueles que seguirem os meus passos serão levados à tortura e mortos; serão odiados em razão do meu nome.

Enquanto o Mestre falava, era notória a impressão dolorosa no olhar de cada um de nós. E Jesus continuou:

– Em meio a esse cenário de perturbação e dor, surgirão falsos cristos e falsos profetas que enganarão a muitos, pois nesses momentos de sofrimento, os que padecem se tornam presas fáceis da impiedade daqueles que apenas buscam tirar proveito da fragilidade de seus semelhantes. E ao multiplicar a iniquidade, diante desses desequilíbrios e desamor, o sentimento mais puro de muitos se esfriará, surgindo a desesperança nos corações.

– Já entendemos que o Pai nos reserva o melhor, mas o que nos disseste agora nos enche de preocupação. Então, a humanidade ainda deverá sofrer por muito tempo e não encontrar a paz até que todos venham a compreender tuas palavras? – perguntou Filipe.

– O remédio que extermina o mal é o Amor, e enquanto a humanidade não aprender a se socorrer dessa medicação bendita,

134 *Seguindo com Jesus na Judeia*

a dor permanecerá. Digo-vos, ainda, que aquele que perseverar no Amor e no serviço ao próximo, divulgando a Verdade que vem de nosso Pai, e colocando-a em prática em sua vida, já estará em paz consigo mesmo, apesar de viver em meio a todos esses desequilíbrios. Quando o Evangelho do Reino for pregado e, acima de tudo, praticado no mundo inteiro, em testemunho de todas as nações, estará chegando o sinal de novos tempos – será o final de uma era de dor e sofrimento, para a iniciação de outra, onde começará a se instalar com mais força a paz, o amor, a fraternidade e a caridade.

– Isso nos chama a atenção para a necessidade de auxiliarmos cada vez mais e com todas as nossas forças, para que tudo o que nos ensinaste possa ser também levado aos outros – disse Bartolomeu.

Jesus sorriu, concordando com o que aquele discípulo havia dito. E demonstrando, em seu olhar, toda a gravidade das informações que nos transmitia, continuou:

– Ao chegar o final deste tempo, quando a era de dor e sofrimento começar a ceder espaço para nova fase, de mais amor e compreensão entre as pessoas, quem estiver no eirado não desça para tirar as coisas de sua casa; quem estiver no campo não volte atrás para apanhar a sua capa, pois a liberdade do espírito dependerá do desapego às coisas do mundo. Contudo, em razão do apego de muitos às coisas da Terra; aos prazeres mundanos, que servem para saciar os desejos das almas algemadas aos sentidos mais grosseiros; aos desequilíbrios provocados pelo orgulho e pelo egoísmo, parecerá que mães não mais terão seus filhos, pois não os reconhecerão diante de tanta insensatez; assim também irmão não se afinará com irmão, em razão da forma diversa como entendem o significado da vida verdadeira. E quanto a compreender se o Enviado realmente procede do Alto, ficais atentos.

– Estas tuas palavras me confundiram um pouco e ao mesmo tempo parecem assustadoras – comentou Tomé.

– O que eu disse, Tomé, é que chegará o momento em que a criatura humana se encontrará em melhores patamares de entendimento, embora não todos. Aquele que se encontrar no alto de um entendimento melhor – daí ter utilizado a palavra eirado, não desça para buscar as coisas inferiores, as que são rasteiras, inúteis, pois poderá novamente se perder nos entendimentos antigos. É necessário que haja perseverança na busca do desapego, caso contrário suas conquistas poderão sofrer retrocessos. Disse, ainda, que quando chegar esse momento de transição, mais do que nunca precisará a criatura humana conservar-se na condição melhor que alcançou. Por isso, utilizei de um exemplo marcante: embora lhe doa o coração, a mãe precisará manter-se firme nessa nova caminhada, mesmo sentindo que seu filho não a compreende e segue por caminhos tenebrosos – daí, a figura da mãe não tendo mais seus filhos.

– Compreendi, Senhor, e embora triste em relação ao que o futuro nos reserva, sinto mais necessidade de trabalhar pela tua causa, pois somente assim poderemos amenizar um pouco essas dores – disse Tomé.

– É isso mesmo, meu amigo. Embora pressinta momentos futuros de dor, tenho insistentemente vos falado a respeito da paz, e assim continuarei falando por toda a eternidade – disse o Mestre, ao mesmo tempo em que enxugava algumas lágrimas.

Após alguns instantes, em que ficamos meditando sobre tudo o que ele nos havia dito, decidi fazer uma pergunta:

– E como a humanidade do futuro poderá perceber que tu continuas sempre presente? Como entender que tal ou qual mensageiro vem da tua parte? Por certo, estarás enviando novos emissários em socorro de todos!

Ao que o Mestre respondeu:

– Se alguém vos disser que aqui está o Cristo, ou que ali ele está, não deveis acreditar, porque surgirão inúmeros que falsearão a verdade, embora fazendo grandes sinais e prodígios, e que enganarão até mesmo os de boa-fé. Portanto, se vos disserem: "– Eis que ele está no deserto; não saiais"; ou: "– Eis que ele está no interior da casa"; não acrediteis. Porque, assim como

136 *Seguindo com Jesus na Judeia*

o relâmpago sai do oriente e se mostra até o ocidente, assim será também percebida a minha presença.

– Por certo, no futuro muitos estarão esperando que, em algum momento, tu voltes – falei, recordando que as religiões, no meu tempo, insistem em afirmar que Jesus estaria retornando.

– Como é possível voltar quem nunca partiu? Retornar, aquele que sempre esteve e estará? Estarei sempre em vosso meio, trazendo as verdades de meu Pai, mesmo que vossos olhos não consigam me enxergar – falou Jesus.

– E quanto às tribulações, o que acontecerá? Elas são mesmo necessárias? – alguém perguntou.

– As tribulações nada mais são que o resultado dos desatinos da própria humanidade – o que se planta se colhe. Apesar das verdades vindas do Alto, por longo tempo será sentida a falta de interesse, por parte da maioria, na busca do melhor caminho. Assim, o plantio é totalmente livre, enquanto que a colheita é sempre obrigatória. Ao se iniciarem as grandes tribulações, será como se o sol perdesse o brilho, como se a lua não mais conseguisse distribuir o seu clarão sobre a Terra, como se as estrelas reluzentes caíssem do manto azul do firmamento – grande parte das criaturas se tornará insensível às melhores orientações.

A gravidade daquelas palavras deixava-nos ainda mais ligados aos ensinamentos de Jesus. E ele continuou:

– Contudo, surgirei do mesmo modo que surgem as nuvens no céu, com todo o poder e glória, e enviarei meus emissários como Anjos, que soarão suas trombetas, espalhando as verdades do Pai, que ajuntarão os que demonstrarem boa vontade para o entendimento novo, desde os quatro ventos até os confins dos céus.

E prosseguiu o Senhor:

– Quando isso acontecerá? Olhai para aquela figueira, adiante – quando o seu ramo se torna tenro e brotam as folhas, sabereis que está próximo o verão. Igualmente, quando virdes todas essas coisas, sabereis que o novo tempo estará próximo, mesmo às portas. Em verdade, vos digo que não passará esta geração sem que todas essas coisas se cumpram. Passará o céu e a terra, advindo nova fase para a humanidade, mas as minhas palavras jamais passarão. E para saber se a mensagem e o mensageiro procedem do Alto, guardando-vos dos falsos profetas que vêm a vós disfarçados em ovelhas, mas interiormente são lobos devoradores, observai: pelos seus frutos os conhecereis. Colhem-se, porventura, uvas dos espinheiros ou figos dos abrolhos? Assim, toda árvore boa produz bons frutos, porém a árvore má produz frutos maus. Uma árvore boa não pode dar maus frutos nem uma árvore má dar frutos bons. Toda árvore que não produz bom fruto é cortada e lançada ao fogo. Portanto, pelos seus frutos os conhecereis.

– Mas, Senhor, disseste que os falsos profetas farão prodígios e sinais, que poderão enganar até mesmo os de boa vontade. De onde vem esse poder, uma vez que não se encontram afinados com a verdade? O mal também opera milagres? – perguntou Tiago Zebedeu, o Maior.

Esta pergunta me fez recordar um episódio, acontecido no meu curso de jornalismo, que bem se aplicaria ao caso. Aproveitando o retorno de Filipe, que havia se ausentado por breves instantes, e antes que o Senhor respondesse à pergunta de Tiago, eu lhe pedi que me permitisse dar um exemplo prático, com o que consentiu.

E assim me dirigi ao amigo, que acabava de chegar:

– Filipe, meu amigo, tu estás te sentindo bem?

– Sim, David...

– Tens certeza que sim? Pareces abatido... – falei-lhe.

Agora, demonstrando alguma preocupação, Filipe disse:

– Não, sim... Acho que não, meu amigo. Muito embora esteja sentindo...

Filipe suava frio e estava pálido, apontando alguma disfunção que começava a sentir dentro de si. Então, lhe falei:

– Meu querido amigo, não te preocupes nem te abales. Sei que estás bem, e percebo isso em teu olhar. Não tens absolutamente nada, podes acreditar nisso.

138 *Seguindo com Jesus na Judeia*

E Filipe imediatamente sentiu a melhora, a ponto de reco-brar a boa aparência anterior e não mais demonstrar sudorese alguma.

– Servi-me desse quadro para dar uma pequena ideia do que a mente humana é capaz de produzir. Filipe estava perfeitamen-te bem, mas induzido por um olhar ou uma pergunta, passou a se sentir mal. Com a mesma rapidez, refez-se, e agora está no-vamente tranquilo – falei dando a entender que os milagres não acontecem do jeito que todos imaginam.

– É isso mesmo, David, em muitas ocasiões as pessoas cons-troem dentro de si o mal, a dor, a doença e outro problema qualquer, que nem sempre são reais – apenas imaginários, e mesmo assim sofrem-lhe as consequências. Em outras ocasiões, a dor, a doença, o desequilíbrio advêm de comportamentos ain-da inconsequentes: rancor, mágoa, violência, insensatez, inveja, associados à imprudência, que leva à gula, aos vícios, aos ex-cessos. Se a mente humana constrói a dor e a doença, também é capaz de construir o bem-estar e a saúde, desde que encontre motivação para tal.

E continuou o Senhor:

– Aqueles que procuram iludir o próximo, aparentam ter um dom que nem sempre têm e procuram dar-lhe um caráter sobre-natural. Muitas vezes conseguem influenciar a mente de seus ir-mãos e operar neles alterações significativas, muito embora isso não represente privilégio nas mãos desses tais – foram apenas os instrumentos que provocaram um despertar, uma motivação, uma reação.

– Mas isso, às vezes, não pode ser bom, Senhor? Talvez esse irmão tenha servido de instrumento, para que o outro desper-tasse e saísse de seu triste estado – disse Judas.

– O ato em si pode trazer benefícios, pois o despertar daque-le que se encontrava vencido pela dor e tristeza representa um bem. Há de se considerar, porém, o compromisso assumido por aquele que manipulou o seu irmão, em busca de algum bene-fício pessoal. A verdadeira caridade é aquela que dá sem nada esperar em troca, mas, os que falseiam a verdade, fazem desse ato uma afirmação de superioridade e no mínimo cobram algum reconhecimento.

Fiquei pensando no exemplo dado por Jesus. Tão profundo, mas ao mesmo tempo tão simples. Alguém pode ser capaz de enganar muitos, por algum tempo, mas não pode enganar todos, por todo o tempo. Esse crivo é de fundamental importância, para que a humanidade veja a retidão do mensageiro e de sua mensagem e decida se o acolhe por verdadeiro profeta ou não.

No meu tempo, via tanta incoerência, não apenas nas mensagens, mas nos comportamentos de muitos desses, considerados mensageiros. Muitos falam de amor, mas não o praticam verdadeiramente, até porque não o possuem em intensidade tão grande. Mas, se ainda não têm o amor que o Pai espera de todos nós, no mínimo deveriam trabalhar interiormente para conquistá-lo. Não vale falar daquilo que sequer está se esforçando por conseguir.

E meus pensamentos iam longe: eu nunca estive atento verdadeiramente às coisas da alma, e por certo seria presa fácil do desequilíbrio, assim que alguma dor se aproximasse de mim. Quando pensei que precisava ficar atento a tudo, foi como se Jesus tivesse lido o que se passava em minha mente, pois disse:

— Quem é, pois, o servo fiel e prudente, que o senhor pôs para cuidar de seus serviçais, para em tempo certo dar-lhes o sustento? Bem-aventurado será aquele servo que estiver assim fazendo, quando o seu senhor chegar. Em verdade, vos digo que o colocará a administrar todos os seus bens, e ele será feliz. Mas, se aquele outro, o mau servo, disser ao seu coração que o seu senhor tarda em vir, e começar a espancar os seus subordinados e a comer e beber com os ébrios, virá o senhor num dia em que não o espera, numa hora que não sabe e será terrível a sua dor.

— Mas, ainda vemos tantos desregramentos no meio do povo! — disse Pedro. — Pessoas boas e conscientes de suas obrigações, zelosas por seus filhos, mas que são vistas em atitudes que pare-

140 *Seguindo com Jesus na Judeia*

cem contradizer tudo o que fazem. Vejo alguns que são beber-rões, enquanto outros se comprazem com a violência!

– Cuidai, então, para que não aconteça que os vossos corações se entreguem ao desregramento, à embriaguez e aos excessivos cuidados da vida, e, que ao chegar o dia do retorno à verdadeira morada, não sejais apanhados como por um laço – falou Jesus. – Vigiai, pois, em todo o tempo, orando, para que possais escapar de todas essas coisas que há de acontecer e estar em pé no momento em que havereis de analisar a vossa própria caminhada terrena.

– Mas, por qual motivo alguns são prudentes, enquanto outros vivem de forma tão imprudente? – perguntei curioso.

– Utilizaste as palavras corretas: prudente e imprudente. A prudência quanto às coisas da alma representa uma conquista intransferível do Espírito. Aquele que ainda não a possui, possuirá um dia, mas serão necessárias existências de aprendizado. Para que esse entendimento se consolide em vossos corações, conto-vos uma pequena história.

Antes que desse início à parábola, ao falar em "prudente" e "imprudente", imediatamente me recordei da Parábola das Dez Virgens, que havia lido antes de empreender a viagem. Era maravilhoso ver Jesus nos transmitir tantos ensinamentos, e se utilizando dos acontecimentos mais comuns, dentro da sociedade local.

Lembrei-me de ter lido como aconteciam os casamentos na época de Jesus, quando a noiva ficava aguardando a chegada de seu amado, que a conduziria ao aposento que havia construído em sua casa. O noivo poderia chegar a qualquer hora e normalmente o fazia durante a noite, razão pela qual a sua amada o aguardava, de posse de uma lanterna, e se fazia acompanhada de amigas que, igualmente, portavam suas lanternas e a acompanhariam durante o cortejo.

E conforme eu mesmo já esperava o Senhor começou a narrar a maravilhosa parábola:

– O Reino dos Céus é semelhante a dez virgens que, tomando as suas lâmpadas, saíram ao encontro do noivo. Cinco delas eram imprudentes e cinco prudentes. Ora, as imprudentes, tomando as lâmpadas, não levaram azeite consigo. As prudentes, porém, levaram azeite em suas vasilhas, juntamente com as lâmpadas. E tardando o noivo, cochilaram todas e dormiram. Mas, à meia-noite ouviu-se um grito: "– Eis o noivo! Saiam ao seu encontro!" Então, todas aquelas virgens se levantaram e prepararam as suas lâmpadas. E as imprudentes disseram às prudentes: "– Dai-nos do vosso azeite, porque as nossas lâmpadas estão se apagando", e essas responderam: "– Não, pois de certo não chegaria para nós e para vós; ide antes aos que o vendem e comprai-o para vós." E, tendo elas ido comprá-lo, chegou o noivo; e as que estavam preparadas entraram com ele para as bodas, e fechou-se a porta. Depois vieram também as outras virgens, as imprudentes, e disseram: "– Senhor, Senhor, abre-nos a porta." Ele, porém, respondeu: "– Em verdade, digo-vos que não vos conheço." Vigiai, pois, porque não sabeis nem o dia nem a hora.

Todo o colégio de discípulos não havia entendido bem essa parábola, e percebendo isso Jesus decidiu explicá-la em detalhes.

– Recordo-vos, novamente, que o Reino dos Céus é o estado de consciência serena, em paz, não um espaço físico delimitado. As dez virgens representam a humanidade, onde parte é prudente, enquanto que outra ainda busca conquistar sua responsabilidade, junto à sua própria existência espiritual. As prudentes buscam se aproximar cada vez mais daquele que amam e que no caso seria o Criador, mas essa aproximação somente se consegue através da autoiluminação, obtida através do azeite do conhecimento bem vivenciado. As imprudentes não tiveram a preocupação de se autoiluminar, não dando a si mesmas a oportunidade de adquirirem o azeite que alumiaria seus caminhos, na direção do Altíssimo. Ao pedirem às prudentes que lhes cedessem parte do azeite, a negativa significa que conquistas não se transferem, uma vez que são adquiridas, são pessoais e intransferíveis.

Prosseguiu Jesus:

142   *Seguindo com Jesus na Judeia*

– Observai bem, então, aquele que se diz profeta. Havereis de concluir que o verdadeiro missionário do Todo Poderoso revela-se pelas suas virtudes, pela grandeza, pelo resultado e pela influência moralizadora de suas obras, e assim executa a missão de que se fez portador. Os verdadeiros revelam-se por seus atos, são percebidos, ao passo que os falsos se dão, eles próprios, como enviados – se impõem. O primeiro é humilde e modesto; o segundo, orgulhoso e cheio de si, fala com altivez e, como todos os que falseiam, parece sempre temeroso de que não lhe acreditem.

Nesse momento, Jesus levantou-se, afastando-se da pedra que lhe servia de assento, e nós fizemos o mesmo. Retomamos a caminhada, subindo o Monte das Oliveiras em direção à nossa gruta.

A noite já estava estampada no alto do céu, onde as estrelas cintilavam como se homenageassem o maior de todos os profetas de Deus – Jesus.

CAPÍTULO 11

O desfecho se aproximava

Rotineiramente, descíamos o Monte das Oliveiras e adentrávamos Jerusalém, onde o Mestre sempre se encontrava com o povo sofrido e triste. Abraçava a todos e distribuía o seu carinho, a ponto de reabilitar os que se encontravam caídos.

Cada vez mais se tornava difícil o deslocamento pela cidade, de vez que a massa de populares, que se acercava do Senhor, era sempre grandiosa. Queriam tocá-lo, conversar com ele e receber um sorriso, um abraço, um afago.

Por onde passava o cortejo, sempre se percebia os olhares vigilantes e ameaçadores dos servidores de Pilatos. A cada novo dia, parecia que se tornavam mais intolerantes, maldosos, violentos e, certamente, levavam até o Governador informações muito distorcidas sobre nossas atividades.

Roma tradicionalmente permitia a livre manifestação religiosa e cultural nos territórios que dominava, mas, ao menor sinal de rebelião ou oposição não hesitava em massacrar cruelmente a população. E a situação, segundo o entendimento de Pilatos,

144 *Seguindo com Jesus na Judeia*

estava chegando perto do limite – alguma providência drástica deveria ser tomada muito em breve.

Em uma dessas visitas feitas por José, e na presença de todos, ele disse a Jesus:

– Mestre, eu me encontro profundamente preocupado com o que poderá acontecer contigo. Sinto que a situação está ficando incontrolável, e todas as vezes em que nos encontramos na presença de Pilatos ele faz questão de deixar bem claro sua sórdida intenção de atentar contra a tua vida.

Ao que o Senhor respondeu:

– José, meu amigo, sei bem das intenções de Pilatos, mas mesmo assim sou grato por tua preocupação para comigo. As coisas acontecerão conforme previsto pelo Divino Arquiteto do Universo, que a tudo preside. Não nos furtemos jamais a executar as tarefas que nos cabe, por temor quanto àqueles que não nos compreendem.

E veio, então, uma informação que nos deixou ainda mais preocupados. Disse-nos o visitante:

– Ainda ontem, Pilatos convocou os principais do Sinédrio. A sua fala representou quase que um ultimato, pois quer que os influentes de nossa religião arquitetem uma trama para que tu deixes de circular livremente pela cidade. Disse que se eles não apresentarem alguma alternativa para retirá-lo do contato com o povo, serão novamente convocados para receberem o verdadeiro ultimato: que tu sejas eliminado, ou providências violentas serão tomadas contra toda Jerusalém. A população realmente correrá seríssimos riscos, inclusive quanto à vida.

Ao que Jesus respondeu:

– Eu já esperava por tal atitude, afinal, para alguns a luz ilumina, enquanto que para outros cega ainda mais. Saiba que continuarei fazendo a tarefa que nosso Pai me confiou, pois dela nunca me afastarei um momento sequer, mas, também, jamais estarei desatento quanto à segurança de nosso povo.

Para antecipar o atingimento do limite suportável por Pilatos, não faltavam aqueles que propositalmente procuravam colocar o Mestre em situações embaraçosas, com o intuito de incriminá-lo cada vez mais. Jesus, porém, parecia pressentir tudo o que aconteceria e se desvencilhava com alguma facilidade dessas ardilosas armações.

Numa manhã ensolarada, quando nos encontrávamos nas imediações do Templo, fomos cercados por populares que normalmente não eram vistos acompanhando os passos de Jesus. Deviam ser enviados de Caifás, o sumo sacerdote, e de seu sogro Anás, que com o aval de Pilatos, buscavam tumultuar a nossa expedição e colocar o Mestre em situação difícil.

Alguns deles, embora vestidos como se fossem do povo simples e ordeiro, foram reconhecidos como membros do Sinédrio. Aproximaram-se de Jesus, e um deles, demonstrando falsa inquietação em relação ao fato do judeu pagar pesados tributos para Roma, perguntou ardilosamente:

– Mestre, sabemos que és verdadeiro e que não olhas a aparência dos homens, mas ensinas, segundo a verdade, o caminho para Deus. Pergunto-te: Diante do sofrimento que nos é imposto por César, com a cobrança de pesados tributos, é lícito pagá-los ou não? Devemos continuar dando ou não aos que nos dominam, o fruto de nosso suor e sangue?

Ao ouvir o questionamento, o Mestre logo percebeu a armadilha que lhe haviam arquitetado. Rodeado de populares tão sofridos, pagadores de escorchantes tributos para Roma, se dissesse que era lícito pagá-los a César, sofreria uma represália do próprio povo, que não o compreenderia. Se dissesse que o pagamento do tributo não deveria ser feito, estaria patente a sua intenção de promover uma insubordinação quanto ao domínio romano e, por sua vez, seria imediatamente conduzido à prisão, por incitar contra o poder estabelecido.

O momento era muito delicado, e ficamos apreensivos. Confiávamos plenamente no Senhor, mas, então, o que fazer? Como se desvencilhar daquela terrível armadilha?

Jesus dirigiu a todos um doce e maravilhoso sorriso, mas o fixou ainda mais intensamente no olhar do pobre homem que havia feito o questionamento. Era como se pedisse a ele que mudasse a forma de compreender as coisas, tratando sua vida com mais amor e menos crueldade. E disse ao mesmo tempo em que estendeu a mão:

– Meu caro amigo, se acaso trazes contigo um denário, peço-te que me entregue.

O homem não compreendeu onde o Mestre pretendia chegar, mas mesmo assim acedeu à solicitação, entregando-lhe o que havia pedido. Com a moeda na mão, Jesus lhe perguntou:

– Diga-me, bom homem, de quem é a efígie cunhada nesta moeda?

– De César, Senhor. De César, o Imperador de Roma – respondeu prontamente o interpelado, sem nada compreender.

– Então, não te preocupes com os tributos – dai a César o que é de Cesar, e ao Pai o que é do Alto – falou Jesus tranquilamente, devolvendo-lhe a moeda e retomando a caminhada.

Muitos dos que ali se encontravam, ficaram admirados com a resposta de Jesus, pois também haviam entendido a intenção maldosa daquele homem. A cada intervenção de Jesus, número mais expressivo de populares ficava imaginando sobre a missão daquele homem esplendoroso, embora muitos ainda concluíssem que, de fato, ele vinha para afrontar os dominadores e, por consequência, promover uma revolta maciça visando à libertação quanto ao jugo que os prendia à Roma. Sonhavam em ver terminada a escravidão humilhante.

Jesus sabia desse entendimento trazido ainda por considerável parte do povo e a todo instante procurava fazê-lo compreender que o seu Reino não era deste mundo, na expectativa de que viesse a ser descartada a ideia de uma rebelião política. Mas, essa pretensão não encontrava eco no coração da maioria, pois a opressão existente há tempos lhes provocava um desejo ardente de libertação a qualquer custo. O que os incomodava não era apenas os pesados tributos que tinham de pagar, mas, também, a humilhação, a espoliação de seus bens, a falta de perspectiva.

E quanto ao homem que havia feito a pergunta ao Senhor, com a sua moeda em mãos e olhando a efígie de César, restou-lhe retornar aos seus superiores, informando que a armadilha não lograra trazer os resultados que esperavam.

Episódios da espécie somente alimentavam o ódio que Pilatos sentia em relação a Jesus, e pegá-lo definitivamente seria apenas uma questão de tempo. Quanto à cúpula do Sinédrio – Anás, Caifás e outros – continuava arquitetando alguma forma de desacreditá-lo junto ao povo, de modo a não mais representar embaraços. O afastamento de Jesus, do cenário de Jerusalém, no entanto, poderia representar a paz e a segurança de toda população, que já corria sério risco de ser massacrada impiedosamente pelos soldados romanos.

De minha parte, ficava também sempre atento às reações de meu amigo Judas, porque ele também, em seu íntimo, não havia deixado totalmente de lado a ideia de uma libertação imediata de seu povo.

Ultimamente, quando íamos à cidade, ele não mais ficava tão próximo a mim, como era de costume, mas fazia questão de ir rigorosamente ao lado do Mestre, como se fosse um perfeito guarda-costas, e esse comportamento me fazia compreender o carinho que tinha por Jesus e a preocupação quanto à sua segurança.

Mais alguns dias, e nos encontrávamos novamente diante do majestoso Templo de Jerusalém – era um sábado. A sua grandiosidade e arquitetura impressionavam qualquer um que se aproximava da cidade, e até a mim mesmo que conhecia as imponentes obras da engenharia do século XXI.

Jerusalém era uma cidade cosmopolita, que recebia diariamente muitos estrangeiros, principalmente judeus que viviam em outras cidades distantes e que vinham para cumprir com suas obrigações religiosas.

Cada um desses estrangeiros trazia consigo moedas cunhadas nos mais distantes rincões, e para fazerem frente às suas despesas locais necessitavam trocá-las.

148 *Seguindo com Jesus na Judeia*

Ao comparecerem ao Templo, precisavam adquirir as oferendas de praxe, mas isso lhes reclamava a posse da moeda de livre circulação, para efetuar a compra.

Dessa forma, instalaram-se dentro daquele local várias tendas destinadas à tarefa de trocar moedas que não tinham curso em Jerusalém, por aquelas que lhes permitiriam adquirir as oferendas.

Recordei-me de quando cheguei para esta viagem pelo tempo e entrei no Templo pela primeira vez. Naquela ocasião, trazia comigo pequena barra de ouro, e fui orientado a procurar um desses cambistas, para efetuar a troca por moeda de livre circulação. Ao fazê-la, tive a nítida impressão de que havia sido lesado em meus interesses.

Em meio a esses pensamentos, adentramos o Templo. O movimento de entrada e saída era intenso, e observando as vestimentas, percebíamos a presença de muitos judeus que residiam em locais bem distantes de Jerusalém.

O Mestre dirigiu-se ao local onde havia o comércio de oferendas e as bancas de cambistas, e nós o acompanhamos. Parando defronte às várias barracas, o Mestre observava atentamente o que lá ocorria.

Jesus e os demais discípulos até já estavam acostumados a presenciar a prática das ofertas, mas para mim tudo era novo, e até me assustava um pouco.

De repente, vimos que um homem humildemente vestido, acompanhado de seus filhos, que aparentavam famintos, aproximou-se de uma das tendas dos cambistas. Efetuou a troca, mas ficou aturdido, pois o que recebera mal daria para adquirir uma pequena pomba. Havia sido lesado.

O homem reclamou, pois precisava ainda saciar a fome daquelas pequenas crianças que o acompanhavam, mas o cambista foi inflexível. Desesperado, o pobre homem começou a chorar, ao mesmo tempo em que pedia a intervenção de alguma autoridade que pudesse ajudá-lo, mas os guardas do Templo simplesmente o atiraram nas escadarias, juntamente com os pequeninos.

A cena havia sido deprimente, e muitos que tinham presenciado o ocorrido mostravam-se indignados.

Jesus aproximou-se do cambista e lhe pediu docemente que reconsiderasse o que havia feito. Mesmo sem conseguir encarar diretamente o olhar do Mestre, o negociante exaltou-se ainda mais e ao avançar em sua direção, talvez para agredi-lo, Judas colocou-se à frente. Não ocorreu nenhuma agressão, e jamais o Mestre permitiria tal prática, mas ao se afastar, o cambista tropeçou em sua tenda que, ao cair, fez com que várias tendas também fossem ao chão, espalhando muitas moedas pelo local.

Após blasfemar violentamente, o pobre cambista parou repentinamente e voltou seu olhar para Jesus. Inexplicavelmente, baixou a cabeça e começou a chorar. Acontecia com ele o que praticamente ocorria com todos os doentes da alma ao encararem o doce olhar do Senhor: a paz e a serenidade que viam, contrastando com a cólera da qual eram portadores, os fazia naturalmente dobrar os joelhos.

O Mestre, percebendo a grande dificuldade que ele ainda trazia em seu coração, foi em sua direção e o abraçou ternamente. Os que se encontravam no recinto olhavam emocionados para aquela cena, até que o cambista afastou-se um pouco de Jesus e passou a recolher as moedas que estavam espalhadas pelo chão.

Em seguida, em meio às lágrimas abundantes que insistiam em escorrer de seus olhos, correu para fora do Templo e foi em direção daquele pai e seus filhos, para fazer a correção do que havia feito de forma inadequada.

Jesus disse a todos que lá estavam:

– Tirai de vossos corações o desejo de perturbar o irmão. Olhai, também, onde vos encontrais neste momento – não façais da Casa de nosso Pai um local de comércio fraudulento.

– Acaso entendeis que não se deva comercializar as oferendas por aqui? Se não se fizer isso, como atender às orientações da Lei? – falou um sacerdote que, assustado, estava no local para averiguar o ocorrido.

150 *Seguindo com Jesus na Judeia*

– Não posso ser contra essas oferendas, ao menos por enquanto – falou Jesus. A questão prendeu-se à forma equivocada com que um pai foi tratado ao promover a troca de suas moedas. Recordo-vos que a honestidade também faz parte das orientações de Moisés.

– Com que autoridade falas sobre isso? És tão grande quanto Moisés? – falou um popular, que por lá se encontrava.

– Falo com a autoridade que me foi dada pelo Pai, que está nos Céus – disse Jesus. – O que faço e falo vem d'Ele, e vereis que Seu poder fará com que este templo, por meio do qual vos falo, quando destruído, será reconstruído após três dias. Nisso vereis o poder d'Ele.

– Quarenta e seis anos foram precisos para se construir este Templo, e tu o levantarás em três dias? Blasfemas e queres que acreditemos nisto? – disseram, com visível irritação, muitos dos que estavam presentes.

Jesus tão somente lhes dirigiu o seu doce olhar, e nos retiramos. Percebi que de nada adiantaria falar a respeito da verdade que estava inserida naquela frase, pois não estavam dispostos a compreender.

Esse episódio me fez recordar a nossa passagem por Nazaré, logo no início da caminhada pela doce Galileia, quando o Mestre afirmou na sinagoga local, após fazer a leitura do trecho de Isaías, que ele mesmo era o Messias mencionado por aquele profeta.

Essa afirmação provocou grande revolta entre os que se encontravam presentes que, após o expulsarem, pretendiam agredi-lo. Naquela ocasião, ao nos retirarmos, Jesus esclareceu que nos momentos em que a balbúrdia se instala no meio da massa feroz, torna-se impossível querer que entendam algo que, até mesmo nos momentos de serenidade, lhes é ainda difícil. Qualquer contradita não costuma levar a bom resultado e, por certo, a outra parte ainda ficará com a impressão de que estava coberta de razão no seu procedimento. O melhor é deixar que o tempo e a dor despertem neles a necessidade de um entendimento, que por hora ainda não têm.

Saindo desses meus pensamentos, notei que os mais exaltados não se deram por vencidos e começaram a nos seguir, logo que nos retiramos do local. Ainda nas escadarias do Templo, nós nos deparamos com um velho homem sentado, trazendo em seu corpo os sinais de uma terrível doença.

Jesus sentou-se ao seu lado, e o seu braço o envolveu. Começou a falar-lhe em tom bem baixo, e víamos que o pobre doente apenas movimentava sua cabeça afirmativamente. Instantes após, voltou-se para Jesus e o beijou no rosto, com um sorriso impossível de ser explicado.

Levantando-se, agradeceu ao Mestre e partiu feliz. Estava curado.

– Mas como? Absurdo? Isso não é possível? Hoje é sábado? – falavam os exaltados, que desde o Templo seguiam o Mestre.
– É preciso falar aos nossos sacerdotes sobre esse desrespeito às nossas Leis.

– Meus amigos, o nosso Pai serve até hoje, e me enviou para que eu sirva também – disse Jesus.

– Já não basta desrespeitar o sábado, e agora se faz igual a Deus! – falaram irritados.

– Em verdade, em verdade vos digo que o filho de si mesmo nada pode fazer, senão o que vier da parte do Pai, porque o que Ele faz, o filho procurará fazer igualmente. O Pai ama o filho e mostra-lhe tudo o que Ele mesmo faz; e maiores obras do que essas lhe mostrará, para que vos maravilheis. Pois, assim como o Pai levanta os mortos de Espírito e lhes dá vida, assim também o Filho dá vida aos que o ouvirem. Quem não honra o filho, não honra o Pai, que o enviou. Em verdade, em verdade vos digo que quem ouve a minha palavra e crê n'Aquele que me enviou tem a vida eterna e não entra em juízo, mas já passou da morte para a vida. Em verdade, em verdade vos digo que vem a hora, e agora é, em que os mortos ouvirão a voz do filho de Deus e os que a ouvirem viverão.

152 *Seguindo com Jesus na Judeia*

Enquanto aqueles olhares duros e reprovadores vinham em sua direção, o Mestre continuava a falar:

– Não vos admireis disso, porque vem a hora em que todos os que estão nos sepulcros ouvirão a Sua voz e sairão: os que tiverem feito todo o bem sairão para a ressurreição da vida, e os que ainda tiverem praticado algum mal, para a ressurreição do juízo. Eu não procuro a minha vontade, mas a vontade d'Aquele que me enviou. Vós mandastes mensageiros a João, e ele deu testemunho da verdade, pois ele era a lâmpada que ardia e alumiava, e vós quisestes alegrar-vos por um pouco de tempo com a sua luz. Mas o testemunho que eu tenho é maior do que o de João, porque as obras que o Pai me deu para realizar, e que eu as faço, dão testemunho de mim – que o Pai me enviou. Vós nunca ouvistes a sua voz nem vistes a sua forma; a sua palavra não permanece em vós, porque não credes n'Aquele que ele enviou. Examinais as Escrituras, porque julgais ter nelas a vida eterna; e são elas que dão testemunho de mim, mas não quereis vir a mim para terdes vida! Eu vim em nome de meu Pai, mas não me recebeis; se outro vier em seu próprio nome, a esse recebereis.

Agora não mais era um pequeno grupo que nos acuava. Estavam em torno do Mestre inúmeros fariseus e sacerdotes, escribas e doutores da lei, e todos se agitavam e gritavam palavras duras contra ele, enquanto que Judas não saia de seu lado, querendo protegê-lo. Realmente, a situação ficou extremamente delicada. E o Senhor ainda falou:

– Como podeis crer, vós que recebeis glória uns dos outros, e não buscais a glória que vem do único Deus? Não penseis que eu vos hei de acusar perante o Pai, em razão do vosso orgulho. Há um que vos fará acusar a si mesmo – Moisés, em quem vós esperais, pois se crêsseis nele creríeis em mim e, por consequência, em minhas palavras, porque de mim ele escreveu. Mas, se não credes nos escritos, como crereis nas minhas palavras?

Essas palavras caíram duramente no coração daqueles exaltados, embora precisassem de mais tempo para digeri-las. E falavam:

– Que ousadia dizer que Moisés falava dele!!!

– Moisés sempre falou de Jeová...

– Que petulância! Como Moisés teria falado a respeito desse pobre nazareno, que vive em nosso tempo?

– É mesmo um herege, esse pobre infeliz...

Em pouco tempo, muitos foram se afastando e retornaram ao Templo, não sem antes dirigir um olhar de desprezo em direção ao Mestre.

Não sabia dizer se os demais companheiros haviam registrado, com detalhes, o que o Mestre havia falado, uma vez que todos nós estávamos tensos, mas eu fiquei sem compreender quando ele disse que era dele que Moisés havia falado. Precisaria que fosse esclarecido esse ponto, e eu haveria de lhe perguntar no momento oportuno.

Ao redor restava apenas tumulto e agitação. Poucos populares permaneciam próximos a Jesus: alguns o defendiam, mas outros o agrediam verbalmente, em razão do que falara a respeito de Moisés e da reconstrução do Templo em três dias. Embora dolorosa a situação, era compreensível aquela revolta, afinal, não conheciam o coração do Mestre.

Para os que nascem, aprendem e vivem sob as asas de uma religião, dando total crédito aos seus dirigentes, muitas vezes não percebem o quanto deixam de analisar as situações que se abrem à sua frente, quando algo novo lhes é apresentado. Era por esse motivo que, para a grande maioria, o Senhor parecia mais um agitador que um Mensageiro Divino.

Víamos que os espiões de Pilatos a tudo acompanhavam, pois preocupados com o tumulto criado, a agitação poderia alcançar proporções inimagináveis. Realmente, estávamos vivendo dentro de uma enorme caldeira prestes a explodir.

E eu via o olhar de Jesus sempre sereno, calmo, amoroso, embora, às vezes, mostrasse algo preocupado com o que pudesse ocorrer com a grande massa popular, de vez que a violência romana poderia provocar alguma tragédia. Ainda que fizesse de tudo para amenizar essas reações, o desvario humano parecia querer que algo de monstruoso acontecesse.

Impossível não me reportar às situações idênticas, que presenciava em minha época. O desatino era o mesmo, e a agitação inconsequente era igual, pois a criatura humana, antes de analisar o *novo* que lhe é apresentado, exalta-se e o rechaça, sempre preocupada em manter o *velho*. Ainda somos refratários às mudanças, sobretudo as positivas: acabar com a guerra e implantar a paz, sepultar o ódio e cultivar o amor, desprezar o egoísmo e o orgulho, disseminando a humildade e a caridade. Como evoluir, então? Voltei a prestar atenção ao que ocorria ao nosso redor e ouvia alguns populares bradando ferozmente:

– Expulsem esse Nazareno, ele ofende a Moisés...

– Despreza nossos Sacerdotes...

– É realmente alguém a serviço do mal...

Outros, defendendo o Senhor, mas nem sempre por compreenderem a sua mensagem, chegavam quase à agressão, partindo na direção dos que pensavam de forma contrária. E diziam:

– Não temos dúvidas de que ele é o nosso Messias...

– A nossa libertação vem dele, pois somente ele tem a capacidade de nos unir.

– Por meio dele conseguiremos reunir nossas forças e combater os que nos oprimem.

E o tumulto parecia atingir o clímax, quando Jesus, nós e aqueles que vinham compreendendo mais fortemente os seus ensinamentos nos retiramos do meio daquela balbúrdia. Em seguida, ao olharmos para trás, vimos que os guardas de Pilatos intervinham violentamente, procurando dispersar a multidão. Estávamos assustados com tudo aquilo.

Jesus ia à frente, pensativo. Provavelmente orando ao Pai, pedindo que protegesse todas aquelas pessoas que, ainda, por não compreenderem sua mensagem, permaneciam agressivas, violentas, cegas.

Seguíamos na direção do Monte das Oliveiras, em busca de nossa gruta. O grupo ia silencioso, meditando sobre o ocorrido, e preocupado com a situação que estava instalada em Jerusalém. Eram forças poderosas tentando combater a instalação do AMOR, e o AMOR era Jesus.

A noite caia e, no manto escuro do céu, a lua encantadora emitia seus doces raios de luz. Em torno da fogueira, nós nos reunimos como normalmente fazíamos e ainda trazíamos a preocupação e o silêncio. Era o momento da prece.

Ao centro estava Jesus, que irradiava uma luz serena e intensa. E assim falou:

– Pai, nosso Amado Benfeitor Divino, estamos reunidos sempre em Teu nome, e agora Te peço que olhes por aqueles irmãos queridos, com os quais estivemos no dia de hoje. Sei que trago a Tua luz e a Tua palavra, para que todos aprendam de Ti, e abram seus corações para o Bem. Sei que aquele que não Te compreende hoje, compreenderá amanhã; assim, não deve causar desespero o comportamento ainda violento e equivocado desses irmãos, pois no futuro certamente serão trabalhadores dedicados ao amor e à paz. Esteja com eles, Pai, hoje e sempre.

Encerrada a prece, sentíamos forte emoção que nos levava às lágrimas. Em todos os momentos, o Mestre era o Amor, o perdão, a compreensão, o carinho – ele era o Pai, junto a todos nós.

Enquanto todos se recolhiam para o descanso, vi que Jesus permanecia junto à fogueira, como que aguardando pelas perguntas que tradicionalmente eu fazia. Sentei-me ao seu lado e busquei os esclarecimentos que necessitava. – Às vezes, me assusta a forma como as pessoas reagem, frente à oportunidade de receber novos ensinamentos. Do desinteresse, partem logo para a agressão, e perdem totalmente o controle de si mesmas.

– O tempo e o esforço de cada um corrigirá isso, meu amigo. Essa reação não é muito diferente da que vês em tua época, apesar de todo o tempo transcorrido, o que mostra que ainda falta maior esforço de muitos, na compreensão das verdades de nosso Pai – disse Jesus.

– Também entendo assim. Quando não se tem a consciência do melhor e, portanto, não se faz o bem que precisaria ser feito, normalmente o mal deixa de acontecer, mais em razão do temor pela aplicação das leis estabelecidas pela sociedade.

– Mas o estabelecimento de leis que tenham por objetivo frear os maus impulsos não deixa de ser um grande avanço, David. Vês, também, que muitos já são capazes de caminhar seguindo os rumos orientados pelas Leis do Pai, que se encontram escritas em suas consciências. Esses não mais necessitam do jugo imposto pelas leis estabelecidas pelos homens, pois já fazem o melhor que podem e de forma espontânea.

– Sim, Mestre, eu observo isso com frequência. Mas tu me permites fazer algumas perguntas, em razão dos acontecimentos de hoje?

– Certamente que sim – disse Jesus.

– Quando disseste que o Templo será novamente levantado em três dias, te reportavas ao que acontecerá após partires, ou seja, a ti mesmo, certo?

– Sim, exatamente isso, pois não existe mais precioso templo que o coração. Embora a criatura construa edificações de pedra para reverenciar o Pai, nada substitui aquilo que traz em seu peito.

– Outra questão que me chamou atenção foi quando disseste que Moisés havia falado a teu respeito. Assim como os profetas, ele também teria anunciado a tua vinda? – perguntei curioso.

– Não exatamente, David – disse o Mestre. Por ora, o importante é que saibas que ele falou a meu respeito, pois eu estava lá presente, mas isso compreenderás melhor um pouco mais adiante, quando te falar sobre o funcionamento da obra do Pai.

– Certo. Embora esteja curioso quanto a isso, aguardarei pacientemente o momento exato – disse sorrindo.

E continuei:

– Quando me inteirei de tua passagem pela Terra, preparando-me para vir a este tempo, li que no episódio do Templo, que há instantes ocorreu, a agitação ocorrida teria sido causada por um ato violento de tua parte, ao chicotear mercadores que se encontravam por lá. Somente agora percebo que tal atitude não faz nenhum sentido...

– Imagine o seguinte, meu querido viajante do tempo: se tu tens um filho pequeno, que ainda não conseguiu aprender as primeiras letras, e este vier até ti e disser: "– Pai, aprendi a escrever a primeira letra do alfabeto, o A", e ao tentar escrevê-la se equivocar, e escrever a letra O, tu o espancas?

– Ah, Mestre, certamente que não! Jamais faria isso, pois compreendo a sua dificuldade e considero o seu esforço por tentar aprender mais. Por enquanto, não conseguiu escrever corretamente, mas no futuro o fará...

– É assim com toda a humanidade – por ora não consegue fazer as coisas com a correção que se espera, mas no futuro fará. O tempo permitirá a todos o aprendizado maior, mas todos estão ainda no caminho que os levará a esse aprendizado. Como eu poderia me exaltar e agredir com chibatadas os meus irmãos que ainda estão aprendendo? Como exigir deles algo que ainda não aprenderam? O tempo, meu amigo, o tempo lhes ensinará a fazer o melhor.

– Maravilhoso esse ensinamento, Mestre. Tuas palavras são sempre sábias e maravilhosas e calam fundo em meu coração. Fico me perguntando como a humanidade não conseguiu, ao longo dos séculos, raciocinar sobre os teus ensinamentos, e mesmo dizendo que te conhece, na verdade não te compreendeu. É por isso que colocaram um chicote em tuas mãos, um inferno como destino inexorável para praticamente todos os homens e outras coisas mais!

E Jesus disse, com um sorriso maravilhoso nos lábios:

– Isso mesmo, David, é a questão de aprender a escrever a letra "A" corretamente. Não te preocupes, o tempo permitirá ao homem, através de seu esforço no aprendizado, a devida correção.

Também sorrindo lhe disse:

– Compreendo... A humanidade precisa aprender a dar a César o que é de César, e a Deus o que é Deus, só que enquanto estiver preocupada apenas com o que é de César se esquecerá de Deus. Percebo, somente agora, o quanto somos "cabeça-dura".

O Mestre retribuiu o meu sorriso com uma inesquecível gargalhada. Em seguida nos levantamos e, abraçados, fomos em direção à gruta, afinal, precisávamos repor nossas energias – a madrugada se aproximava.

CAPÍTULO 12

Um amigo volta a viver

Algumas poucas vezes tivemos a alegria de poder retornar até a nossa querida Galileia, para reencontrar as pessoas tão queridas que por lá viviam.

Era sempre maravilhoso rever aqueles cenários, que nos traziam à mente episódios tão marcantes acontecidos em companhia do Mestre. Impossível não recordar o magnífico Sermão da Montanha, o mais lindo e completo roteiro deixado por ele, para que a humanidade encontrasse a segurança quanto ao caminho que a conduziria à realização do melhor para o seu crescimento espiritual.

Outros acontecimentos magníficos ficaram como que gravados em nossa retina: o centurião romano que pediu a cura de seu servidor; a multiplicação dos pães e dos peixes, em Tabgha; a transformação da água em vinho, acontecida em Caná; a transfiguração de Jesus e a aparição de Moisés e Elias, no alto do Monte Tabor; a ressuscitação da filha de Jairo, o chefe da sinagoga de Cafarnaum e o restabelecimento da saúde da sogra de Pedro; a mulher hemorrágica que, curada por Jesus, havia nos dado uma demonstração incrível do poder da fé. Como se esquecer de tudo aquilo? Tudo foi maravilhoso!

As pessoas que nos encontravam pelos caminhos da Galileia corriam na direção de Jesus para abraçá-lo, e algumas comentavam sobre mudanças de comportamento que já começavam a empreender em suas vidas.

Na última ida à Galileia, quando ainda nos encontrávamos na casa da sogra de Pedro, recebemos a visita de um amigo de Betânia, pedindo que o Mestre fosse urgentemente até Lázaro, o irmão de Marta e Maria, pois ele se encontrava muito enfermo.

Jesus pediu ao emissário que retornasse até os queridos amigos, dizendo que em breves dias estaria junto a Lázaro, para atendê-lo em suas necessidades, mas que não deveriam se preocupar. O Mestre realmente tinha um amor tão grande por aqueles irmãos!

Após dois dias, iniciávamos o retorno para Jerusalém, devendo passar antes por Betânia, para que o Mestre se encontrasse com seu amigo Lázaro.

Confesso que a cada partida da Galileia meu coração doía, pois me sentia muito ligado àquele local tão especial. Não conseguia partir dali sem que lágrimas banhassem a minha face.

Quando nos aproximávamos de Betânia o Mestre falou:

– Alegra-me chegar aqui, pois é necessário que Lázaro desperte.

Ao ouvir o que o Mestre acabava de dizer, fiquei intrigado. Por que Lázaro despertar? Gostaria de lhe fazer algumas perguntas, mas não tive oportunidade. De qualquer forma, eu sabia que o nosso amigo de Betânia voltaria à vida, pois já havia lido a respeito.

Ao olhar para os demais companheiros, tinha a certeza que eles nada imaginavam sobre o que aconteceria, conforme narrado posteriormente no Evangelho de João.

A cada passo dado em direção daquela aldeia, meu coração batia mais acelerado, pois certamente me emocionaria com o que estava por acontecer.

Próximos de Betânia, ficamos sabendo que inúmeros moradores de Jerusalém ali se encontravam em visita consoladora à Marta e Maria, pois Lázaro já se encontrava sepultado há quatro dias.

Em razão das visitas que havíamos feito à família de Lázaro, sabíamos do imenso amor que unia aqueles irmãos. Então, comecei a imaginar a enorme dor que naquele momento se abatia sobre as irmãs.

Ao saber que Jesus se aproximava, Marta, chorando, correu ao seu encontro e o abraçou emocionada. Depois de alguns instantes, recuperadas suas forças, disse chorando:

– Jesus, se tu estivesses aqui, meu irmão não estaria morto... Ao pedirmos para que viesses, esperávamos que não demorasses tanto. Agora é tarde...

E ela permanecia abraçada ao Mestre, sob o olhar condoído de todos nós. Jesus afagava seus cabelos, ao mesmo tempo em que também escorriam de seus próprios olhos algumas lágrimas.

– Senhor, acredito plenamente que tudo quanto pedires ao Pai, Ele o concederá. Peço-te que olhes por nosso irmão, e por nós – falou Marta, chorando convulsivamente.

Ele agora olhava para o Alto, tendo a querida irmã acolhida em seu peito. Seu olhar perdia-se na imensidão do infinito, e parecia confabular com alguém que não podíamos divisar. E afagando os cabelos da querida amiga, disse:

– Marta, minha querida irmã, teu irmão Lázaro irá despertar.

– Sim, eu sei, Senhor. Acredito que o Pai o haverá de acolher em seu seio, e ele certamente despertará. Mas estará tão distante de nós, que eu não sei se suportaremos sua ausência...

– Não, Marta – interrompeu Jesus –, Lázaro apenas dorme neste instante. Mesmo que tivesse morrido, para ele eu seria a ressurreição e a vida, pois aquele que crê em mim, ainda que morra, viverá; e todo aquele que vive e crê em mim jamais morrerá. Corra e chame Maria, para que juntos possamos acordá-lo.

Essas últimas palavras do Mestre deixaram a jovem aturdida. Não conseguiu atinar, naquele momento, que o seu irmão poderia retornar à vida, graças à intervenção do seu grande amigo Jesus.

Mesmo assim, demonstrando toda a confiança no celeste amigo, Marta correu em desabalada carreira para trazer consigo a sua querida irmã Maria. E ao se abraçarem, os três seguiram na direção do túmulo que acolhia o querido amigo e irmão, acompanhados por um grande número de populares.

Subindo a pequena encosta que nos levaria ao túmulo, recordei-me de quando lá estive durante os dias em que me preparava para essa incrível viagem. Havia estado em seu interior e descido uma estreita escada que levava às suas profundezas. E agora imaginava o corpo de Lázaro, que lá descansava.

Os que seguiam aquele triste cortejo comentavam, pelo caminho, a respeito das proezas que o Mestre vinha realizando, mas despertar Lázaro, sepultado há quatro dias, seria demais.

Lá chegando, Jesus pediu para que removessem a enorme pedra que selava a entrada. As pessoas ficaram assustadas, dizendo que ninguém poderia entrar lá, pois a podridão deveria estar provocando um odor insuportável.

Enquanto as irmãs permaneciam abraçadas ao Mestre, a grande pedra foi removida. Jesus voltou seu olhar para o Alto e então falou:

– Pai, graças Te dou porque me ouviste. Eu sei que sempre me ouves, mas por causa da multidão que está ao meu redor, é que assim falei, para que eles creiam que Tu me enviaste.

E em seguida falou em voz alta:

– Lázaro, desperta de teu sono e vem para fora.

Mesmo sabendo do desfecho, eu estava emocionado. As lágrimas caiam de meus olhos, pois via lado a lado a dor e a esperança no olhar das irmãs queridas.

Era impossível não associar tudo o que estava acontecendo ao que ocorria também em meu tempo. Depois de vinte e um séculos, a morte continuava sendo a visita mais temida por toda humanidade, embora a sua vinda seja inevitável.

Se a chegada do anjo negro da morte fatalmente ocorre, esse acontecimento se torna ainda mais doloroso, em razão da ignorância quanto ao que encontraremos após a partida.

Fiquei pensando sobre o papel que cabe às religiões, ou seja, o de nos aproximar de Deus, e assim proporcionar a verdadeira esperança, que nos acalmaria inclusive no momento de nossa partida. Se isso não ocorre, é porque elas mesmas ainda não têm a compreensão desse evento chamado morte.

E tudo fica ainda mais doloroso se, ao invés da esperança, se instalar o temor quanto ao que encontraremos do outro lado da vida, afinal, por longos séculos se pregou a existência de um sofrimento eterno, através do que se convencionou chamar Inferno.

Em meio a todos esses pensamentos, eu continuava emocionado, afinal, estava prestes a presenciar um dos acontecimentos mais lembrados por toda a humanidade. Então, voltei a observar o que ocorria à minha volta.

Juntamente com todo o grupo e as demais pessoas que lá estavam, ficamos um pouco afastados do sepulcro, aguardando o desfecho daquela situação.

Via Marta e Maria emocionadas, mas confiantes, sempre abraçadas a Jesus e chorando bastante. Foram momentos muito tensos, e nós continuávamos com o olhar fixo em direção à escada que conduzia às profundezas do túmulo.

De repente, começou a surgir no topo da escada o vulto de um homem envolto em faixas, caminhando com extrema dificuldade e procurando deixar o sombrio túmulo que o abrigava há dias.

Naquele momento, todos os que ali estavam, caíram de joelhos ao chão, tomados de profunda emoção. O mesmo aconteceu com as irmãs Marta e Maria.

Enquanto alguns recuavam ante a surpresa, Jesus levantava as queridas amigas e as envolvia em seus braços, seguindo em direção ao sepulcro.

Trêmulas, começaram a retirar as faixas que envolviam o corpo do querido irmão, revelando a mortalha que o haviam

164 *Seguindo com Jesus na Judeia*

vestido. Então, elas o abraçaram com tanta alegria que foi impossível tentar retratar a cena nas linhas que escreveria.

E permaneceram abraçados por longo tempo, embora o ressuscitado não compreendesse o que realmente havia ocorrido.

A emoção tomou conta da multidão, e ouvíamos as pessoas falarem a respeito da sintonia que Jesus tinha com Deus. Os que não acreditavam nas verdades que eram ditas pelo Mestre, naquele instante tinham motivos para crer nele.

Ao observar tudo aquilo, pensava acerca dos esclarecimentos que Jesus poderia dar a respeito de mais esse "milagre", afinal, Lázaro havia morrido há quatro dias. Certamente, ao nos passar todas as orientações que estavam cada vez mais próximas, esse assunto viria à tona.

Jesus conduziu Lázaro ao interior de sua casa, e o nosso grupo o acompanhou. As irmãs não paravam de chorar e abraçar o querido irmão, que ainda precisava ser esclarecido dos fatos.

Passado algum tempo e, percebendo que a noite se aproximava, decidimos partir. Após as despedidas, deixamos Lázaro se recuperando ao lado das irmãs, e rumamos na direção de Jerusalém, na esperança de chegarmos à nossa gruta antes que a noite caísse completamente.

Lá chegando, nós nos reunimos junto à fogueira que sempre fazíamos para, em torno dela, comentarmos os acontecimentos do dia. Era também nesse momento que tínhamos a alegria de participar das preces que o Senhor fazia, preparando-nos para o descanso merecido.

Ao início da prece, fomos surpreendidos com a aproximação de um vulto que vinha do lado de Jerusalém, escondido sob o manto escuro daquela noite fria.

Judas, assustado, levantou-se e tomou a dianteira.

– Quem se aproxima? – disse em tom alto.

Venho em paz e procuro falar com o Senhor – disse o estranho. Meu nome é Nicodemos – Nicodemos Ben Gurion.

CAPÍTULO 13

O Mestre recebe uma visita - A intolerância dos poderosos

A chegada de um estranho, na calada da noite, deixou-nos preocupados. Qual seria o motivo daquela visita inesperada?

O visitante aproximou-se e, então, pudemos divisar que se tratava de um homem de idade avançada, finamente trajado, que caminhava a passos lentos.

O Mestre levantou-se e foi em sua direção.

– Nicodemos, eu sou Jesus. Seja bem-vindo à nossa casa, meu amigo.

O velho homem aproximou-se e o abraçou emocionado.

Em razão do frio que a noite trazia pela ausência do astro-rei, Jesus generosamente convidou o visitante a entrar na gruta, oferecendo-lhe um chá quente, para que recobrasse as forças, afinal, a subida ao Monte das Oliveiras não devia ter sido muito fácil para ele.

166 *Seguindo com Jesus na Judeia*

Embora não fosse grande a distância que nos separava da cidade, a caminhada era bastante árdua, pois além da subida ao próprio Monte, havia ainda a necessidade de transpor o Vale de Cédrom, o que representava mais um obstáculo. Esse Vale se inicia ao norte, ao lado oriental da cidade, próximo ao Monte Scopus, e desce rumo ao sul. Na verdade, ele separa todo o lado leste de Jerusalém, do Monte em que nos encontrávamos.

Recobradas as forças e confortavelmente instalado, o ancião falou:

– Jesus, sinto-me muito feliz em estar convosco e com os teus seguidores. Há tempos planejo essa visita, mas na realidade me faltava coragem.

– Meu bom senhor – disse Jesus –, fique inteiramente à vontade, pois estás entre amigos.

O visitante trazia olhar sereno e irradiava muita simpatia. Demonstrava ser bastante instruído e falava pausadamente. A princípio, julguei tê-lo visto anteriormente, mas não consegui me lembrar de quando nem onde isso poderia ter acontecido. E assim falou:

– Senhor, meu nome é Nicodemos Bem Gurion e, dentre os fariseus de Jerusalém, sou um de seus chefes maiores.

Nesse instante, percebi que quase todos apresentaram alguma reação natural, uma vez que Jesus vinha sendo constantemente agredido pelos fariseus. O Mestre continuava com a mesma calma de sempre e ainda sorriu docemente:

– Muito bem, Nicodemos. Percebo que tua serenidade e sabedoria muito auxiliam os teus companheiros de fé, na busca da compreensão maior. Isso me alegra muito.

– Obrigado, Senhor. Busco sempre fazer o melhor, no entanto, nem sempre consigo. A intenção é grandiosa, mas a capacidade ainda não.

– E a que devo a alegria de tua visita, Nicodemos? – perguntou Jesus.

Agora, já bem à vontade e após ter tomado uma caneca de chá reconfortante, o velho homem falou:

– Senhor, quando disse que há tempos pretendia vir ter contigo, mas que me faltava coragem, era exatamente pelo receio de ser criticado pelos meus pares. Porém, a necessidade que sinto de falar-te é maior, e me fez vencer todos os receios.

– O que te aflige?

– Sempre procurei falar de Deus a todos os que se acercam de mim. Creio totalmente n'Ele, mas apesar de minha idade, ainda não sei se O conheço bem. Não sei se minha vida foi vivida dentro daquilo que Ele esperava de mim, e isso me angustia profundamente.

Nesse momento, pude ver que o velho fariseu realmente carregava um fardo em seu coração, pois estava em lágrimas. E continuou:

– Há alguns bons dias, quando completei setenta e um anos de existência, fiz o que sempre faço nessas datas em que comemoro meu nascimento: li o Salmo correspondente à idade que estou alcançando. Isso é bom e me faz refletir sobre os anos que se passaram em minha vida. Mas agora, ao completar essa idade, ao ler o Salmo 71, conjugado com outras leituras, fui tomado de forte angústia.

– O que teria machucado teu coração, amigo?

– É que ao chegar ao ponto em que o salmista escreveu: "– Não me enjeites no tempo da velhice; não me desampares, quando se forem acabando as minhas forças", percebi o quanto a vida passou por mim, sem que eu identificasse as boas obras que realmente precisaria ter executado. Percebi, então, que muito falei de Deus, mas entendi que pouco fiz daquilo que Ele realmente esperava de mim.

E prosseguiu o velho fariseu, falando como se tivesse um nó em sua garganta:

– Prosseguindo na leitura, encontrei no texto o seguinte: "– Agora, quando estou velho e de cabelos brancos, não me desampares, ó Deus, até que tenha anunciado a tua força a esta geração, e o teu poder a todos os vindouros. A tua justiça, ó Deus, atinge os altos céus; tu tens feito grandes coisas; ó Deus,

168 *Seguindo com Jesus na Judeia*

quem é semelhante a ti?" Novamente me veio à mente a certeza de que deveria ter transformado o meu entendimento em atos a favor de meus semelhantes. Falei do poder de Deus, mas não mostrei que esse poder também está nas mãos daquele que acredita n'Ele.

– Nicodemos, Nicodemos, alegra-te, pois já descobriste o que o Pai espera de cada um de nós. É exatamente isso – o trabalho em favor dos irmãos – falou Jesus.

– Sim, Senhor. Contudo, por não ter feito e apenas falado, o meu coração se encontra machucado. Essa certeza tive quando pude ouvir-te no interior do Templo e nas praças de Jerusalém. Tu também me abriste os olhos, falando da necessidade da prática do amor, obras em favor de todos – falou o velho fariseu.

– Mas nunca te vimos próximo a nós – disse Tiago Maior.

– Sim, é verdade – falou Nicodemos. – Pelo receio que tinha e ainda tenho, escondo-me por detrás das colunas do Templo, sempre procurando ouvir o Mestre. Nas praças e nas ruas, por várias vezes me vesti de forma comum e misturei-me no meio do povo sofrido que o seguia. Seu falar tocou profundamente as entranhas de minha alma, o que me levou a pensar cada vez mais naquilo em que havia transformado minha vida. Preciso modificar tudo e começar a fazer de forma correta, aquilo que Deus espera de mim, mas já tenho idade avançada e temo não ter tempo suficiente para promover essas mudanças.

Nesse momento Nicodemos chorava feito uma criança. A sensação de ter desperdiçado sua vida o amargurava profundamente, a ponto de deixá-lo trêmulo. Jesus aproximou-se dele e afagando docemente os seus cabelos esbranquiçados pelo tempo, falou:

– Meu querido amigo, o Pai jamais deixa de nos atender quando pedimos a oportunidade do refazimento. Tens, em ti, a certeza de que não fizeste o que deverias ter feito? Esteja certo de que Ele te proporcionará todas as oportunidades de executar o que agora planejas fazer. Se aquele a quem a humanidade julga ser o menor dentre todas as criaturas será acolhido pelo

Altíssimo, de vez que nenhum de seus filhos se perderá, o que dirá daqueles que já descobriram a necessidade de estar cada vez mais próximo d'Ele, pelas obras de amor ao seu semelhante? Tenhas calma – Ele te dará todas as oportunidades que necessitas.

– Mas, quando? Como? Estou velho e talvez não tenha mais tempo. Precisava tanto descobrir o Reino dos Céus, do qual tu falas. Como chegar até Ele? – perguntou o ancião.

– Para que chegues ao Reino dos Céus é preciso que nasças de novo, Nicodemos. Sem isso, não o verás – falou o Mestre. – No mesmo Salmo que mencionaste, está escrito: "Tu, que me fizeste ver muitas e penosas tribulações, de novo me restituirás a vida, e de novo me tirarás dos abismos da Terra. Aumentarás a minha grandeza, e de novo me consolarás."

– Mas, como? Acaso um homem velho pode nascer de novo? Retornaria ao ventre de sua mãe para, novamente, ganhar a vida? – perguntou angustiado o velho homem.

Compreendendo a dificuldade do fariseu em entender o que pretendia transmitir, o Mestre disse docemente:

– Em verdade, em verdade te digo que se alguém não nascer da água e do Espírito não pode entrar no Reino de Deus. É preciso que se separe: o que é nascido da carne é carne, e o que é nascido do Espírito é Espírito. Não te admires de eu te haver dito: "– Necessário vos é nascer de novo." O vento sopra onde quer, e ouves a sua voz, mas não sabes donde vem, nem para onde vai; assim é todo aquele que é nascido do Espírito.

– Como pode ser isso? – perguntou-lhe Nicodemos.

– Tu és mestre em Israel e ainda não entendes essas coisas? – respondeu-lhe Jesus. – Em verdade, em verdade te digo que nós dizemos o que sabemos e testemunhamos o que temos visto; e ainda não compreendes o nosso testemunho! Se te falei de coisas terrenas e não crês, como crerás, se te falar das celestiais? Tens o conhecimento do Guilgul Neshamot, que é a roda das vidas, e deverias te deter sobre ela. Mas o tempo te concederá a oportunidade desse entendimento.

Nicodemos continuava pensativo, embora bem mais calmo. Em razão do adiantado da hora, manifestou sua necessidade de retornar a Jerusalém. Após as despedidas, ainda acompanhado do Mestre, recebeu uma doce orientação para pacificar definitivamente sua alma.

– Meu velho amigo, Nicodemos, percebi toda a tua angústia, mas também toda a tua boa vontade para executar o melhor. Faça esse melhor a partir de agora e distribua as bênçãos de tuas ações, segundo a vontade soberana de nosso Pai. Serás muito feliz a partir de então, mas construirás uma felicidade ainda maior em existências vindouras. O Reino dos Céus de que te falo é a condição serena em que se encontra a consciência humana, e isso pode ser conseguido a partir do momento em que se conscientiza dessa necessidade. E tu já descobriste essa verdade. As existências que surgirão futuramente apenas consolidarão esse entendimento, de forma que tua consciência estará cada vez mais plena de amor e sabedoria. Continua tua tarefa – o Pai te abençoa sempre.

Ambos selaram aquela conversa com um grande abraço. O velho fariseu desceu a encosta do Monte das Oliveiras com passos mais decididos, até que o escuro da noite escondeu seu vulto.

Ao nos despedirmos, para vivermos a experiência dos sonhos daquela noite, o Mestre nos falou que, quanto ao que havia sido dito a Nicodemos, brevemente nos daria grandes detalhes, e compreenderíamos tudo.

* * *

Despertou mais nova e linda manhã de primavera. As poucas flores daquela região árida conseguiam perfumar o ambiente em que nos encontrávamos.

Dirigimo-nos à cidade, porém um tanto preocupados. A cada nova visita percebíamos que a situação que criavam em torno de Jesus era mais tensa. Realmente, vivíamos momentos bastante difíceis.

Ao entrarmos na cidade, Jesus, como de costume, foi cercado por número grandioso de populares. Repetiam-se as mesmas cenas de todas as ocasiões, ou seja, muita agitação, mas dessa vez um contingente de guardas realmente assustador espreitava-nos a cada passo.

O Mestre entrou no Templo, e todo o cortejo o acompanhou. Em um canto mais reservado, ele começou a dialogar com o povo que o seguia: – Meus amados irmãos, quando vos falo a respeito das coisas do Céu, não falo de uma verdade que é minha, mas d'Aquele que me enviou. Se alguém quiser fazer a vontade do Pai, há de saber se a doutrina é d'Ele, ou, se aquele que fala, fala por si mesmo. O que fala por si mesmo busca a sua própria glória, mas o que busca a glória d'Aquele que o enviou, esse é verdadeiro, pois não há nele injustiça. Não vos deu Moisés a Lei? No entanto, nenhum de vós cumpre fielmente essa Lei.

O povo o ouvia admirado, e eu não conseguia compreender como que os poderosos ainda não o haviam prendido, uma vez que sua mensagem certamente os incomodava. Vendo a reação desses doutores da lei, imaginava que muitos deles o tinham como um grande agitador, e o mal-estar a cada momento aumentava. E o Senhor continuou:

– Por pouco tempo estarei convosco e depois volto para Aquele que me enviou. Vós me buscareis, e por certo não me achareis; e onde eu estarei, vós não podeis ir.

E enquanto o Mestre dizia essas palavras, eu ouvia os populares comentando entre si: para onde será que ele irá, que não o acharemos? Porventura irá à dispersão entre os gregos e os ensinará sua doutrina? O que será que quis dizer com buscar-me-eis, mas não me achareis? Onde estarei, vós não podereis vir?

– Mas como faremos para encontrar-te? Que cuidados deveremos ter? – perguntou alguém na multidão.

Olhando fixamente para a aglomeração, o Mestre falou:

– Na cadeira de Moisés assentam-se os escribas e fariseus, que são seus herdeiros quanto à responsabilidade pela condução do povo – portanto, tudo o que vos disserem, isso fazei e observai. Mas observai atentamente, pois em decorrência da fragilidade

172 *Seguindo com Jesus na Judeia*

humana não deveis fazer conforme as obras de alguns deles, porque dizem, mas não praticam. Esses tais atam fardos pesados e difíceis de suportar e os põem aos ombros dos homens, quando eles próprios nem com o dedo querem movê-los. Não ficais atentos àqueles que fazem as suas obras, a fim de serem vistos pelos homens que gostam dos primeiros lugares nos banquetes, das primeiras cadeiras nas sinagogas, das saudações nas praças e de serem chamados pelos homens por Rabi.

No local estavam presentes alguns fariseus e escribas que, talvez em razão de seus próprios comportamentos, estavam desgostosos com a mensagem de Jesus. Indiferente a tudo aquilo, o Mestre continuou:

– A ninguém sobre a Terra chamai de vosso Pai, porque um só é o vosso Pai, Aquele que está nos Céus. Assim, cuidai para não criardes outros deuses em vossa vida: a admiração, a fortuna, a fama, a beleza. Não queirais, também, ser chamados de guias, pois há apenas um: o Cristo. Observando o comportamento equivocado de alguns fariseus e escribas, recordai que o maior dentre vós é sempre aquele que serve; pois o que se exalta, humilhado será, enquanto que aquele que é humilde, será exaltado entre todos.

E continuou:

– Mas, ai de vós, escribas e fariseus equivocados, porque fechais aos homens a entrada ao Reino dos Céus, em razão da orientação falseada: nem vós entrais nele nem os que entrariam permitis entrar. Ai de vós que percorreis o mar e a terra para fazer um prosélito; e depois de o terdes feito, o tornais duas vezes mais equivocado que antes. Ai de vós, que sois cegos a conduzir outros cegos: havereis de cair no precipício. Quantos desses tais se comportam de forma hipócrita, porque dão o dízimo da hortelã, do endro e do cominho, mas se esquecem de dar o que mais importa na Lei: a justiça, a misericórdia e a fé – essas coisas, porém, devíeis fazer antes, sem omitir aquelas, pois o bem proceder é sempre a melhor dádiva. Pobres cegos, que coais um mosquito e engolis um camelo.

Acompanhávamos tudo com muita atenção, observando o que acontecia ao nosso redor, afinal, estávamos tensos. Cada vez mais se aproximavam fariseus e escribas, assim também populares, e essa aglomeração obviamente chamava atenção dos espiões de Pilatos. O Mestre, como que indiferente a tudo, continuava:

– Ai de vós, escribas e fariseus cujo comportamento não é reto. Porque cuidais da limpeza do que está no exterior, mas por dentro de seus corações ainda habita o peculato e a intemperança. Saí vós da cegueira: limpai primeiro o interior, para que também o exterior se torne limpo. Despertai, irmãos em desatino, para que não sejais semelhantes aos sepulcros caiados, que por fora realmente parecem formosos, mas por dentro estão cheios de ossos e de toda imundícia – cuidai para que não pareçais exteriormente justos aos homens, enquanto por dentro estejais cheios de hipocrisia e iniquidade.

O povo agitava-se. Alguns concordavam com o Mestre, acenando positivamente com a cabeça, enquanto que outros cerravam os punhos e gritavam alucinadamente. Indiferente a tudo, o Mestre falou:

– Muitos desses poderosos da Terra edificaram sepulcros aos profetas e adornaram os monumentos dos justos, e, afirmam que se tivessem vivido na época de seus antepassados não haveriam se tornado cúmplices do derramamento do sangue. Ainda não sabeis que em assim falando testemunhais contra vós mesmos, pois sois viajantes de longa data. Mesmo nesta geração, eu vos envio profetas, sábios e escribas, e a um deles matarão e crucificarão, e a outros serão perseguidos de cidade em cidade.

E com um olhar profundamente melancólico, olhou ao redor, e a multidão se calou. No meio do mais absoluto silêncio, enquanto rolavam lágrimas por sua face, ele dizia:

– Jerusalém, Jerusalém, que matas os profetas, apedrejas os que a ti são enviados! Quantas vezes quis eu ajuntar os teus filhos, como a galinha ajunta os seus pintinhos debaixo das asas, e não o quiseste! Eis aí, abandonada é a tua casa. Logo, logo

174 *Seguindo com Jesus na Judeia*

não mais me vereis, e se afastareis de mim, até que diga: "Bendito aquele que vem em nome do Senhor."

Nesse momento, um dos fariseus mais exaltados disse:

– Jesus, me parece que o que dizes não merece crédito de nossa parte. Pareces não te importar com a paz e a segurança de todos! Tenho a impressão de que tu queres a divisão no meio de nosso povo!

Ao que o Mestre respondeu:

– Amo a todos, e o que divulgo visa à união e à concórdia através do verdadeiro amor entre todas as criaturas. Contudo, em razão da aceitação ou não, do que ora vos trago, ao menos neste momento, será como se eu viesse lançar fogo à Terra, e esse fogo já está aceso, como agora mesmo vedes. Assim, compreendereis que, neste aspecto, não vim trazer paz à Terra, mas sim a dissensão, pois daqui em diante estarão cinco pessoas numa casa, divididas, três contra duas e duas contra três; estarão divididos: pai contra filho, filho contra pai, mãe contra filha e filha contra mãe, sogra contra nora e nora contra sogra.

Após a explicação de Jesus, outro fariseu enciumado perguntou rispidamente:

– Dize-nos, com que autoridade fazes e dizes essas coisas? Ou, realmente quem é que te deu essa autoridade?

Provavelmente, o fariseu queria que novamente Jesus se afirmasse enviado de Deus, para tumultuar ainda mais a situação. Habilmente, o Mestre devolveu-lhe outra questão:

– Eu também vos farei uma pergunta: dizei-me, pois, se o batismo de João era do Céu ou dos homens?

A pergunta formulada deixou aquele fariseu sem saída: se dissesse "do Céu", o Mestre perguntaria o por quê de não o acreditarem, deixando-o em situação embaraçosa; se dissesse "dos homens", iria se indispor violentamente com grande parcela dos populares, que tinha em João o respeito devido a um grande profeta. O fariseu simplesmente respondeu:

– Não, eu não sei de onde era.

Ao que Jesus respondeu:

– Nesse caso, frente à vossa compreensão, também não vos digo de onde vem a minha autoridade.

E nos retiramos do Templo, seguindo no rumo do Monte das Oliveiras. Já caia a noite e a jornada havia sido extremamente desgastante. Precisávamos nos recolher, para a oportunidade do refazimento.

Cada vez mais eu percebia que se aproximava a ocasião do Mestre nos fornecer os detalhes tão aguardados. A compreensão já seria possível, em razão de termos amealhado uma série de informações ao longo desses três anos que caminhamos ao lado dele.

CAPÍTULO 14

O sofrimento do discípulo

Na noite do dia seguinte, quando nos encontrávamos à fogueira que habitualmente fazíamos junto à entrada da gruta, vimos um vulto que se aproximava. Era sempre Judas quem ficava atento, preocupado que estava com a segurança do Mestre, que perguntou:

– Quem se aproxima? Identifique-se por favor.

– José de Arimateia, meus queridos amigos.

O nobre visitante abraçou-nos com entusiasmo, mas trazia em seu semblante as marcas de enorme angústia. E Tiago Maior perguntou-lhe:

– Sempre percebemos em teu olhar ares de entusiasmo e alegria, apesar das dificuldades existentes. Contudo, hoje me pareces muito tenso. Diga-nos: que notícias tu trazes?

– As piores, meus amigos, as piores. Pilatos, envolto em uma atmosfera de inimaginável ira, decidiu dar o ultimato derradeiro aos membros do Sinédrio. Convocou alguns dos mais altos membros a uma reunião em seu palácio, e lá estiveram Caifás,

Anás, seu sogro, vários familiares seus, eu e Nicodemos e alguns outros. Ao término da reunião, deu-nos informações aterradoras. Agora temo por toda a Jerusalém, pelo nosso povo e por toda a nação. É tudo muito assustador!

– Mas o que pode ser tão assustador assim? – perguntou Judas.

– Sabemos que Roma não hesita em sufocar, à custa de sangue e terror, toda e qualquer tentativa de rebelião nos territórios sob seu domínio. Mostra-nos a história que há cerca de quase um século ocorreu uma grave rebelião na Gália, onde mais de oitenta mil revoltosos foram trucidados por legionários romanos, comandados por Júlio César, cuja força somada por volta de cinquenta e cinco mil homens. Foi imposto terrível cerco à cidade, e a população, sem alimentos, chegou até mesmo a praticar antropofagia.

– E quanto a nós, o que dizes? – perguntou Tomé.

– Pilatos prosseguiu a reunião em altos brados, dizendo que Tibério César, o Imperador de Roma, ordenou-lhe imediatas providências para que a insurreição, que imaginam estar próxima, seja abafada o quanto antes. Ainda, caso persistam as manifestações de desordem e agitação nesses próximos dias, sobretudo, no período de nossa Páscoa, não vacilará quanto a lançar mão da grande Legião estacionada em Damasco, e que já se encontra devidamente notificada com relação ao iminente deslocamento em direção à nossa cidade. Em tom muito áspero, Pilatos disse que não hesitará e nem poupará mulheres e crianças – a carnificina será cruel.

E prosseguiu José:

– Por sua vez, um dos nossos, que se encontrava presente, perguntou a Pilatos o que ele queria que fizesse, e o insensível governante respondeu laconicamente: matem Jesus.

Todos ficaram paralisados, a notícia era mais terrível do que poderíamos imaginar. Nesse momento, olhei nos olhos de Judas e vi que ele chorava em silêncio, enquanto que o Mestre, embora triste diante do quadro apresentado, demonstrava confiança

178 *Seguindo com Jesus na Judeia*

que não podíamos compreender muito bem. Era como se ele soubesse do desfecho.

E prosseguiu José:

– Eu e Nicodemos, presentes à reunião, naquele instante trememos. O que fazer? Nicodemos, sem titubear, disse: "– Governador, qualquer ato violento contra Jesus não nos é permitido por nossa consciência; temos em conta o mandamento que nos foi dado por Moisés 'Não assassinarás', e, além disso, não vejo culpa alguma naquele homem." Notei que essa intervenção não foi do agrado de Caifás, Anás e alguns outros saduceus, que parecem preferir o pior. E o nosso amigo Nicodemos prosseguiu corajosamente, visando desestimular Pilatos da intenção cruel: "– Ainda, qualquer ato violento contra ele, poderá gerar manifestações ainda mais inflamadas por parte de nosso povo, até mesmo fora dos limites de Jerusalém, colocando em risco a estabilidade de teu governo, e creio que isto desagradará Roma."

E José, ante o olhar apreensivo e triste de todos nós, olhando para Jesus, continuou a narrativa:

– Pilatos ficou pensativo. Embora desejasse a tua morte, acabou oferecendo uma alternativa que visa poupar tua vida. Deverias ser preso antes da Páscoa e, após julgamento das autoridades, serias conduzido a cativeiro distante, onde permanecerias pelo tempo necessário ao abafamento de teu movimento. Contudo, compreendeu Pilatos que isso é uma tarefa muito delicada, pois ao seres preso poderão ocorrer violentas manifestações entre os populares. Caberá ao Sinédrio, então, desenvolver uma estratégia que diminua os riscos de um distúrbio generalizado. Mas, para a sua implantação, Pilatos deu como limite não mais que alguns poucos dias, ou seja, os que antecedam à nossa Páscoa, pois teme que a grande presença de povo, vindo de fora, possa aumentar eventuais riscos de rebelião.

– Entendi bem o que ocorreu, mas se Pilatos não nos merece a menor confiança, o Sinédrio a merece? – perguntei demonstrando toda a minha preocupação.

– A maioria de seus membros, sim, é confiável, mas os que ocupam os cargos mais proeminentes me preocupam sobremaneira. Percebi muita irritação em Caifás, que é saduceu, e que, portanto, não crê na ressurreição, quando tomou conhecimento de que fizeste Lázaro tornar à vida; o mesmo com relação à filha de Jairo, da sinagoga de Cafarnaum, bem como quando tu falas a respeito desse assunto. Outra situação que o deixou muito transtornado e da qual vive constantemente falando, foi a sua intervenção diante de uma injustiça praticada dentro do Templo, quando disseste: "– Olhai onde vos encontrais neste momento – não façais da casa de nosso Pai um local de comércio fraudulento." O problema é que são notórios os escusos interesses dele e de sua família, quanto à comercialização das oferendas lá dentro.

– Não querendo fazer qualquer julgamento, ouve-se falar aos quatro cantos que Caifás, Anás e alguns outros são realmente perigosos, e que utilizam a religião para tirar vantagens pessoais, e isso é muito triste – comentou Filipe.

José continuou a falar:

– Sim, Filipe, muito triste e perigoso, pois são pessoas que parecem não ter qualquer escrúpulo. Recordo-me, ainda, que ao sairmos da Torre Antônia, após a reunião com Pilatos, seguiam à frente o sumo sacerdote e outros da sua confiança, todos saduceus, e nós íamos à retaguarda. De repente um amigo meu e de Nicodemos, também ligado a eles, retardou os passos e deixou que o alcançássemos e, então, disse-nos baixinho: "– As coisas estão chegando ao limite, pois alguém acabou de perguntar a Caifás o que deveríamos fazer, uma vez que diante de tantos seguidores de Jesus e do clima instalado, os romanos estão prestes a tirar o nosso lugar e dizimar nossa nação, ao que ele respondeu: – É conveniente que um só homem morra a favor de todo o povo, para que a nação não seja destruída." Percebi que apesar da alternativa dada por Pilatos – a de preservar a vida do Mestre, embora aparentemente insincero, a pretensão do grupo que dirige o Sinédrio pode tomar outro rumo, até porque te-

180 *Seguindo com Jesus na Judeia*

mem perder os postos que ocupam, visto terem sido indicados pelo poder romano que nos domina.

Algumas conversações em torno do assunto ocorreram em seguida e todas cercadas de muita apreensão. Ao final, quando José se retirava, Jesus, Judas e eu gentilmente o acompanhamos até o início da descida do Monte. Nesse momento, aproveitando o afastamento dos demais, José disse:

– Senhor, foi oportuno que apenas Judas e David tenham nos acompanhado até aqui, de forma mais reservada. O Sinédrio já está arquitetando alguma manobra, e me fez uma solicitação que me deixou apreensivo.

– Podes falar sem preocupações – disse o Senhor.

– Não tenho informações sobre o motivo do convite, mas devo fazê-lo, pois seria de vital importância. O Sinédrio pede a urgente presença de Judas, pois, de alguma forma, entendem que poderá colaborar decisivamente na solução desse terrível momento e evitar o pior.

Enquanto Jesus acenava afirmativamente com a cabeça, pude ver o olhar apreensivo de meu amigo Judas. O que será que estariam arquitetando?

Após as despedidas, continuamos juntos, Jesus, Judas e eu, enquanto os demais compreenderam a necessidade desse isolamento e permaneceram algo distantes.

– Senhor, o que quererão de mim? – perguntou Judas, visivelmente assustado.

– O momento é realmente delicado, e é preciso colaboração para que haja a manutenção da paz entre todos. Vai até o Sinédrio e nos traga o que te falarem – disse Jesus.

Com o assentimento de Jesus, senti que o meu amigo ficou mais calmo e confiante. Mesmo assim, pediu que eu o acompanhasse nessa empreitada.

Na manhã do dia seguinte, a pretexto de adquirir alguns mantimentos, eu e meu amigo de Iscariotis fomos até a cidade. Apesar do grande afluxo de pessoas que iam em direção a Jerusalém, afinal, já nos encontrávamos no início do período pascal, caminhávamos em silêncio. A delicadeza do momento nos deixava pensativos e agoniados.

Chegamos ao Sinédrio e Judas se anunciou. Permitiram a sua entrada, mas me barraram junto à porta, pois o assunto a ser tratado era confidencial. Restava-me apenas aguardar do lado de fora.

Durante cerca de duas horas permaneci em preces, pedindo que o Pai clareasse as mentes que, dentro da sala, abordavam o assunto. Por certo, o Divino Criador do Universo estava presente, para que tudo acontecesse dentro de Seus planos. Era a sorte de Jesus que estava sendo lançada.

Meu coração doía no peito. Ao mesmo tempo em que queria alimentar a esperança de uma solução que pudesse preservar o Mestre e todo o povo, no íntimo sabia que isso não iria acontecer. O povo, sim, seria preservado de uma crueldade maior, o Mestre não. E, então, comecei a chorar silenciosa e contidamente.

Os que passavam pelo local me olhavam e seguiam sem compreender. Como um homem podia chorar assim? Algumas mulheres vieram amorosamente em meu socorro, perguntando-me se precisava de alguma coisa, pois ficaram condoídas com o meu estado.

E eu realmente precisava! Necessitava falar ao mundo que ali mesmo aconteceria, em breve, o momento mais triste de toda a história da humanidade, patrocinado por aquilo que a criatura humana ainda carrega de mais cruel dentro de seu peito: o orgulho, o egoísmo, a indiferença, o desamor. E naquele momento eu não contava com o ombro amigo de Jesus, que ficara no alto do Monte.

Recordava-me das suas lições, sobretudo a da prece, e orava com muito amor, mas também com um pouco de desespero. Estava sozinho naquele momento e imaginando o que se passava com o meu amigo Judas, no interior da sala. E orava por ele também, para que não viesse a ser maltratado por aqueles homens, afinal, meu companheiro de Iscariotis era um dos corações mais generosos que havia encontrado nessa caminhada.

182 *Seguindo com Jesus na Judeia*

Depois de algum tempo a porta se abriu, e da sala saiu Judas.

Estava tão pálido e trêmulo, que corri ao seu encontro e o amparei. Sem conseguir articular uma única palavra, apontava-me para a saída, pois precisava respirar ar mais fresco. Amorosamente, o conduzi para fora e fiz com que se sentasse em um banco no jardim, colocado debaixo de uma frondosa tamareira.

Parcialmente refeito, pediu-me que voltássemos à presença do Mestre, pois precisava deixá-lo a par do que haviam proposto. Judas suava frio e continuava chorando.

Durante a subida do Monte, ele sequer teve condições de articular uma só palavra. Respeitei sua condição e o auxiliei nessa caminhada, mas continuava orando sem cessar, pois a sua triste situação me deixava ainda mais preocupado. Na verdade, nós dois estávamos em estado muito precário.

Nessa caminhada, meus pensamentos continuavam acelerados, e raciocinava sobre a triste condição daquele meu querido amigo. Aquele quadro narrado nas escrituras, de uma simples e vergonhosa traição arquitetada por Judas, em busca de vantagem pecuniária, já estava totalmente eliminado de minha avaliação.

Primeiramente, pelo amor incondicional demonstrado por meu amigo a Jesus, e que eu tive o privilégio de ver ao longo de três anos; e em segundo lugar, simplesmente por uma análise racional do caso, coisa que qualquer um, e em qualquer época, poderia e deveria fazer.

Mas, essa análise racional sobre Judas era coisa que a humanidade sempre fez questão de desconsiderar, conforme pude apurar em meus estudos preparatórios para empreender essa viagem. Ao longo dos séculos, entendeu que se tratava de um terrível traidor que vendera o Mestre por trinta miseráveis moedas, e ponto final – o julgamento estava feito, a sentença lançada e a execução concluída de forma cruel.

Comigo agora tudo era diferente. E me perguntava: por que alguém próspero como Judas, uma vez que tinha na Galileia um respeitável comércio de peixes, deixaria essa atividade rentável, para seguir por anos alguém que sempre falou não ter uma única pedra onde reclinar a cabeça? Meu amigo sabia que o Mestre trazia consigo apenas um par de sandálias e uma túnica, nada mais. Como, então, esperar a possibilidade de uma realização financeira nessas condições?

Se fosse analisar sob o enfoque político, alguma dúvida ainda poderia permanecer. Era fato que Judas pretendia a libertação do povo judeu, e que após conhecer Jesus dificilmente poderia nutrir esperanças de que ele viesse a admitir qualquer ato de violência visando tal intento. Além do mais, porque tinha ouvido por várias vezes o Mestre dizer que seu Reino não era desse mundo.

Mesmo assim, o meu amigo havia me confidenciado, certa feita, que, às vezes, pegava-se frente a um grave dilema – a mensagem de Jesus *versus* a liberdade do povo, o quanto antes. Essa batalha interna surgia quando via a dura perseguição e sofrimento dos judeus, e pensava em uma solução mais imediata, ou seja, seu espírito de zelote não o havia abandonado totalmente.

Uma coisa era certa: se Judas fosse realmente aquela figura cruel, mesquinha e gananciosa, narrada nos Evangelhos, como o grupo de seguidores teria convivido harmoniosamente com ele por todo aquele tempo? Ele poderia ter enganado muitos, mas quem engana a todos por tanto tempo? E as mais belas demonstrações de amor para com o Mestre e para com o nosso grupo que partiam dele, e que pude sempre observar? As crianças de Betânia encontraram nele uma figura que se assemelhava um pouco a Jesus, em carinho e atenção.

Alguns interessados em desviar focos, logo no início dos primeiros séculos do cristianismo, poderiam muito bem ter plantado em Judas uma figura sovina, interesseira e asquerosa, que buscava na bolsa, onde reunia os parcos recursos do grupo, e da qual teria sido nomeado responsável, a possibilidade do desvio de poucos denários para satisfazer sua mesquinhez, enquanto que havia aberto mão de mais vultosa soma, que auferiria junto ao seu trabalho na pesca. As narrativas mais cruéis sobre Judas

184 *Seguindo com Jesus na Judeia*

eu havia lido no Evangelho de João, antes de empreender minha viagem. Entretanto, analisando o relacionamento de meu amigo de Iscariotis com todos os membros do grupo, inclusive com o evangelista mencionado, o que está narrado não poderia de forma alguma condizer com aquilo que vinha acompanhando há alguns anos.

Outras observações ainda seriam feitas quanto a Judas e elucidariam toda a situação. Mas não tinha mais dúvidas quanto àquele amigo – foi uma das mais tristes, vergonhosas e violentas injustiças praticadas pela humanidade, em todos os tempos. É preciso, porém, que também nesse assunto tenhamos olhos de ver e ouvidos de ouvir, ou seja, que coloquemos de lado todos os pré-julgamentos e que façamos uma análise serena dos fatos. Tinha a plena certeza de que em assim fazendo, todos os cristãos o olhariam com outros olhos.

Se não bastasse isso, seria de relembrar os ensinamentos de Jesus, quando nos disse que não deveríamos julgar ninguém, e que o perdão deveria ser concedido sempre – setenta vezes sete vezes.

Chegamos à nossa gruta, e Judas já se encontrava um pouco melhor. Dirigimo-nos ao Mestre, enquanto todos os demais, ao verem sua triste condição, vinham e o abraçavam ternamente, procurando animá-lo – todos o amavam e reconheciam nele as melhores intenções. Era a vivência do mais puro amor ensinado por Jesus.

Judas e eu fomos em direção a Jesus, quando finalmente ele encontrou forças para falar: – Senhor, foi terrível esse encontro. Não me lembro de ter sofrido tanto e em tão pouco tempo. Os membros do Sinédrio relataram tudo o que José de Arimateia havia dito, e tive de fazer como se nada soubesse. Tudo novidade. Em seguida, falaram da alternativa dada por Pilatos, objetivando preservar-te da morte, e para isso estavam procurando a forma ideal para a sua concretização. Pretendem evitar a carnificina em Jerusalém, mas imaginam a forte resistência popular no momento em que vieres a ser preso. Permanecerias por alguns poucos anos em Cesareia Marítima, até que a tua referência venha a perder força no meio do povo. Em seguida, serias libertado em algum local distante. Essa é a promessa de Pilatos.

Ansioso, tomei a iniciativa de perguntar:

– E como pretendem fazer isso?

– Segundo eles, a melhor forma para enfraquecer o teu movimento seria fazer com que tu fosses entregue à prisão por meio de uma sórdida traição. Um dos que te seguiram por todos esses anos seria o vergonhoso traidor. Ao te trair estaria dando uma demonstração da imperfeição de tua doutrina e da fraqueza daqueles que estavam próximos de ti. Isso seria disseminado no meio do povo, que se afastaria prontamente, retornando a uma vida sem sobressaltos. Assim, a paz estaria instalada, e a Legião de Damasco interromperia a sua marcha, uma vez que se encontra nas imediações de Cesareia de Filipe e rumando para cá, retornando imediatamente ao seu aquartelamento anterior.

E sob o olhar sereno e amoroso de Jesus, ele continuou:

– Convocaram a mim, que fui um zelote, na expectativa de que minha preocupação pela segurança e bem-estar de nosso povo me façam trair-te vergonhosamente. Disseram-me: "ou entregas o teu líder para que seja preso, ou terás a responsabilidade pela morte de milhares, talvez mesmo de uma nação inteira." E para dar mais autenticidade ao ato que me propuseram realizar, entregariam-me trinta moedas de prata; dessa forma todos os demais membros, ao presenciarem a entrega dessa soma, teriam plena convicção da ocorrência real da terrível traição.

E Judas chorava.

– Compreendo, Judas, e te peço que não venhas a te sentir culpado de absolutamente nada – disse Jesus. – A tarefa que colocaram em tuas mãos é das mais delicadas, e deves fazer o que o teu coração ditar. Sei perfeitamente dos teus sentimentos e do amor imenso que nutres por nossa causa. Quanto a mim, o Pai já definiu o roteiro, e dele não devo me afastar.

– Sim, Mestre, eu vos amo, e amo a vossa causa com todas as forças do meu coração! Estou comprometido com ela, pois sei que fareis a redenção da humanidade, em todos os tempos. Como trair-vos, Mestre? Meu coração não permite tal coisa.

Em razão da precariedade na qual Judas se encontrava, Jesus levantou-se e o abraçou docemente. Judas ajoelhou-se diante dele e, reclinando a cabeça, não parava de chorar. Vi que o Mestre também derramava lágrimas, em razão do sofrimento pelo qual o coração de seu grande discípulo passava. Chorando também, fui ao encontro do meu amigo e ajoelhei ao seu lado, abraçando-o.

Mais calmo, ergueu-se e colocou sua cabeça no ombro do Senhor. Parecia uma criança que não sabia para onde ir, o que fazer. Ouvi Jesus lhe falar:

– Meu amoroso e fiel discípulo, falei por tantas vezes que aquilo que maltrata a alma humana é a intenção de realizar as coisas equivocadas. Muitas vezes, aquilo que nos parece mal, na verdade é um bem, apenas que mal interpretado. Eu sei do meu desfecho, mas tu precisas fazer o que precisa ser feito. Também sei que para a tua consciência, julgar-se futuramente culpado pelo massacre de milhares de irmãos será incrivelmente doloroso. Tens nas mãos a mais importante e dolorosa tarefa que alguém pode ter ao meu lado, a qual poderá vir a te dirigir o escárnio promovido pelos que ignoram a verdade e que julgarão e condenarão a ti, sem qualquer comiseração.

– Mas, Senhor, não sei se consigo fazer isso. – falou Judas.

– Meu amigo e irmão, mais uma vez te digo que a intenção é que condena ou absolve a criatura. Nesse caso, pessoalmente te agradeço a coragem e o devotamente a milhares de irmãos, que perderiam suas vidas. Quanto a mim, saiba que o Pai já preparou o caminho, antes mesmo de colocarem em tuas mãos essa decisão. É preciso que fiques tranquilo sempre. Amo-te, e sei que tu me amas, e é isso o que importa.

– Jesus, quase todos os membros do Sinédrio pareceram sinceros, o que me deu alguma esperança de estarem bem intencionados. Porém, não posso dizer o mesmo quanto ao Sumo Sacerdote, Caifás, seu sogro Anás e alguns outros saduceus, incluindo seus familiares, pois parecia sentir neles alguma intenção sórdida e cruel. Essa desconfiança me assusta.

– Não te inquietes em relação a isso. Por terem colocado em tuas mãos essa tarefa, resta fazer o que precisa ser feito – falou Jesus, com doce sorriso endereçado ao discípulo.

Ficamos, nós três, unidos por um grande abraço, mas o meu coração doía muito ao ver a triste situação de Judas. A dor era maior, por saber antecipadamente o que a humanidade falaria a seu respeito, ignorando a realidade dos fatos.

A partir desse momento, embora ainda em dúvida quanto ao que deveria fazer, nunca mais vi o meu amigo de Iscariotis sorrir. Não era possível imaginar a dor intensa que carregava dentro do peito.

Saímos da gruta, e todos vieram abraçá-lo, mesmo sem saber o que se passava. De uma coisa sabiam, ele era realmente um discípulo muito amado, fiel, justo e amoroso. Pena que muitos ainda não conseguem perceber essa verdade.

Jesus, ao meu lado, aproveitando a distância dos demais, disse-me com os olhos banhados por lágrimas:

– Tu, David, viajante do tempo, já sabes o que deverá acontecer nos próximos dias, mas, quanto a Judas, peço-te que, juntamente com os demais companheiros, dá a ele o apoio tão necessário. Ele precisará sentir o amparo e o amor de todos, para que não lhe suceda nenhum mal.

– Sim, Mestre, estarei atento a tudo. Já compreendo que esse nosso querido companheiro precisa tomar sua decisão livremente, por si mesmo, sem qualquer interferência exterior. Quando disseste que a intenção é o que determina a condição culposa, ou inocente do ser, tenho certeza de que Judas jamais deveria se sentir culpado de alguma coisa, pois o que deverá fazer, o será em razão do imenso amor que sente por ti e por milhares de irmãos que por aqui residem – falei chorando e apoiado no Senhor.

– É que mesmo isento de responsabilidade, quando a criatura julga ter magoado, ferido, agredido ou maltratado alguém

188 *Seguindo com Jesus na Judeia*

pode se desequilibrar emocionalmente e praticar atos que em sã consciência não faria. Acompanha de perto esse nosso querido amigo e não o deixe a sós.

– Faremos isso, Jesus – disse, baixando a cabeça e chorando copiosamente. – Mais uma coisa que me preocupa é o fato de que em seu peito ainda palpita um coração de zelote, e nesse caso a questão política poderá influir em sua decisão.

– Tudo é muito delicado, mas tenhamos a certeza de que ele fará o que entende ser o melhor – disse Jesus.

Diante da delicadeza da situação, Jesus decidiu seguir para a cidade de Efraim, no deserto, ao norte de Jerusalém, onde permaneceríamos por pouquíssimo tempo, passando antes por Jericó. Naquele local, ele nos passaria as maiores e mais belas lições sobre a obra do Pai, conforme vinha nos asseverando há tempos. Agora restava pouco tempo.

CAPÍTULO 15

Na casa de um publicano, em Jericó

Estávamos às vésperas dos festejos da Páscoa, o Pessach, e do alto do Monte das Oliveiras já podíamos perceber a chegada de muitos viajantes à cidade.

Conforme decidido pelo Mestre, partimos para Jericó, de onde seguiríamos até a cidade de Efraim. Seriam apenas alguns dias afastados de nossa gruta, pois retornaríamos antes das festividades da Páscoa.

Partimos na direção noroeste e começamos a descida acentuada em pleno deserto, na esperança de chegar àquela cidade antes do anoitecer.

Aquela excursão estava muito diferente de todas as anteriores, pois reinava o mais absoluto silêncio. O Mestre ia à frente, e ao lado dele se encontrava Judas.

Percebíamos em nosso amigo de Iscariotis tristeza profunda, somente amainada com a forma carinhosa como o Mestre o abraçava, durante o percurso. Era como se estivesse dizendo ao discípulo que compreendia a sua dor e que estariam sempre lado a lado, não importando o que viesse a acontecer.

Os outros, mais recuados na caminhada, percebiam a situação na qual Judas se encontrava, e a cada parada faziam questão de ir até ele para lhe dar um abraço. Formávamos, sem sombra de dúvidas, a mais bela família humana de todos os tempos.

Por volta da hora nona, entramos em Jericó, ainda sob um sol escaldante, à procura de uma fonte onde pudéssemos aliviar a sede.

Muitas pessoas que haviam visto e ouvido Jesus, durante suas pregações na Galileia e na Judeia, ao notarem sua presença nas imediações da cidade correram para alertar a população local sobre o importante visitante que chegava à cidade.

Foi um alvoroço. Em questão de minutos, aglomerava-se, ao longo da rua principal, número grandioso de pessoas que queria ver, abraçar e ouvir o grande Mestre.

A comitiva seguia com grande dificuldade, em razão do forte assédio, até que num dado momento Jesus parou, olhou para o alto de um sicômoro, e como se já soubesse antecipadamente, dirigiu-se a um homem de estatura muito baixa, que se encontrava dependurado nos galhos daquela árvore:

– Zaqueu, Zaqueu, desce depressa dessa árvore, porque importa que eu fique hoje em tua casa.

Sob o olhar curioso de todos os populares, e do nosso também, o pequeno homem desceu, surpreso e feliz, cumprimentando a todos e nos conduzindo à sua casa.

Enquanto seguíamos para a casa de Zaqueu, o Publicano, podíamos ouvir os populares tecendo comentários contrários, afinal, ele era uma pessoa não bem vista pela comunidade. Sendo chefe dos cobradores de impostos em Jericó, era figura destacada entre os romanos.

Zaqueu tornara-se pessoa rica e próspera, pois controlava a cobrança de elevados impostos junto à população daquela cidade. Não era judeu e se sentia odiado pela população local. Tal situação o deixava bastante infeliz, fazendo com que procurasse algo que pudesse trazer paz ao seu espírito conturbado.

Tendo ouvido falar de Jesus, vivia na expectativa de um dia encontrá-lo e poder conversar a respeito de sua amargurada existência. Ao tomar conhecimento que o Senhor se encontrava nas imediações de Jericó, decidiu ir até a rua principal, na esperança de vê-lo passar. Como era de baixa estatura, restou a ele subir em um sicômoro, o que lhe rendeu um pouco de sossego, pois ficava distante do contato direto com os populares.

Ao ser convidado pelo Mestre, os comentários ouvidos foram bastante pesados em razão da rejeição por ele sofrida.

– Mas como? O Mestre vai se hospedar na casa do publicano?

– Acho que Jesus não está nada bem! Como se sujeita a ficar na casa desse homem de má fama? – falava outro.

Mas o Mestre, como afirmara anteriormente, teria vindo para socorrer os doentes, do corpo e da alma, e o publicano era um deles, precisando de ajuda.

Zaqueu ia à nossa frente e ao lado de Jesus, conversando animadamente, como se o conhecesse há muito tempo. Chegando à frente de uma rica casa, convidou-nos a entrar – era ali que ele morava.

Acomodamo-nos na varanda, ao mesmo tempo em que ele se dirigia aos seus serviçais, pedindo a imediata preparação da ceia. Jesus encontrava-se totalmente à vontade, pois era isento de qualquer tipo de preconceito. O grupo dos discípulos ainda não. Embora buscasse compreender as atitudes de Jesus, restava aos demais um pouquinho de rejeição contra aqueles que tiravam proveito pessoal da opressão estrangeira.

Enquanto era providenciada a refeição, ficamos na varanda, e a conversa começou a se desenvolver mais descontraidamente, até que, num dado momento, o anfitrião, demonstrando toda a sua sensibilidade, assim falou:

192 *Seguindo com Jesus na Judeia*

– Senhor, alegra-me muito ter-te em minha casa, juntamente com todos os teus amigos. Não me sinto merecedor desse privilégio, mas confesso que, no meu íntimo, tenho procurado incessantemente a modificação de meu comportamento.

– Somos gratos pela acolhida, meu irmão – disse Jesus.

– Como bem sabes, sou o chefe dos publicanos aqui em Jericó e esse posto me rendeu terrível desprezo, por parte daqueles a quem cobro os tributos, para Roma. Atendendo a conselhos que se vinculavam à prudência, trabalhei ativamente por longos anos, procurando entesourar o quanto mais, de modo que pudesse beneficiar a minha família. E assim procedi, juntando ao longo do tempo um tesouro considerável, o qual se tornou alvo de muita cobiça por parte de todos. No início, a vida parecia sorrir para mim. A fortuna, a vida fácil, os prazeres, as facilidades me iludiam.

Ouvíamos atentamente o desabafo sincero que partia daquele homem, que nos mostrava ter um coração bastante sensível. E continuou:

– Boa parte da minha existência foi consumida por esse desejo insano – o de TER. Meu lar, que a princípio se fazia simples e alegre, começou a ganhar contornos sombrios; minha esposa, tão próxima e espontânea, começou a se afastar de mim, em razão de minha fixação na riqueza material; até meus filhos começaram a me causar profundas preocupações, pois pareciam mais interessados em uma eventual herança do que na minha presença de pai. Os amigos dedicados e fiéis desapareceram, permanecendo apenas aqueles que procuravam se aproveitar de minhas condições financeiras invejáveis; os vizinhos, acreditando-me o mais feliz dos seres na Terra, começaram a me dirigir dardos de inveja e desprezo.

– Compreendo, Zaqueu. Sofre-se muito quando se tem o cofre cheio e o coração vazio – disse Jesus.

– É verdade, Senhor. E parece que quando estamos com o coração em pedaços, tudo concorre para mais desgraças. Tudo me obrigava a viver em desacordo com o meu coração, que pede sinceridade. Constantemente, era visitado por comerciantes que, a cada instante, me propunham transações criminosas; quantos me visitavam trazendo sorrisos nos lábios, mas pelas costas me amaldiçoavam o nome. Comecei a transformar minha própria casa em uma fortaleza, onde vigiava tudo e todos. E passei a ficar infeliz, entendendo que precisava retificar meus passos, devolver o que porventura havia tomado e que não me pertencia. Precisava devolver, Senhor, mas não sabia exatamente como – falou Zaqueu, tomado de forte emotividade, a ponto de ficar com os olhos marejados.

Víamos a coragem daquele homem, expondo suas mazelas diante de todos nós. Ele era valente. E assim prosseguiu:

– Buscando pacificar este coração sofrido, pensei em fazer coisas melhores. Queria começar a fazer o bem, na esperança de anular os equívocos de outrora. E dei início a um trabalho de ajuda àqueles que serviam em minha casa. Comecei a auxiliar meus empregados, preparando-os para a vida; dei início a atividades que pudessem empregar mais pessoas, tirando-as da miséria. E aquilo que me era para trazer paz, pareceu-me trazer mais guerra. Minha esposa não me compreendeu o desejo de mudar e deliberou guerrear contra mim; meus filhos disseram que eu estava perdendo a razão; meus conhecidos julgaram-me irresponsável. E aquele bem que comecei a fazer ainda me parece tão pouco diante do que preciso realizar. A dor permanece dentro de mim, e te peço ajuda, Senhor, pois meu coração ainda sofre muito.

Jesus ouvia atentamente aquele desabafo, que era, ao mesmo tempo, um pedido de socorro. Então, com toda a doçura de seu coração, falou:

– Zaqueu, ouça o que te digo, que bem demonstrará o que agora tu sentes: Se alguém, em razão do despertar de sua consciência, entender a mensagem da Boa Nova que lhe trago, mas se deixar retroceder, por encontrar resistência por parte de seu

194 *Seguindo com Jesus na Judeia*

pai ou de sua mãe, mulher e filhos, irmãos e irmãs, que ainda permanecem sem essa compreensão, esse ainda não consegue seguir adequadamente meus passos. É necessário buscar a força para seguir sempre adiante e de forma bem consciente, pois qual de vós, querendo edificar uma torre, não se senta primeiro a calcular as despesas, para ver se tem com que a acabar? Para não acontecer que, depois de haver posto os alicerces, e não a podendo concluir, todos os que a virem comecem a zombar dele, dizendo: "– Este homem começou a edificar e não pôde acabar." Ou qual é o rei que, indo entrar em guerra contra outro rei, não se senta primeiro a consultar, se com dez mil guerreiros pode sair ao encontro do que vem contra ele, com vinte mil? Caso contrário, enquanto o outro ainda está longe, manda embaixadores e pede condições de paz. Assim, pois, todo aquele dentre vós que não renuncia a tudo quanto possui não pode ser meu discípulo. Bom é o sal, mas se o sal se tornar insípido, com que se há de restaurar-lhe o sabor? Não presta nem para terra nem para adubo; lançam-no fora. Quem tem ouvidos para ouvir, ouça.

– Entendi, Senhor, o que disseste – disse Zaqueu. – E sei que deverei sofrer as consequências do que fiz. Sinto-me fortalecido para seguir adiante, mesmo que continue encontrando rejeição por parte daqueles que me são mais caros. Preciso encontrar a paz, que há tempos não mais habita em mim.

– Fico feliz com tua compreensão quanto às dificuldades que encontrarás futuramente, Zaqueu. Elas podem e devem ser convertidas em alegrias para o Céu – disse Jesus.

– Mestre, tal é a alegria que se instalou em meu coração, em razão do que dissestes, que agora vos falo de uma decisão que tomo. Darei aos pobres metade de todos os meus bens, e se em alguma coisa tiver defraudado alguém, restituirei quadruplicadamente, embora Moisés tivesse nos orientado a devolver o dobro.

Jesus levantou-se e abraçando o publicano, disse:

– Hoje veio a salvação a esta casa, pois é necessário cuidar da busca dos tesouros do Céu – aqueles que a ferrugem e a traça não consomem e o ladrão não rouba. Seduzidos pelo fascínio da matéria, os desavisados querem incessantemente amealhar os bens perecíveis e acabam conduzindo-se aos abismos do sofrimento. Não buscando os bens da alma, vivem esses tais como se jamais fossem partir desta vida; e ao partirem, o fazem como se nunca tivessem realmente vivido. Muitos não se acautelam nem se guardam de toda espécie de cobiça, esquecendo-se que a vida do homem não consiste na abundância das coisas materiais que possui. Que esta história fique na lembrança de todos: O campo de um homem rico produzira com abundância, e ele dizia para si mesmo: "– Que farei? Pois não tenho onde recolher os meus frutos." Disse então: "– Farei isto – derrubarei os meus celeiros e edificarei outros maiores, e ali recolherei todos os meus cereais e os meus bens, e então direi à minha alma: Alma, tens em depósito muitos bens para muitos anos, então descansa, come, bebe, regala-te." Mas o Pai lhe disse: "– Insensato, esta noite te pedirei a tua alma, e o que tens preparado, para quem será?" Assim é aquele que para si ajunta tesouros da terra e não é rico para com as coisas da alma.

– Sim, Mestre, e eu sou talvez um dos maiores exemplos desse desatino. Agradeço ao Pai por ter me acordado a tempo – falou Zaqueu.

– Deves de fato agradecer ao Pai, mas a ti também, pois este foi um trabalho que empreendeste de acordo com a tua vontade soberana. E quantos não conseguem fazer o que tu agora fizeste, pois lhes falta esta decisão? Fico feliz por ti, Zaqueu.

Aquele diálogo foi tão marcante para os que se encontravam ali que, ao final, todos se abraçaram. Zaqueu chorava de alegria, com o coração muito leve. Compreendia as dificuldades que encontraria, mas estava decidido a superá-las.

Dirigimo-nos à mesa, e aquela ceia ficaria para sempre em nossas lembranças. Havíamos aprendido a respeitar aquele pe-

196 *Seguindo com Jesus na Judeia*

queno homem, tão desprezado pela sociedade local. Mais uma lição que vinha ao nosso encontro, para que aprendêssemos a não mais discriminar quem quer que fosse.

Zaqueu insistiu para que pernoitássemos em sua casa, afinal, já era muito tarde. E assim fizemos.

Logo que o dia amanheceu, partimos em direção a Efraim. Talvez não mais encontrássemos Zaqueu, mas tínhamos a certeza que aquele publicano seria muito feliz, pois havia recebido em seu coração a luz bendita da Boa Nova, de nosso Pai.

Jesus o abraçou e bem baixinho deve ter dirigido a ele palavras de incentivo, pois vimos em seu rosto um sorriso bastante calmo, enquanto meneava a cabeça afirmativamente. Certamente, ele superaria as suas dificuldades, pois o novo entendimento naquele momento amealhado lhe daria condições para ultrapassar a porta estreita, tal qual havia acontecido com Maria de Magdala.

Depois das despedidas e agradecimentos, seguimos nosso caminho.

Mal havíamos nos afastado da casa de Zaqueu e surgiu à nossa frente um jovem bem vestido, acompanhado de alguns serviçais. Dirigiu-se a Jesus e assim falou:

– Meu bom Senhor, por aqui temos ouvido falar muito a teu respeito, e preciso de tua ajuda. Embora nada me falte nesta vida, não consigo encontrar felicidade e paz dentro de mim. Necessito desesperadamente encontrar o caminho que me conduza ao Reino do Pai, aquele de que tanto falas.

– Me disseste, bom Senhor! Mas bom é apenas o Pai, que está nos Céus, pois todos os seus filhos encontram-se ainda no caminho da busca da perfeição. Queres encontrar o Reino dos Céus? Então, guarda os Mandamentos e terás a vida eterna.

– Mas quais, Senhor? – perguntou o jovem.

– Aqueles que foram trazidos a Moisés! Não matarás, não furtarás, não adulterarás, honrarás a teu pai e tua mãe...

– Mas, Senhor, isso eu já faço! O que me falta ainda? – perguntou o jovem, interrompendo o Mestre.

E olhando com uma infinita ternura para aquele rapaz, como a dizer que precisava aprender muito mais do que imaginava saber, disse-lhe:

– A paz que precisas somente se consegue com a edificação do Reino dos Céus dentro do teu coração. Então vai, vende tudo o que tens e dá aos pobres e terás um tesouro nos Céus. Em seguida, vem e segue-me.

Foi impossível não registrar a surpresa estampada na fisionomia daquele jovem. Ele era rico e possuía muitos bens. Vender tudo e dar o dinheiro aos pobres era algo inconcebível para ele. E se retirou cabisbaixo.

Disse-nos, então, Jesus:

– Em verdade, em verdade vos digo que um rico dificilmente entrará no Reino dos Céus. E outra vez vos digo que é mais fácil um camelo passar pelo fundo de uma agulha, do que entrar um rico no Reino de nosso Pai. E todo o que tiver deixado casas, ou irmãos, ou irmãs, ou pai, ou mãe, ou filhos, ou terras, por amor do meu nome, herdará a vida eterna. Entretanto, muitos que são primeiros acabarão últimos; e muitos que são últimos acabarão primeiros.

Perguntei ao Mestre:

– Aquele jovem pareceu alguém muito preocupado em seguir os mandamentos. Por esse motivo, não estaria ele habilitado ao Reino do Pai? Pareceu ter um bom coração!

– Realmente, David. Trata-se de uma alma que edificou muito do Reino dos Céus em seu coração. Contudo, ainda falta o que realizar.

– Mas por que seria importante para ele vender o que tem e dar aos pobres? Será justo? Talvez o que tenha amealhado seja fruto de um trabalho árduo por longos anos! Será que se desfazer de tudo e entregar os recursos aos pobres seria solução para a vida desses últimos? Será que, em recebendo o dinheiro,

198 *Seguindo com Jesus na Judeia*

esses pobres não se perderiam nos vícios, na ociosidade, nos crimes? Realmente Senhor, é uma atitude que não me parece muito justo.

– Vender os bens e entregar os recursos aos pobres foi apenas uma força de expressão. Entenda como: desapega-te de teus bens; não seja escravo deles, pois onde está o teu coração, ali também está a tua alma. Percebi que aquele jovem, embora observador dos mandamentos, ainda carrega em si apego extremo às coisas da Terra, e quis lhe despertar essa consciência através do exemplo que dei. Mas, na escolha entre os bens da Terra ou seguir-me, ele não vacilou, preferiu os primeiros. Contudo, a semente já está plantada e um dia germinará. E descobrirá que o verdadeiro tesouro é outro: o que verdadeiramente importa é SER, não TER.

Em meio à discussão quanto aos bens da Terra e os do Céu, Judas perguntou:

– Às vezes, penso que os bens da Terra representam obras do maligno. Dão-me a impressão que precisam ser evitados, pois sempre representam graves ameaças para todos. Estou certo quanto a isso?

Jesus respondeu à pergunta formulada pelo meu amigo de Iscariotis: – Não, meu amigo, os bens da Terra são sempre obra de nosso Pai. O que se deve observar é a forma como se utiliza deles. Ao serem transformados em deuses, então, a pessoa se perde. Se os utiliza para o bem do mundo e dos irmãos, ela cresce. Tivemos o exemplo de Zaqueu e do jovem que acabamos de encontrar: a princípio, os dois sufocaram suas almas em razão do apego a esses bens, Zaqueu despertou e deu novo rumo à sua existência e aos seus bens também; o jovem, ainda não, mas certamente despertará um dia. É preciso entender que esses bens nunca pertencem ao homem, pois estão apenas emprestados, enquanto por aqui se encontrarem. É preciso fazer com que eles frutifiquem para o Bem, a fim de serem divididos com os irmãos.

– E acaso, Senhor, tens alguma história que possas nos auxiliar nesse entendimento? – perguntou Judas.

– Certamente que sim. Um senhor, ausentando-se do seu país, chamou os seus servos e entregou a eles os seus bens, para que os administrassem. A um deu cinco talentos; a outro, dois; e a outro, um, sempre segundo a capacidade de cada um deles em administrá-los, e seguiu viagem. O que recebera cinco talentos foi imediatamente negociar com eles e ganhou outros cinco; da mesma forma, o que recebera dois ganhou outros dois. Contudo, o que recebera um foi e cavou na terra e escondeu o dinheiro do seu senhor. Ora, depois de muito tempo veio o senhor daqueles servos e os fez prestar contas.

– É, Mestre, sempre chega o momento do acerto de contas, não? – falou Pedro sorrindo.

– É verdade, Pedro. Então, chegando o que recebera cinco talentos, apresentou-lhe outros cinco, dizendo: "– Senhor, me entregaste cinco talentos; eis aqui outros cinco que ganhei." Disse-lhe o seu senhor: "– Muito bem, servo bom e fiel; sobre o pouco foste fiel, sobre muito te colocarei; entra no gozo do teu senhor." Chegando também o que recebera dois talentos, disse: "– Senhor, me entregaste dois talentos, e eis aqui outros dois que ganhei." Disse-lhe o seu senhor: "– Muito bem, servo bom e fiel; sobre o pouco foste fiel, sobre muito te colocarei"; entra no gozo do teu senhor. Chegando por fim o que recebera um talento, disse: "– Senhor, eu te conhecia, e sei que tu és um homem duro, que ceifas onde não semeaste, e recolhes onde não joeiraste; e, atemorizado, fui esconder na terra o teu talento; eis que aqui tens o que é teu." Ao que lhe respondeu o seu senhor: "– Servo mau e preguiçoso, sabias que ceifo onde não semeei e recolho onde não joeirei? Devias então empregar bem o meu dinheiro e, vindo eu, tê-lo-ia recebido com juros. Tirai-lhe, pois, o talento e dai ao que tem os dez talentos. Porque a todo o que tem, dar-se-lhe-á, e terá em abundância; mas ao que não tem,

200 *Seguindo com Jesus na Judeia*

até aquilo que tem ser-lhe-á tirado. E lançai o servo inútil nas trevas exteriores; ali haverá choro e ranger de dentes."

– Compreendi perfeitamente, Mestre – disse Judas. Precisamos multiplicar os bens que recebemos, em proveito de todos.

– É isso mesmo, Judas. É preciso também entender que o Pai concede bens, que por vezes são esquecidos pelas criaturas, mas que precisam também ser utilizados em proveito de todos. Ele concede o tempo, para que se aproveite em benefício de muitos; o sorriso, para que possa ser distribuída a alegria aos que os cercam; o abraço, que transfere o calor que traz dentro de seu peito, para o conforto dos irmãos; o ombro, que serve de apoio àqueles que choram; as mãos, que acariciam a fronte suarenta do companheiro que padece; os ouvidos, capazes de ouvir e compreender a súplica daquele que tem uma dor. Ah, Judas, quantos bens o homem possui e não se dá conta! Quanto tem a distribuir, em benefício de muitos, e de si mesmo! E quantos acabam querendo entesourar tudo isso e se tornam pessoas amarguradas, sofridas, tristes, sozinhas.

Judas trazia no olhar uma luz impressionante. O bem-estar que aqueles ensinamentos fizeram ao seu coração era notório. Mas todos estavam maravilhados com o que havia sido ensinado pelo Mestre. Ele era uma fonte inesgotável de ensinamentos e os fazia com uma clareza ímpar.

Mais alguns passos e nos defrontamos com um mendigo cego, sentado à beira do caminho. A dor parecia seguir os passos de Jesus, em busca de alívio. E ele gritou:

– Senhor, Filho de Davi, tem compaixão de mim.

Mesmo com as pessoas pedindo para que se calasse, afinal, estava gritando muito alto, ele aumentou ainda mais o tom de voz, fazendo a mesma súplica, e com uma confiança ainda maior:

– Senhor, Filho de Davi, não consigo ver-te, mas tem compaixão de mim.

Jesus, parando, perguntou-lhe:

– Quem sois e o que quereis que vos faça?

– Senhor, chamo-me Bartimeu, filho de Timeu, e vos peço que me abra os olhos.

E movido de compaixão, Jesus tocou-lhe os olhos e disse:

– Já estais habilitado a sair das trevas que criastes no passado. Transpor o abismo entre as trevas e a luz é tarefa que já vindes executando há tempo. Podeis enxergar agora.

E abrindo os olhos, admirou-se em ver a figura do Mestre. Sorriu, abraçou Jesus, beijou-lhe as mãos e agradeceu muito. E seguiu seu caminho, e nós retomamos a direção de Efraim.

E enquanto prosseguíamos a caminhada, eu pensava: "as pessoas, ao longo dos séculos, não evoluíram o que podiam, em razão de procurarem as letras frias escritas nos Evangelhos e nunca pensarem em tentar sentir o que o Mestre realmente sentia. Os embates filosóficos existentes entre os vários segmentos religiosos são prova disso, pois os poderosos das religiões acabaram turvando a própria visão.

Alguns acreditam de certa forma; outros têm uma visão diferente, acreditam que não se chega ao Reino dos Céus se não se tomar tal caminho; para outros, o caminho fica mais ao lado. Que loucura! Será que entenderam mesmo quem é esse incrível JESUS? Acho que ainda não.

Eu, que acompanhava o Mestre de perto, que via seu olhar em todos os instantes, que percebia seu modo de encarar a vida e a humanidade, que se preocupava em servir e ajudar, que não tinha uma única palavra de reprimenda a quem quer que fosse, que sempre dizia uma palavra de carinho, de conforto, e, que sorria em todos os instantes, que nunca se magoava; eu, que posso afirmar ter compreendido e percebido melhor, até mesmo os sentimentos daquele homem maravilhoso, agora tinha a capacidade de entender muito da sua mensagem, que resumidamente era: AMOR INCONDICIONAL, nada mais que isso.

Se a humanidade realmente entendesse a mensagem redentora do Mestre não mais existiriam guerras, discordâncias religiosas, fome, violência, sofrimento, abandono, suicídio. Ah, meu Pai! Quanto eu lhe agradeço por me permitir essa viagem, que nada tem a ver com méritos pessoais que, aliás, não os tenho.

Sou apenas um repórter que, acidentalmente viajou pelo tempo, e acabou sendo colocado ao lado da alma mais importante que por aqui esteve: JESUS. E que agora, tocado de imensa responsabilidade, precisava ser a candeia acesa de que ele falou no Sermão da Montanha. Que as linhas que eu vier a escrever possam ser lidas e sentidas por muitos.

Com Jesus à frente, seguimos em direção a Efraim. Os esclarecimentos prometidos pelo Mestre, ao longo de toda a caminhada, estavam prestes a ser fornecidos. Pressentia a beleza e a amplitude daquelas informações, que marcariam nossos corações.

CAPÍTULO 16

Nova Luz

Cruzamos o grande deserto, seguindo em direção a Efraim, onde chegaríamos no início da tarde. Aquela seria a última excursão que faríamos com a presença do Mestre.

O cortejo seguia e à frente ia Jesus, tendo à sua direita Judas, que caminhava em silêncio. Parece que ele fazia questão de mostrar ao discípulo que apoiava a decisão que viesse a tomar, e que estaria ao seu lado independentemente do que ocorresse.

Durante a caminhada eu não conseguia afastar o pensamento do meu grande amigo, tão maltratado ao longo dos séculos. A cada novo episódio era como se as peças fossem se juntando e um grande quebra-cabeça começasse a mostrar o quadro final.

As notícias trazidas por Judas, quando de sua ida ao Sinédrio, somadas àquelas que José de Arimateia também havia nos trazido, permitiam-me novas e marcantes conclusões.

Quem exerce opressão sobre o povo judeu era o Império Romano, que colhia os frutos dessa dominação; o entendimento equivocado de que o Mestre espalhava a insubordinação contra o dominador, obviamente, incomodava Roma; quem mais se sentia pressionado pelo Imperador Tibério era Pôncio

204 *Seguindo com Jesus na Judeia*

Pilatos, a quem cabia a manutenção da ordem local. Aquele que apresentava índole de dominação a qualquer custo, não dando valor à vida humana, sobretudo a do oprimido, era o grande Império. Além do mais, havia antecedentes que mostravam que esse dominador não hesitava em reagir violentamente, quando sua unidade era colocada em risco.

Quanto aos judeus, embora parte se sentisse muito incomodada com as ideias revolucionárias de Jesus, principalmente, as autoridades religiosas, não deveria ter por objetivo a eliminação dele por meio de sua morte; seguidores rigorosos da Torá traziam o entendimento de que as Leis deixadas por Moisés determinavam o "não matar". Ainda o Sinédrio, cuja tarefa principal era a de julgar assuntos pertinentes à lei judaica nos casos de divergências, constituía-se também em tribunal com poderes criminais, políticos e religiosos, proferindo sempre a última sentença. Contudo, na época de Jesus, já não mais detinha o "potestas gladii", ou seja, a possibilidade de proferir sentença de morte, o que havia ficado reservado unicamente ao governador romano, Pôncio Pilatos.

Mas, assustava-me o comportamento de Caifás, Anás e outros saduceus, pois que mantinham estreito relacionamento com a autoridade romana local. Certamente, estariam sempre dispostos a fazer o que Pilatos lhes ordenasse.

Colocando tudo nos pratos de uma balança, seria natural entender que eram os romanos quem pretendiam de fato o afastamento do Mestre e, se necessário fosse, até mesmo sua morte. E eu ia ainda mais além, analisando os acontecimentos posteriores, gravados pela história.

Ela foi contada obviamente com maiores pinceladas dadas pelo dominador, se não todas: os romanos. Pelo que havia lido nos Evangelhos, no momento derradeiro Pilatos restringiu-se a lavar as suas mãos, dando a entender que não lhe caberia culpa alguma naquela execução.

Contudo, anos depois começaram as perseguições mais cruéis aos cristãos, por parte dos romanos, como a de Nero na capital romana, ao atear-lhe fogo e transferindo-lhes a culpa. Perseguições incontáveis ocorreram até o século IV, quando o cristianismo passou a ser tolerado por Roma, através de decisão de Constantino, para depois se transformar na sua religião oficial.

Tudo já me levava a acreditar que Judas de fato teve outro motivo para aparecer no episódio da morte do Mestre, que não a traição objetivando interesses financeiros. Agora eu compreendia qual era esse motivo: a preservação de milhares de vidas, trocadas pela prisão do Senhor, nunca sua morte, embora ainda me restasse uma pontinha de dúvidas quanto a um eventual interesse político por parte dele.

A caminho de Efraim, nós nos detivemos no oásis que já havia nos servido de parada em outras ocasiões. O calor era escaldante, e todos nos refrescamos nas águas puras daquela paragem, para recobrar as forças.

Jesus reservara para aquele lugar isolado boa parte dos mais completos ensinamentos que poderíamos suportar.

Sentados sob frondosa tamareira, o Mestre começou a falar:

– Meus queridos amigos, durante a nossa caminhada ao longo desses anos, procurei falar sobre entendimentos novos quanto à obra de nosso Pai. Aproxima-se a minha partida, e é necessário que fique convosco esses entendimentos, que deverão ser repassados à humanidade. Conhecendo o funcionamento dessa obra Divina, um dia não mais se compreenderão pequenos, injustiçados, esquecidos. Toda criatura está destinada à felicidade suprema, embora o início da caminhada do Espírito pareça contradizer essa verdade. Guardai bem essas minhas palavras.

Enquanto o Mestre falava, o silêncio era absoluto. Ouvia-se apenas o gorjeio de alguns pássaros pousados na alta árvore, como se pretendessem também escutar aqueles ensinamentos preciosos. E ele deu início aos mais belos e completos esclarecimentos que poderíamos compreender naquele instante.

– Não se turbe o vosso coração, e credes no Pai e em mim: há muitas moradas na casa de meu Pai. O Universo d'Ele não tem limites – abarca tudo. Nele são infinitos os mundos que recebem a presença de seus filhos, e tudo concorre para o progresso do Bem. Logo, estarei de retorno à casa d'Ele e vou preparar-vos para que onde eu estiver, vós também estejais. E para onde eu vou, vós já conheceis o caminho.

– Senhor, não sabemos para onde vais como, então, poderemos encontrar o caminho? – perguntou Tomé.

– Eu sou o Caminho, a Verdade e a Vida, e ninguém chega ao Pai senão pela prática daquilo que vos ensino. Conhecendo o que vos deixo, conhecereis também o Pai que me enviou, pois a verdade que trago pertence a Ele. Digo-vos que aquele que crer em mim também fará as obras que eu faço, e as fará maiores ainda. Já vos disse que ao ir ao Criador, rogarei que vos envie um Consolador, a fim de que esteja convosco para sempre – o Espírito de Verdade, o qual o mundo não pode receber porque não o vê nem o conhece, mas vós o conheceis, porque ele habita convosco e estará em vós. Ele vos ensinará muitas coisas e fará relembrar de tudo quanto eu vos disse.

As palavras dele soavam como uma doce melodia aos nossos ouvidos, e já dava para pressentir os maravilhosos ensinamentos que nos deixaria naquela tarde inesquecível. Realmente, quantos ainda precisam descobrir que o Mestre, ao dizer que é o Caminho, a Verdade e a Vida, não deveria ser entendido como a sua figura grandiosa e bela, mas sim a mensagem por ele trazida, pois em meu tempo muitos adoram a imagem de Jesus, mas se esquecem da sua mensagem. Ele, o Mestre, é o grande carteiro que trouxe a Mensagem Divina do Pai. E continuou:

– Tudo o que aqui vemos teve seu início e terá seu fim, menos a individualidade dos seres que, ao serem criados, destinam-se a percorrer os caminhos do Pai, por toda a eternidade. A trajetória humana é exemplo dessa verdade. O ser é criado pelo Pai, desprovido de conhecimentos e sentimentos, e traz em seu íntimo a capacidade de se desenvolver, tomando o rumo que lhe vier a interessar: possui a liberdade de decisão.

– Contudo, se tem essa liberdade de decidir o que fará e que rumo tomará, certamente, responderá pelas consequências do que vier a ser feito. A realização do bem representará, em seu coração, a paz interior; o inverso, ou seja, o mal que vier a cometer, não lhe permitirá essa paz.

– Desprovido do conhecimento, inicia sua caminhada rumo ao progresso inevitável, mas nada conseguiria de expressivo se não contasse com as oportunidades de sucessivas existências, no campo da matéria. Aprende-se aos poucos, e a cada aprendizado se somarão outros, que permitirão a criação de uma consciência cada vez mais esclarecida. Uma única vida nesse corpo jamais permitiria grandes avanços, sobretudo, na fase inicial da caminhada do Espírito.

– Então, Senhor, tu voltas a falar do Guilgul Neshamot? – interrompeu Filipe.

– Sim, meu irmão, é isso mesmo. Mas compreendas que nessas idas e vindas, onde a cada existência carnal significa a oportunidade de crescimento, a verdadeira casa é a do outro lado – a espiritual, não a da Terra. O ser encontra-se no atual plano em que vos encontrais agora, para fins de realização de decisões tomadas, cuja deliberação foi tomada do outro lado, antes de aqui chegar.

– Não compreendi muito bem, Mestre. Poderias explicar novamente? – falou Bartolomeu.

– Pois não, meu amigo, explicarei sim. Como a evolução não tem a capacidade de dar saltos extraordinários, essa caminhada rumo ao Alto faz-se lenta e progressivamente. Em cada existência se comete acertos e equívocos e esses atos ficam registrados de forma indelével na consciência individual. Como exemplo, cito a possibilidade de uma agressão a um irmão, sem que se tenha logrado a oportunidade de correção desse ato ao longo da mesma existência; o registro doloroso dessa ação ficará na consciência do agressor e do agredido. Colhido pela morte, o agressor levará consigo a marca do equívoco praticado e, do outro lado da vida, já consciente do que fez,

208 *Seguindo com Jesus na Judeia*

desejará retificar tudo e, finalmente, aproximar-se de quem ele prejudicou. Tomada essa decisão, lhe será permitido, em momento oportuno, o regresso ao campo terreno para as retificações necessárias, podendo inclusive se reencontrar com aquele a quem fez o mal.

– Recordo-me que disseste, Senhor, que deveríamos nos reaproximar de nossos inimigos enquanto estivéssemos a caminho, para que não viéssemos a ser entregues ao juiz e, assim, levados à prisão. Certamente isso nos pouparia, no futuro, de muita dor, não é mesmo? – perguntou Tiago Zebedeu.

– Viste como as coisas vão se encaixando, Tiago? Mas prossigamos – falou Jesus. – A cada nova existência, o Espírito terá a oportunidade de novo aprendizado e com mais amor. Com isso estará se desvencilhando, aos poucos, do Inferno que anteriormente lhe atormentava a alma, com grande intensidade, aproximando-se vagarosamente do Céu, tão esperado. Céu e Inferno nada mais são que estados de consciência: quem procura o bem, aproxima-se do Céu, quem insiste no mal, permanece no Inferno.

– Por que o Pai teria criado o mal? – indagou Tomé. – Não consigo compreender o motivo que O teria levado a tal cometimento!

– Tomé, penses bem! O Amor verdadeiro pode criar o ódio? O bem pode produzir o mal? Jamais. Se o Pai é o Amor elevado ao mais alto grau possível, a ponto de ser infinito, como poderia criar o ódio, o desprezo, a maldade? A criatura humana, no estágio em que se encontra, alterna momentos de bondade, amor, fraternidade, amizade, com instantes de desprezo, ódio, egoísmo e muito mais. Mas o Pai jamais faria o mesmo. Contudo, o mal está presente na vida humana, e essa constatação não pode ser negada. Entenda que o mal não foi criado deliberadamente; ele não existe em si mesmo; não é algo colocado na vida do homem para prejudicar sua caminhada.

– Então, como podemos entender o mal? – perguntou novamente Tomé, um tanto confuso.

– É muito simples, meu irmão. Imaginemos que tu, que não és pescador, queiras pescar nas águas silenciosas do Mar da Galileia, e para tanto começaste a tecer a rede que levarias em teu barco. Ignorando o tamanho dos peixes que vivem naquelas águas, fizeste uma rede de malhas muito largas, e te lançaste às águas. A pesca revelou-se enorme fracasso, uma vez que os peixes passavam com facilidade por entre as linhas da rede. Te pergunto: fizeste um mal ou apenas te equivocaste?

– Apenas me equivoquei – disse Tomé. Da próxima vez faria uma rede apropriada aos peixes que encontraria naquelas águas.

– Podemos, então, entender que o mal é apenas a "experiência que não deu certo", e que no futuro será corrigida. Por outro lado, o bem pode ser entendido como a experiência bem sucedida – aquela que deu certo. E para que isso aconteça é necessário que se tenha tantas oportunidades, quantas necessárias, para a repetição desses experimentos, até que se alcance o intento. Para tanto, são necessárias incontáveis existências corpóreas, para angariar conhecimentos e colocá-los em prática, modificando velhos hábitos e extirpando o mal dentro de si mesmo.

Ao ouvir tudo isso, fiquei impressionado. Jamais havia pensado dessa forma, até porque a humanidade costuma considerar o mal como algo vindo de uma entidade terrível, voltada unicamente para esse fim – o Demônio, Diabo, Satanás. Agora, diante dos esclarecimentos feitos por Jesus, percebia o quanto somos infantis espiritualmente falando, e o quanto desprezamos a oportunidade de raciocinar sobre as coisas do Alto. E o Mestre continuou:

– Vos falei a respeito de retornar à nova existência, com o objetivo de corrigir faltas cometidas anteriormente, e deveis recordar do quanto lhes disse: "– Se o teu olho fosse motivo de escândalo deverias arrancá-lo". Por certo, jamais presenciaste alguém arrancando deliberadamente o próprio olho. Compreendam que arrancar o olho significa que, em nova existência terrena, pode e deve o Espírito retornante solicitar a oportuni-

210 *Seguindo com Jesus na Judeia*

dade de se desvencilhar daquilo que lhe foi motivo de perdição na existência anterior. Se teve, em experiência passada, fortuna que foi mal direcionada, perdendo-se na ganância e na usura, ao retornar à existência seguinte poderá decidir passar por privações quanto à riqueza material, gravando em sua consciência a dificuldade encontrada em razão dos deslizes pretéritos. Se anteriormente agrediu com as mãos, a fala, o poder, poderá na seguinte solicitar o retorno sem as mesmas mãos, com a mudez ou com a vida extremamente simples, desprovido de qualquer poder temporal. Isso é arrancar o olho que lhe serviu de perdição. Contudo, a nova existência pede esforço e superação, persistência e amor, para que o objetivo que se buscou seja plenamente alcançado.

Ao mesmo tempo em que guardava em minha mente todos os detalhes para, posteriormente, fazer as minhas anotações, confesso que me encontrava deslumbrado com todos esses detalhes. Tudo era extraordinariamente lógico e bonito, prevalecendo sempre a Justiça Divina. Arrisquei uma pergunta que me pareceu oportuna:

– Jesus, segundo o que entendi de tuas palavras, quando cometo o mal para com o semelhante, não basta simplesmente que me arrependa do ato praticado. O arrependimento seria apenas o despertar da compreensão de que minha caminhada está sendo feita de forma equivocada e, assim, estancaria essa conduta, evitando novos deslizes da mesma natureza. Mas, o mal que fiz somente poderá realmente ser reparado, se eu fizer o bem que anulará o erro cometido. É isso mesmo?

– Perfeitamente, David – disse o Senhor –, de nada adianta o arrependimento, se o bem não vier, em seguida, reparar o que se fez de incorreto. Pensemos: se alguém rouba a tua túnica, passarás a andar nu e sentirás frio. Mesmo que aquele que a roubou vier a se arrepender, enquanto não a devolver, tu continuarás a andar sem a vestimenta. O mal só se desfaz quando é feito o bem, que vem eliminar as consequências geradas pelo equívoco praticado anteriormente –, precisas receber de volta a tua túnica.

Pensando em aprofundar mais a discussão, fiz nova pergunta:

– E quanto ao mal que se praticou durante a vida e que para a reparação não se teve tempo hábil: a morte ceifou a existência daquele que praticou a agressão. Como reparar?

– Lembrai-vos de que já lhes disse que o trabalhador que utilizou mal a sua jornada de trabalho, nada produzindo de bom, ao término dela terá a oportunidade de novo dia de labuta. Esse é o objetivo do retorno à nova existência. Imaginais que venhais deliberadamente tirar a vida de alguém. Como corrigir tal falta?

– Não, não sei Mestre – falei prontamente.

– A continuidade da vida do Espírito e a permissão do Pai para um retorno de correção poderão te colocar nova existência na condição de genitor ou genitora, daquele a quem tiraste a vida no pretérito. Embora retornes abençoado pela Graça Divina do esquecimento, quanto aos fatos praticados em jornadas anteriores, cuja lembrança certamente promoveria entraves para a espontaneidade de tuas ações seguintes, observa a bondade infinita do Altíssimo: no passado tiraste a vida, no futuro a devolveste. Isso é uma possibilidade.

– Não compreendi bem quando te referiste ao esquecimento do passado. Se o retorno visa à correção de equívocos pretéritos, não seria mais razoável trazer a lembrança do que se fez? – perguntou Tomé.

– Tomé, considerada a capacidade atual da humanidade, quanto ao relacionamento com os irmãos, ao saber que estás caminhando ao lado de quem lhe imputou alguma dor em existência passada, como reagirias? E o inverso, ou seja, estando ao lado de um irmão, a quem imputaste perdas dolorosas, como serias tratado por ele? O melhor sempre é fazer todo o bem possível, e a todos – dessa forma estarás fazendo também o bem àquele a quem fizeste o mal. Melhor assim?

– Sem dúvida, Mestre, melhor assim – falou Tomé.

212 *Seguindo com Jesus na Judeia*

A cada nova explicação, tudo ficava ainda mais claro. Como nunca havia pensado dessa forma! Recordei-me de uma colega da faculdade que tinha sido rejeitada por seu pai, ao longo de toda a sua vida, enquanto que o relacionamento com a mãe era dos mais amoráveis. Como seria maravilhoso para toda a família, se pudessem ter encontrado as forças necessárias para que o relacionamento viesse se ajustando ao longo dos anos e na mesma caminhada. Nesse caso, o plantio doloroso deverá ser ajustado no futuro, eis que não se logrou corrigi-lo no presente. Quanto a humanidade precisa se debruçar sobre as coisas do Alto, que determinam o seu próprio futuro espiritual: felicidade ou tormento, céu ou inferno, paz ou guerra.

E continuei avaliando o entendimento que sempre havia trazido dentro de meu coração, e que agora se mostrava tão estranho, irracional e equivocado. O Inferno, no qual eu acreditava, era destinado a todos os que cometiam o mal e, na verdade, somos ainda todos a cometê-lo insistentemente – portanto todos estariam no rumo que nos levaria a ele.

Se, em razão de nossos equívocos e fraquezas, o endereço certo fosse aquele Inferno eterno, como acreditar no amor e na bondade do Pai que, antes mesmo de nos criar, já sabia de nossa destinação: um sofrimento sem fim?

Por outro lado, admitindo-se que alguma pessoa pudesse vir a galgar aquele Céu antigo, no qual acreditávamos, quais seriam os seus predicados? Teria de ser extremamente boa, caridosa, afastada do orgulho, da indiferença, desprovida do egoísmo. Mas como? Estando ela nesse Céu equivocado e vendo seu filho, pai, irmão, sofrendo eternamente no Inferno, teria de permanecer indiferente a esse sofrimento, e pensar unicamente em si mesma? Se essa pessoa chegou ao Céu em razão do seu amor imenso, como admitir que a permanência por lá peça-lhe desprezo e indiferença para com aqueles a quem ama e que se encontram no Inferno? Como ser feliz, sabendo da infelicidade eterna daqueles que lhe são próximos? Que loucura!

E as perguntas não cessavam.

– Entendo, então, que da Justiça Divina nenhum ato deixa de ser considerado, tanto o bem que fazemos, quanto o mal que praticamos. Por isso é que disseste: a cada um segundo as suas obras. É isso mesmo? – perguntou Pedro.

– Sim, é isso mesmo, mas vou mais além: a verdadeira Justiça não alcança apenas o bem e o mal praticados, mas também o bem que deixou de ser feito: deixar de fazer o bem já é fazer um mal. Entendamos que, quando se fala em Justiça Divina, não podemos imaginar que o Pai, em meio a tantos afazeres, ficará vigiando cada um de seus filhos para, posteriormente, apontar-lhe o dedo e condená-lo. Já vos falei que o erro é a desobediência às Leis Divinas, e esse descumprimento redunda em consequências dolorosas. Quanto mais próximo do início da caminhada estiver o Espírito, menor condição terá para observar com mais rigor essas diretrizes, e em razão de seus equívocos mais contundentes, mais dolorosas serão as consequências para si mesmo e para os outros. Esses tais acabarão sendo compreendidos por Gênios do Mal, embora deixarão essa condição, após várias existências de depuração, que surgirão à frente. No sentido oposto, ou seja, aqueles que já empreenderam uma caminhada mais reta, observando com mais rigor as Leis emanadas do Pai, esses serão compreendidos por Anjos. Assim, aquele que hoje é visto por Demônio será compreendido por Anjo, após a sua longa e abençoada caminhada de aprendizado.

– Como é consoladora essa Verdade, Jesus! Lembro-me que na Galileia disseste que aquele cuja semente do bem não consegue germinar nunca estará fadado à paralização eterna. Recordo-me que comentaste que a semente que permaneceu estacionada, teria sua posição alterada no solo em razão dos vendavais, tormentas e enxurradas, mudando de posição e encontrando o melhor local para crescer. Disseste, ainda, que essas abençoadas tormentas são as dificuldades que encontramos em nossa caminhada, que nada mais são que lições a serem aprendidas. Como tudo isso é bonito! Que perfeição! – disse Mateus.

214 Seguindo com Jesus na Judeia

E incentivando aquele discípulo letrado a deixar registrada a sua passagem pela Terra, Jesus disse:

– Vejo que gravaste minhas palavras com perfeição, Mateus. Bem que poderias deixá-las para a posteridade...

E pensando em descontrair um pouco, o Mestre falou sorrindo:

– Mateus, se um dia as palavras verdadeiras que venhas a deixar registradas forem alteradas, não nos esqueçamos do que lhes falei a respeito do "joio e do trigo": o homem precisará dar o tempo necessário para que o joio, depois de crescido, venha a ser retirado sem que se perca o trigo. Recordas disso?

– Sim, Senhor, recordo-me perfeitamente, e escreverei sobre tua passagem entre nós. Só uma dúvida eu tenho: não conseguirei escrever sobre tudo o que disseste, e penso que boa parte do que deixar registrado será deturpado. Imagino, ainda, que não podes deixar todo o ensinamento que gostarias, pois somos ainda tão pequenos e não compreenderíamos. O que fazer? A mensagem, registrada por mim, pode ficar repleta de joio no futuro, em razão da inconsequência de muitos, e pequena demais frente à grandeza de tua mensagem?

A pergunta feita pelo meu amigo Mateus fez-se recordar de quando pude falar a Jesus sobre a minha viagem no tempo. Caminhávamos pelas ruas de Cafarnaum, quando ele me falou que solicitaria ao Pai o envio de um Consolador, que ajustaria todas as distorções e ampliaria a mensagem dele. Voltei minha atenção ao Mestre que começava a explicar:

– Mateus, quando da cura de Natanael Ben Elias, o paralítico, cuja cama foi colocada no interior da casa de Pedro através do telhado, após a sua nova queda, associei o episódio à colocação de remendo novo em pano velho, dizendo que esse não é o propósito de minha mensagem, eis que as alegrias que a Boa Nova traz são de natureza profunda e definitiva, não provisórias. Lembrei que, no futuro, o sofrimento produzirá o despertar dos Espíritos, deixando-os em condições de receber e entender novas orientações de minha parte, corrigindo o que vier a ser deturpado e complementando o que ora vos digo, e que pedirei ao Pai e ele vos enviará um Consolador que ficará convosco para sempre.

– Recordo-me sim, Jesus – falou Mateus.

Em seguida, foi a vez de Judas solicitar esclarecimento quanto a uma dúvida que trazia em seu coração:

– Quando falas em Leis Divinas, tu te reportas àquelas que foram entregues a Moisés, por nosso Pai?

– Aqueles Mandamentos, meu amigo de Iscariotis, são apenas um breve resumo das diretrizes traçadas por Ele, na expectativa de que Seus filhos possam alterar o rumo de suas existências. Para que Leis mais abrangentes não se perdessem e pudessem ser consultadas a qualquer momento, Ele as escreveu e colocou na consciência de cada homem. Tu, Judas, já sabes o que é o Bem e o que é o Mal, aquilo que deves e o que não deves fazer, porque já vens construindo esse entendimento dentro de tua alma. O entendimento cada vez maior das diretrizes do Pai acontece em razão da evolução do espírito. Por esse motivo, o grau de compreensão e a prática do Bem e do Mal são diferentes para os seres, pois diferentes são as conquistas internas de cada um.

– Mas, será que sempre saberemos o que é o certo e o que é o errado? Como funciona a punição? Confesso que ainda não compreendi muito bem – disse Filipe, coçando a cabeça.

– Eu te faço uma pergunta: ao fazeres tua refeição, quantos peixes comes e quantos copos de vinho tomas? – perguntou Jesus.

– Ah, Senhor, não excedo na alimentação e na bebida. Como apenas um peixe de pequeno tamanho, e um único copo de vinho. Sei que se cometer abusos não me sentirei muito bem.

– Para saberes que não te sentirias bem cometendo excessos pode muito bem tê-los cometido em alguma ocasião, e isso ficou gravado em tua memória. Assim, em relação às coisas da vida: os excessos, os desvios, os equívocos, as agressões serão sempre punidos através das consequências, sempre advindas da não observância às Leis. Portanto, não é o Pai que te pune pelos excessos, mas sim as consequências de um proceder inadequado.

216 *Seguindo com Jesus na Judeia*

Minha mente parecia um turbilhão diante de todas aquelas informações. Pensava em tantas situações e queria aproveitar ao máximo aquele maravilhoso diálogo com o Mestre. Lembrando-me de João Batista e da forma como foi decapitado, fiz a seguinte pergunta:

– Agora compreendo a Terra sendo uma incrível escola de aprendizados sucessivos. Considerando que precisamos resgatar os equívocos do pretérito, que a decisão quanto à forma como resgataremos, em existência futura, depende de nossa vontade e da natureza do que se praticou e que teríamos participação direta na escolha de nosso destino, como explicar o que aconteceu com teu primo João, cuja morte foi através da decapitação? Lembro que disseste sobre as qualidades magníficas daquele Espírito, e mesmo assim uma morte tão dolorosa? Por quê?

– Nos assuntos da alma nunca se pode ter uma resposta pronta: tudo está vinculado ao caso específico. Muitos, no futuro, dirão que seus cometimentos estão vinculados à participação de outras inteligências, que interferiram em sua vontade, mas não é bem assim. Antes de tudo prevalece a própria vontade, e quando se quer, firmemente, o homem é o senhor de si mesmo e de forma totalmente livre: deixa-se aprisionar apenas aquele que não se vigia em seus atos. Portanto, nem sempre o que acontece em existência futura significa exatamente correções ainda pendentes.

Estávamos todos atentos na expectativa dessas informações, afinal, João Batista teria sido Elias, o maior de todos os profetas enviado pelo Pai. E o Mestre continuou:

– Como vos disse no Monte Tabor, João era Elias que haveria de vir, e, se recordarem de sua caminhada verão que na disputa feita no Monte Carmelo, na época do Rei Acabe, Elias decidiu pela decapitação de centenas de sacerdotes do Deus Baal. Esse episódio ficou marcado em sua própria consciência, que pediu para passar por situação idêntica a que tinha produzido aos outros, agora como João. É um apagar da memória, quanto a lembranças ainda dolorosas.

– Mestre, disseste que todos os Espíritos saíram das mãos do Pai com total desconhecimento, mas rumando sempre para o progresso. E quanto a ti, como tudo aconteceu? – perguntou João.

– Quanto a mim e a todos, nada diferente. O Pai jamais altera as Suas Leis Divinas, eis que são perfeitas e imutáveis; se as alterasse, mesmo que em uma única ocasião, significaria que devia haver outra forma melhor para as coisas acontecerem. Disse-vos que no Universo de nosso Pai existem infinitos mundos habitados por seus filhos, e minha origem está em um deles. Sou o que podeis chamar de "irmão mais velho" que pôde angariar maiores conhecimentos em razão das experiências pretéritas. Progredi por entre as colunas do tempo e fui agraciado pelo Pai, que encontrou em mim condição para acompanhar o surgimento desta nossa atual morada – a Terra.

Interrompendo a fala do Mestre, João perguntou:

– Essa afirmação significa que, no passado, tiveste as mesmas dificuldades que nós outros ainda temos, em razão de nossa pequenez?

– Não poderia ser diferente, João! Ninguém alcança o progresso sem que se tenha trabalhado para tal. Não se recebe nada de bom, sem que se tenha méritos conquistados através do trabalho árduo da modificação e da reparação. O Pai colocou-nos a possibilidade de evoluirmos sempre, pois a meta que se busca, em dado momento, mudará de endereço no instante seguinte: evoluir espiritualmente é algo que jamais terá fim. A verdade veio se instalando em meu coração de forma gradual, pois ninguém tem a capacidade de absorvê-la de imediato. Se tu estás no interior de uma gruta, desprovido de uma candeia que possa te iluminar, estarás às cegas; se repentinamente surgisse à tua frente uma luz grandiosa, será que naquele exato instante enxergarias melhor ou ficarias ainda mais cego?

– Naquele momento ficaria ainda mais cego, mas passado algum tempo acredito que começaria a enxergar bem mais – respondeu João.

218   *Seguindo com Jesus na Judeia*

– Respondeste bem, meu jovem amigo. Para se enxergar melhor a luz é preciso a colaboração do tempo. Estando cego, repararás facilmente o surgimento de uma fagulha; vendo a fagulha, te habilitarás a enxergar a candeia; vista a candeia, estarás em condição de ver uma luz mais intensa, e assim por diante; o mesmo se aplica à Verdade Divina. E quanto mais se conhece e pratica essa Verdade, mais se habilita a trabalhar na Seara do Pai, que abarca o Universo todo.

– Tu és o Messias prometido pelo Alto e tantas vezes anunciado pelos profetas. Isso ficou muito claro em nossos corações, quando estivemos em Cesareia de Filipe, ao nos perguntar quem de fato tu eras. Mas se vens de épocas distantes, que participação tu tiveste e tens em nossa Terra? Há pouco disseste que foste agraciado pelo Pai, que encontrou em ti capacidade para acompanhar o surgimento desta morada! Novamente eu lhe perguntei, pois queria vasculhar um pouco o teu passado.

– David, essa é uma longa história. O Pai convoca cada trabalhador a desempenhar um papel em sua obra, de acordo com a capacidade que já construiu em seu interior. Voltando-se por entre as colunas do tempo, há longa data descolou-se do astro rei – o sol, o material que viria, através da viagem pelo azul do céu, formar este mundo. Naquela ocasião o Senhor do Universo já me convocara a estar presente, acompanhando essa Sua obra extraordinária. Por Sua infinita generosidade e misericórdia, incumbiu-me de seguir toda a trajetória desta casa, que ora nos acolhe. Participei de sua formação, a consolidação de tudo e o surgimento da vida, até a chegada do hóspede tão aguardado: o ser humano.

Jesus falava, e era impossível não me recordar do que sempre li no Livro de Gênesis, na Torá. Sabia que a narração do surgimento da Terra e da vida trazia uma alegoria maravilhosa, mas nunca imaginei que pudesse ser da forma como o Mestre narrava. Sempre imaginamos que o Pai criava de forma imediata Suas obras, e agora via que não, e isso não diminuía a Sua grandeza. Entendia agora que a natureza, que nada mais é do que o próprio Pai em ação, tinha o seu mecanismo próprio, e que dava tempo ao tempo. Tudo surgiu, surge e surgirá observando essas leis já existentes e imutáveis. Quanta beleza!

Nesse momento pude perceber que João anotava cuidadosamente todas as palavras de Jesus, e ao escrever este livro me recordei emocionado que no primeiro capítulo de seu Evangelho, havia lido o seguinte: "No princípio era o Verbo, e o Verbo estava com Deus, e o Verbo era Deus. Ele estava no princípio com Deus. Todas as coisas foram feitas por ele, e sem ele nada do que foi feito se fez. Nele estava a vida, e a vida era a luz dos homens. E a luz resplandece nas trevas, e as trevas não a compreenderam.

Houve um homem enviado de Deus, cujo nome era João. Este veio para testemunho, para que testificasse da luz, para que todos cressem por ele. Não era ele a luz, mas para que testificasse da luz. Ali estava a luz verdadeira, que ilumina a todo o homem que vem ao mundo. Estava no mundo, e o mundo foi feito por ele, e o mundo não o conheceu. Veio para o que era seu, e os seus não o receberam. Mas, a todos quantos o receberam, deu-lhes o poder de serem feitos filhos de Deus, aos que creem no seu nome; os quais não nasceram do sangue, nem da vontade da carne, nem da vontade do homem, mas de Deus. E o Verbo se fez carne, e habitou entre nós, e vimos a sua glória, como a glória do Filho, cheio de graça e de verdade. João testificou dele, e clamou, dizendo: "Este era aquele de quem eu dizia: O que vem após mim é antes de mim, porque foi primeiro do que eu. E todos nós recebemos também da sua plenitude, e graça por graça. Porque a lei foi dada por Moisés; a graça e a verdade vieram por Jesus Cristo. Deus nunca foi visto por alguém. O Filho, que está no seio do Pai, esse O revelou."

E o Senhor continuava a nos esclarecer.

– Tudo evoluía ininterruptamente: o homem e a Terra. Porém, havendo necessidade de fazer com que a caminhada da humanidade adquirisse novo estímulo, o infinito amor do Arquiteto dos Mundos permitiu que aportassem, neste solo bendito, espíritos vindos de outro mundo, em busca da oportunidade do crescimento espiritual, que não conseguiram plenamente em seu local de origem. Esses irmãos vieram e imprimiram mais dinamismo na busca de mais entendimento a todos os que aqui se encontravam. Com a consciência mais atenta para a realização de melhores tarefas da alma, por parte de toda humanidade, incumbiu-me o Pai de preparar um grande despertar, e então arquitetei a vinda de uma mensagem que permitisse bem mais observância por esses corações. Essa mensagem a entreguei diretamente ao grande Espírito que conheceis por Moisés, quando ainda caminhava pelas terras do Egito.

Nesse instante, todos nós nos entreolhamos assustados: Jesus teria entregado as Tábuas dos Mandamentos a Moisés? Mas como? João, visivelmente aturdido do mesmo modo que todos nós, perguntou prontamente:

– Queres dizer que o Jeová, a que Moisés se referiu, eras tu mesmo? Como pode ser isso?

– João, eu não posso de mim mesmo fazer coisa alguma que não me seja permitida por meu Pai. Nunca busquei a minha vontade, mas a d'Ele, que me enviou, e dou testemunho da Verdade que é Sua, não minha. João, meu primo, que era uma linda candeia que ardia e alumiava, e que os homens quiseram se alegrar por algum tempo com a sua luz, dava testemunho de mim. Mas, o testemunho que dou é ainda maior que o de João, pois testifico as obras que veem do Pai. A palavra d'Ele ainda não permanece em muitos, porque ainda não creem n'Aquele que me enviou. Eu vim em nome do Pai, mas muitos não me aceitam, e, iludidos, aceitam aqueles que veem em seu próprio nome, e se perdem. Como podem acreditar realmente no Pai, se buscam receber honra uns dos outros? A esses não sou eu quem os reportará a Ele, mas Moisés a quem julgam crer. Se eles realmente cressem em Moisés creriam em mim, pois era a meu respeito que ele escrevia.

– Mas, e o Pai? Qual foi a Sua participação no Sinai? – perguntou Bartolomeu.

– O Pai fez-se presente naquele momento através de Sua infinita vontade. Ele é a Inteligência Suprema e a causa primeira de todas as coisas, e nos incumbe de executá-las. Eu fui o intermediário entre essa Vontade Divina e sua concretização no campo terreno – as Tábuas.

Essa nova revelação era realmente bombástica, mas perfeitamente compreensível. Se, em razão de seu elevadíssimo grau espiritual, Jesus recebeu a maravilhosa incumbência de acompanhar o surgimento e evolução da Terra, por que não teria, ele mesmo, a capacidade de entregar a Moisés essa "correspondência" chamada "Dez Mandamentos"?

Em meio à agitação que sentia em meu interior, pude fazer uma rápida avaliação: se o surgimento da Terra teria acontecido há cerca de cinco bilhões de anos, e a vinda de Moisés há apenas três mil e quinhentos anos de meu tempo correto, ou seja, século XXI, é um absurdo subestimar a capacidade de Jesus para executar a missão de entrega das Tábuas. Como não havia pensado nisso antes!

Associando o que Jesus acabava de nos falar com outras narrações bíblicas, perguntei:

– Acabaste de falar sobre a vinda de irmãos de outro mundo, mas não vi nada a respeito narrado no Livro de Gênesis, na Torá. As Escrituras estão erradas?

– De forma alguma, David. As Escrituras são obras inspiradas pelo Alto; são belas e instrutivas para a alma, contudo, é inegável que carregam alegorias próprias à condição primitiva do homem daquela época. Se compreendesses que a origem da raça humana vem de Adão e Eva, muito pouco tempo teria transcorrido até hoje para que o homem pudesse evoluir tanto. Vês o desenvolvimento que encontras nas terras do Egito e em outras regiões asiáticas, o conhecimento e a cultura grega e romana, e isso não se consegue em tão pouco tempo. E outra questão: nas narrativas consta a ocorrência de um grande dilúvio que teria ocorrido, no qual teria sobrevivido apenas Noé, seus familiares e um casal de cada animal vivente. Portanto, a caminhada humana e de toda vida que presenciamos teria tido novo ponto de partida – Noé. Seria possível isso? Ainda, será mesmo que ocorreu um dilúvio global tal qual o citado nas Escrituras?

– Então, queres dizer que não teria ocorrido o dilúvio que cobriu toda a Terra? – perguntei assustado.

Jesus abriu um largo sorriso, e diante da perplexidade geral, disse:

– Eu te respondo por meio de outra pergunta: se tivesse ocorrido um dilúvio exatamente nos moldes em que foi narrado nas Escrituras, ou seja, inundando toda a Terra, para que o solo voltasse à sua situação anterior, para onde teriam ido as águas? Sumiram de que forma?

– Não, não sei dizer.

– Ocorreu sim o dilúvio, mas teria inundado o mundo de Noé, ou seja, a região na qual ele habitava. Não vendo mais o solo seco, entendeu ele que as águas haviam tomado toda a Terra. Apenas isso.

Recuperado da surpresa, fiz nova pergunta a Jesus:

– Falando em Moisés, recordei-me de quando o vimos no alto do Monte Tabor, juntamente com o Espírito Elias. Os dois se postaram ao teu lado, enquanto que tu te iluminavas como o sol. Falaste-nos ali da continuidade das existências, mas nada disseste sobre a possibilidade de comunicação entre os que vivem na plenitude da alma e os que caminham como nós, neste momento. Vimos que travavas amistoso diálogo com aqueles ilustres visitantes e que essa experiência lhe causou imensa alegria e bem-estar. Esse contato foi algo isolado ou se trata de um acontecimento natural e possível a qualquer um?

– David, tuas perguntas demonstram realmente que observas atentamente tudo o que acontece. Tu disseste, quando iniciou esta caminhada, que te entristeces em não ter notícias de teus pais, que ficaram em terras distantes. Ao retornar ao teu lar, estarás feliz em reencontrá-los. Isso te conforta?

– Certamente que sim, Senhor.

– E se não mais pudesses ter qualquer notícia deles, como ficaria o teu coração?

– Dilacerado, como realmente está neste momento. A respeito deles não soube mais nada nestes anos desde que aqui cheguei.

– E se o Pai permitisse falar-lhes com frequência, através de outras formas que não o contato frente a frente? – perguntou Jesus.

– Seria maravilhoso, Mestre. Por certo consolaria tanto o meu coração, quanto o deles – respondi prontamente.

– Então, entenda isso: o que chamais de morte significa apenas o afastamento entre aquele que aqui permaneceu e o que voltou para o outro lado da existência, mas nunca separação definitiva: os corações que se amam jamais se separam. Entretanto, resta entre eles o desejo de se conversarem, saber o que fazem, como estão caminhando – a preocupação permanece, pois a vida continua. O contato entre ambos não cessa, razão pela qual os sentimentos de revolta, de dúvidas, de desespero, de posse afetam profundamente a alma que retornou e a faz sofrer. O choro pela partida de alguém nunca pode ser de desespero, pois o coração do ente amado sofrerá diante da dor do outro e da impossibilidade de reverter essa partida, enquanto que o choro de saudade diz que o amor permanece, concedendo a liberdade para a continuidade da caminhada evolutiva que lhe cabe fazer. Assim, esse contato pode desequilibrar em razão da revolta ou consolar em razão das notícias amorosas que são levadas e trazidas.

– Podemos, então, falar com os mortos? Moisés havia nos proibido dessa prática! – perguntou Filipe.

Nesse instante, Jesus novamente deu um largo e belo sorriso e disse:

– Filipe, é preciso se desvencilhar dos entendimentos antigos e pensar de forma mais clara. Moisés proibiu a conversa com os mortos, pois enquanto no Egito o nosso povo fazia essas consultas de forma leviana e descuidada, tratando de assuntos sem qualquer importância. Agora, lhes falei sobre o consolo que esse intercâmbio pode proporcionar e, portanto, somente deve ser utilizado para assuntos sérios, salutares, respeitosos. Se o profeta, no passado, proibiu esse contato, sua aparição no Tabor pode também ser entendida como o desfazimento dessa proibição. Contudo, é um assunto muito sério, que exige bastante preparo para tal. Acrescento, ainda, que muitos desses contatos com o outro lado faz-se através dos sonhos que tendes todas as noites. Nessas oportunidades, os que se amam e que se encontram separados pela morte aproveitam para se aproximar e sentir a alegria de estarem juntos.

Passei a recordar os sonhos que tinha quase todas as noites, e neles estavam sempre presentes os meus queridos pais, distantes dois mil anos. Que alegria saber que poderia ter tido um contato real com eles.

– Estou compreendendo tudo de uma forma tão diferente – disse Bartolomeu. – Estou até mesmo entendendo que a morte não existe!

– É isso mesmo – respondeu o Mestre. – O que existe é a separação momentânea, e o que entendeis por morte significa tão somente a perda do corpo que ora vês. Quando cessa a capacidade de vida junto a esse corpo de carne, o espírito retorna à sua verdadeira casa. Quanto a essa aparente morte, não se pode evitar, mas chega a hora em que todos os que dormem nos sepulcros ouvirão a Sua voz e subirão ou despertarão; os que tiverem feito o bem subirão para a vida eterna, pois terão resolvido todas as suas querelas, e os que tiverem praticado o mal despertarão para o julgamento, implicando a necessidade de continuar em novas existências na carne, com os fins de reparação.

– Mas, devolveste a vida a Lázaro, e à filha de Jairo? – perguntou Tiago Maior, demonstrando não ter entendido bem as colocações feitas.

– Talvez venha a ser um pouco difícil entenderes o que de fato ocorreu com eles. A vida neles não teria se esgotado plenamente, pois apenas dormiam, e ao contato com minha vontade, reanimaram. Tivesse de fato ocorrido a morte como entendes, nada seria possível, pois as Leis Divinas não podem jamais ser revogadas.

– Mas, disseste também que todos no sepulcro ouvirão a Sua voz e subirão ou despertarão. O que vem a ser isso? E ainda, os que fizeram o bem subirão para a vida eterna e os que praticaram o mal despertarão para um julgamento? Por que essa distinção? – perguntou Mateus.

– A distinção é a seguinte, meu amigo: os que subirão serão aqueles que praticaram o bem, a ponto de poder despertar para a vida eterna, aquela que já não mais necessita de retornos à vida terrena, a qual objetiva a correção de equívocos; os que despertarão para um julgamento são aqueles que se darão conta dos equívocos praticados e necessitarão da oportunidade do retorno, para os ajustes necessários. E esse julgamento tem a própria consciência como seu único juiz, a apontar os erros cometidos. Lembre-se ainda: "despertar para um julgamento" nunca significou "despertar para uma condenação", pois disse várias vezes que o Pai não admite perder um único de seus filhos.

Nova colocação foi feita, agora por Bartolomeu:

– Sempre tive muitas dificuldades para fazer o melhor. Quantas vezes, pretendendo fazer o bem, incorri em graves falhas. Agora vejo tudo muito diferente, e diante de tantos ensinamentos que nos trazes, entendo realmente que tu vieste para nos salvar.

– Não é exatamente isso, Bartolomeu. Na verdade, o termo "salvação" dá a entender que alguém que andava reto, acabou tendo uma queda, e agora necessita ser auxiliado para se levantar e recuperar a condição pretérita. As coisas não são assim, pois a humanidade está sempre caminhando na busca do Alto, ou seja, sempre em evolução. Quem está aprendendo, tem todo o direito de se equivocar, até que venha o instante em que saberá fazer o melhor. Assim, o objetivo da minha vinda à Terra não seria exatamente o de salvar a humanidade, mas lhe dar condições para se "libertar", e isso é muito diferente. Compreendendo as Verdades que trago da parte de nosso Pai, o homem caminhará através de seu próprio esforço, para se libertar dos vícios que ainda traz em seu peito: orgulho, egoísmo, vaidade, violência e tudo o mais. Portanto, a minha mensagem destina-se a permitir à criatura humana o trabalho de libertação, não o de uma salvação que aconteceria repentinamente.

Os ensinamentos dele não tinham fim, e cada orientação era uma complementação incrível de tudo o que já havia assimilado. Os ensinos eram lógicos, belos, consoladores. E pensava: "como o homem necessita despertar a sua compreensão racional quanto às verdades do Pai!"

Percebia, no semblante de todos, que a felicidade estava firmemente instalada no coração, em razão de nova luz que surgia à nossa frente. Sentia-me imensamente feliz ao lado de Jesus, e não conseguia me imaginar distante dele, embora soubesse que sua partida estava bem próxima.

Mas havia um grande consolo: como ele mesmo disse, aqueles que se amam jamais se separam. Por esse motivo, sentia conforto indescritível em meu ser, ao saber que dele jamais me separaria, afinal, eu o amo com toda intensidade do meu verdadeiro amor; agora o tenho no lugar mais especial do meu coração.

Parecendo perceber o meu sentimento naquele momento, o meu amigo de Iscariotis, que trazia sempre o olhar muito triste, disse:

– Mestre, sabes o quanto eu te amo... Sabes o quanto sou grato a ti, por todo esse ensinamento que me faz entender a vida de uma forma tão bela, mas vivo em conflitos dentro do meu coração...

Nesse instante, Judas começou a chorar copiosamente, e o Mestre se dirigiu até ele, colocando a cabeça daquele discípulo tão amado ao encontro de seu peito. Após meu amigo recobrar as forças, disse:

– Às vezes, penso que jamais poderei ser feliz novamente. Sabes o quanto o meu coração se encontra dolorido, pois sinto que preciso fazer algo que me marcará profundamente a alma.

Como ser feliz e encontrar a paz? Não sei se consigo... Parece que meu coração vai explodir...

As lágrimas de Judas molhavam a túnica do Mestre, e ele disse:

– Meu amado companheiro, tenho imensa gratidão por ti, pois sempre foste, és e continuarás sendo leal. Todo o aprendiz da Boa Nova, que caminha na grande escola da vida, ao compreender e executar os seus deveres de cada momento, entenderá que a felicidade não vem da realização de seus caprichos e sonhos mundanos, que normalmente refletem apenas a vontade de reviver coisas do passado, o que convém eliminar de forma definitiva. É necessário entender que lhe compete ser digno, fraterno e bondoso, aplicando todas as suas energias na concretização dessa obra instalada em seu âmago, que passa a ser o seu abençoado roteiro de liberdade, a sua porta estreita.

– Mas tu sabes o que terei de fazer em breve – falou soluçando.

– Mas ser feliz, Judas, não significa estar sorrindo em todos os instantes. A felicidade se alcança quando realizamos os nossos atos sem a presença do ódio, da mágoa, da inveja. Podemos ser felizes quando, por amor a muitos, temos a coragem de fazer aquilo que julgamos correto, mesmo que nos machuque a alma. Recordas quando falei que o mal reside na intenção daquilo que se faz? Sei perfeitamente que não é o teu caso, meu grande amigo.

Diante do olhar curioso de todos, menos o meu, uma vez que já sabia de tudo, vimos Judas balançando afirmativamente sua cabeça, ao mesmo tempo em que abraçou demoradamente o Mestre, beijando-lhe a face. E fiquei pensando: "não faz sentido algum que o Deus amoroso estabeleça uma sistemática, onde conquistar a felicidade venha a ser algo extremamente difícil, praticamente inatingível, a ponto de ensejar a perdição da maioria de Suas criaturas. O Pai dirige todo o Universo através de Leis perfeitas, plenas de justiça e misericórdia, cujo objetivo é proporcionar a felicidade ao homem, uma vez que elas apontam o que deve fazer ou deixar de fazer, e ele somente se torna infeliz

228 *Seguindo com Jesus na Judeia*

quando delas se afasta, ou seja, a felicidade deve constituir a regra, nunca a exceção."

Aqueles ensinamentos faziam com que muitos outros retornassem à minha mente. Agora via o filho pródigo retornando à casa do Pai, após ter sido ingrato; o centurião romano pedindo a intercessão de Jesus, em favor de seu escravo; a mulher com fluxo de sangue; os fariseus, descontentes e enciumados com os ensinamentos do Mestre; a decisão de Zaqueu em buscar a sua salvação e o jovem rico decidindo seguir aferrado aos seus bens, e percebia em cada um deles a conquista da felicidade ou a permanência na dor; a melhor observância às leis do Pai ou o desprezo a elas.

– Queridos irmãos, por ora encerraremos, mas novos ensinamentos virão futuramente. Reflitam acerca do que vos disse, para que possais divulgar essas verdades tão belas. Como discípulos meus, tendes a maior de todas as alegrias: a de servir por amor, com dedicação e devotamento à causa do Bem, esquecendo-se de si mesmo, em auxílio ao próximo, sem esperar recompensas. No futuro, a humanidade entenderá tudo isso que vos falei. Voltemos para casa.

Já se fazia tarde, e Jesus, pretendendo chegar a Jerusalém ainda no mesmo dia, convidou-nos a iniciar a caminhada pelo deserto. Seguimos rumando para o sul, carregando em nossa mente conceitos tão belos e consoladores.

Jerusalém esperava-nos, e meu coração chorava silenciosamente. Chegava ao final a última excursão ao lado de Jesus.

CAPÍTULO 17

O sofrimento do discípulo – A última ceia

Retornamos a Jerusalém, vindos de Efraim, e no caminho encontrávamos muitas caravanas que seguiam para os festejos da Páscoa.

Já era noite alta quando chegamos à gruta.

Antes de nos recolhermos para o descanso, fizemos a costumeira prece em torno da fogueira. Encerrada a reunião, enquanto todos se recolhiam, Judas segurou-me pelo braço e fomos em direção ao Mestre e assim falou:

– Jesus, amanhã é a data limite dada pelo Sinédrio, para dizer se aceito ou não a proposta que me dirigiram.

– Sim, Judas, e é bom que não retardes tua decisão, pois a violência de Roma pode estar chegando perto de nosso povo – falou docemente o Mestre.

– Foi muito difícil para mim, mas já tomei a decisão – falou Judas, com a voz embargada e baixando a cabeça.

– Podes falar com tranquilidade, meu amigo. Seja qual for a tua decisão, jamais te sintas culpado, pois conheço bem o teu coração generoso e belo. Estarei sempre a teu lado – falou o Senhor.

– Considerei algumas situações que, ao final, auxiliaram-me a decidir. A morte de milhares de judeus, incluindo mulheres e crianças, seria uma lembrança que jamais sairia de minha mente, tornando-se terrível inferno que não suportaria carregar comigo; por outro lado, tu mesmo disseste que serias morto nesses próximos dias. Anseio por evitar a morte de milhares de irmãos e a tua também, uma vez que o próprio Pilatos prometeu ao Sinédrio que preservaria tua vida. Traição é por demais doloroso para mim e imagino que a história me condenará por muito tempo, mas não encontro alternativa; farei isso por amor a ti e ao nosso povo. Imagino que a mensagem maravilhosa que tu trazes sofrerá alguma interrupção, mas ao saíres do cativeiro, conforme prometido pelo Governador, estaremos juntos novamente no trabalho da Boa Nova. Talvez seja necessária alguma outra forma de divulgar teu Evangelho, para que não crie tantos adversários contra ti – falou Judas, com o olhar mais triste que pude notar no semblante de alguém.

Jesus olhou para mim, sabendo que eu também compreendia que a conclusão de tudo não se daria da forma como imaginada pelo discípulo tão amado por todos. A maneira como ele expôs a decisão demonstrava o seu imenso amor pelo Mestre, bem como a incrível dor que carregava em seu coração. O Senhor falou:

– Meu querido amigo de Iscariotis, jamais deixe de sentir o infinito amor que tenho por ti. És um valoroso discípulo, e não podes te abalar quanto aos desdobramentos dessa tua decisão. Sei que teu coração revela enorme amor por mim e por teus milhares de irmãos que se encontram lá embaixo, na cidade. Tiveste de decidir por isso, apenas pelo fato de não teres alternativa, e te compreendo perfeitamente. Recorda sempre: nos momentos de dor e insegurança, chama por mim, pois nunca te deixarei a sós.

Encerrado o diálogo, Jesus abraçou demoradamente o grande discípulo Judas, que seria considerado, a partir do dia seguinte, a ser o maior traidor de todos os tempos.

Envoltos no mais profundo silêncio, nós nos recolhemos. O dia seguinte, quinta-feira – 13 de nissan, seria um dia que ficaria marcado para sempre.

* * *

Amanheceu, e olhei na direção da velha Jerusalém. O quadro que via era exatamente o de sempre: as muralhas, o meu portal do tempo, as pessoas caminhando pelas estradinhas que conduziam à cidade. O sol surgia no horizonte, e o ar trazia o frescor da manhã, mas meu coração estava inquieto, triste, amargurado.

Meus companheiros não tinham ideia do que ocorreria ainda naquela noite, quando Jesus seria aprisionado e levado, em seguida, a um julgamento desumano e cruel.

Jesus havia despertado antes de nós e caminhava pelas redondezas. Provavelmente, estava sentindo falta das crianças de Betânia, que habitualmente corriam por ali, talvez pensando nos sofredores, que tanto necessitavam de sua presença; da imensa dor, que marcaria o coração de todos nós, e também de sua mãe.

Ele se encontrava um pouco distante, sentado em uma pedra, sob uma tamareira, e em profundo silêncio. Respeitamos a sua necessidade de permanecer a sós, e ficamos aguardando.

Passado algum tempo, ele veio em nossa direção, revelando um olhar doce e amoroso como sempre, mas profundamente melancólico.

Pedro antecipou-se e lhe perguntou:

– Mestre, onde queres que façamos os preparativos para comeres a Páscoa?

Ele não respondeu de imediato. Olhou fundo nos olhos de cada um de nós, em seguida buscou o cenário majestoso de Jerusalém. Enquanto seus olhos percorriam a cidade lá embaixo,

232 Seguindo com Jesus na Judeia

permanecíamos calados, tentando imaginar o que se passava em seu coração. Ele se voltou para nós e então falou:

– Pedro e João, dirijam-se a Jerusalém, e ao entrardes na cidade encontrareis um homem com um cântaro de água; segui-o até a casa em que ele entrar e dizei ao dono dela que o Mestre manda perguntar onde é o aposento no qual ele haverá de comer a Páscoa, com os seus discípulos. Ele vos mostrará um espaçoso cenáculo mobiliado – ali fazei os preparativos.

Os dois discípulos partiram, enquanto recebíamos a visita costumeira das crianças vindas de Betânia, trazidas pela adorável Maria de Magdala. A discípula de Jesus, realmente, havia compreendido a sua mensagem, e trabalhava de uma maneira brilhante junto à população daquela aldeia.

As crianças trouxeram alegria, pois novamente vimos Jesus brincando com todas elas. Ele corria, escondia-se por detrás das poucas árvores, rolava na relva escassa e sorria, sorria, sorria... Embora o seu coração estivesse angustiado.

Provavelmente, tenha sorrido ainda mais, por ver que o seu grande companheiro de folguedos com os pequeninos, finalmente, havia deixado escapar um largo sorriso. Judas momentaneamente havia se esquecido da dor intensa que carregava consigo, afinal, aquele era o dia em que se encontraria com os membros do Sinédrio, porém naquele momento participava da brincadeira com as crianças.

Não pude conter as lágrimas, via Jesus e Judas sorrindo em meio às crianças, e isso me alegrava, apesar de saber o que aconteceria com ambos, nas próximas horas. Mesmo assim eles corriam, perseguiam as crianças e eram perseguidos por elas, rolavam na relva feito dois meninos, até que num dado instante, vindo por lados opostos, os dois acabaram se encontrando frente a frente; pararam e se olharam profundamente por vários segundos. O sorriso brotou de seus lábios no mesmo instante e se abraçaram em seguida. Assim ficaram por muito tempo.

Meu coração doía tanto naquele instante, ao ver a situação de ambos. Jesus sempre sereno, seguro, tão próximo do Pai, enquanto que Judas vivia um terrível drama. Tinha um profundo amor por Jesus, amava verdadeiramente o Pai e tinha preocupação e devotamento tão especiais pelo seu povo, mas precisava realizar uma tarefa na qual não gostaria de se ver envolvido.

Certamente, aquela decisão tomada por meu amigo o fazia sofrer tanto. Enfrentava um terrível dilema dentro de sua alma, mas sua intenção parecia não ser outra que não fosse fazer o melhor: preservar a vida de milhares de patrícios e evitar a morte de Jesus, conforme ele próprio havia asseverado.

Contudo, era perfeitamente possível que outro componente pudesse também estar presente em sua decisão, provocando ainda mais dor, tristeza e insegurança: o desejo de aproveitar o episódio da traição, para tentar uma libertação imediata de seu povo.

Percebia cada vez mais, se é que era possível, a necessidade de acompanhar meu amigo bem de perto, conforme Jesus havia solicitado, para que ele não viesse a se sentir desamparado nem cometesse qualquer desatino.

Eu, porém, sofria antecipadamente por meu amigo de Iscariotis, pois sabia do desfecho, e compreendia que não conseguiria mudar o rumo da história. Que agonia!

Mesmo assim, jamais deixaria de fazer o que Jesus me pediu: procuraria acompanhá-lo o máximo possível, mesmo sendo incapaz de alterar o desfecho. Mas não nego, queria desesperadamente nutrir alguma esperança; quem sabe...

* * *

No início da tarde, estavam de volta Pedro e João. Havia acontecido tudo exatamente como o Mestre havia lhes dito, e o local já estava preparado para a ceia pascal.

Por volta da oitava hora, ao nos despedirmos de Maria de Magdala, que retornava para Betânia com as crianças, ela disse:

– Jesus, tua mãe está conosco na casa de Lázaro e pretende vir até ti ainda amanhã.

234 *Seguindo com Jesus na Judeia*

– Maria, diga a ela que me aguarde, pois irei buscá-la no momento oportuno. Diga-lhe o quanto a amo e que acima de tudo deve prevalecer a vontade de meu Pai. Que n'Ele ela encontre as forças necessárias para seguir sua caminhada – disse Jesus, com olhar melancólico e derramando algumas lágrimas.

Despedimo-nos e começamos a descida do Monte das Oliveiras. Mais um pouco, entramos no grande cenáculo localizado no Monte Sião, junto ao túmulo do Rei Davi, onde aconteceria a última ceia do Senhor.

Ao entrarmos no recinto, Judas, com um olhar incrivelmente triste, puxou-me pelo braço, como habitualmente fazia, e fomos na direção do Mestre.

Mestre, tu sabes como está meu coração neste momento, pois preciso ir até o Sinédrio e transmitir a minha dolorosa decisão. Retornarei em seguida, pois quero estar contigo um pouco mais.

– Vai em paz, meu amado companheiro de sempre. Estarei te aguardando, e lembra-te: jamais te sintas desamparado por mim – disse o Senhor.

– Como David esteve comigo quando fui até o Sinédrio, eu me sentirei mais fortalecido se ele novamente me acompanhar. Podes ir comigo?

– Naturalmente que sim, pois se fosses sozinho eu ficaria agoniado. Estarei contigo nesses momentos tão cruéis, e peço ao Pai que me permita ser o ombro onde te debruçarás ao retornarmos. Assim como nosso Mestre acabou de dizer, quero também ser o teu companheiro durante esta jornada, para que não te sintas desamparado – disse, olhando-o no fundo dos olhos, tentando demonstrar toda a minha amizade e carinho.

Após um abraço que nos uniu a Jesus, saímos em direção ao grande Templo, onde se reuniam os membros daquele colegiado. Aos olhos dos outros discípulos, estávamos saindo para a compra de algo que havia faltado para a ceia. Melhor assim.

O cenáculo ficava muito perto do local onde precisávamos chegar – o Templo, mas a caminhada parecia uma eternidade.

Meu amigo chegou a parar algumas vezes, dando a impressão que lhe faltava o ar, e eu imediatamente o amparava nesses momentos. Foi difícil, tanto para ele, quanto para mim, chegarmos lá. Mas, finalmente chegamos.

À porta, o meu amigo de Iscariotis apresentou-se, dizendo que Caifás nos aguardava, e sentamos na antessala.

Suávamos frio quando a porta se abriu, e pediram que entrasse. Novamente fui barrado na entrada e permaneci em preces, pedindo por meu amigo, a quem havia aprendido a amar com tanta intensidade. E ficava pensando: "Ah! Humanidade, desperta para compreender o verdadeiro coração desse homem... Para e raciocina sobre o que teria de fato acontecido... Perceba as incoerências bárbaras que vêns cometendo ao longo dos séculos, em relação aos atos desse companheiro valoroso, de um amor tão especial e de uma dedicação singular à verdade do Mestre."Contudo, mesmo assimilando de forma tão bonita todos os ensinamentos do Mestre, em seu peito ainda havia uma voz que gritava, ardentemente, por uma libertação imediata de seu povo. Esse seu espírito de zelote, na verdade, nunca o havia abandonado.

E, sentado na antessala, comecei a chorar descontroladamente, a ponto de ser ajudado por algumas pessoas que por lá passavam. Precisava me recompor, pois a qualquer momento precisaria ajudar um dos meus maiores amigos, assim que saísse do local.

Passados alguns minutos, a porta se abriu. Que tristeza olhar para o semblante de Judas! Vinha se arrastando, segurando-se pelas paredes, até encontrar o meu abraço. Ficou de encontro ao meu peito por vários minutos, deixando que as lágrimas encharcassem a minha túnica. Fiquei também mergulhado no mesmo silêncio doloroso em que se encontrava aquele companheiro fiel.

Depois de algum tempo, ele se refez um pouco, e saímos dali. Assim como da primeira vez, amparava-o em sua caminhada, apenas que agora seguíamos para o Cenáculo – tudo já estava acertado.

Seguíamos pelas vielas estreitas, sob o olhar curioso dos populares, que estranhavam a cena. Talvez achassem que eu estivesse amparando alguém que acabava de perder um ente amado ou que estivesse embriagado ou outra coisa qualquer. Com muito esforço chegamos diante do Cenáculo, perto do túmulo do Rei Davi.

Ao abrirmos a porta, deparamos com a mesa posta, pois já era a undécima hora, e o sol estava quase se pondo. Todos nos olharam e perceberam que algo extremamente doloroso havia acontecido, mas nada perguntaram, em respeito a Judas. Jesus convidou a todos para ocuparem um lugar na ceia.

Dirigimo-nos à mesa, sem que houvesse a preocupação de ocupar os assentos mais próximos do centro. As lições que haviam sido passadas quanto a não procurar os locais de maior destaque tinham sido perfeitamente compreendidas, mas o Mestre estava prestes a nos deixar novos e maiores ensinamentos.

Ele se levantou, abaixou a parte alta de sua túnica, até a cintura, e pegou um pedaço de tecido que se encontrava junto à mesa e uma bacia que continha água. Todos os discípulos permaneciam sentados, sem imaginar o que ele faria.

Com o pano cingido em sua cintura, levou a bacia até a direção de Bartolomeu, o primeiro discípulo à mesa, e se agachou diante dele. Começou, então, a lavar seus pés descalços, e a enxugá-los com o pano que trazia à cintura. Todos ficaram surpresos, mas nada disseram.

Ao chegar diante de Pedro, agachou-se e começou a lavar seus pés, quando esse lhe disse indignado:

– Senhor, tu me lavas os pés? Não, não, não permitirei.

– O que eu faço não o sabes por ora, mas compreenderás depois – falou Jesus.

– Nunca me lavarás os pés, Senhor! Não acho correto.

– Se eu não te lavar os pés, não terás compreendido tudo que te disse até este momento, portanto não estarás comigo – falou Jesus.

Mostrando a confiança que tinha em seu Mestre, Pedro pensou por alguns instantes e falou com decisão:

– Então, Jesus, te peço que me laves não apenas os pés, mas também as mãos e a cabeça...

– Quem já se banhou não necessita de lavar senão os pés; quanto ao mais, está todo limpo – disse Jesus se referindo a Judas.

Depois de ter lavado todos, Jesus recompôs suas vestes e voltando à mesa, perguntou-nos:

– Compreendeis o que vos fiz? Vós me chamais de Mestre e Senhor, e dizeis bem, porque eu o sou. Ora, se eu, sendo o Mestre e Senhor, vos lavei os pés, também vós deveis lavar os pés uns dos outros, porque eu vos dei o exemplo para que, como eu vos fiz, façais vós também. O maior dentre vós seja como o menor, e aquele que dirige seja como o que serve. Em verdade, em verdade vos digo que o servo não é maior do que seu senhor, nem o Enviado maior do que Aquele que o enviou. Se já sabeis essas coisas, bem-aventurados sois se as praticardes. E vos recordais: quem recebe com humildade aquele que eu enviar, a mim me recebe; e quem me recebe estará recebendo Aquele que me enviou – o Pai.

E assim falou:

– Meus amigos, por muito pouco tempo estarei convosco, eis que se aproxima a hora em que devo partir, e para onde irei não podereis ir por enquanto. Deixo-vos um mandamento novo – que vos ameis uns aos outros, assim como eu vos amei e amo. Nisso conhecerão todos que sois meus discípulos – se tiverdes amor uns aos outros.

– Para onde vais Senhor, que não podemos te seguir? – perguntou Pedro.

– Para onde vou não podeis me seguir por agora, mas mais tarde podereis – falou Jesus.

238 *Seguindo com Jesus na Judeia*

– Por que não posso te seguir agora? Por ti daria a minha própria vida, Senhor – falou Pedro.

– Pedro, meu grande amigo, ainda será necessário que aprendas mais e mais, para que possas de fato acompanhar-me para onde vou. Estás no caminho, mas precisas te fortalecer um tanto mais – falava Jesus, quando foi interrompido pelo velho discípulo.

– Senhor, acredite-me, darei a vida por ti...

– Reconheço a tua sinceridade e o teu desejo ardente de seguir-me, pois tu me amas, mas hoje serei conduzido ao martírio supremo pela incoerência do homem, ao mesmo tempo em que tu, por tua condição atual, perfeitamente compreensível e nunca condenável, me negarás por três vezes antes que o galo venha a cantar. Hoje ferirão o pastor, e as ovelhas do rebanho ficarão dispersas.

Nesse momento, Pedro baixou a cabeça, e todos ficaram apreensivos. Jesus foi ao encontro do velho amigo e o abraçou sentidamente, dando-lhe o conforto que necessitava. E continuou:

– Não se turbe o vosso coração e acreditai no Pai, assim como acreditam em mim: na casa de meu Pai há muitas moradas, como já lhes falei antes e voltarei para lá – se assim não fosse, eu lhes teria dito. Vós também ireis para lá um dia, e por ora vou lhes preparar um lugar, para que estejam onde eu estiver. E para se chegar lá vós já sabeis o caminho: eu sou o Caminho, a Verdade e a Vida – seguindo meus ensinamentos chegareis ao Pai.

E prosseguiu Jesus:

– Quem me conhece, conhece também ao Pai; se quereis ver o Pai vê a mim, pois as palavras que sempre vos disse não as digo por mim mesmo, mas pelo Pai que permanece em mim e que por mim faz as Suas obras. Aquele que crê em mim fará também as obras que faço e outras maiores fará; e tudo quanto pedirdes em meu nome, isso farei, para que vivam na glória do Pai.

Nesse momento, encontravam-se sobre a mesa algumas cestas de pão e duas jarras de vinho. Para consolidar a necessidade da continuidade do aprendizado e da vivência da sua mensagem por todos nós, recordando ainda que tudo exigiria enormes sacrifícios para a sua divulgação, o Mestre tomou em suas mãos um pedaço de pão e uma caneca de vinho e disse:

– Por todo o sempre havereis de buscar o alimento que enriquece o vosso Espírito, tal como buscais o alimento que nutre o vosso corpo. Assim, como o Pai socorreu o povo que saía do Egito, enviando-lhe o maná do corpo para, posteriormente, enviar o maná da alma, eu sou o Pão Vivo que alimenta as vossas necessidades do coração. Comei deste pão do entendimento – o banquete do Evangelho, pois será como se estivésseis em minha presença, mas que esse pão não permaneça apenas nutrindo unicamente a vós. Que ele seja espalhado a todos que buscam a verdade, lembrando, contudo, que esse pão do entendimento dentro de vossos corações se converterá em exemplos de dedicação e abnegação ao trabalho da modificação interior, que lhes pedirá, antes de tudo, o sacrifício pessoal para essa tarefa.

– Assim, recordai também que o meu sangue vos lembrará do sacrifício necessário, para que essa luz se instale em vosso interior, afastando-vos dos hábitos anteriores. O pão será como que minha presença em vosso meio – meu Evangelho. O vinho vos recordará dos sacrifícios necessários à implantação do Reino do Pai, entre os homens – o espírito renovador de meus ensinamentos.

Estávamos vivendo momentos muito tensos, pois sabíamos que o Mestre estava prestes a sofrer alguma agressão violenta. Eu sabia previamente o que aconteceria, mas para os demais, as coisas não pareciam muito claras. E ele continuou:

– Após minha partida, sentireis ainda mais o quanto vos odeiam por minha causa. Se vivêsseis de conformidade com as normas do mundo, os homens não vos odiariam, pois serieis do mundo e com ele viveríeis em sintonia. O que vos fizerem sofrer, o farão por causa do meu nome e por não conhecerem Aquele que me enviou. Vos expulsarão das sinagogas e vos matarão,

240 *Seguindo com Jesus na Judeia*

acreditando que com isso rendem tributo ao Pai – tudo isso por não O conhecerem.

– Mas, Senhor, é realmente necessário que vás? – perguntou Filipe.

– É necessário que eu vá, porque se eu não for, o Consolador não virá para a humanidade: um pouco e não mais me vereis, um pouco mais e me verão novamente. E ao vir, será mostrado a todos a verdade maior do Pai, pois muito tenho a dizer, mas não suportarão por ora: o Consolador virá para guiá-los na direção da Verdade.

Pedro, sensibilizado com tudo o que ouvia e sem poder esconder as lágrimas que brotavam de seus olhos, perguntou:

– Mestre, estás nos dizendo que partirás... E como ficaremos? Sem a tua presença, a quem deveremos procurar? Quem nos orientará?

– Após o meu retorno ao Pai, por onde quer que vás, procurai Tiago, O Justo – falou o Mestre.

Apesar da gravidade do momento, fiquei pensando nessa última revelação, pois Jesus afirmava que o grupo deveria procurar Tiago, O Justo, seu amado e velho companheiro desde a infância, para fins de se reorganizar após a sua partida. Aquilo me era novo, pois o mundo cristão teria sempre afirmado que o sucessor natural seria o próprio Pedro.

Pelo que pude observar, todas as vezes em que estive com Tiago, a sua especial condição espiritual, associada à oportunidade de ter estado ao lado de Jesus por toda a sua vida, fazia-o uma pessoa realmente identificada com a sua causa, e assim saberia conduzir adequadamente a mensagem.

Ao meu lado encontrava-se Judas, amargurado e chorando em silêncio. Chegava a hora de concretizar a sua triste tarefa, caso contrário a Legião Romana, que marchava em direção à Jerusalém, e que agora já se encontrava nas cercanias da Samaria, não mais poderia ser detida e a carnificina poderia acontecer.

Sentia que seu coração estava indeciso, pois amava intensamente o Mestre, e isso o deixava ainda mais sofrido. Jesus, percebendo a indecisão do discípulo, olhou-o ternamente e disse:

– Judas, meu eterno amigo, o que precisas fazer, faze-o depressa.

Judas levantou-se lentamente e foi em sua direção. O abraço foi demorado, e vi que falou algo que não pude ouvir. O Mestre acenou a cabeça afirmativamente e beijou sua fronte.

Ao se retirar, todos pensaram que o discípulo providenciaria algo que faltava na ceia, pois era sempre ele o responsável pela provisão do grupo. Eu acompanhei cada passo do meu amigo, até que a porta se fechou lentamente.

Jesus disse:

– Amigos, é chegado o momento em que as profecias se cumprirão. Serei humilhado e maltratado, mas tudo servirá para que ensine a necessidade do sacrifício próprio, para que se alcance o triunfo, não aquele passageiro, mas o triunfo verdadeiro. Por todos os séculos, a humanidade aprendeu a reverenciar aqueles que se postam nos locais de destaque, que se mostram vitoriosos e apresentam seus troféus de guerra. Os que movidos pelas ambições terrenas exercem domínio sobre os fracos, contudo, venho da parte de meu Pai ensinar que os que realmente triunfam são os que, ainda vencidos aos olhos do mundo, não deixam de cumprir com o seu dever de amar, de servir, de perdoar e se revelam mensageiros dedicados à implantação de um mundo melhor, onde reine o amor, a verdade e a bondade. Assim será comigo, pois vitorioso é aquele que, mesmo aparentemente derrotado, aos olhos dos homens, triunfa na direção do Pai, colaborando na implantação de seu Reino de Amor, doando seu sacrifício para a glória dessa Obra Sublime.

Era o momento de se retirar para o Horto das Oliveiras, o Jardim de Getsêmani, que fica aos pés do Monte das Oliveiras, no Vale do Cédrom. Jesus levantou-se e pediu que ficássemos

242 *Seguindo com Jesus na Judeia*

em pé; abraçamo-nos, e ele, olhando para o Alto, fez a última prece ao nosso lado, dizendo:

– Pai, é chegada a minha hora. Acolhe-me em Teu amor, eleva o Teu filho, para que ele possa elevar-Te entre os homens, no sacrifício supremo. Glorifiquei-Te na Terra, testemunhei Tua magnanimidade e sabedoria e consumo agora a obra que Tu me confiaste. Neste instante, pois, meu Pai, ampara-me com a luz que me deste, muito antes que este mundo existisse!

Guardávamos o mais profundo silêncio, ouvindo o Mestre. Ele fixou mais uma vez o seu amoroso olhar em todos nós e continuou:

– Manifestei o Teu nome aos amigos que Tu me deste, pois eram Teus e me confiaste, para que recebessem a Tua palavra de amor e sabedoria. Todos eles sabem agora, que tudo quanto lhes dei provém de Ti! Neste instante supremo, Pai, não rogo pelo mundo, que é obra Tua e cuja perfeição se verificará algum dia, porque está nos Teus desígnios insondáveis, mas, peço-Te em particular por eles, pelos que Tu me confiaste, tendo em vista o esforço a que os obrigará o Evangelho, que ficará no mundo sobre os seus ombros generosos. Sei que já não sou da Terra, mas rogo-Te que os meus discípulos amados sejam unidos uns aos outros, como eu sou contigo! Dei-lhes a Tua palavra para o trabalho santo da redenção das criaturas que, pois, eles compreendam que, nessa tarefa grandiosa, o maior testemunho é o do nosso próprio sacrifício pela Tua causa, compreendendo que estão neste mundo sem pertencerem às suas ilusórias convenções; por pertencerem só a Ti, de cujo amor vieram todos para regressar à Tua magnanimidade e sabedoria, quando houverem edificado o bom trabalho e vencido na luta proveitosa.

Enquanto a prece continuava, percebia a emoção que tomava conta de todos. E em meio aos soluços que eram nitidamente ouvidos, Jesus prosseguia:

– Que os meus discípulos, Pai, não façam da minha presença pessoal o motivo de sua alegria imediata; que me sintam sinceramente em suas aspirações, a fim de experimentarem o meu júbilo completo em si mesmos. Junto deles, outros trabalhadores do Evangelho despertarão para a Tua verdade, o futuro estará cheio desses operários dignos do salário celeste. Será, de algum modo, a posteridade do Evangelho do Reino que se perpetuará na Terra, para glorificar a Tua revelação! Protege-os a todos, Pai! Que todos recebam a Tua bênção, abrindo seus corações às claridades renovadoras! Pai justo, o mundo ainda não Te conheceu; eu, porém, Te conheci e lhes fiz conhecer o Teu nome e a Tua bondade infinita, para que o amor com que me tens amado esteja neles e eu neles esteja!

Encerrada a prece, Jesus pediu a Pedro, aos dois filhos de Zebedeu, João e Tiago Maior, e a mim que o acompanhásse-mos até o Monte das Oliveiras. Ele precisava ficar um pouco a sós, e deveríamos ficar velando nas proximidades. Os demais permaneceram no cenáculo, providenciando a arrumação do ambiente.

A lua já se fazia presente no firmamento, e o vento soprava em rajadas frias sobre o cenário de Jerusalém, quando partimos em direção ao Horto das Oliveiras. Meu coração estava dividi-do: eu seguia os passos de Jesus, mas meu pensamento não conseguia se afastar de Judas. Como ele estaria naquele momento?

Queria também estar com ele, abraçá-lo, ajudá-lo naquilo que estivesse ao meu alcance. Parecia sentir a dor que ele sentia naquele instante.

Continuei a caminhada, mas dessa vez fazendo uma prece sentida ao Pai, pedindo que estivesse com o meu amigo e que o abraçasse e dissesse a ele o quanto eu o amava e amo, e compreendo o seu gesto. Esteja em paz, meu amado amigo, de Iscariotis.

CAPÍTULO 18

A prisão e o julgamento

Mais um pouco e chegávamos ao Horto das Oliveiras. As frondosas árvores que povoavam o local pareciam querer nos abraçar e dizer que seriam também testemunhas daqueles momentos dolorosos e inesquecíveis, para toda a humanidade.

Estava emocionado, aguardando o que ocorreria nos momentos seguintes, e observava que Jesus trazia em seu coração aquela paz de sempre. Contudo, percebia em seus olhos grande melancolia, afinal, o término de sua jornada se aproximava.

Ele nos orientou a permanecermos vigilantes junto às frondosas oliveiras, dizendo:

– Esta é a minha derradeira hora convosco! A minha alma está cheia de tristeza até a morte. Ficai aqui, orai e vigiai comigo, para que eu tenha a glorificação do Pai no supremo testemunho!

Dizendo isso, afastou-se para um local próximo, onde permaneceu em prece. O momento era tão especial, que ficamos observando o Mestre ao longe. Estávamos profundamente comovidos com a forma como ele havia se recolhido, para conversar com o Pai, embora não conseguíssemos ouvir o que falava. Quanta beleza, quanta doçura carregava no olhar, apesar do momento tão delicado. Sua confiança no Pai era infinita.

João, ao romper o silêncio que se fizera em nosso meio, disse:

– Oremos e vigiemos de acordo com a recomendação do Mestre, pois se ele aqui nos trouxe em sua companhia, isso deve significar para o nosso espírito a grandeza da sua confiança em nosso auxílio.

Imediatamente, nós nos recolhemos em preces silenciosas, sabendo que o Pai estava bem juntinho do Mestre. Passado algum tempo, levantei-me para ver se poderia me aproximar um pouco mais daquele meu amigo tão especial – Jesus. Não sabia bem o que queria fazer, talvez dividir um pouco de sua angústia, apreensão; queria abraçá-lo, estar ao seu lado e dizer que jamais me afastaria dele, e que sua mensagem seria levada por mim aos irmãos do meu tempo.

O luar iluminava a sua silhueta e, então, percebi que ele estava ajoelhado e chorava. Eu o olhava com tanto amor, que não sabia explicar a mim mesmo o que acontecia. Ele havia feito com que eu edificasse um novo homem dentro de mim, muito mais humano, seguro, decidido, amoroso.

Olhava para ele com toda ternura, quando o ouvi falar com uma voz muito sentida:

– Pai, meu Pai, chegou o momento de beber deste cálice; que seja feita a Tua vontade, não a minha.

Agora, eu o via com o rosto colado ao solo, tal a angústia que havia tomado conta de seu coração. Vi, então, diante dele surgir uma luz intensa, e do meio dela aparecer um lindo Anjo.

Surgido do nada, ele abraçou ternamente o Mestre, colocando sua cabeça sobre o seu ombro.

A cena era emocionante, tanta ternura entre ambos. O Mestre parecia recuperar as forças lentamente, em meio ao sofrimento extremo pelo qual passava, que o fez transpirar sangue.

Nesse momento, lembrei-me dos discípulos que ficaram à retaguarda e vi que se encontravam sonolentos. Apesar do amor que tinham pelo Mestre, não conseguiram observar a recomendação de permanecerem atentos e vigilantes.

O Mestre havia se recuperado e se dirigido para o local em que estavam os discípulos. Lá chegando e ao vê-los dormindo, disse docemente:

– Meus amigos, por que dormis? Não vos pedi para que se mantivessem em preces?

Eles despertaram, prontamente, e ficaram tristes por terem deixado o Mestre sozinho, naquela ocasião tão delicada.

Eu já havia me juntado aos três, para ouvir Jesus falar da visita que havia recebido – de um Anjo, que viera confortá-lo para o martírio supremo. Todos se emocionaram.

Ele retornou para o local onde se encontrava e ficamos em preces.

Mas, a fraqueza humana ainda se faz tão presente em todos nós, após alguns minutos adormecemos em meio à oração. Logo em seguida, fomos acordados pelo Mestre:

– Despertai! Não vos recomendei que vigiásseis? Não podeis velar comigo um minuto sequer?

Colocamo-nos rapidamente de pé, e então percebemos que se aproximava um cortejo carregando tochas, que ziguezagueava por entre as árvores. Ao se aproximar, vimos que se tratava dos chefes dos sacerdotes, dos oficiais do templo e outros líderes religiosos. Para surpresa de Pedro, João e Tiago, no meio deles se encontrava Judas.

O meu amigo de Iscariotis caminhava como se não mais tivesse vida, pois se arrastava de forma triste e desesperada. Ao chegar diante do Mestre não se conteve, seguiu na sua direção e o abraçou fortemente.

Falou algo aos ouvidos de Jesus e o beijou, chorando como nunca fizera antes. Meu primeiro impulso foi o de ir até ele para ampará-lo, como havia feito outras vezes, mas tive de frear esse gesto.

Os oficiais do templo imediatamente se aproximaram de Jesus e o agarraram como se fosse um malfeitor violento. Nossa reação imediata foi a de protegê-lo, e Pedro gritou palavras de revolta e desespero dirigidas a Malco, o representante dos líderes religiosos, que comandava aquela comitiva.

O Senhor imediatamente o repreendeu docemente, dizendo-lhe:

– Pedro, cuida para que não transformes a tua língua em espada afiada, que possa ferir os ouvidos de teus irmãos.

O velho discípulo imediatamente recuou, compreendendo a observação feita pelo Mestre.

Lembro-me de ter lido nos Evangelhos, que Pedro havia desembainhado uma espada e decepado uma das orelhas de Malco. De minha parte, estava desfeita a ideia de que o velho Pedro se encontrava armado e teria cometido semelhante agressão. Não fazia nenhum sentido essa reação, pois todos nós não poderíamos compactuar com qualquer ato de violência.

Quantas vezes, transformamos a nossa língua em espada que fere o coração daquele que nos ouve? Quantas vezes, as palavras proferidas causam estragos violentos e irremediáveis, sem mesmo nos darmos conta do que fizemos? Precisamos recordar sempre dessa frase dita por Jesus, num momento tão delicado. Por mais que sejamos agredidos, não vale agredir também.

E olhando serenamente aqueles que o prendiam, disse Jesus:

– Não estou chefiando nenhuma rebelião nem violência, por isso são desnecessárias as espadas e as varas que trazeis. Deixai ir os que comigo estão.

E a comitiva retornou levando o Mestre e Judas, que o acompanhou abraçado e cambaleante.

**

Pedro, João e Tiago, ainda chocados com o que havia acontecido, não sabiam o que fazer. Sentaram-se no chão e começaram a chorar, como se fossem crianças perdidas.

Em seguida, olharam para mim, pois sabiam que eu tinha algo a falar, uma vez que por várias vezes me viram acompanhar Judas. João, banhado em lágrimas, disse:

– David, temos certeza que tens algo a nos dizer. O que aconteceu com Judas, para cometer esse terrível ato? Ele trouxe os

248 *Seguindo com Jesus na Judeia*

guardas até o Mestre, para que pudessem prendê-lo! Por que fez isso? Diga-nos, David, por favor. Sentei-me ao chão e comecei a contar tudo o que havia ocorrido com o nosso amigo, de Iscariotis.

Comecei falando acerca da grande preocupação de Roma, quanto a um eventual levante da população, por ocasião da Páscoa, quando um grande número de populares se concentraria na cidade. Essa preocupação fez com que Pilatos fosse pressionado e impusesse ao Sinédrio alguma solução que afastasse Jesus do contato com a população.

Contei-lhes sobre a aproximação de uma Legião Romana, que marchava de Damasco para Jerusalém, e que poderia redundar em terrível carnificina. Falei que a alternativa encontrada foi a de arquitetar uma terrível traição, e para isso Judas foi o escolhido, em razão de seu temperamento de zelote.

– Vocês devem ter sentido o quanto ele sofria nesses últimos dias. Além disso, nada, rigorosamente nada, foi escondido do Mestre. Ele soube de tudo, pois o nosso companheiro o ama intensamente e nada faria às escondidas. Judas sofreu e sofre muito, e precisa de nossa ajuda, pois não sei o que poderá fazer diante de tanta dor.

– E por que não nos disseram o que estava acontecendo? – perguntou Pedro, entre soluços.

– Porque se revelasse a todos, ele poderia não mais ser dono de sua decisão. Mesmo sendo uma decisão sua, unicamente sua, ele estava dividido – nem mesmo o Mestre interferiu nessa deliberação. Em todos os instantes, Jesus demonstrou que entendia o que se passava com o nosso amigo, entendia a delicadeza da situação e aceitaria a sua decisão, seja qual fosse ela.

– Mas, e quanto ao que acontecerá com Jesus?

– O Sinédrio afirmou que Pilatos prometeu que não lhe fará nenhum mal, e que o seu afastamento será apenas por algum tempo. Isso permitirá que o deslocamento da Legião Romana, que marcha na direção de Jerusalém, seja interrompido, não acontecendo, dessa forma, a morte de milhares de pessoas, conforme sugerido por Tibério.

– Meu Deus! Agora imagino o quanto Judas deve estar sofrendo! Que decisão cruel colocaram em suas mãos! – disse Tiago.

– O que faremos agora? – perguntou Pedro.

– Diante da delicadeza do momento, seria conveniente avisar Maria, sua mãe, acerca dos acontecimentos, e que se encontra na casa de Lázaro. Outra providência urgente é ir até os que ficaram no Cenáculo e também deixá-los a par de tudo, inclusive quanto à triste condição do nosso companheiro, de Iscariotis. Precisamos também saber para onde estão levando Jesus – eu falei, profundamente abalado com tudo o que havia acontecido.

– Irei correndo até a casa de Lázaro para avisar a Senhora – disse João. – Provavelmente, ela quererá vir até Jerusalém para acompanhar tudo. Se assim for seu desejo, virei com ela até o Cenáculo, onde estão todos os outros.

– E eu irei correndo até o Cenáculo e avisarei os nossos companheiros sobre a prisão do Mestre, e a dor de Judas – falou Tiago.

– Vou sair correndo e alcançar a comitiva que levou o Mestre e saber onde ficarão – disse Pedro.

– Irei contigo, meu amigo – falei, dando início à caminhada.

* * *

Corríamos desesperadamente, Pedro e eu, até que nos aproximamos da comitiva que conduzia o Mestre à cidade. Imaginávamos que ele seria conduzido ao Sinédrio, mas isso não ocorreu, pois o grupo dirigia-se ao palácio de Anás, o sogro de Caifás.

Para lá também nos dirigimos e entramos no pátio para acompanhar mais de perto os desdobramentos.

Passados alguns instantes, vimos que também chegavam, apressados e preocupados, José de Arimateia e Nicodemos, que eram grandes amigos do Mestre. Ao nos verem, vieram em nossa direção.

– Ficamos sabendo da prisão de Jesus e estamos muito preocupados – disse Nicodemos.

– Sim, realmente ele foi preso. Estávamos no Horto das Oliveiras quando os oficiais do Templo chegaram e o levaram – falei, ainda assustado com tudo que ocorria.

– Estamos muito preocupados com os desdobramentos disso tudo – falou José. – Recorda-te que falei, há alguns dias, que Pilatos queria a morte do Senhor, e que aparentemente foi demovido dessa ideia após intervenção de Nicodemos. Falei também que Caifás havia dito que era conveniente a morte de um só homem, a favor de todo o povo, para que a nação não viesse a ser destruída. Hoje, tenho motivos para afirmar que, tanto Caifás e seus seguidores, e principalmente Pilatos, desejam de fato a eliminação de Jesus. Na verdade, Caifás quer o que Pilatos quiser, pois o sumo sacerdote é sempre designado por Roma e, em não cumprindo suas ordens, pode ser destituído a qualquer momento.

– E o que faremos então? – perguntou Pedro.

– Vejo que ainda existe uma esperança para que isso não venha a ocorrer – disse Nicodemos. – Encontra-se na cidade o Senador Públius Lentulus, que descobrimos ter sido enviado por Tibério, para fiscalizar a atuação de Pilatos, eis que o Imperador de Roma não confia naquele que nos governa. O Senador Públius é uma pessoa extremamente austera, mas justa, e certamente saberá o que está acontecendo e não permitirá que se cometam abusos.

– Realmente, isso pode ser um ponto a favor do Mestre – falou Pedro um pouco mais aliviado.

De minha parte sabia que essa tentativa não alteraria nada, pois o Mestre seria irremediavelmente condenado à morte. E isso me fazia sofrer ainda mais.

– Apesar da presença do senador romano, ainda permanece uma grande preocupação quanto ao destino de Jesus – é que

Pilatos, que já desconfia da real missão de Públius, poderá criar situação, em conluio com Caifás, de modo a tornar a morte de Jesus inevitável – falou José.

Em meio à delicadeza da situação, os dois se despediram e entraram no palácio para acompanhar de perto o andamento do caso. Antes de saírem, prometeram que nos manteriam informados a respeito.

A noite era fria e triste, parecendo que até mesmo a lua se abalara diante do que estava ocorrendo. Dentro do pátio do palácio, procurávamos algum local para nos aquecer, quando Pedro viu uma fogueira, circundada por algumas poucas pessoas. Dirigimo-nos para lá e, ao chegarmos, uma mulher olhou para o velho discípulo e então disse:

– Não me engano nunca – tu és um dos seguidores daquele profeta, preso em razão de ideias revolucionárias.

Olhei para Pedro que, ainda mais assustado, disse:

– Não, não minha senhora, estás enganada. Eu não conheço tal homem.

E se retirou daquele local, seguido por mim, que já sabia dos futuros acontecimentos. Pedro encostou-se ao muro do pátio, quando um homem o viu e falou:

– Bem que poderias ser preso junto com teu Mestre...

– Estás enganado, eu não conheço esse homem do qual tu falas – disse Pedro, naquele momento, apavorado.

O velho pescador parecia cego a ponto de não se recordar da advertência feita no Cenáculo, a respeito das três negativas. Realmente, estava assustado e procurava fugir do local, quando esbarrou em um guarda do Templo, que cuidava da entrada do palácio. Aquele homem disse:

– És tu mesmo? Aquele que levantou a voz contra Malco quando fomos aprisionar esse tal Jesus?

– Não, não, tu te enganas. Nunca estive com tal homem – falou Pedro.

Tentando seguir Pedro, que abandonava desesperadamente o pátio, ouvimos o cantar de um galo, e o velho amigo me dirigiu

252 *Seguindo com Jesus na Judeia*

o olhar. Percebi em seus olhos algo indescritível: medo, tristeza, surpresa, dor, remorso... E o velho galileu saiu em desabalada carreira, e não tive como alcançá-lo.

Eu estava assustado, descontrolado. Preocupava-me com o Mestre, que estava no interior do palácio, entregue às mãos de pessoas desalmadas; com Judas, que não mais vi desde a chegada ao palácio, quando acompanhava a comitiva, mas do qual não poderia me afastar, conforme pedido feito pelo próprio Jesus. Preocupava-me com Pedro, que partiu dali desesperado ante as três negativas previamente advertidas por Jesus; com Maria, de Nazaré, que provavelmente estaria agoniada naquele instante; com todos, pois o amor que sentíamos por Jesus era indescritível.

Fiquei mais aliviado quando vi João chegando ao pátio. Havia levado a Senhora até o Cenáculo, onde se encontravam os demais integrantes de nosso grupo, e lá ficaram aguardando novas notícias. O jovem discípulo confidenciou que eles estavam apavorados e que receavam sair às ruas e serem reconhecidos pelas autoridades.

De repente, vimos Judas saindo do interior do palácio. Estava irreconhecível e se arrastava e se apoiava nas paredes. Corremos em sua direção e o amparamos.

– Judas, como tu estás? Estávamos preocupados também contigo, meu amigo – disse-lhe, aliviado ao vê-lo novamente.

– Não sei dizer como estou... Estou assustado, terrivelmente assustado.

Eu o abracei fortemente e me senti muito feliz ao ver que João também o abraçou. Ele havia entendido a situação delicada para a qual nosso amigo tinha sido levado, contra a própria vontade. E ainda abraçados, Judas disse:

– Estou assustado com o que aconteceu lá dentro. Entregaram-me a horrível bolsa com trinta moedas de prata, de modo a parecer que a traição fora realmente consumada. Entretanto, parece que tudo aquilo que Caifás e os seus me prometeram não será cumprido. Percebi neles a intenção de incriminar o Mestre e leva-lo à presença de Pilatos, para que uma sentença extremamente cruel seja dada.

E ouvi de Judas uma frase que me fez estremecer. Ele disse:

– Meu Deus! Será que eu fui traído?

Impossível não vir à minha memória o que a história havia contado sobre o generoso discípulo, de Iscariotis. Judas sempre foi considerado o maior traidor de todos os tempos, e, naquele momento via que, na verdade, ninguém tinha sido alvo de maior traição do que ele mesmo.

Em meio à noite fria, aguardávamos notícias de Nicodemos e José de Arimateia para levá-las a todos, no Cenáculo. Em meio ao desespero que nos tomava conta, pude perceber que Judas, em voz muito baixa, não cessava de fazer suas preces.

No meio da madrugada os dois amigos de Jesus, José e Nicodemos, saíram do palácio. Vinham abatidos e de cabeça baixa e ao se aproximarem de nós, falaram:

– Meus amigos, fomos informados, de forma reservada, que tudo já havia sido combinado entre Pilatos e Caifás, para que a morte de Jesus venha a acontecer. Judas, meu amigo, lamentavelmente fomos enganados pelos poderosos de nossa religião, e por Roma – disse Nicodemos.

– E a presença do Senador Públius não pode evitar o mal maior? – perguntou João, de olhar suplicante.

– Gostaria muito, João, mas acredito que já providenciaram tudo, para que o ambiente fique muito conturbado a ponto de não se poder evitar esse mal maior – disse José.

Judas baixou a cabeça e começou a chorar. As lágrimas vertiam com tanta intensidade que precisamos levá-lo a um local mais afastado da massa popular, a fim de que pudesse respirar melhor.

– Muito embora o Sinédrio não possa se reunir após o pôr-do-sol, para a realização de algum julgamento, nem se reunir com esse fito durante os nossos festejos, alegaram a existência de precedente ocorrido há muito tempo e instalaram a cessão. Na falta de testemunhas de acusação, visivelmente improvisaram algumas que trouxeram denúncias tais quais: "– Ele falou

254 *Seguindo com Jesus na Judeia*

que destruiria o Templo e o reconstruiria em três dias"; outro disse: "– Ele falou que é filho de Deus, e que ele e Deus são um." Outras acusações ocorreram, inclusive quanto à desobediência à observância dos sábados – disse Nicodemos.

– Tomaram, ainda, a decisão de encaminhar Jesus a Pilatos, logo que o dia amanheça. Como as denúncias relativas a assuntos envolvendo os judeus nunca podem ser levadas a julgamento pelo Governador, provavelmente, deverão apresentar alguma prova de que ele põe em risco a estabilidade da dominação romana na Palestina, mudando, assim, o foco da denúncia. Não sabemos ainda o que falarão a Pilatos, mas já devem ter preparado alguma testemunha para a realização desse feito – falou José de Arimateia.

Encerrada essa breve reunião, João e eu retornamos ao Cenáculo para levar a todos essas terríveis notícias. Judas, não se sentindo à vontade para nos acompanhar até lá, seguiu juntamente com José e Nicodemos, prometendo se juntar a nós logo cedo, diante da Torre Antônia, onde estava Pilatos.

Ao entrarmos no Cenáculo todos vieram ao nosso encontro, inclusive Maria, a mãe de Jesus. Relatamos o que estava ocorrendo e vimos a dor se instalar ainda mais forte naqueles corações. A Senhora olhava-nos com um olhar distante, mas firme. Impossível tentar fazer a leitura do que aquele coração materno sentia ante tais revelações.

Refeita do impacto inicial, a mãe de Jesus olhou para o alto e disse:

– Pai, meu Pai, eu O compreendo melhor a partir do que meu filho me ensinou, e novamente Te digo: – Seja feita a Tua vontade e não a minha. Porém, peço que continues olhando pelo meu Jesus, para que ele sinta sempre a Tua presença ao seu lado. Sei o quanto ele O ama; sinto, também, o quanto Tu o amas, e isso me conforta a alma dilacerada, como me encontro neste momento. Também eu amo o meu filho; e eu O amo ainda mais, meu Pai, pois meu filho me ensinou desta forma. Obrigada, Pai...

Ao término da prece, todos traziam o olhar umedecido por abundantes lágrimas. A mãe de Jesus era a manifestação do mais puro amor.

* * *

Na manhã do dia seguinte, sexta-feira – 14 de nissan, logo na primeira hora, seguimos em direção à Torre Antônia e lá permanecemos aguardando a chegada de Jesus. A comitiva era pequena em razão do medo de muitos, que decidiram permanecer no Cenáculo. Em frente à residência do Governador encontravam-se: Maria, de Nazaré; João e eu; Maria, de Magdala; Joana, de Cuza; Maria, de Cleófas; Salomé, mãe de Tiago e João, e alguns outros. Lá encontramos José e Nicodemos.

Judas permanecia distante, receando alguma censura por parte de algum de nós.

Ao vê-lo afastado, soluçando e banhado em lágrimas, Maria foi em sua direção e o abraçou demoradamente – era o abraço de uma mãe em seu filho desesperado. Em seguida, fez questão de trazê-lo para junto de todos.

– Como estás, meu amigo? – perguntei, demonstrando toda a minha preocupação.

– Creio que perdi minha vida, porque não encontro forças para reagir – falou Judas, terrivelmente abatido. – Ainda nesta noite que passou, não me contive: fui ao Sinédrio para lhes falar sobre a traição da qual fui vítima, e me receberam com ironia e sarcasmo. Atirei aos pés deles a bolsa com as moedas que haviam me entregado e me retirei aos prantos.

– Não percamos as esperanças, Judas. Tenhamos fé em nosso Pai – disse-lhe em meio a um carinhoso abraço, na esperança de consolá-lo.

– Mas, David, devo confessar-te que minha mente vive em meio a um terrível turbilhão – disse Judas, agora chorando convulsivamente. – Bem sabes da decisão que havia tomado, e da qual informei o Mestre, mas durante todo o tempo, era como se parte do meu ser desejasse aproveitar da situação para deflagrar

256 *Seguindo com Jesus na Judeia*

uma rebelião, visando à libertação de nosso povo... Ambicionei tomar o poder...

– Como assim, meu amigo? – eu o interrompi com essa pergunta repentina.

– Sim, David, eu me envergonho de ter poluído meus pensamentos. Fui sincero com o Mestre, apontando que me preocupava com a morte de milhares de conterrâneos e pensando também em preservar a sua própria vida. Mas saindo do Cenáculo, dirigindo-me ao Sinédrio, o meu coração de zelote quis falar mais alto; confesso que pensei em me aproveitar desse momento tão delicado, quando milhares e milhares de judeus se encontram em Jerusalém para os festejos de nossa Páscoa, para promover um levante que pudesse nos permitir tomar as rédeas da situação, em Jerusalém.

– Meu Deus! Como isso seria possível? – perguntei assustado.

– Nesse levante aprisionaríamos todas as autoridades romana e pediríamos aos judeus, que vieram a Jerusalém para os festejos, que retornassem imediatamente aos seus locais de origem, a fim de não expô-los a risco. Ficaríamos aquartelados em Jerusalém e utilizaríamos os reféns romanos para negociar uma possível liberdade. Agora sinto que, além de um pensamento totalmente insano, acabei por efetivamente trair o nosso Mestre, de vez que nada lhe falei a respeito disso.

Aquela revelação havia me desconcertado, pois se realizado aquele intento, o desastre seria total.

Mesmo assim, acho que compreendi o que se passava no coração dele e o abracei fortemente. Ele havia vivido dias extremamente dolorosos, que certamente o haviam desequilibrado um pouco, a ponto de imaginar coisas desconexas. Mas uma coisa era certa: mesmo tendo imaginado a possibilidade de se aproveitar da ocasião para promover um levante popular, sua preocupação sempre fora com o bem-estar dos outros, não consigo mesmo.

– Acredito que a pressão que senti em meu coração, nestes últimos dias, acabaram por me enlouquecer. Cheguei até a imaginar que nesse levante poderíamos tomar o poder e impor a todos a mensagem que o Mestre nos trazia – disse Judas, com um olhar que era um misto de tristeza, vergonha e arrependimento.

– Meu amigo, como Jesus lhe falou, tantas vezes, para que não se desesperasse e percebesse sempre que ele estaria ao teu lado, acredite que ele está te amparando neste momento. O que importa é a tua intenção de fazer o melhor, mesmo que te equivoques. Nada de culpa, Judas. Vamos fazer preces ao Pai, que auxiliará certamente a todos.

Judas pareceu um pouco mais tranquilo, e, abraçados, observávamos o que acontecia nas proximidades.

No local, encontrava-se considerável número de populares; eram curiosos que vinham presenciar o que acontecia; muitos seguidores do Mestre, inconsolados diante de tudo o que havia ocorrido; e um grupo expressivo de homens que demonstravam atitudes suspeitas.

Passado algum tempo, vimos que um cortejo subia a viela que conduzia à porta principal da Fortaleza. Eram os oficiais do Templo; os sacerdotes, trazendo a frente Caifás, alguns escribas, doutores da lei, fariseus. E no meio deles, Jesus.

Ao passar por nós, o Mestre dirigiu um olhar tão meigo e doce, sobretudo ao ver sua mãe. O sorriso que ele deu foi como se nos dissesse que tudo estava e permaneceria bem, e de acordo com o que o Pai havia estabelecido. Foi confortador esse momento.

Levaram Jesus para o interior da Fortaleza Antônia, e permanecemos do lado de fora aguardando informações sobre os acontecimentos. Desta vez não teríamos Nicodemos e José acompanhando os fatos, pois o ambiente era gentio, e a presença de judeus não era recomendada. Somado a isto, Pilatos nunca suportou a presença de alguém do nosso povo, nos locais em que frequentava, além do que, estava prestes a se iniciar o *shabat* e as comemorações da Páscoa, o que faria com que todos se recolhessem em suas residências.

258 Seguindo com Jesus na Judeia

Pouco tempo depois o cortejo saiu, acompanhado por soldados romanos, levando Jesus à presença do Rei Herodes, que nestes dias encontrava-se em Jerusalém.

Acompanhamos à certa distância aquele deslocamento, e Nicodemos viu que um centurião romano, com o qual mantinha amizade, fazia parte da comitiva. Aproximou-se dele, o cumprimentou e ficou conversando reservadamente até que chegasse ao palácio do rei.

A comitiva entrou no palácio, e Nicodemos veio até nós para transmitir o que havia colhido de informações junto ao centurião. E tudo parecia se complicar cada vez mais.

Contou que Pilatos havia recebido Jesus, com acusação feita pelos membros do Sinédrio, de que havia se autointitulado "Rei dos Judeus", muito embora o Mestre tivesse respondido que seu Reino não era desse mundo. Acusaram-no, também, de ter censurado o pagamento de tributos a Cesar.

Para mim ficou claro que essa manobra visava conduzir o julgamento para a esfera política, não mais religiosa. Assim, Pilatos poderia perfeitamente manipular todo o julgamento, e levar o Senhor a uma pena extrema.

O centurião informou que a decisão de conduzir Jesus, até Herodes, partiu de uma sugestão feita pelo Senador Públius Lentulus, que estava presente no momento, e que ficara impressionado com a movimentação popular no lado externo da Fortaleza Antônia. Confidenciou, ainda, que Pilatos encontrou-se reservadamente com Caifás, em um aposento na Fortaleza. O que conversaram? Isso não sabia dizer.

– Nicodemos, estas informações realmente são assustadoras. Quais motivos poderiam levar Caifás a se reunir com Pilatos? Estariam articulando alguma trama sórdida? – perguntou Maria de Magdala.

– É difícil dizer o que se passou entre ambos, mas algo de bom não deve ter surgido após esse encontro – respondeu Nicodemos.

Esse diálogo foi acompanhado por Judas, que a cada momento parecia se desesperar um pouco mais.

Ficamos aguardando ansiosos do lado de fora do palácio de Herodes, enquanto que Nicodemos e José acompanhavam a comitiva até a presença do Rei. Embora não participasse ativamente no dia a dia de seu povo, aquele monarca era desprezado em razão de seu caráter detestável e violento. Impossível não recordar do episódio doloroso da morte de João Batista, o primo de Jesus, decapitado a mando dele.

Não mais que a metade de uma hora havia se passado, quando Jesus apareceu na porta do palácio de Herodes. Estava vestindo um manto branco e carregava nas mãos um cajado imundo, como se fosse um cetro. Certamente, havia sido ridicularizado por todos, em razão da falsa afirmação de que seria o Rei dos Judeus.

– Meu Deus! Como puderam fazer isso com o nosso Mestre – falou Joana de Cuza, baixando a cabeça e dobrando seus joelhos.

A Senhora, mergulhada em sua profunda dor, imediatamente ajoelhou-se e colocou a cabeça daquela discípula ao encontro de seu peito e a socorria como se fosse filha sua, dizendo palavras certamente doces e profundas, embora eu não tivesse podido escutá-las. Que força tinha aquela mulher!

O triste cortejo saiu do palácio de Herodes, e José de Arimateia veio ao nosso encontro, dizendo:

– Foi terrível esse encontro com esse monarca desalmado. Nos deixaram do lado de fora da sala, mas podíamos ouvir as gargalhadas e chacotas que dirigiam a Jesus. Depois de muita gritaria e alvoroço, ouvi Herodes pedir que providenciassem imediatamente um manto e um cetro improvisado, e a partir de então os escárnios aumentaram.

A Senhora baixou a cabeça e continuava chorando baixinho. E o nosso amigo continuou com suas informações:

– Sem saber o que fazer com Jesus, o Rei decidiu mandá-lo de volta a Pilatos, e estamos retornando agora até a Torre Antônia, para ver o que decidirá o Governador. A cada novo momento tudo fica mais difícil.

Durante o retorno, Nicodemos e José permaneceram junto ao nosso grupo e deram mais detalhes sobre o que havia ocorrido no interior do palácio. Disseram da curiosidade de Herodes em conhecer Jesus, em razão dos milagres que lhe eram atribuídos; que indagado sobre ser o Rei dos Judeus e outros assuntos, ele nada respondera; e em razão disso, decidiu escarnecê-lo vestindo-lhe um manto real.

Chegamos novamente à Torre Antônia, então, próximo da segunda hora, e fomos surpreendidos com a solicitação de Pilatos para que alguns sacerdotes, certas autoridades e alguns membros do povo ingressassem juntamente com Jesus. Dentre os que foram convidados a entrar se encontrava José de Arimateia.

A doce Senhora abraçou-se a Judas e, silenciosamente, conversaram por algum tempo. Deve ter dito tantas coisas maravilhosas, que somente o amor de Maria seria possível realizar. Percebia que meu amigo, dessa vez, respirava mais serenamente, embora as lágrimas não cessassem de escorrer pela face.

E o tempo parecia não passar. Nenhum sinal vinha de dentro do reduto de Pilatos, e nossos corações não mais podiam suportar tanta angústia.

De repente, surgiu o Governador no alto da passarela que domina a estreita viela abaixo e ao seu lado, Jesus. E o Governador gritou para a multidão que se encontrava na via pública:

– Me trouxeram Jesus para que eu encontrasse nele alguma culpa que pudesse levá-lo à alguma punição. Não vejo nele motivo algum para qualquer condenação...

Ao ouvir isso e lembrando de informações passadas por Nicodemos e José, sobre o caráter daquele governante, tive a certeza de que começava a acontecer, naquele momento, um grande teatro preparado para se chegar ao desfecho conhecido – a crucificação. Parte dos populares, visivelmente manipulada por algum grupo, interrompeu a fala gritando:

– Queremos sua condenação. Ele se afirma nosso rei, mas não o reconhecemos como tal.

A ira demonstrada por eles era de tal sorte violenta, que Pilatos voltou para o interior da Fortaleza, levando consigo o Mestre.

Embora o desespero tomasse conta de nossos corações, estávamos todos em preces, quando vimos José sair da Torre. Ele veio ao nosso encontro, pálido e cambaleante, e em meio às lágrimas, disse:

– Meus amigos, eu não consigo. O que comecei a presenciar lá dentro quase fez meu coração parar.

– O que está acontecendo? Pelo amor de Deus nos diga.

– Estão açoitando impiedosamente Jesus, e o fazem como se fosse um criminoso cruel e violento. Ele sofre as chibatadas e permanece calado, sem demonstrar o menor sinal de revolta, apesar de assinalar toda a dor que lhe é imposta.

Passado algum tempo, Pilatos reapareceu trazendo Jesus, dessa vez com a túnica cingida à cintura e com marcas profundas do terrível açoite. O Mestre não mais andava, mas se arrastava em razão dos flagelos impostos.

Olhei imediatamente para Maria, e tal qual acontecia com os demais, ela chorava ao ver a triste condição em que seu amado filho se encontrava. E dando as mãos à Maria de Magdala e Salomé, ouvimos sua voz dizendo:

– Pai, nosso amado Pai, clareia a mente desses homens, que eles despertem para a necessidade de se arrependerem do que estão fazendo, pois por ora ainda nada compreendem. Eles não deixam de ser Teus filhos amados, e eu também os tenho como tal – os tenho como filhos meus.

E Pilatos novamente gritou para os populares:

– Novamente, afirmo que não vejo neste homem culpa alguma. Mesmo assim ordenei que o flagelassem, e agora lhes mostro sua terrível condição. Creio que nada mais poderá ser feito a ele.

– Crucifica-o, Pilatos, crucifica-o – gritou alguém.

– É isso mesmo, queremos a sua morte – outro interferiu.

262 *Seguindo com Jesus na Judeia*

– Morra esse rei que não nos pertence – uma voz se atreveu a riscar o ar.

Embora eu estivesse muito assustado, percebi que entre esse grupo que incentivava o pior veredito circulavam pessoas suspeitas. Recordei-me de tê-las visto no interior do Sinédrio, quando pude acompanhar Judas. O que será que faziam ali?

E apesar da dor terrível que tomava conta do meu ser, fiquei analisando essas pessoas. A cada novo grito de agitação, buscando a condenação suprema do Mestre, essas pessoas discretamente entregavam aos agitadores uma pequena bolsa, sendo que uma delas, em razão de um pequeno descuido, veio ao chão e pude notar que portava moedas. "O Sinédrio estava articulando tudo isso?" Sem querer julgar, tudo demonstrava que Caifás e Pilatos estariam envolvidos nessa trama sórdida. Então, foi isso o que aconteceu!

Comentei com Nicodemos e José que também ficaram observando o que acontecia.

– É verdade, David, a sentença final já foi dada antecipadamente. O Mestre será morto – falou Nicodemos.

– Meu Deus! Eu não tenho mais dúvidas sobre o que está destinado a ele – disse José.

– Foi por esse motivo que Caifás e Pilatos se reuniram isoladamente, há pouco, no interior do palácio! Certamente, estavam articulando essa farsa – completou Nicodemos.

E quanto a mim, via a confirmação apenas de parte do que foi narrado nos Evangelhos, pois toda a trama acontecida de longe passou pelas penas dos narradores.

Novamente, Pilatos conduziu o Mestre para o interior da Fortaleza, e, passados poucos minutos, lá estavam novamente, mas agora acompanhados de um zelote famoso que se encontrava preso – o nome dele era Barrabás.

Surpreendendo a todos que lá estavam, Pilatos gritou:

– Vocês se encontram durante os festejos de Páscoa, e embora não haja antecedentes, decidi agora vos fazer uma oferta. Tenho diante de mim dois condenados: Jesus, de Nazaré, em quem não vejo culpa alguma, e Barrabás, que todos vós conheceis bem. Ocorreu-me indultar um deles, e por esse motivo vos pergunto: qual deles devo libertar?

Certamente, Pilatos fazia essa oferenda, fingindo demonstrar todo o seu empenho na libertação de Jesus. O Senador Públius assistia a tudo, bastante impressionado.

E prontamente aqueles agitadores gritaram a todo pulmão:

– Barrabás. Liberte Barrabás!

– E o que devo fazer com Jesus? – perguntou Pilatos.

– Crucifica-o, crucifica-o, crucifica-o!

– Que farsa, meu Deus! Não acredito no que estou vendo – gritou Nicodemos aterrorizado.

Que momento terrível! Que dor ver a inconsequência humana promovendo tais desatinos! E eu via, naquele momento, a ignorância que ainda carregamos, provocando a maior de todas as dores – a condenação fatal do mais belo Espírito que já esteve em nossa Terra.

Voltei novamente meu olhar na direção de Maria, a mãe de Jesus, imaginando a dor terrível que estava sentindo naquele momento. Ela havia se ajoelhado, e os seus olhos pareciam apagados. Lágrimas intensas corriam por sua face, e o seu choro era silencioso, causando em todos uma dor inenarrável. Maria sofria; chorava; orava. O quadro era extremamente doloroso, e continuava sendo amparada pelas amigas que a acompanhavam.

Custava-me acreditar no que estava vendo. Impossível terem feito tanta maldade com o nosso Mestre, que era somente a expressão do mais puro amor.

Naquele momento, um filme passou diante de meus olhos. Via o Mestre distribuindo esse amor o tempo todo; curando as chagas; amparando os desvalidos; sorrindo e dando esperanças aos caídos nos caminhos do mundo. Seu falar era uma doce melodia e seus olhos eram faróis a iluminar nossa caminhada.

Recordando os olhos do Mestre, os meus agora também buscavam desesperadamente os de Judas, mas ele parecia não estar ali – era como se a dor que sentia, ainda com maior intensidade, tivesse lhe roubado a alma. Não podia me descuidar dele um só instante, mas meu coração estava tão dividido e maltratado que, às vezes, não sabia exatamente o que nem como fazer.

Depois de toda a encenação realizada e fingindo-se contrariado, Pilatos entregou Jesus para ser crucificado, não sem antes coroar toda a falsidade com um gesto que ficou marcado para sempre: lavou as mãos.

Em um momento de mais lucidez, pude recordar o que aconteceu conosco hoje. Lavamos as mãos e não nos envolvemos com o bem que deveríamos fazer, e por vezes tal comportamento parece nos trazer certa paz, o que não é verdade – estamos apenas adiando um sofrimento maior.

Estávamos entrando na terceira hora do dia, quando as portas da Fortaleza se abriram. E então saiu o cortejo em direção ao Gólgota, local das execuções feitas pelos romanos, e que ficava fora dos portões da cidade.

CAPÍTULO 19

Jesus é morto

Acompanhado por vários soldados romanos, Jesus passou diante de nós, mas, dessa vez, sem conseguir andar com desenvoltura, em razão dos flagelos terríveis recebidos e do peso da travessa da cruz que carregava aos ombros. Embora os Evangelhos dessem a entender que ele havia carregado toda a cruz, eu constatava naquela oportunidade que se tratava apenas da travessa, que se completaria com o braço vertical já existente no próprio Gólgota.

Se não bastassem todas as flagelações, procuraram ridicularizá-lo ainda mais – colocaram em sua cabeça uma coroa de espinhos, que o fazia sangrar abundantemente, a ponto de lhe prejudicar até mesmo a visão. Era um quadro terrivelmente doloroso!

– Pai dos Céus, o que fizeram com ele? O que eu fiz com o Mestre? – gritou Judas, profundamente abalado.

Meu amigo, chorando copiosamente ainda gritou:

– Não era essa a minha intenção... Mesmo assim sou um criminoso e jamais encontrarei paz em meu coração.

Tentei amparar meu amigo de Iscariotis, mas ele estava incrivelmente desequilibrado. Ele sacudia a cabeça para todos os lados e a esmurrava e soltava uivos de desespero. Lembrava-me da orientação do Mestre no sentido de não deixá-lo a sós, mas nem eu mesmo conseguia concatenar as ideias.

De repente, Judas quis interromper o séquito para abraçar o Senhor, mas foi barrado violentamente pelos soldados e atirado ao chão.

Jesus assinalou o triste episódio, mas quando volveu sua cabeça ensanguentada à procura do discípulo amado, recebeu nova chibatada.

Consegui segurar à força o meu amigo, na esperança de fazê--lo recobrar um pouco a consciência, mas sem sucesso. Seguíamos vagarosamente pelas ruas de Jerusalém, mas ele, insistentemente, afastava-se de mim.

– Solte-me, David, solte-me pelo amor de Deus. Não suporto mais ver o que fiz – gritava Judas. – Vou salvar o Mestre das garras desses traidores. Solte-me, solte-me.

E escapando das minhas mãos, correu na direção de Jesus, quando foi novamente barrado pelos soldados. Foram duros os golpes que recebeu, produzindo ferimentos profundos que começavam a sangrar abundantemente.

Em meio a todo aquele tumulto, um segundo de desatenção da minha parte e meu amigo, de Iscariotis, desapareceu no meio da turba ensandecida, sem que eu percebesse. Ele estava completamente fora de si.

Tentei localizá-lo, mas não logrei êxito, me preocupava em demasia quanto aos desdobramentos seguintes, em razão de todo o ocorrido.

Eu sabia, antecipadamente, o que ocorreria com ele – o suicídio. Mesmo assim fazia preces silenciosas, pedindo ao Pai que o afastasse desse intento. Seria possível alterar a história? Com o coração totalmente descompassado, eu não parava de chorar.

Ao perceber a presença de um dos seguidores do Mestre, Efraim, pedi-lhe:

– Amigo, preciso de tua ajuda. Temo pela segurança de Judas que, amargurado pelas consequências de seu ato, saiu daqui completamente descontrolado. Procura-o e não o deixe a sós um único instante. Em breve irei ao teu encontro, por favor. Aquele companheiro acenou com a cabeça e saiu imediatamente à procura de Judas.

E continuamos a acompanhar a distância o doloroso deslocamento de Jesus, que era seguido por outros dois sentenciados à morte, em razão de delitos praticados em Jerusalém.

Seguindo o cortejo, restava-nos apenas a possibilidade de amparar Maria, de Nazaré, que caminhava com muita dificuldade. Não nos permitiam nenhuma aproximação de Jesus.

Enquanto seguia aquela triste procissão, meus olhos buscavam em vão encontrar a presença dos queridos amigos, que haviam ficado no Cenáculo. Minha mente estava agitada pensando em Judas: "O que ele estaria fazendo? Será que Efraim o teria encontrado?" Temia por sua vida, afinal, já sabia o que poderia estar acontecendo: o mais doloroso de todos os atos que um homem pode praticar – o suicídio.

Ah, meu Deus! Como nós ainda, em pleno século XXI, desprezamos a mensagem que nos foi deixada por Jesus, a custa de tanto amor e tanto sofrimento! Eu estava presenciando tudo aquilo e jamais me esqueceria de seu trabalho incessante pela implantação do bem na Terra. Quanto amor nos deixou em sua caminhada, e quanto desprezo a humanidade demonstrou através da insistência na prática de equívocos, tais quais guerra, terrorismo, ganância, violência, crimes, abandonos, vícios!

O triste séquito subia pelas estreitas vielas, em direção ao Gólgota. O caminho estava repleto de barracas, que vendiam os mais variados produtos, e muitos vinham até elas em busca do necessário para os preparativos da Páscoa. Por ser uma sexta-feira, era preciso não se retardar em demasia quanto a essas providências, porque mais para o final da tarde teria início o *shabat*.

268 *Seguindo com Jesus na Judeia*

Por aqueles caminhos circulavam também muitos curiosos e todos paravam para observar a terrível cena. Alguns simpatizantes da causa do Mestre dirigiam a ele um olhar de compaixão, enquanto que parcela significativa lhe endereçava insultos e sarcasmos, o que acabava gerando alguns distúrbios.

– Esse Nazareno fez por merecer. Tumultuou a vida em Jerusalém.

– Cala-te, pois você não o conheceu...

– Que morra, que morra!

E aqui, e ali, surgiam alguns que partiam para as vias de fato, sendo apartados pela intervenção de alguns soldados. A agitação era total.

O Mestre caminhava dolorosamente, dando sinais de debilidade física impressionante. Estava exausto; respiração ofegante; o sangue lhe escorria pela face e por todo o corpo.

– David, não consigo acreditar no que vejo – falou João –, que se encontrava ao meu lado, chorando feito menino. – O Mestre mal consegue carregar a travessa.

– Meu Pai! – falei em meio às lágrimas abundantes que caiam de meus olhos. – Certamente, não lhe deram nenhum alimento desde a ceia de ontem. Talvez até água não tenha ingerido. Deve ter passado a noite sem descansar um instante sequer, e pelo visto passou por terríveis interrogatórios e violentas agressões. E agora caminhava lentamente, carregando o triste fardo proporcionado pela ignorância humana. Caminhava só, rigorosamente só, pois não era permitido a aproximação de ninguém.

Mesmo sabendo do desfecho, custava-me acreditar no que via. Tudo era um terrível pesadelo sem fim, triturando meu coração e fazendo com que não parasse de chorar. E gritava interiormente para mim mesmo: "– Por que, meu Deus? Por quê?"

O cortejo subia lentamente em direção ao Gólgota, e ao longo do caminho surgiam mulheres que tinham ouvido falar de Jesus e queriam ajudá-lo naquele momento tão doloroso; outras, gratas por benefícios recebidos, queriam abraçá-lo pela última vez. Choravam e se lamentavam diante da horrível cena, e, algumas delas corajosamente conseguiram vencer a barreira, e se aproximaram do Senhor.

– O que te fizeram!!! Fizeste tanto por nós, e agora estás sofrendo tanto. Senhor, meu coração chora por ti, tu és unicamente amor.

– Queridas filhas de Jerusalém – falou docemente Jesus, – não deveis chorar por mim, mas por vós mesmas e por vossos filhos. Virão dias em que se dirá: "– Felizes as estéreis, as entranhas que não conceberam e os seios que não amamentaram." A minha tarefa está se finalizando e logo seguirei para o Pai. Contudo, os tempos terríveis de tribulações para Jerusalém estão apenas iniciando.

Ao ouvir essas palavras de Jesus, imediatamente recordei de quando, ainda no alto do Monte das Oliveiras, ele havia dito: – Jerusalém, Jerusalém, que matas os profetas, apedrejas os que a ti são enviados! Quantas vezes quis eu ajuntar os vossos filhos, como a galinha ajunta os seus pintinhos debaixo das asas, e não o quisestes! Eis aí abandonada vos é a vossa casa. Logo, logo não mais me vereis e se afastareis de mim, até que diga: Bendito aquele que vem em nome do Senhor.

Pensei na dor que aquelas mulheres passariam anos à frente, quando da destruição de Jerusalém, no ano 70, pela tropa romana comandada por Tito Flávio Vespasiano Augusto, confirmando o que o Mestre havia previsto: "Não ficará pedra sobre pedra."

Levei meu pensamento aos meus contemporâneos, e tudo se encaixava dentro da mesma dor: quantas mulheres, do século XXI, chorando a perda de seus filhos em razão dos desatinos, da escravidão dos vícios, do desprezo às coisas da alma. Quantas chorando pelos filhos perdidos em atos terroristas – vítimas ou algozes.

Quando o Mestre falou que se considerassem felizes aquelas que permanecessem estéreis, impossível não recordar dos tristes episódios ligados às epidemias que grassam na Terra. Recordei-me de, quando ainda garoto, ver a enorme preocupação das

270 *Seguindo com Jesus na Judeia*

mulheres em engravidar, pelo motivo de terrível surto de doenças que provocavam a má formação de seus fetos.

Passados esses instantes de rápida reflexão, voltei à realidade do terrível momento que vivia – o suplício de Jesus.

Os legionários afastaram violentamente as mulheres e fizeram com que o Mestre se colocasse novamente a caminho do local da flagelação final. E ele se arrastava, deixando atrás de si um rastro de sangue, como a nos mostrar que cada um precisa tomar a sua cruz e superar suas dificuldades.

Próximo da terceira hora, quando o cortejo ultrapassava o portão de saída da cidade, Jesus, cambaleante, foi ao chão. O peso da travessa que carregava às costas devia representar um fardo insustentável, mas mesmo assim ele caminhava silenciosamente, demonstrando força impressionante. Só que naquele momento não mais era possível prosseguir – estava fisicamente esgotado.

– Não vai se levantar?

– Peça ajuda ao teu Pai.

– Fracassou Nazareno!

– Parece que foi abandonado!

O Mestre continuava caído, exausto, mas com a serenidade e a grandeza de sempre. Até naquele momento ele parecia nos passar lições preciosas, que eram percebidas apenas pelos que tinham olhos de ver e ouvidos de ouvir. Ensinava-nos a compreender e aceitar as consequências das deficiências alheias, a ter resignação, tolerância e a não fugir do caminho que nos cabe trilhar.

O centurião que comandava o grupo, percebendo a impossibilidade de Jesus em prosseguir, conduzindo a travessa, não permitiu que seus legionários cometessem nova agressão, e apelou a um homem que por lá passava, mandando-o conduzir o fardo que cabia ao condenado.

– Qual o teu nome? – perguntou o oficial romano.

– Chamo-me Simão, de Cirene – respondeu o interpelado.

– Ordeno-te que tome a travessa e a conduza até o local do suplício.

– Sim, senhor, farei isso, pois não vejo justiça no que fazem com este galileu – respondeu Simão, agachando-se e pegando a pesada peça de madeira, não sem antes auxiliar, espontaneamente, o Mestre a se levantar.

Ficamos mais aliviados em ver que a dor de Jesus estava sendo um pouco minimizada naquele instante. A mãe do Mestre, que caminhava amparada por Maria de Magdala continuava chorando silenciosamente, sem tirar os olhos de seu amado filho.

Passava da terceira hora quando chegamos ao local conhecido por Gólgota, ou "Lugar da Caveira", onde tradicionalmente aconteciam as crucificações, determinadas sempre pelos romanos, uma vez que os judeus jamais se utilizaram de tal modalidade na época em que aplicavam penas capitais. Esse local ficava a oeste de Torre Antônia e, naquela época, fora dos limites da cidade.

Lá chegando, Simão, o Cireneu, colocou a travessa no chão e imediatamente foi amparar Jesus, fazendo com que se sentasse um pouco sobre a rala relva do lugar. Era perfeitamente possível perceber a generosidade daquele homem que, embora não tivesse tomado deliberadamente a decisão de auxiliar o Mestre, aceitou de bom grado a incumbência de fazê-lo.

Apesar de toda dor e desespero, não deixei de me analisar naquele momento. Acredito que nunca havia agido da forma que aquele cireneu. Quantas vezes deixei de aproveitar as oportunidades que surgiram à minha frente, e que certamente poderiam ter me conduzido a condições melhores? Fechei-me, em mim mesmo, e não me permiti auxiliar aqueles que estavam enfrentando dificuldades muito maiores que as minhas.

Nesse momento, o centurião colocou, junto às três estacas que já se encontravam fincadas no solo, três plaquetas contendo a inscrição sobre os condenados. Ao centro, a plaqueta tinha a inscrição "Jesus, de Nazaré, Rei dos Judeus", e em cada uma das laterais a inscrição era "Malfeitor".

272 *Seguindo com Jesus na Judeia*

Pude ouvir os legionários falando a respeito do mal-estar gerado por Pilatos, ao escrever a plaqueta de Jesus com aqueles dizeres.

O Governador decidiu fazer tal inscrição, em razão do supliciado ter afirmado ser o rei de todos os judeus.

É verdade, amigo, e isso causou enorme mal-estar, sobretudo, entre os líderes religiosos desse povo.

Sim, sim. Alguns fariseus foram até Pilatos, pedindo-lhe que desistisse de colocar essa inscrição, e nosso líder apenas falou: "– O que eu escrevi está escrito, e assim permanecerá."

Muitos simpatizantes da causa do Mestre vinham até mim perguntando sobre os demais companheiros, uma vez que o grupo que ali se apresentava era por demais reduzido. Restava-me explicar que, por estarem muito assustados, decidiram permanecer escondidos no Cenáculo. O medo havia tomado conta de seus corações.

Debaixo de gritos, blasfêmias e cusparadas, os legionários prenderam os dois malfeitores às travessas e as içaram, fixando-as nos troncos verticais. O mais exaltado deles tinha o nome de Gestas, enquanto que outro, Dimas, parecia mais circunspecto.

Chegou a vez do Mestre. Após retirarem suas vestes, deixando apenas uma peça que lhe cobria os quadris, deitaram-no com os braços abertos e as mãos em cada uma das pontas do madeiro. Primeiramente, amarraram os antebraços com cordas, e em seguida vieram os cravos.

Que agonia para todos nós! O legionário incumbido da tarefa começou a fixar os punhos do mestre, enquanto o sangue jorrava abundantemente. A cada golpe o Mestre se contorcia dolorosamente.

Em minha mente acontecia um turbilhão de pensamentos. Quantas vezes aplicamos golpes piores no coração do Mestre? Sequer pensamos, antes de agir, junto àqueles que amamos, e muitas vezes também lhes aplicamos duras flagelações! Distribuímos dor e desencanto aos seres que nos cercam, à sociedade a qual pertencemos, ao planeta em que vivemos! Agimos levianamente, sem nos darmos conta de nossas irresponsabilidades. Enfim, esquecemos daquilo que o Mestre nos falou: "– Todas as vezes que fizerdes isso a um desses pequeninos, seus irmãos, é a mim que o fizestes."

Observando tudo o que acontecia ao meu redor, por vezes me incomodava o fato de misturar as duas situações nas quais me encontrava: era um seguidor do Mestre e, ao mesmo tempo, um repórter procurando registrar os fatos. O meu coração estava terrivelmente abalado diante de tudo o que acontecia, mas a razão precisava permanecer ao lado do repórter que pretendia deixar tudo registrado. Que conflito!

Meu trabalho consistia em deixar tudo registrado da forma mais fiel possível, torcendo para que os que viessem a ler minhas linhas pudessem sentir a necessidade de viver tudo o que o Mestre havia ensinado. Ler é por demais importante, mas viver o aprendizado é fundamental.

Em meio às reflexões, voltei meu olhar ao cenário triste do Gólgota. Passei a ouvir choro e grito de muitos que ali se encontravam: estavam içando o madeiro de Jesus, para a fixação no poste e, em seguida, cravar os pregos em seus pés.

Novamente a dor foi registrada pelo Divino Mensageiro. A cada golpe no cravo do suplício, parecia fazer com que sentíssemos a dor intensa que ele sentia.

E ainda com mais intensidade, Maria, sua mãe, sentia essa dor. Ela virava a cabeça e a escondia nos ombros de Maria de Magdala, em meio a abundantes lágrimas, mas não deixava escapar nenhum grito – sofria silenciosamente. Percebíamos que a doce mãe apenas sussurrava preces dirigidas ao Alto, o que certamente lhe proporcionava o amparo que necessitava.

Por volta da hora quarta, todos olhamos para um dos malfeitores crucificados ao lado de Jesus, Gestas, o mais agitado deles, não conseguia conter a sua revolta e, irado, dirigiu-se a Jesus:

– Dizem que a outros tu terias salvado; por que não salvas a ti mesmo, e a nós dois? Desça agora da cruz, Rei dos Judeus, para que eu veja e possa crer.

274 *Seguindo com Jesus na Judeia*

– Cala-te, Gestas, cala-te – gritou Dimas, o outro crucificado. – Nós sabemos porque estamos aqui, mas quanto a ele? Nada fez de mal, somente amou, ajudou, salvou, amparou. Cala-te, e aceita a punição que te cabe.

E olhando para Jesus, em meio a todo aquele padecimento, disse humilde e vagarosamente:

– Senhor, Senhor, sei que errei, e por isso, aqui me encontro, e nesta agonia vasculho meu coração, mas somente tristeza e arrependimento consigo encontrar. Quando chegares ao teu Reino não te esqueças de mim.

Após grande esforço que lhe permitiu dizer algumas poucas palavras, o Senhor falou:

– Dimas, tranquiliza tua alma. Ainda hoje estarás no paraíso proporcionado pelo encontro de ti, contigo mesmo, e seguindo em busca de melhores rumos. Acalma-te, meu irmão... Já despertas para a tua tarefa de reparação e construção do melhor. Nunca me esquecerei de ti.

Os populares riam-se do quadro, julgando que essas palavras fossem fruto de um enorme delírio do supliciado. Eu não. Compreendia perfeitamente a lucidez maravilhosa do Mestre, uma vez que havia assimilado muito do seu ensinamento. Percebi certa serenidade no semblante daquele malfeitor, proporcionada pela suave esperança que lhe foi dada por Jesus.

Até mesmo nesse momento doloroso, o seu coração conseguia distribuir amor, paz, alegria, conforto. E vendo que os legionários faziam sorteio de suas vestes, ao mesmo tempo em que muitos continuavam lhe dirigindo impropérios, ele ergueu sua fronte para os céus, e em meio a todas as dificuldades, disse vagarosamente:

– Pai, meu Pai, perdoa-os, perdoa-os... Eles ainda não sabem o que fazem.

Aproximava-se a hora sexta e a agonia prosseguia. A Senhora agora estava amparada por João, que lhe falava aos ouvidos palavras que certamente proporcionavam ajuda. O jovem discípulo pegou as mãos da nobre mulher e as beijou, num gesto maravilhoso de respeito e carinho.

Jesus, mesmo em meio a tanto sofrimento, registrou aquele belo gesto de seu amigo e, então, buscando forças, falou com os olhos voltados para sua mãe:

– Mãe, minha querida mãe, ao teu lado tens um dos filhos teus. Toma-o como tal...

E voltando os olhos para o discípulo tão amado, disse:

– Filho, eis aí tua mãe...

Impossível não derramarmos novas e abundantes lágrimas diante daquele gesto infinitamente generoso do Mestre, dava-nos como mãe a sua própria genitora, e dizia a ela que todos éramos filhos seus!

Tínhamos acabado de presenciar nova e emocionante lição, que somente poderia partir daquele grandioso coração. Percebi que ele queria deixar registrado que a humanidade forma uma só família.

Tanto o Mestre, quanto Dimas e Gesta, continuavam respirando, embora com grande dificuldade. Nem mesmo o sangue que lhe escorria por todo o corpo o poupava do escárnio vindo dos populares:

– Tu que pretendias destruir o Templo e reconstruí-lo em três dias, por que não salva a ti mesmo?

– Sendo Filho de Deus, como dizes, por que não desces dessa cruz imunda?

Ouvíamos aqueles insultos e olhávamos para a mãe de Jesus, na tentativa de poupá-la daquilo tudo. Seus olhos, generosos e belos, olhavam para aquelas pessoas com tanto respeito e carinho, que quando assinalavam aquele olhar, baixavam a cabeça e se retiravam envergonhadas.

Mesmo assim, alguns mais exaltados continuavam a gritar:

– Ele salvou a tantos, mas quanto a si mesmo não pôde salvar!

276 *Seguindo com Jesus na Judeia*

– Se és o rei dos judeus desce dessa cruz, e acreditaremos em ti. Confiou tanto em Deus, e agora está crucificado entre dois malfeitores.

Já estávamos na sexta hora, uma vez que o sol se encontrava a pino, quando começou, nas imediações, uma tempestade de areia, a ponto de provocar grande escuridão.

Por esse motivo, e, ainda pelo fato de estar se aproximando o *shabat*, muitos populares retiraram-se mostrando desprezo pelos sentenciados. Com isso, ficaram apenas algumas poucas pessoas, sobretudo, as que seguiam os passos de Jesus.

Os legionários estavam impacientes quanto à resistência dos três supliciados, visto ser sexta-feira e véspera dos festejos da Páscoa. Era necessário que eles morressem o quanto antes para que seus corpos fossem retirados das cruzes antes do início do *shabat*.

Depois de muito tempo cessou a tempestade, e o céu se abriu novamente. Já passava da nona hora quando voltamos a ouvir a voz de Jesus:

– Tenho sede...

Registrei nesse instante a reação de sua mãe; ela baixou a cabeça e conseguiu chorar ainda com mais intensidade, se é que era possível. Era como se ouvisse as batidas descompassadas de seu coração, diante de tanto sofrimento.

Um legionário foi até a vasilha de vinho acre que carregava consigo, molhou uma esponja e dirigiu-a até Jesus. Depois de tocar os lábios do Mestre, ele disse sua última frase, somente ouvida por aqueles que se encontravam bem próximos:

– Pai, meu Pai, tudo se cumpriu. Eis-me aqui. Em Tuas mãos entrego o meu Espírito. – Nesse mesmo instante, talvez pretendendo aliviar a sua consciência atribulada, ouvimos Dimas recitar, em tom muito sentido e um pouco mais elevado, o Salmo 22 de Davi:

"– Deus, meu Deus, por que me desamparaste? Por que estás afastado de me auxiliar, e das palavras do meu bramido. Deus meu, eu clamo de dia, porém Tu não me ouves, também de noite, mas não acho sossego. Contudo Tu és Santo, entronizado sobre os louvores de Israel. Em Ti confiaram os nossos pais; confiaram, e Tu os livraste. A Ti clamaram, e foram salvos; em Ti confiaram, e não foram confundidos. Mas eu sou verme, e não homem; opróbrio dos homens e desprezado do povo." Nesse instante, dolorosamente, vimos o Mestre pender definitivamente a cabeça – estava morto.

A comoção tomou conta de nossos corações e caímos de joelhos, enquanto Dimas interrompia sua fala e olhava abatido para Jesus.

Agora tínhamos a atenção voltada para Maria, que naquele momento, cansada de tanto sofrimento, não manifestava qualquer reação, parecia anestesiada.

Em seguida, ouviu-se um grande estrondo, acompanhado de violento tremor de terra, que chegou a fender as rochas do local.

Assustados, os poucos curiosos deixaram o Gólgota em desabalada carreira. O centurião que comandava a comitiva virou-se de lado e enxugou os olhos encharcados, dizendo:

– Realmente esse homem era o Filho de Deus. Que ele nos perdoe.

Embora chocado com tudo o que estava ocorrendo, pude lembrar que nos Evangelhos encontra-se narrado que Jesus havia dito o que Dimas falou, ao recitar o Salmo 22. Impossível, pois a sintonia do Mestre com o Pai era de tal forma completa, que não faria sentido ter dito que Ele o havia abandonado, conforme ficou registrado na história. Recordei-me de quando ele falou: "– Eu e meu Pai somos um."

Os legionários estavam preocupados com a proximidade do final do dia e precisavam dar fim ao triste episódio das crucificações. Foi quando veio a ordem de Pilatos para que fossem quebrados os ossos das pernas dos condenados, abreviando-lhes a morte. Assim foi feito quanto aos dois malfeitores – Dimas e Gestas, mas quanto a Jesus não houve necessidade.

Uma terrível úlcera lhe foi aberta próxima ao coração, através da lança de um legionário, certificando de que dela brotou sangue e água. Aquela constatação era resultado do acúmulo de líquido em torno de seu coração, em decorrência das incríveis alterações ocorridas no seu metabolismo, pelas horríveis flagelações que lhe foram impostas.

Estava tudo acabado.

Estávamos ao lado da cruz sem saber o que fazer, quando se aproximou José de Arimateia trazendo um fardo de linho puro.

– Meus irmãos, trago autorização de Pilatos para sepultar o corpo do Mestre, evitando que seja jogado no fosso dos criminosos. Tenho uma sepultura próxima daqui, e que ainda não foi utilizada. Peço tua autorização, mãe do Mestre, para que lá o sepultemos.

A Senhora, sem conseguir articular qualquer palavra, consentiu com o pedido de José através de um vagaroso aceno de cabeça.

– Seria bom se fossem descansar um pouco, afinal de contas, estiveram acompanhando tudo desde a primeira hora. Eu fico com o Mestre e lhe preparo o sepultamento – disse José.

– Eu fico contigo para ajudar-te – falei prontamente.

José acenou positivamente com a cabeça.

Todos concordaram com a sugestão de José, e antes de seguirem na direção da cidade, a Senhora abaixou-se para se despedir de seu filho, que já se encontrava acomodado sobre o solo.

Jamais havia visto cena tão comovente. Era um misto de dor e de esperança, de tristeza e de confiança, somente possível entre dois corações que se compreendiam perfeitamente.

Maria selou o último beijo na fronte ensanguentada de Jesus, olhou para o Alto e formulou uma prece comovente e se levantou.

Amparada por Maria de Magdala e por João, ela começou a seguir pelo caminho empoeirado, acompanhada por todos. O silêncio era absoluto e os passos eram lentos.

Eu e José começávamos a preparar o corpo, quando se aproximou o velho Nicodemos, trazendo pesado fardo de uma mistura de mirra e aloé, utilizada em trabalhos de preparação de corpos para sepultamento.

Elogiável e corajosa a atitude dele, pois sendo chefe dos fariseus deveria ter permanecido em casa, naquele dia de preparação para a Páscoa. Se da primeira vez em que se encontrou com o Mestre precisou se esconder através do manto escuro da noite, para não ser observado por seus pares, agora já não mais se preocupava com as repercussões de seu ato. A confiança que passou a ter em Jesus deu-lhe forças para não se preocupar com comentários ou retaliações de quem quer que fosse.

– Amigos, vim até vós para ajudar na preparação do corpo e no sepultamento de nosso Mestre – falou sentidamente o velho Nicodemos.

Nós nos levantamos e o abraçamos fortemente, e assim permanecemos por alguns instantes, para que pudéssemos nos recompor um pouco após tantos sofrimentos.

– Somos gratos por tua ajuda.

– Não me agradeçam, amigos. Se estou aqui é pela profunda gratidão ao Mestre, por ter me restituído a vida, depois de me tornar velho. Após seus ensinamentos, decidi nascer novamente mesmo estando vivo, e em novas existências pretendo não mais desperdiçar os dias que me forem concedidos.

Preparamos o corpo, envolvendo-o em uma mortalha de linho cru, embebida na mistura trazida pelo velho fariseu, e o conduzimos ao sepulcro cedido pelo amigo de Arimateia.

E ali ficamos por longo tempo, quase não acreditando que o teríamos de deixar ali, sozinho.

Minhas lágrimas não me impediam de rememorar tantas passagens vividas ao seu lado.

– Senhor, tu modificaste por completo o rumo de minha existência – disse-lhe chorando. Vindo de terras longínquas tive a alegria de te encontrar aqui mesmo, em Jerusalém, embora inicialmente não te compreendesse. Deveria ter retornado imediatamente ao encontro de meus velhos e queridos pais, contudo, senti que precisava seguir-te e me tornei o teu

280 *Seguindo com Jesus na Judeia*

primeiro companheiro nesta jornada. Presenciei tantos acontecimentos, tantos ensinamentos e tantas curas. Jamais vi alguém possuir um coração generoso e amorável, que pudesse se aproximar ao teu.

E continuei:

– Tu nos deixaste a tarefa de levar adiante a mensagem de nosso Pai, e é o que farei, mesmo que à custa de minha própria vida. Entendi o que é o verdadeiro amor e não suportarei viver minha existência sem amar e ensinar a amar. Quero seguir-te sempre, pois compreendi que tu és verdadeiramente o Caminho, a Verdade e a Vida, e necessito compreender-te cada vez mais, para que possa me aproximar do Pai.

Reclinei-me sobre o seu corpo, depositado na laje fria, e bem baixinho falei:

– Senhor, agradeço a confiança que em mim depositaste e serei sempre fiel. Divulgarei os teus ensinamentos a todos que encontrar em meu caminho. Se não me é possível alterar os fatos do passado, lutarei incessantemente para proporcionar melhores rumos para o futuro. Compreendi que a minha modificação permite a modificação de todo um mundo, e trabalharei na divulgação de tua Boa Nova para sempre.

Levantei-me vagarosamente, para que pudéssemos lacrar a tumba, e então me lembrei do mais lindo momento guardado em meu coração durante essa fantástica viagem, e parei.

Aconteceu quando subíamos o Monte das Bem-Aventuranças, e eu ia pensando nas dores que Jesus haveria de encontrar aqui na Judeia; e sabendo antecipadamente das condições de sua morte, os meus pensamentos estavam desconcertados, a respiração era ofegante e as pernas tremiam a ponto de não mais firmá-las.

Foi quando, tendo caído de joelhos e chorando copiosamente, ele veio até mim e me falou da necessidade de beber desse cálice, que então bebeu. Ajoelhou-se junto a mim e, afagando meus cabelos, levou minha cabeça ao encontro do seu peito.

Foi quando eu ouvi a frase mais linda que ficaria impressa em meu coração. Em voz baixa, para que apenas eu o ouvisse, ele me disse: "Eu te amo, meu irmão. Eu te amo..." Agora, ainda dentro da tumba, reclinei-me novamente sobre o corpo do Mestre, e bem baixinho lhe falei:

– Eu te amo, meu Eterno Mestre e Senhor. Eu te amo e te amarei por todo o sempre, e com toda a força do meu ser.

Ao sairmos, lacramos a passagem rolando a pesada pedra que servia de porta.

Seguíamos em silêncio para a cidade.

– E agora? O que será do movimento liderado por Jesus? – perguntou José de Arimateia.

Percebendo a dúvida instalada no coração de ambos, respondi:

– Acalma-te José. O Senhor nos disse que retornará ao terceiro dia. Ainda prometeu que no tempo correto o Pai haverá de nos enviar o Consolador para nos dizer o que não pode falar, e ajustar o que vier a ser distorcido. O Mestre nunca falha.

Mesmo confiando plenamente no Senhor, era natural a descrença que atingia a todos naqueles momentos tão dolorosos.

Apesar de toda dor e recordando a orientação do próprio Jesus, meu coração procurava por Judas. Precisava encontrar Efraim, na esperança de que houvesse localizado, a tempo, o meu querido amigo de Iscariotis.

CAPÍTULO 20

Judas não resiste à traição

Chegando à cidade, dirigi-me ao Cenáculo, enquanto José e Nicodemos seguiam para suas casas. Ao entrar na grande sala, o quadro era de profundo abatimento sobre todos.

Exceto João, os demais ficaram apavorados quando da prisão de Jesus e não ousaram sair dali – permaneceram escondidos. Alguns até tentaram seguir de longe a comitiva que conduzia o Mestre ao Gólgota, mas retornaram sem coragem de ir adiante.

João narrava tudo o que havia acontecido, não dando nenhum sinal de condenação quanto ao comportamento dos companheiros.

– João, eu me envergonho, pois sou o mais velho e temi acompanhar o Mestre. Você, ainda tão jovem, teve a coragem que me faltou – disse Pedro, em meio às lágrimas abundantes que lhe rolavam pela face.

– Tenha calma, meu querido amigo, é compreensível o que aconteceu com todos vós – respondeu o jovem discípulo, querendo consolar o velho pescador.

– Sinto-me arrasado. Ainda ontem o neguei por três seguidas vezes e agora virei-lhe as costas novamente – o velho discípulo disse, colocando a cabeça entre as mãos, num gesto de desespero.

Os demais sequer conseguiam forças para se levantar, tal o triste estado em que se encontravam. Então, pudemos constatar a força que brotava do coração do jovem discípulo que se pondo ao centro, falou docemente:

– Queridos amigos, não vos abateis. Se o Mestre estivesse ainda em nosso meio, certamente estaria nos consolando a todos. Ele jamais nos censurou pela fraqueza que ainda carregamos em nosso coração; ao contrário, sempre nos estimulou a seguir adiante e com coragem.

Nesse momento, todos se levantaram vagarosamente e se colocaram próximos a João, que continuou:

– Precisamos nos manter unidos, aguardando o retorno dele, conforme nos prometeu.

Em razão da fisionomia abatida que aparecia no semblante de todos, lhes disse:

– Este momento é de profunda dor para nós. A princípio nos parece que a morte tenha derrotado a mensagem redentora trazida por nosso Senhor, mas é preciso que acreditemos que ele haverá de vencê-la, como nos asseverou tão claramente.

– Sempre acreditamos no que ele nos falava, mas estávamos distantes da realidade deste momento. A sua morte foi tão cruel, que estamos assustados e desesperançados – disse Felipe.

– Nós o vimos trazer à vida a filha de Jairo, chefe da sinagoga de Cafarnaum, e de Lázaro, de Betânia. Mas, lembre-se de que ele mesmo nos alertou que os dois não haviam morrido, estavam apenas dormindo. Mas com o Mestre não. Ele está morto, eles o mataram – falou Tomé.

– Tudo isso é muito difícil para a nossa compreensão, pois sempre vimos a morte como um final, sem retorno. Contudo, meu coração pede que aguardemos, reunidos neste local até que aconteça o terceiro dia, como ele mesmo nos falou – sugeriu Bartolomeu.

284 *Seguindo com Jesus na Judeia*

– Não nos desesperemos nem nos dispersemos – falei decididamente. – Eu acredito no Mestre e sei que voltará.

Preocupado em procurar o meu amigo Judas, que não via desde o momento em que Jesus passou a ser conduzido ao suplício final, falei:

– Meu coração está aflito por Judas, e sairei à procura dele. Pedi ao nosso amigo Efraim que o procurasse e, ao achá-lo, não mais se afastasse dele. Alguém gostaria de me acompanhar?

O medo ainda estava estampado no semblante de todos, menos no de João.

– Vou contigo, pois também não me canso de pensar nele.

Começamos a caminhar pela periferia de Jerusalém, e a cada grupo que encontrávamos, buscávamos alguma notícia.

De repente nos deparamos com Efraim que, vindo em desabalada carreira, conseguiu nos dizer apenas isso:

– Venham, venham comigo. Judas está morto.

Trêmulos, seguimos os passos daquele amigo, até que nos deparamos com uma aglomeração de populares, junto a um pequeno despenhadeiro localizado na face sul da cidade, e fora de suas muralhas. Ficava próximo ao Vale de Hinom e junto ao túnel que me serviu de passagem pelo tempo.

Ao nos aproximarmos, tivemos a triste visão de Judas – estava caído ao lado de uma árvore, com uma corda improvisada ao pescoço: havia se enforcado.

Novo e terrível golpe me atingia o coração ao ver aquele cenário, a ponto de precisar me agarrar ao tronco daquela árvore.

Certamente, a dor causada pela traição da qual fora vítima, e que redundou na morte de seu querido Mestre Jesus, somada aos conflitos internos gerados pela ideia de se utilizar da ocasião, visando conseguir a libertação do povo, o cegou a ponto de cometer esse terrível ato.

Os transeuntes passavam e apenas por curiosidade se detinham rapidamente no local, para em seguida retomarem seus caminhos.

Eu e João, abalados com o ocorrido, não tínhamos mais lágrimas para derramar, em razão desse novo acontecimento. Chorávamos em silêncio, ante a partida daquele amoroso companheiro.

– Meu coração chora por ele, David – disse João em lágrimas.

– Perdemos um grande amigo, João. Tive a oportunidade de estar ao seu lado em muitas ocasiões e sempre vi muita sinceridade e amor em seus atos. Ele amava verdadeiramente o Mestre.

– Ainda ontem, quando nos encontrávamos diante do palácio de Caifás, tive a oportunidade de abraçá-lo fortemente ao vê-lo caminhando ao nosso encontro. Estava profundamente transtornado com o desenrolar dos acontecimentos, e confesso que comecei a temer por algo que pudesse cometer – disse João.

– Eu também, meu amigo, e por esse motivo pedi a Efraim que o procurasse, mas acabou sendo tarde demais – falei em meio às lágrimas.

– Vamos sepultá-lo dignamente.

Nós o retiramos do galho em que se encontrava dependurado e improvisamos uma cova onde depositamos o seu corpo. Concluímos a dolorosa tarefa com uma prece feita pelo jovem discípulo, pedindo que o Alto acolhesse aquele valoroso trabalhador da causa do Mestre e o desculpasse pela atitude impensada.

Não sabia dizer como meu coração estava naquele momento: presenciei a partida dolorosa de Jesus e, em seguida, sepultava meu querido amigo Judas.

Retornamos cabisbaixos para o Cenáculo, ao encontro dos demais. As notícias sobre a morte de Judas abalaram ainda mais o grupo, pois todos o tinham em elevadíssima consideração e compreenderam que tudo acontecera em razão de seu grande sofrimento, por se sentir culpado pela morte do Mestre. De fato, ele não tinha culpa, e todos sabiam disso.

Um emissário foi enviado à casa de Maria Marcos, mãe do jovem Marcos, que se tornaria futuramente um dos evangelistas, e tia de Barnabé, grande amigo de Pedro. Lá se encontra-

286 *Seguindo com Jesus na Judeia*

vam descansando as mulheres que acompanharam o calvário do Senhor e que receberam a triste notícia sobre a morte de Judas, de Iscariotis.

Ao retornar, o enviado nos deu notícias de que Maria, a mãe do Mestre, chorou muito ao saber da partida daquele discípulo tão amado.

E ela disse assim: "– Não cabe a ninguém fazer qualquer julgamento quanto a Judas. Sei que ele amou e seguiu os passos de meu filho Jesus, e a primeira coisa que me veio à mente foi a frase dita por ele: 'Perdoar setenta vezes sete vezes'. Oremos por esse trabalhador da Seara do Pai; ele também é meu filho muito amado." – relatou o emissário que voltava da casa de Maria Marcos.

O dia se encerrava, e a lua despontava no alto do firmamento. Embora o cenário fosse deslumbrante, ninguém conseguia se deter ante a sua beleza, pois os corações estavam triturados. Assim terminou o triste dia 14 de nissan, uma sexta-feira que ficaria marcada para todo o sempre na memória da humanidade.

* * *

Amanhecia novo dia, mas a tristeza não nos permitia trazer o sorriso aos lábios. Era um sábado de muita dor e incertezas.

Procurava dialogar com o grupo buscando resgatar a confiança no Mestre, e esperar o terceiro dia para que ele ressurgisse. Eu sabia que o domingo nos traria a certeza de que ele havia vencido a morte, e que a sua mensagem prosperaria por toda a Terra, mas os discípulos pareciam descrentes quanto a essa mensagem deixada pelo Senhor.

Preocupado com os sentimentos de Pedro, em razão de ter negado o Mestre por três vezes, quando se encontrava no pátio da casa de Caifás, aproximei-me do velho discípulo e abri diálogo:

– Meu velho companheiro, percebo que a tua tristeza em relação à partida do Mestre se soma ao fato de tê-lo negado quando estávamos no palácio de Caifás. Estou certo?

– É isso mesmo, David, e não consigo me perdoar quanto ao que fiz.

– Acredito que não deverias te inquietar tanto por esse motivo. Sabemos que o Senhor compreende as nossas imperfeições, e em algum momento tu te acalmarás – falei com o intuito de tranquilizá-lo.

Após a breve conversa, percebi que o velho pescador já parecia um pouco mais tranquilo.

As horas pareciam passar vagarosamente, e no início da noite, João veio até mim e disse:

– Em meio a tanta dor após a partida de Jesus, carrego em meu coração a sensação de que eu o abandonei.

– Como assim, João?

– Na quinta-feira, quando estávamos no horto, ele nos pediu que ficássemos velando por ele, e eu não consegui permanecer acordado. Apesar da delicadeza daquele momento, eu dormi, como se ignorasse os momentos de apreensão pelos quais ele passava. Quando penso nisso meu coração parece chorar...

– Não se esqueça de que eu também estava lá, e que também não resisti e dormi. Mas, o Senhor certamente nos compreende, afinal, estávamos cansados e tínhamos acabado de cear.

– De qualquer forma, esse fato está me incomodando, meu amigo. Sinto ter ignorado aquele que era a verdadeira luz, e que veio para iluminar todos que vêm a este mundo. Como ele mesmo falou, o mundo foi feito com a sua participação, e o mesmo mundo não o reconheceu; é como se ele tivesse voltado à sua casa, e os que nela habitavam lhe fechassem as portas, inclusive eu – falou João.

Assim falando, recordei-me de ter lido algo a respeito, no Evangelho escrito por aquele jovem discípulo. E como se estivesse em transe, com o olhar fixo em algum ponto que não pude divisar, ele continuou em meio às lágrimas silenciosas:

– E o Verbo foi feito carne e habitou entre nós e vimos a sua glória, aquela que o Filho maior havia de receber do Pai, e ele habitou entre nós, cheio de graça e de verdade, dando aos que o receberam o poder de se sentirem filhos de Deus, não nascidos do sangue e da vontade da carne e do homem, mas do próprio Pai.

Retornando a si mesmo, levantou-se e me abraçou demoradamente.

Ocorria uma conversa aqui, outra ali, sempre versando sobre as dificuldades que ainda sentíamos para uma compreensão maior quanto às verdades de Jesus.

Restava aguardar um pouco mais.

CAPÍTULO 21

O Mestre voltou

Finalmente, chegou o domingo, o terceiro dia após a crucificação, que nos traria de volta o templo maravilhoso de Jesus, reconstruído plenamente, conforme prometido por ele mesmo.

O nosso grupo continuava recolhido no Cenáculo, sem muita coragem para se expor junto às vias estreitas de Jerusalém.

Logo na primeira hora alguém bateu à porta, para espanto e preocupação de quase todos. Eu, João e Pedro fomos atender aquele que nos procurava, e quem se apresentou foi Maria de Magdala.

Incrivelmente abalada e após recuperar o fôlego, disse:

— Meus amigos, mal o dia amanheceu e me dirigi até o túmulo, acompanhada por Joana e Salomé, pois queríamos ficar mais alguns instantes junto de Jesus. Lá chegando, percebemos que a grande porta de pedra havia sido removida, e o corpo já não mais estava lá. Alguém deve tê-lo roubado.

— Alguém roubou o corpo do Mestre? — gritou Pedro, batendo fortemente no batente da porta, ao mesmo tempo em que começou a morder os lábios, escondidos sob a espessa barba.

Sem nem mesmo falar com os demais companheiros, saímos correndo na direção do túmulo, seguidos por Maria, que vinha mais à retaguarda.

Por sermos mais jovens, eu e João fomos os primeiros a chegar ao túmulo e constatar tudo o que ela havia dito – estava aberto e sem a presença do corpo.

Pouco depois chegou Pedro completamente exausto, que entrou e constatou a veracidade da narrativa de Maria. Desnorteados, tomaram uma decisão:

– Voltemos imediatamente até o Cenáculo, para informar aos outros a respeito do roubo do corpo do Mestre, e decidir o que faremos em seguida – falou Pedro.

Eu ia acompanhá-los, como era de praxe, mas por saber previamente a respeito da ressurreição de Jesus, ao terceiro dia, conforme havia lido nos Evangelhos, decidi interromper o retorno e ficar aguardando os acontecimentos, em local bem próximo ao túmulo.

Escondido atrás de uma enorme pedra, vi que Maria também não os havia acompanhado, preferindo ficar naquele local.

Pude ver que Maria se aproximou da entrada do túmulo e, apoiada nas pedras que serviam de parede, reclinou a cabeça e começou a chorar. Passados alguns poucos minutos, ela dirigiu seu olhar para o interior do local e parecia conversar com alguém.

Passados alguns minutos, pude ver que fora do túmulo, repentinamente apareceu o vulto de um homem, e Maria imediatamente olhou em sua direção. Agora era com ele que Maria começava um diálogo comovente.

Comecei a transpirar, pois imediatamente reconheci a presença do Mestre junto àquela discípula. Ele havia retornado!

Caí de joelhos e, emocionado, não consegui conter as lágrimas. Sabia que ele não deixaria de cumprir o que havia prometido – ele havia vencido a morte.

Refeito, levantei a cabeça e pude observar que a discípula conversava com ele, até que sua imagem começou a se desfazer como se fosse uma nuvem. Em seguida, Maria começou a correr em direção à cidade, provavelmente para levar a notícia até o grupo.

Embora eu ainda estivesse com as pernas tremendo de emoção, me antecipei e comecei a correr, na expectativa de chegar antes dela ao Cenáculo. Queria presenciar a reação de todos, ao tomarem conhecimento da ressurreição de Jesus.

Lá chegando, abri a porta e me deparei com Pedro, explicando aos demais que o corpo do Mestre havia sido roubado, e que era necessário tomar alguma providência no sentido de localizá-lo.

Mal terminado os relatos, novamente ouvimos batidas à porta – era Maria que retornava – eufórica, e quase não conseguia falar.

– Meus irmãos, o Mestre voltou, ele venceu a morte! Todos olharam para aquela discípula e permaneceram mudos por alguns instantes. Não estavam compreendendo bem o que ela dizia. Filipe rompeu o silêncio perguntando:

– O que queres falar, Maria? Diga logo.

– Sim, sim, direi a todos o que se passou. Ele está vivo, vivo, vivo... Eu o vi junto ao túmulo.

– Mas eu o vi morto na cruz – disse João, visivelmente nervoso.

– Sim, mas ele nos falou tantas vezes que venceria a morte e ressurgiria ao terceiro dia – falou Maria. – Onde está aquela fé tão bem construída por todos vocês? A partida do Mestre não vos permitiu conservarem essa certeza? Acordem, acordem, o Senhor é o Caminho, a Verdade e a Vida, e quem nele crê não pode perder essa fé.

– Certo, minha irmã, então nos diga o que aconteceu – falou Bartolomeu, esfregando as mãos, demonstrando toda a sua expectativa.

Logo na primeira hora me dirigi até o túmulo e lá chegando vi a porta caída no chão, e o corpo do Mestre não se encontrava no seu interior. Corri até aqui e relatei tudo a Pedro, João e David, que correram até lá e constataram a ausência do corpo.

– Sim, disso já sabemos, pois Pedro acabou de nos contar – falou Tomé.

– Os três amigos retornaram para cá, e eu fiquei aguardando um pouco mais. Estava desconcertada e comecei a chorar muito. De repente, acreditando que tudo fosse um terrível pesadelo, inclinei-me para o interior do sepulcro e me assustei; no local se encontravam dois anjos, maravilhosamente iluminados e vestidos com uma túnica branca. Um deles me olhou, com uma doçura incrível, e perguntou: "– Mulher, por que tu choras?"

Então, respondi: "– Porque levaram o meu Senhor e não sei onde o puseram."

– Anjos? Eles parecem sempre acompanhar o nosso Mestre! No Jardim das Oliveiras, quando ele nos levou para a sua última prece, antes de ser preso, havia um Anjo, que o amparava – disse Tiago Zebedeu.

– Mas não vi apenas Anjos, vi também Jesus, ao sair do túmulo. A princípio não o reconheci e o tomei por um jardineiro, que me disse: "– Mulher, por que choras? A quem procuras?

Surpresa, lhe respondi: "– Se foste tu que o levaste, diz-me onde o puseste, e eu o irei buscar".

E olhando melhor para aquele, com o qual conversava, o ouvi dizer com aquela voz inesquecível: "– Maria, Maria...".

Nesse momento, toda a emoção de Maria convertia-se em lágrimas abundantes, que não lhe permitiam continuar a narrativa. Enquanto ela chorava, todos se aproximaram ainda mais, para que ela se sentisse amparada. E permanecemos em silêncio por algum tempo, até que recobrasse as condições necessárias para continuar contando o que havia ocorrido.

Refeita, assim falou:

– Então o Mestre me disse: "– Maria, por enquanto não me toques, porque ainda não subi até o Pai. Vá, porém, aos meus irmãos, e dize-lhes que eu subo para o meu Pai, e vosso Pai, a meu Deus, e vosso Deus". Dito isso, ele se desfez como se fosse uma nuvem, e então vim correndo até vós para lhes narrar o ocorrido.

Mesmo após as narrativas de Maria, os discípulos pareciam continuar ainda abatidos, sem grandes esperanças. Não tinham acreditado plenamente no que havia sido dito, julgando que tudo fosse até mesmo um desvario daquela companheira.

Bastante confuso, Pedro decidiu ir novamente até o sepulcro, para ver se encontrava alguma pista sobre o eventual roubo do corpo, enquanto que todos nós permanecemos reunidos no Cenáculo.

Mal ele havia saído, novamente alguém à porta pedia para ser atendido. Aberta, vimos que se tratava de dois seguidores que sempre acompanhavam de perto o Mestre, Cleófas e Tadeu, da aldeia de Emaús, distante cerca de três quilômetros a noroeste de Jerusalém.

Embora assustados, Cleófas antecipou-se e começou a falar com incrível euforia, observado atentamente por todos. – Meus irmãos, algo fantástico aconteceu há pouco. Eu e Tadeu íamos em direção à nossa aldeia, Emaús, e ao nos aproximarmos, percebemos que à retaguarda vinha um homem vestido com uma túnica branca e trazendo à cabeça um capuz. Ele adiantou o passo e se juntou a nós, indagando sobre o que falávamos.

– Respondemos que falávamos sobre a morte de Jesus, em Jerusalém – interrompeu Tadeu, que falava atropelando as palavras de seu companheiro em razão do entusiasmo.

– Deixe-me continuar a narrativa dos fatos, Tadeu – disse Cleófas. – Então, falamos ao estranho que o Mestre havia sido morto, e que nos encontrávamos desesperançados, afinal, acreditávamos que ele redimiria toda Israel, e já se passava três dias do ocorrido. Disse-lhe que tínhamos acabado de ouvir que algumas mulheres que acompanhavam o Mestre haviam tido uma visão, em que Anjos afirmavam que ele estava vivo, mas não tínhamos certeza disso.

Recordando-me de ter lido o episódio da aparição no caminho de Emaús, observava que todos não conseguiam desviar o olhar dos dois mensageiros, pois precisavam descobrir o que de fato havia ocorrido, e toda informação confiável era bem-vinda.

Nesse momento, Pedro, que estava no sepulcro, retornava incrivelmente alegre e surpreso. Ao entrar, o velho pescador ouviu o que Cleófas estava falando:

– Então, chegando a Emaús, o estranho deu a entender que seguiria adiante, em direção a outro sítio. Nós o convidamos a comer conosco e ele acedeu. Em minha casa, coloquei o pão sobre a mesa e ele o pegou, abençoou e o partiu, dando-nos um pedaço.

O clima no ambiente havia se tornado otimista, não apenas em razão do entusiasmo dos dois de Emaús, mas também de Pedro, que estava desesperado para poder falar.

– E ao partir o pão veio a grande alegria: era ele mesmo, o Mestre estava conosco – disse Tadeu.

– Sim, sim – gritou Pedro. Retornando do túmulo há pouco, ele apareceu diante de mim. Eu queria ajoelhar e beijar-lhe os pés, mas ele não permitiu. Disse-me, ainda, que será necessário que partamos em breve para a Galileia, onde ele aparecerá a todos. E eu vim correndo para lhes falar sobre isso.

Então, a confiança transparecia no olhar de quase todos; digo, de quase todos, pois Tomé demonstrava insegurança quanto ao retorno do Mestre.

Conversávamos entusiasmados, relembrando o que ele havia dito: "– Destruirão o templo e eu o reerguerei em três dias", quando Bartolomeu falou:

– Usaram dessa frase, dita pelo Mestre, para condená-lo à morte! Acho que nem mesmo eu o havia compreendido bem.

– Agora estamos entendendo o que realmente ele queria nos dizer – falou Tiago Zebedeu.

Recordando de nosso valoroso companheiro Judas, eu disse:

– Em meio a toda essa alegria que nos enche o coração, não posso deixar de me lembrar de Judas. Se não tivesse dado fim à sua própria vida, poderia logo mais ver o Mestre, e, certamente seu coração se encheria de felicidade. Infelizmente, agora é tarde.

Pude presenciar que, naquele instante, todos estavam derramando lágrimas por Judas.

O sol começava a se pôr no horizonte e dava espaço à lua que vinha embelezar a doce paisagem local. Nesse momento, sentindo-se deslocado quanto à expectativa de todos em poder ver Jesus, Tomé sentiu a necessidade de ficar sozinho e nos pediu permissão para se afastar um pouco do Cenáculo, ganhando em seguida as ruas já iluminadas pelas toscas tochas.

Pouco tempo havia se passado após a saída daquele discípulo, quando ouvimos a mais melodiosa e doce voz que conhecíamos. A porta estava trancada, mas inexplicavelmente ele se encontrava junto a nós:

– A paz esteja com todos vós, meus queridos amigos.

Voltamos o nosso olhar na direção daquela voz e caímos de joelhos ao chão, diante de nós estava a figura maravilhosa do Mestre, sorrindo para todos. Era o mesmo sorriso de sempre, transmitindo alegria, conforto, confiança. Era a presença do Pai, em seu doce olhar.

O choro não nos permitia falar absolutamente nada.

Jesus circulava em nosso meio e colocava sua destra em nosso ombro, ao mesmo tempo em que beijava a cabeça de cada um. Não conseguíamos ouvir nada além dos fortes soluços. E a doce voz de sempre nos falou:

– Por que estais perturbados, meus amigos, e por que surgem dúvidas em vossos corações? Vedes minhas mãos e meus pés – sou eu mesmo quem retorna.

Todos continuavam paralisados, tomados de emoção e surpresa. Jesus novamente passou ao lado de cada um, pedindo que tocássemos as feridas produzidas pelos cravos, em suas mãos e pés, e na lateral, fruto do lançaço feito para se certificar quanto à sua morte.

– João, vês minhas mãos, as feridas produzidas pelos cravos. Acompanhaste tudo junto à cruz e agora percebes que sou eu mesmo.

E ele não apenas viu as feridas, mas as beijou vagarosamente, e as mãos do Mestre encharcaram-se com as lágrimas do jovem discípulo.

O Senhor colocou-se no nosso meio, e nos abraçamos demoradamente, como fazíamos sempre – éramos uma grande família, naquele momento recomposta com a sua volta.

Nesse momento incrível, eu fiquei também pensando na minha caminhada. A vida havia me proporcionado uma oportunidade fantástica de conhecer o Mestre, sua mensagem, seus exemplos. Eu agora o conhecia como poucos tiveram a chance de o conhecer; sim, eu que até há pouco sequer havia tomado conhecimento de sua passagem pela Terra.

Ah, que privilégio o meu! Em tantas vezes que estive fortemente abraçado a ele, pude sentir até as batidas de seu coração junto ao meu peito! Ouvi dele várias vezes essa doce frase: "Eu te amo, meu irmão."

Em meio às lágrimas, eu voltava meu pensamento para os momentos em que lhe falava da falta que sentia de meus pais, e sempre ouvia de seus lábios doces frases como essa: "Meu querido amigo e companheiro, ficai tranquilo, pois aqueles que se amam jamais se separam". E então, meu coração se pacificava e dirigia a eles a minha prece de gratidão, de alegria e de esperança em poder reencontrá-los em algum dia.

E sentia a grande responsabilidade que foi colocada em minhas mãos: precisava falar disso tudo à humanidade; fazê-la entender que temos a divina orientação vinda através de Jesus, para que encontremos o melhor caminho para derrotarmos o orgulho, o egoísmo, a vaidade, a prepotência, a inimizade e tantas outras coisas, e conquistarmos a felicidade real, a do coração que vive em paz consigo mesmo e com os outros.

Pensava também no belo trabalho que seria executado por Mateus e João, ao escreverem os seus Evangelhos relatando a passagem do Mestre, de acordo com o que puderam ver e ouvir ao longo daqueles três anos.

Sentamo-nos à mesa e começamos a refeição, dessa vez com a presença dele. Que alegria! Era como se aquele pesadelo do calvário não tivesse existido!

De minha parte, nos poucos instantes em que conseguia recobrar a minha condição de repórter, uma vez que a alegria era estonteante, pensava no ocorrido e tentava entender como aquilo tudo havia acontecido. Como seria possível a ressurreição?

A filha de Jairo, o chefe da sinagoga de Cafarnaum, e Lázaro, de Betânia, apenas dormiam, ou seja, não estavam mortos, mas com o Senhor tudo era diferente; não havia a menor dúvida quanto à sua morte. Nós vimos! A crucificação foi real! Eu mesmo ajudei a conduzir o seu corpo para o sepulcro, e não havia a menor condição de recobrar a vida, tal os males que lhe haviam sido imputados!

O Mestre repartia o pão e vinha até cada um dos seus seguidores para entregar a parte que lhe cabia. Ao chegar até mim, sentindo, além da alegria, todas as minhas dúvidas, sussurrou ao meu ouvido:

– David, tu levarás aos teus as minhas notícias, e quanto ao que acaba de ocorrer, não te esqueças de que aquela doutrina, da qual te falei, existente em tua época, tem as respostas que precisas. Irás compreender tudo, rigorosamente, tudo.

Voltando ao centro da mesa, disse:

– Eu vos havia dito: "Importa que eu seja entregue nas mãos dos impiedosos e seja crucificado, e ao terceiro dia ressurja". Estas palavras vos falei, estando ainda convosco, para que se cumprisse tudo o que de mim estava escrito na Lei de Moisés, nos Profetas e nos Salmos. Dou-vos prova de que venci a morte, e todos vós podeis fazer o mesmo. A partida significa apenas mudança de endereço, pois passamos a habitar noutra morada de nosso Pai, uma vez que em sua Divina Obra existem infinitos locais para nos acolher.

E continuou:

– Eu fui o Cordeiro do Pai, imolado como sacrifício último. Após mim, entenderá a humanidade que o sacrifício real, aquele que mais O agrada, é a luta individual e incessante pela eliminação do egoísmo, do orgulho, da vaidade, da ignorância. Apoiado na mensagem que deixei, cada qual deverá empreender seus melhores esforços nesse sacrifício que o aproximará, cada vez mais, do Altíssimo.

O Mestre falava e eu ficava encantado com tudo aquilo, querendo entender o que estava acontecendo. A vida rigorosamente continuava para ele, tal qual no tempo em que se encontrava caminhando conosco pelos caminhos da Palestina. Que processo seria aquele, que eu precisaria descobrir junto àquela doutrina existente no meu tempo? Tudo era simplesmente fantástico!

– Assim como o Pai me enviou, eu vos envio ao mundo – disse Jesus. – Ide e pregai o Evangelho a todas as criaturas, para que compreendam, e compreendendo possam se redimir de seus equívocos. Em meu nome porão suas mãos sobre os doentes e os curarão, orientarão os espíritos ainda desencaminhados, falarão em línguas e serão intermediários entre o Alto e os necessitados na Terra. Antes é necessário, porém, que venham os Santos Espíritos do Pai sobre vós, conforme prometido por Ele, para que possais fazer essas coisas. Deveis aguardar um pouco mais para que isso aconteça, mas daqui a alguns dias deveis ir até a Galileia, para que nos encontremos novamente e, após, retornem a Jerusalém, para o início do vosso trabalho.

Após esse pronunciamento, Ele se levantou e, beijando a fronte de todos, despediu-se. Ficamos olhando para ele, ao mesmo tempo em que as lágrimas escorriam em nossas faces.

E como se fosse um truque de mágica, o Mestre desapareceu, ultrapassando as fortes paredes do local. O que era aquilo?

Em meio à forte emoção, e sem que percebêssemos, já estávamos todos abraçados e entoando um hino de louvor a Jesus. A alegria estava novamente estampada nos olhos de cada um de nós.

De repente, a porta se abriu e entrou Tomé, que havia saído para refletir um pouco. Aquele discípulo foi recebido com abraços, risos, cânticos, muito embora não estivesse entendendo o que se passava.

– Tomé, Tomé, o Mestre esteve aqui conosco! Veio até nós e aqui permaneceu por algum tempo! Se alimentou conosco e nos exortou à caminhada de divulgação de sua Boa Nova – Pedro falou com entusiasmo.

– É verdade, meu irmão, ele nos abraçou – disse Tiago.

– Ele está vivo como nos velhos tempos – gritou Bartolomeu.

Tomé não esboçou nenhuma reação positiva – estava apenas surpreso com a forma como havia sido recebido. Então, com um olhar triste, disse:

– Sempre acreditei em vós e no Mestre, contudo, morte é morte, e não consigo imaginar alguém retornando dela! Sei que o Senhor nos falou tanto a respeito de regressar, mas é algo tão forte que eu não consigo acreditar. Demonstrando que o grupo entendia os questionamentos que brotavam daquele coração tão esforçado, todos foram até ele e o abraçaram. Filipe sorriu e disse docemente:

– Tomé, o Mestre haverá de retornar, e você verá com os seus próprios olhos. Por enquanto, não se entristeça por ter suas dúvidas. Talvez seja melhor assim, para que possas construir a tua verdade com mais força.

Tomé, então mais animado, acenou positivamente com a cabeça e finalmente sorriu.

Continuamos a habitar o Cenáculo, e a aparição do Mestre foi assunto para toda a semana. Trocamos impressões com Maria de Nazaré que já sabia da aparição através dos relatos que lhes foram feitos por Maria de Magdala. Todos estavam felizes e esperançosos de poder vê-lo novamente.

Nas ruas de Jerusalém não se falava em outra coisa que não fosse o ressurgimento do Nazareno. As autoridades religiosas e romanas agitavam-se na tentativa de abafar as notícias, mas

300 *Seguindo com Jesus na Judeia*

pouco puderam fazer frente ao elevado número de judeus que circulavam pela cidade em razão dos festejos da Páscoa.

Chegou um novo domingo, e ainda aguardávamos a orientação para seguirmos na direção da querida Galileia, conforme nos asseverou Jesus. Ao cair da noite o grupo, dessa vez completo, estava ceando no Cenáculo, quando novamente ouvimos a doce voz do Mestre:

– A paz esteja convosco, meus queridos amigos.

Levantamo-nos sorrindo e, ao mesmo tempo, olhando para Tomé que, sem forças para se erguer, foi ajudado pelo próprio Senhor.

De pé, recebeu o mais significativo abraço de Jesus, como a pedir que sentisse muito bem a sua presença. Após, ele disse:

– Tomé, querido amigo de caminhada, compreendo muito bem as dúvidas que tens, tão naturais a todo ser humano. Para que tenhas certeza de que sou eu mesmo, toca nas minhas feridas, as mãos maltratadas pelos cravos do meu suplício, os pés que me mantiveram erguido e a lateral de meu peito, que provou que a morte havia sido consumada.

Tomé estava emocionado e, a princípio, relutou em tocar as feridas de Jesus, mas ao final atendeu à sugestão. Diante das marcas do sofrimento de seu querido amigo e Senhor, o discípulo o abraçou com tanta força, que parecia não mais querer se afastar dele.

– Agora crês porque me viste e me tocaste, e me alegro muito com isso. Contudo, ainda melhor é quando se crê sem mesmo ter visto.

Após, já sentados à mesa, procurando reforçar entendimentos que recebemos ao longo daqueles três anos, eu lhe falei, emocionado:

– A tua presença entre nós dá profundo alento e bom ânimo, para podermos desempenhar a missão que nos cabe. Sabes muito bem o quanto te amamos e te queremos bem, mas já consigo compreender que necessito distinguir a tua presença física, tão amada por todos, da mensagem do Pai, que nos trazes.

– Sim, David, é exatamente isso que a humanidade precisará fazer doravante. Quando disse que eu era o Caminho, a Verdade e a Vida estava dizendo que o roteiro de vida que trago do Alto representa um Caminho a ser seguido, pois ele exprime a Verdade de nosso Pai. Essa Verdade é o grande roteiro que orientará todos ao cumprimento das Leis Divinas. E quem segue o melhor Caminho e instala a Verdade d'Ele em seu coração consegue encontrar a Vida plena.

– Imagino que, no futuro, muitos adorarão a tua imagem; se lembrarão das passagens; quererão conhecer a tua vida, mas se esquecerão de procurar compreender realmente a tua mensagem. Muitos o terão como um mito, amuleto ou coisa parecida, sem entender que a tua mensagem precisa estar dentro do coração, e somente essa certeza poderá lhes proporcionar a felicidade de caminhar rumo ao nosso Pai.

– É verdade, David, mas cabe a cada um de vós trabalhar no sentido de esclarecer a humanidade a esse respeito. Por mais que se tenha amor pelo mensageiro, o que de fato importa é a mensagem que se recebe; eu sou o mensageiro, e a verdade de nosso Pai é a grande mensagem.

Ao término daqueles momentos tão especiais, Ele nos pediu que seguíssemos na direção da doce Galileia, onde novamente nos encontraria.

CAPÍTULO 22

Os quinhentos da Galileia – Pentecostes e as línguas de fogo

Amanheceu novo dia, e nos pusemos a caminho da querida Galileia. A jornada era longa e difícil, sobretudo, pelo fato de ser feita a pé, e carregando os pertences necessários ao deslocamento.

A cada passo dado, recordávamos das vezes em que por ali havíamos passado, sempre na companhia de Jesus.

Nessa viagem o ânimo do grupo era diferente, pois sorríamos, cantávamos. A cada pessoa encontrada pelo caminho, prontamente falávamos de Jesus, de sua mensagem, de seu ressurgimento após a crucificação.

Seguindo para o norte, em direção à Cafarnaum, víamos com muita alegria a mudança do cenário: começavam a surgir árvores mais verdejantes e frondosas; os pássaros nos acompanhavam pelas estradinhas; deparávamo-nos com pequenos riachos.

Tudo era mais belo e vivo. Mesmo passados dois mil anos, via no meu tempo uma Galileia encantadora, suave, marcante, muito diferente do que encontrávamos na Judeia.

Em Cafarnaum, ao lado do Mar da Galileia, reencontramos pessoas muito amadas e companheiros da caminhada inicial do Mestre. Era de fato uma alegria imensa caminhar por aquelas terras tão especiais e sempre acompanhados por aqueles que seguiram Jesus, e que, ao nosso lado, buscavam maiores explicações sobre o que ele havia nos deixado.

Era como se tivéssemos retornado a um passado não tão distante, e de doces lembranças. O término da caminhada de nosso grupo aconteceu na casa de Pedro, e toda a Cafarnaum já sabia de nossa chegada.

Fomos recebidos por sua família, que muito festejou o nosso retorno. Aquele local era muito especial, pois cada detalhe nos remetia aos doces encontros que aconteciam costumeiramente por ali.

Relembrando esses acontecimentos, tomamos a iniciativa de fazer uma reunião, como acontecia quando da presença de Jesus naquela casa tão especial.

Ali, novamente, emocionei-me bastante. Sentados ao chão, formamos um grande círculo composto por Pedro, sua esposa e a sogra; André; Tiago Maior e João, ao lado de seus pais, Zebedeu e Salomé; Filipe e Bartolomeu, os velhos amigos; Tiago Menor e Judas, filhos de Alfeu; Simão, o Zelote, sempre muito calado; Tomé, Mateus e eu ao seu lado.

Entre mim e João, acidentalmente, ficou um espaço em aberto, e então nos olhamos. Com lágrimas nos olhos, o jovem discípulo me disse baixinho:

– David, meu grande amigo, parece que sinto a presença de Judas Iscariotis, sentado entre nós dois. Isso me emocionou ainda mais...

– É verdade, João, também pensei assim. Depois de tudo o que aprendemos com o Mestre, entendo que até possa ser possível. Meu coração também se emocionou.

304 *Seguindo com Jesus na Judeia*

O ambiente respirava um misto de alegria, silêncio e muita emoção, e quando estávamos nos preparando para dar início à reunião, na expectativa de que alguém tomasse a iniciativa de coordená-la, nova alegria encheu o nosso peito.

Alguém bateu à porta, e a sogra de Pedro foi prontamente atender mais um visitante que chegava.

Apresentou-se uma figura tão marcante e amada por todos, respeitada pela sabedoria, amor e justiça que trazia em seu peito. Além dessas qualidades pessoais que trazia, muito aprendeu com Jesus, pois com ele conviveu por toda a sua vida – Tiago, o Justo.

Ele adentrou a casa, e com alegria indescritível estampada em seu rosto, cumprimentou um a um. O clima interior, se é que fosse possível, ficou ainda mais doce e suave, pois sua presença nos fazia lembrar ainda mais o querido Mestre, até mesmo pelos traços fisionômicos.

Pedro, imediatamente, o convidou a ocupar o centro da assembleia e conduzir os trabalhos. Fiquei mais uma vez observando aquele valoroso homem, e em sua liderança serena e espontânea. Era uma pessoa admirável! Assim falou:

– Amados companheiros e discípulos de nosso irmão Jesus, sou grato a todos pelo carinho e amizade que têm para com ele. Por ocasião do triste episódio de sua morte, não tive condições de lá estar e acompanhá-lo em seus últimos passos, nesta presente caminhada. Contudo, sabemos, todos nós, que ele continua e continuará conosco pelos séculos e séculos, distribuindo sua luz e sua paz.

Parecia estarmos ouvindo o Mestre, tal a suavidade e energia que impregnava às palavras.

– Comecemos a nossa reunião, pedindo a presença dele em nosso meio.

Sentindo perfume adocicado no ar, como se pétalas de flores caíssem diretamente do céu, a reunião aconteceu de forma proveitosa. Ao final Tiago disse:

– Tenho ainda, por pouco tempo, a necessidade de me desvencilhar de algumas tarefas urgentes. Em poucos dias, terei a alegria de me juntar a vocês, para que possamos trabalhar incansavelmente na divulgação e prática da mensagem do Pai, trazida por Jesus.

– Quando nos encontrávamos no Cenáculo nos preparando para a ceia, o Mestre havia nos lavado os pés, e depois dito que estava próxima a sua partida. Eu mesmo perguntei a ele a quem deveríamos procurar, após a sua morte, ao que ele respondeu: "– Após o meu retorno ao Pai, por onde quer que vás, procure Tiago, O Justo."

Nesse instante, Tiago baixou a cabeça e começou a chorar mais intensamente.

– Jesus sempre me cercou de muito carinho e cuidados, desde que nasci. A cada oportunidade me transmitia seus ensinamentos, e eu ficava encantado com tanta doçura e sabedoria. Estaremos juntos em poucos dias e trabalharemos arduamente para que a Boa Nova seja espalhada por toda a Terra. Ficai todos vós em paz.

Após as despedidas nós nos retiramos. Tiago Maior e João acompanharam seus pais no retorno ao lar; Bartolomeu e Filipe seguiram até Dalmanuta, aldeia que ficava bem próxima; Mateus e eu nos dirigimos à sua casa, e os demais foram se acomodando conforme era possível. O importante era continuarmos sempre próximos.

Logo que retornei à casa de Mateus, instalei-me no mesmo quartinho de outrora. Na primeira noite procurei me recolher junto às tamareiras, meu local de refúgio e onde ficava pensando a respeito da minha vida, das minhas experiências ao lado de Jesus, de meus amigos, os discípulos, e do meu trabalho para levar aos irmãos do meu tempo a mensagem redentora do Mestre. Nesse momento, voltava meu pensamento aos meus velhos e queridos pais, distantes dois mil anos. Como eles estariam? Que saudades!

Meu coração estava ansioso por revê-los, e sabia que se aproximava o momento de retornar e poder abraçá-los. Praticamente, estava chegando a hora de iniciar a divulgação da mensagem

306 *Seguindo com Jesus na Judeia*

de Jesus, revestida dos mais amplos detalhes, maiores compreensões, melhores entendimentos. Aproximava-se, também, a ocasião de procurar me inteirar daquela Doutrina que o Mestre havia comentado. Estava ansioso por aquilo tudo.

No dia seguinte, combinamos que no início da madrugada colocaríamos o barco no mar, para realizarmos a pesca. Na hora acertada, novamente nos encontramos às margens do Tiberíades, para iniciar a empreitada, e, estavam presentes: Pedro, André, Bartolomeu, Tomé, João e seu irmão Tiago, Filipe e eu.

Lidamos a noite toda e nenhum peixe foi apanhado. O sol começava a surgir quando decidimos retornar à praia, para voltar em outra oportunidade, afinal, aquela pesca não havia trazido nenhum resultado.

Enquanto no mar, meus pensamentos retornavam cerca de três anos, quando ali mesmo via Jesus trabalhando no barco de Pedro e André. Mesmo com os olhos marejados, peguei-me sorrindo ao lembrar a sua forma desajeitada, ao auxiliar os pescadores. Parecia ouvir as brincadeiras dos irmãos, que riam do Mestre a cada dificuldade que ele encontrava no trato com as malhas. Que saudades daquele Jesus, que mais se assemelhava a um menino!

– Pedro, recordo-me de quando o Mestre, pela primeira vez, subiu em teu barco. Lidava com a tarefa de forma tão desastrada, pois lhe faltava a habilidade para tal! – falei, tentando animar aquele discípulo que, por vezes, ainda se mostrava abatido em razão de ter negado conhecer Jesus.

Pedro deu um largo sorriso e disse:

– É verdade, é verdade. Acho que nunca ri tanto em toda a minha vida! Às vezes, ficava observando suas ações, e o achava semelhante à uma criança – sempre feliz, alegre, brincando, sorrindo.

Em cada episódio, gesto, situação, parecia que estávamos novamente vendo o nosso querido Senhor. Em momento algum nosso pensamento se afastava dele.

Aproximávamos das margens quando identificamos a figura de um homem em terra firme, que em altos brados disse:

– Tendes algum peixe para comer?

Imediatamente, veio-me à lembrança o episódio que estava prestes a acontecer. Era Jesus quem nos aguardava na praia, e eu precisava prestar atenção à reação de meus companheiros.

– Não, nenhum. Não pescamos nada – gritou Pedro.

– Então, lancem a rede para o outro lado da embarcação – novamente ele falou.

E assim fizemos. Para espanto dos demais, ao levantarmos as redes não suportamos o peso dos peixes que estavam presos às malhas. Olharam na direção do estranho indagando quem seria ele.

João gritou: – É o Mestre, é o Mestre!

Vi a imensa alegria no semblante de todos que, com o coração batendo aceleradamente, pegaram os remos e começaram a ir em direção a Jesus. Pedro, contudo, não se conteve, e lançou-se às águas, chegando antes.

Desembarcamos e seguimos em sua direção. Ele já nos aguardava com pães e uma fogueira acesa. Após nos abraçarmos, alegremente ele disse:

– Trazei alguns dos peixes que apanhastes...

– Sim, Mestre, quantos quiseres – falou André.

Levamos até ele alguns dos pescados e começamos alegremente a fazer a refeição, observando o seu gesto peculiar: partir o pão e distribuir a todos. Que alegria estar novamente ao lado dele!

Sentados e formando um grande círculo, em meio à conversa que acontecia naturalmente, o Senhor perguntou a Pedro:

– Pedro, meu velho e querido amigo, tu me amas?

Percebi uma alegria indescritível no olhar do velho pescador, ao responder com a voz embargada:

– Sim, sim Mestre, eu te amo.

O brilho no seu olhar dava a entender, que era como se ele estivesse querendo se redimir daquele momento em que o havia

308 *Seguindo com Jesus na Judeia*

negado por três vezes, e que tanto o incomodava. O Mestre sorriu e falou:

– Então, Pedro, apascenta as minhas ovelhas.

Olhei novamente nos olhos do velho pescador e percebi o alívio que a resposta do Senhor havia lhe proporcionado. Era como se tivesse dito: "– Pedro, eu confio em ti." Não havia, portanto, nenhuma reprovação da parte de Jesus quanto à sua conduta.

Passados alguns instantes, Jesus novamente se dirigiu a Pedro:

– Pedro, meu velho e querido amigo, tu me amas?

Sentado ao meu lado, o velho pescador ficou um tanto desconcertado com a repetição da pergunta, provavelmente imaginando que o Mestre não tivesse ouvido bem a sua resposta anterior. Virando-se para mim, disse baixinho:

– David, acho que o Mestre não me ouviu bem. Falei tão claramente.

– Então, fale um pouquinho mais alto, Pedro.

O velho pescador respondeu:

– Sim, Mestre, já respondi que te amo.

– Então apascenta as minhas ovelhas.

Mais alguns instantes, e novamente a mesma pergunta:

– Pedro, meu velho e querido amigo, tu me amas?

O discípulo ficou novamente desconcertado, ruborizado, e pude ver seus dentes mordendo os lábios, sob a espessa barba, como costumava fazer em situações críticas. Provavelmente, pensou que Jesus desconfiava do seu amor pela causa do Evangelho. Então, respondeu de uma forma realmente marcante:

– Sim, Mestre, eu te amo e tu sabes o quanto te amo.

Em frações de segundos observei o olhar doce e significativo do Mestre, e a firmeza de Pedro ao responder, e fiquei pensando sobre a dificuldade de se provar o amor por alguém ou por alguma causa. Essa prova não se dá de um instante para outro, mas sim através do tempo, quando esse amor e dedicação se fortalecem cada vez mais. E me recordei de ter observado, nas leituras que havia feito antes dessa viagem, a dedicação daquele pescador ao longo de toda a sua vida, a seriedade e zelo para com a mensagem da Boa Nova, até mesmo no momento de sua morte, quando demonstrou o mais profundo respeito e carinho por seu Mestre. Ele realmente provou, ao longo do tempo, um amor incondicional à causa do Evangelho.

Voltando à realidade dos fatos, ouvi o Mestre dizer:

– Então, Pedro, apascenta as minhas ovelhas. Na verdade, na verdade te digo que, quando eras mais moço te cingias a ti mesmo e andavas por onde querias, mas, quando já fores velho, estenderás as tuas mãos e outro te cingirá, e te levará para onde tu não queiras.

Entendi, neste final, uma espécie de profecia que fazia a respeito dos últimos dias do discípulo sobre a Terra, após seu envelhecimento, quando também foi supliciado.

Ainda, analisando esse diálogo, não pude deixar de pensar na bondade e no amor do Mestre para com o seu discípulo – ele o havia negado por três vezes, e naquele instante recebia a oportunidade de dizer três "SIM", como se estivesse anulando as negações. Então, falei baixinho para o velho discípulo:

– Meu amigo, acredito que agora teu coração está pacificado de vez. Dissestes há alguns dias três NÃO para o Mestre, e agora ele te deu a oportunidade de dizer três SIM.

Pedro nada disse, mas não mais mordia os lábios, pois tinha na face um dos mais lindos sorrisos que pude presenciar, enquanto lágrimas escorriam. Estava aliviado.

E me veio à mente, então, a seguinte frase: "Não importa o que tenhamos feito no passado; o equívoco se extingue com o acerto, o mal se apaga com o bem que passamos a fazer."

Comecei a pensar na situação de João, em relação ao fato de ter adormecido na quinta-feira, quando Jesus foi preso no Horto. O Mestre, como que lendo meus pensamentos, dirigiu-se ao jovem discípulo e perguntou:

– João, meu discípulo amado, carregas algo em teu coração que te traz sofrimentos. O que te incomoda?

310 *Seguindo com Jesus na Judeia*

Surpreso, o jovem começou a chorar. Após alguns instantes, ainda com a cabeça baixa, disse:

– Na noite em que foste preso, pediste a nós que nos mantivéssemos em preces, e eu falhei. Vergonhosamente, dormi no momento em que o teu coração necessitava tanto de assistência e afeto. Percebi tua angústia naquele momento, e mesmo assim me furtei a estar contigo, e esse sentimento me causa terrível mal-estar e sofrimento.

Jesus aproximou-se ainda mais do jovem discípulo, pegou-o pela mão, e com o braço contornando seu ombro, disse:

– A solidão que encontrei naquele momento se tratava de mais um ensinamento e uma exemplificação, para todos vós. Estava mostrando que todos os que vierem seguindo os meus passos terão de percorrer sozinhos o calvário de sua libertação espiritual, percebendo muitas vezes o afastamento até mesmo daqueles que mais ama sobre a Terra. Os divulgadores da Boa Nova seguirão muitas vezes a sós, sem nem mesmo contar com a participação e compreensão de seus familiares, que permanecerão mergulhados no sono da indiferença. Esse trabalhador, relegado ao abandono por muitos, necessitará receber dos outros a oração que o fortalecerá na busca da vigilância, coragem e perseverança.

– Vos agradeço, pois o que disseste me devolveu a alegria. Realmente, quero estar sempre vigilante, e contigo suportarei as dificuldades que haverei de encontrar em minha caminhada. Vos amo – disse João.

Após esse momento de esclarecimento, João apresentava novo brilho no olhar. Estava aliviado com os ensinamentos e a compreensão de Jesus. Não posso negar que eu também me senti melhor, afinal, também havia dormido naquele momento que deveria ser de vigília.

– É necessário que eu volte ao Pai, mas logo mais retornarei para me despedir de todos vós. Ficai na paz do Altíssimo – falou o Mestre.

E com um sorriso que parecia abarcar todas as estrelas do firmamento, a sua figura se desfez como a nuvem que se dissipa nas alturas.

* * *

O nosso retorno à Galileia e as informações sobre as aparições do Mestre agitaram todos aqueles que buscavam entender cada vez mais a mensagem do Evangelho.

A vivenda de Pedro tornava-se novamente um ponto de encontro para inolvidáveis aprendizados. Os montes, onde Jesus havia deixado maravilhosos ensinamentos, recuperavam a condição de pontos de reunião entre aqueles que, avidamente, esperavam um reencontro com o Divino Mensageiro.

Comentários, de que o Mestre apareceria para se despedir de todos, fizeram com que uma multidão de cerca de quinhentas pessoas se dirigissem até o monte onde ele havia feito o mais lindo sermão de todos os tempos – o das Bem-Aventuranças.

Aquele sermão maravilhoso feito há quase três anos, nunca mais havia saído do meu coração. Os ensinamentos que ele nos trouxe vararam os séculos e continuam presentes na memória de todos aqueles que buscam seguir os passos de Jesus.

Antes de empreender a viagem eu havia tomado conhecimento daquela mensagem, contudo, não havia parado para refletir sobre sua grandeza. Porém, ao ouvir o Mestre explicar minuciosamente cada bem-aventurança, descortinou-se à minha frente um horizonte tão amplo, que tudo passou a fazer sentido.

O por quê das aflições pelas quais a humanidade passa, a misericórdia tão necessária para que encontremos a felicidade, a compreensão e a paz, a humildade que nos faz descer do pedestal que normalmente nos colocamos, e encontremos a simplicidade que nos abre o caminho da evolução, a busca pela justiça.

Dirigimo-nos para o monte e nos juntamos a todos. Era um final de tarde deslumbrante, de um céu azul como nunca ha-

312 *Seguindo com Jesus na Judeia*

víamos visto. Impossível não recordar o início da caminhada do Mestre, ocasião em que eu ainda não o compreendia muito bem. Voltei no tempo e me recordei do Sermão do Monte e das pessoas que lá estavam; e naquele momento novamente o povo se reunia à espera do Mestre. Homens rudes, mulheres humildes, carregando seus filhos, romanos e gentios, doentes, velhos.

Ouvíamos as preces proferidas pelos seguidores do Mestre, quando repentinamente aconteceu um silêncio encantador: ouvia-se tão somente o barulho do vento, que vinha do mar próximo, e o gorjeio dos pássaros que, revoando, pareciam anunciar grande festa que se aproximava.

Os últimos raios de sol iluminavam o cume do monte, e de repente surgiu no alto a figura majestosa e humilde do Mestre. Sua luminosidade era tão intensa que parecia recuperar a claridade do sol da sexta hora, naquelas paragens formosas. Trazia o mesmo olhar de sempre, meigo e puro, e diante daquela visão esplendorosa todos se ajoelharam emocionados e em prantos.

Ele estava de volta para semear mais esperanças, confortar os aflitos, distribuir seu carinho e mostrar que havia vencido a morte. A sua mensagem silenciosa calou fundo no coração de todos aqueles seguidores sinceros e devotados.

E sem que sua voz fosse percebida pelos sentidos humanos, toda aquela coletividade ouviu, através do próprio coração, uma derradeira mensagem consoladora de Jesus.

– Amigos queridos, retorno agora para o Pai. Enviei meus discípulos como ovelhas ao meio de lobos, e vos oriento que lhes sigais os passos, muito embora os caminhos a serem percorridos sejam dolorosos. Meus discípulos serão os semeadores da Boa Nova, e vós sereis o fermento que lhes dará força. Sereis os trabalhadores da primeira hora distribuindo o amor e a paz, no entanto, para conquistardes esse tesouro do Alto experimentareis a dor e o martírio. Embora caminheis pela Terra, a ela não mais pertencereis, pois as verdades que haveis de distribuir não guardam consonância com as expectativas dos que depositam seus ideais apenas nas coisas momentâneas e passageiras.

Observava as pessoas e não podia identificar um único movimento, uma vez que todos estavam paralisados e ouvindo a voz do Mestre, através das fibras mais serenas de seus corações. Ele continuou:

– Já vos disse que aquele que quiser ganhar a sua vida haverá de perdê-la, assim também necessário é que tomeis a vossa cruz para me seguir. Cabei-vos a tarefa de espargir as sementes de luz ao longo dos séculos vindouros, trabalho que pedirá esforço para que não incorrais nos graves equívocos que a vida terrena prepara. Encontrareis continuamente armadilhas que serão dirigidas contra vós; sereis vítimas da solidão e do escárnio, querendo conduzi-los ao desânimo. Muitas vezes estareis privados dos bens temporais e sereis perseguidos e padecereis dores e abandono.

O povo continuava silencioso, embora os soluços acontecessem com frequência.

– Haverá o momento em que as sombras do mal quererão cobrir toda a Terra, mas vós estareis recebendo o refrigério da minha paz, pois sempre estareis em sintonia com o meu Reino. Aprendereis a transformar as dores em bênçãos de vida eterna, pois enquanto meu Reino de Amor não se estabelecer sobre a Terra, não recebereis dela as dádivas do amor, uma vez que ainda não as possuirá. Contudo, nunca estareis sós, pois sempre estarei convosco. Estareis nos mais diferentes recantos em todos os tempos, iluminando onde haja trevas; esclarecendo onde exista a ignorância; construindo a fé onde haja a descrença; espalhando a esperança onde haja o desânimo. Estareis nos templos das mais diferentes religiões; nos mais variados segmentos da caminhada humana, na condição de orientadores e pacificadores.

Aqueles momentos eram realmente encantadores, e, todos ajoelhados e com o olhar fixo em Jesus, iluminado no alto do monte. Eu queria permanecer de pé para registrar tudo o que ocorria à minha volta, mas não consegui – também permanecia de joelhos colados ao chão.

Ninguém arredava pé do local, e o Mestre se preparava para encerrar a sua exortação.

– Assim como meus discípulos, eu vos envio como ovelhas entre os lobos. Não temais, pois sempre estarei convosco na luta pela implantação do amor por toda a Terra. Prossegue trabalhando e amando, servindo sempre à causa de nosso Pai. Estarei convosco por todos os séculos.

Aquelas cinco centenas de seguidores de Jesus tinham uma alegria ímpar estampada no olhar. E olhando para o alto do monte, presenciamos a partida de Jesus, cuja imagem se desfez suavemente.

Após alguns minutos, refeitos da emoção que nos tomou o coração, começamos a descer rumo a Cafarnaum. Todos vinham cantando hinos de amor ao Mestre, sorrindo e se abraçando.

Precisava anotar tudo e levar aos homens do meu tempo as palavras do Mestre. Segundo concluí das palavras dele, muitos dos que estavam presentes naquela tarde deveriam estar caminhando e servindo o Pai também em minha época verdadeira, quer nos templos, na ciência, nas artes, enfim, em todas as áreas. Entendi, também, que a força da mensagem dele não se perdeu, graças à ação dedicada daqueles quinhentos, que voltaram à existência terrena nas diversas épocas da caminhada humana, distribuindo orientações, consolo, buscando a paz e servindo ao próximo. Como é linda a obra do Pai, e como é consoladora a mensagem de Jesus.

Quanto mais refletia acerca daquelas palavras, mais me convencia da beleza e da grandeza da mensagem consoladora do Mestre. Não conseguia mais imaginar uma vida vivida sem proveito, não mais admitia perder tempo com coisas mesquinhas, viver em conflitos com os outros, provocando discórdias e ódios. A vida é tão valiosa, que precisamos abandonar essas mesquinharias e buscar a felicidade que transcende a tudo isso.

Mesmo alertada pelo Mestre sobre a caminhada dolorosa que enfrentaria ao longo dos tempos, aquela multidão descia o monte sorrindo e se abraçando, envolvida em tanta felicidade. Precisamos, em qualquer época, fazer essa descoberta fantástica e nos habilitarmos a construir o Reino dos Céus em nosso coração. Mas, essa iniciativa pede esforço, uma vez que não acontece por acaso.

A multidão dispersou-se e o nosso grupo se dirigiu à casa de Pedro, que ficava próxima do local. O assunto não poderia ser outro que não a aparição do Mestre naquele final de tarde. A lua brilhava no céu, e ficamos do lado de fora para aproveitar a aragem que vinha do mar. Foi quando Pedro nos disse:

– Meus amigos, estamos tão felizes com a presença de Jesus em nosso meio que, às vezes, penso que estamos nos esquecendo da tarefa que nos cabe.

– Como assim, Pedro? – perguntou Tomé.

– É que já faz quarenta dias que ele foi morto...

A frase de Pedro foi interrompida por Mateus.

– Que verdade maravilhosa estamos construindo em nós! Ele foi morto há dias e, no entanto, vive em nosso meio como constatamos hoje. E ainda disse que o mesmo ocorrerá conosco! A morte não existe!

– Sim, Mateus, é verdade, contudo, precisamos aproveitar a nossa vida atual e trabalharmos, tal como o Mestre nos recomendou – disse Pedro. – Recordam-se que quando ele nos apareceu pela primeira vez, lá no Cenáculo, disse que pregaríamos o Evangelho, curaríamos os doentes, encaminharíamos os espíritos que se encontram perdidos, falaríamos línguas e seríamos intermediários entre a vontade do Pai e os sofredores da Terra. Disse também que viriam do Alto os Espíritos Santos do Pai para que possamos fazer tudo isso. Acho que está na hora de retornarmos a Jerusalém e aguardarmos novas orientações de Jesus, a fim de darmos início aos nossos trabalhos.

Nosso grupo era tão especial e tão compenetrado de suas responsabilidades, que decidiu por unanimidade retornar ao Cenáculo, em Jerusalém.

316 *Seguindo com Jesus na Judeia*

Na manhã do dia seguinte, partimos em direção ao nosso objetivo. Seguíamos felizes, pois estávamos prestes a colocar em prática o trabalho ao qual Jesus havia nos convocado.

* * *

Após dois dias de caminhada chegamos a Jerusalém. Apesar da longa distância percorrida, nosso bom ânimo nos acompanhou por todo o tempo.

Dessa vez, fomos direto para a gruta que nos acolhera naqueles sete meses de divulgação da Boa Nova. Não pudemos deixar de nos emocionar com tantas lembranças: as reuniões noturnas junto à fogueira; a prece do Pai Nosso, que nos foi ensinada por Jesus; as brincadeiras com as crianças de Betânia, trazidas por Maria de Magdala; a visita noturna de Nicodemos, o chefe dos fariseus; os momentos de tensão, com informações trazidas por José de Arimateia.

Nesse local de doces recordações, permanecemos por poucos dias, até que, às vésperas da Festa das Colheitas, decidimos seguir na direção do Cenáculo. Lá permaneceríamos aguardando a realização do que fora prometido pelo Mestre quanto aos Espíritos Santos do Pai, quando de sua primeira aparição.

Era quinta-feira e já fazia quarenta e nove dias da morte de Jesus. Aquele local nos trazia, à mente, recordações guardadas no fundo do nosso coração: a ceia na quinta-feira, antes de sua prisão, quando ele, em expressiva lição de humildade, lavou os nossos pés, ensinando-nos com esse gesto a servirmos, não sermos servidos. E os aprendizados durante os três dias de sua ausência, quando quase todos foram vencidos pela incredulidade; suas aparições, mostrando a todos que vencera a morte.

A movimentação na cidade era intensa, pois o dia seguinte daria início às comemorações da Festa das Colheitas ou Sega ou Pentecostes. Impossível não recordar dessas festas que, ao meu tempo, comparecia levado por meus pais.

Ela também é conhecida como a Festa das Semanas, que se inicia no quinquagésimo dia após a Páscoa, quando acontece a colheita da cevada, e somente se encerra com a colheita do trigo.

O povo, após a primeira ceifa das espigas nos campos, seguia alegremente em peregrinação até o grande Templo, trazendo parte do fruto dessa colheita, que era oferecida aos celebrantes. Diferentemente de outras festas, dessa participavam todos: estrangeiros, levitas, pobres, produtores de qualquer origem.

Chegando no Cenáculo encontramos vários amigos, seguidores do Mestre, que nos aguardavam, e começamos a primeira reunião de planejamento visando ao início de nossas tarefas, conforme orientado por Jesus. A primeira providência, de conformidade com o previsto no Livro de Salmos, foi a recomposição do grupo dos doze, em razão da partida de Judas.

Dentre os presentes, havia dois seguidores que mostravam plenas condições de assumir a tarefa de dar continuidade ao trabalho, que seria executado pelos discípulos mais envolvidos com a causa, tornando-se conosco testemunha da ressurreição do Mestre. Contudo, era necessário escolher apenas um, mas essa escolha não poderia significar desprezo ao não escolhido, de vez que ele continuaria abraçado à causa de Jesus, juntamente com o grupo de maior número.

Um deles se chamava José, conhecido por Barsabás, que tinha por sobrenome o Justo, e o outro era Matias. O grupo, em prece, pediu a Jesus orientação sobre qual dos dois escolher para a sequência dos trabalhos do grupo. Pedro falou:

– Tu Senhor, que conheces os corações de todos, mostra qual destes dois tens escolhido para tomar o lugar, neste ministério e apostolado, vago em razão da partida de nosso companheiro e amigo Judas.

Então, todos começaram a indicar o nome do substituto, e a escolha recaiu sobre Matias. Em seguida, todos foram se retirando e o grupo, dessa vez com a participação de Matias, permaneceu no Cenáculo.

Amanheceu o novo dia e podíamos ouvir os cânticos alegres que vinham das vielas estreitas mais próximas. Logo na

318 *Seguindo com Jesus na Judeia*

segunda hora recebemos a visita amorável de Maria, a mãe do Mestre, Maria de Magdala e outras mulheres que acompanhavam Jesus. Em seguida, chegaram muitos daqueles que no dia anterior tinham nos acompanhado na escolha de Matias e, dentre eles, para alegria de todos, encontrava-se José, o Barsabás, que seguia firme na busca do melhor trabalho na Seara de nosso Mestre.

Esperançosos quanto à promessa da vinda dos Espíritos Santos, que não entendíamos bem o que viria a ser, iniciamos a nossa reunião com uma prece proferida pela Senhora. Todos aqueles corações, envolvidos numa atmosfera de paz, ouviram a voz da Senhora.

– Meus queridos filhos do coração, estamos reunidos por amor a meu filho e, sobretudo, à Mensagem Divina que ele nos trouxe. As mais sensíveis fibras de minha alma dizem que a presença dos emissários do Alto, os Espíritos Santos, de nosso Pai, por orientação do meu doce e querido Jesus, começa a acontecer. Vamos nos recolher em oração e permitir que esses amados irmãos nos envolvam com todo o amor e carinho, do qual são portadores.

Apesar do grande número de pessoas ali presentes, o silêncio era absoluto, pois todos nós estávamos em prece. Repentinamente, passamos a ouvir um som veemente e impetuoso, como se fosse uma grande rajada de vento. Todos abriram os olhos e passaram a enxergar como que "línguas de fogo", que circulavam sobre a cabeça de muitos dos presentes.

A princípio todos ficaram assustados, mas a doce voz da Senhora alertou-nos sobre a presença dos Emissários do Alto, acalmando-nos o coração.

Recordei imediatamente do episódio lido antes da minha viagem pelo tempo, e que se encontra narrado no primeiro capítulo de Atos dos Apóstolos. Fiquei observando o comportamento geral, uma vez que os discípulos começariam a falar em línguas estrangeiras.

Em seguida, espontaneamente, cada discípulo se levantou, dirigiu-se para o lado externo do Cenáculo e começou a falar em um idioma que reconhecidamente não conhecia, afinal, todos eram humildes trabalhadores judeus, sem nenhuma cultura.

Cada um começou a falar num idioma específico, e os populares que passavam diante do local paravam e começavam a se identificar com o discurso de um ou de outro seguidor do Mestre. Eram homens vindos dos mais variados locais: como Mesopotâmia, Capadócia, Ásia, Frígia, Panfília, Egito, Líbia, Cirene, que estavam pasmos ao verem homens simples da Galileia falando sabiamente e no seu idioma. Esses homens vieram até os discípulos e começaram a dialogar com eles, dando a entender que se compreendiam perfeitamente naquela língua.

Terminada aquela revelação, enquanto a maioria procurava compreender o que havia acontecido, alguns poucos populares quiseram ridicularizar os discípulos, dizendo que estavam embriagados pelo vinho. Então, Pedro tomou a dianteira, dirigiu-se ao local mais alto e gritou para que todos pudessem ouvi-lo:

– Varões judeus e todos os que habitais em Jerusalém, seja-vos isso notório, e escutai as minhas palavras, pois estes homens não estão embriagados, como vós pensais, visto que é apenas a terceira hora do dia. Mas isso é o que foi dito pelo profeta Joel: "– E acontecerá nos últimos dias, diz o Senhor, que derramarei do meu Espírito sobre toda a carne; e os vossos filhos e as vossas filhas profetizarão, os vossos mancebos terão visões, os vossos anciãos terão sonhos; e sobre os meus servos e sobre as minhas servas derramarei do meu Espírito naqueles dias, e eles profetizarão. E mostrarei prodígios em cima no céu; e sinais embaixo na Terra, sangue, fogo e vapor de fumaça."

Ainda assustados com o que havia ocorrido, entramos no Cenáculo rapidamente e nos unimos às mulheres que lá permaneceram. Mesmo sem compreender a situação, todos os presentes estavam alegres, felizes e, então, nos abraçamos cantando um hino de louvor ao Mestre. Finalmente, haviam chegado os Espíritos Santos enviados pelo Pai.

320 *Seguindo com Jesus na Judeia*

Todos haviam despertado seus corações, que até então ainda pareciam um pouco adormecidos pelas tristes lembranças do calvário. Começamos, imediatamente, a fazer planos para a divulgação da mensagem de Jesus, pois todos haviam vencido o medo.

Amparados por Jesus e por Maria de Nazaré que, ao partir juntamente com as outras mulheres, deixou-nos palavras maravilhosas de estímulo ao trabalho pela causa do bem, continuamos a discutir acerca do que faríamos a partir do novo dia.

Aquela noite foi especial, e na manhã do dia seguinte cada um estava ansioso para relatar o seu sonho. Todos haviam estado com Jesus, que nos exortava ao trabalho que precisaria ser iniciado imediatamente.

Sentados junto à grande mesa do local, começamos a traçar planos, quando Pedro se levantou e disse:

– Meus irmãos, durante o sonho o Mestre me falou que deveríamos iniciar nossas tarefas criando um local de acolhimento aos necessitados. Lá poderemos cuidar dos que padecem problemas do corpo, bem como dos que sofrem dos problemas da alma.

– E o que mais Jesus te falou, Pedro? – perguntou Bartolomeu.

– Disse-me que devíamos procurar por um velho galpão aqui próximo, no início do caminho que conduz a Jope.

Tomé estava incrivelmente alegre e falou:

– Posso dar uma sugestão? Como nós, os seguidores do Mestre, somos conhecidos como "os homens do caminho", poderíamos dar a essa obra o nome de CASA DO CAMINHO. O que achais?

Nem foi preciso colocar em discussão a sugestão daquele discípulo. Todos nos abraçamos e seguimos na direção do velho galpão sugerido por Pedro.

O grande trabalho começava.

CAPÍTULO 23

De regresso ao lar

Aquela viagem pelo tempo havia me transformado por completo. Eu era outro homem, e o meu coração parecia estar sempre irradiando amor e paz, pois quem conheceu o Mestre, como eu conheci, jamais poderia continuar a ser a mesma pessoa.

O meu desejo maior era o de poder levar aos homens do meu tempo a verdade dessa passagem de Jesus pela Terra, procurando mostrar as distorções acontecidas ao longo dos séculos, fruto dos interesses mesquinhos da humanidade. Queria levar também aquilo que não foi escrito à época e, se fosse possível, também um pouco do sentimento maravilhoso daquele homem divino.

O propósito dessa caminhada ao lado de Jesus, logo que descobri o portal maravilhoso que me conduziu à época em que ele dava início à divulgação da Boa Nova, foi o de observar se o que escreveram sobre ele era real; se havia ocorrido alterações nos Evangelhos escritos à época; o quanto deixaram de anotar e transmitir acerca de sua passagem. O que não havia previsto, mas que me tocou profundamente, foi a oportunidade de conhecer outro homem especial, e ter a oportunidade de mostrar o lado verdadeiro de sua passagem ao lado do Senhor.

Esse homem tão incompreendido e desprezado por todos eu havia aprendido a amar e conhecer o seu coração generoso. Esse amigo especial era Judas, de Iscariotis.

Aproximava-se o momento do retorno ao meu tempo, e o meu coração estava dividido. Era como se parte dele pretendesse permanecer ao lado dos discípulos, então, em seu trabalho como apóstolos, pois teriam seus seguidores, e outra parte procurasse retornar, o quanto antes, para concretizar a obra de divulgação dessa mensagem inédita.

Se não bastasse o desejo de divulgar as belezas colhidas ao lado do maior Ser que veio a este mundo, o meu pensamento nunca conseguiu se desviar dos meus velhos e queridos pais, distante dois mil anos. A cada novo dia as minhas preces eram dirigidas a eles, e com o aprendizado que tive nessa caminhada, tinha a mais absoluta certeza que eles percebiam o meu sentimento de amor e gratidão.

Mas, como me despedir dos meus queridos amigos? Seria tão difícil para mim, pois os amava intensamente. Porém, era necessário, caso contrário estaria frustrando o objetivo dessa caminhada, e o Senhor sempre contou comigo para levar essa nova compreensão a todos do meu tempo.

Novo dia surgia no céu da velha Jerusalém, e acordei decidido a retornar, mesmo que deixando boa parte de mim junto àqueles amigos.

À mesa, quando íamos partir o pão e fazer a prece matinal, como Ele nos havia ensinado, criei coragem e falei a todos.

– Meus amados companheiros de caminhada, tenho uma notícia a vos dar. Tenho adiado o quanto pude, mas agora não mais é possível.

– Venho percebendo em teu olhar a necessidade de falar algo há dias. Estás bem? – disse-me João, que se levantou e colocou sua mão sobre o meu ombro.

Nesse momento as lágrimas começaram a fugir de meus olhos, e percebi que todos também se emocionaram com a minha situação. E continuei:

– O Mestre nos ensinou a sermos uma família em busca da construção de outra ainda maior – aquela que congregará todas as criaturas humanas na Terra. Por esse motivo, é que eu vos amo com toda a intensidade do meu coração, e isso torna ainda mais difícil esta decisão, embora necessária.

Foi a vez de Pedro se levantar e colocar sua mão sobre o outro ombro, dizendo:

– David, todos nós aprendemos a te amar desde o início da caminhada. Converteste-te no primeiro seguidor do Mestre, pois, como nos disseste, o encontraste nas escadarias do Templo, em Jerusalém, e não mais o deixaste. Tiveste a coragem, em alguns momentos, que a muitos de nós faltou, como seguir Jesus durante a caminhada do calvário, ao lado de João.

– Quantas vezes te ouvimos fazer perguntas a ele, carregadas de tantos detalhes que não alcançávamos tudo aquilo! Tu tens uma cultura que não possuímos, e sabemos que aprendeste mais que todos nós – disse Tomé. – Além disso, demonstraste possuir um coração generoso, tornando-te um companheiro de imenso valor.

– E quanto a Judas? – falou Filipe. – Ninguém esteve tão próximo a ponto de socorrer aquele nosso querido amigo que, ao final de tudo, parece tão injustiçado por muitos, aqui em Jerusalém. Ele acabou sendo um grande protetor de milhares de irmãos nossos que seriam trucidados por Roma e, ao final, foi traído e viu o nosso Mestre ser morto.

– Meus queridos irmãos, o que tenho a vos falar é muito difícil para mim. Ao me encontrar com Jesus nas escadarias do Templo, vinha de uma terra distante, muito distante. Lá deixei meus velhos pais e preciso retornar imediatamente. De um lado, a alegria em poder revê-los e levar a todos os homens de lá a mensagem de amor e paz que o Senhor nos deixou; de outro lado, preciso dizer-vos adeus e não estou conseguindo, pois vos amo demais – ao dizer tais palavras comecei a chorar intensamente.

324 *Seguindo com Jesus na Judeia*

Todos vieram me abraçar e permanecemos assim por alguns instantes. Só mesmo o ensinamento e os exemplos do Mestre para nos unir daquela forma. No final daquele mesmo dia, por volta da duodécima hora, apanhei todos os meus pertences, sobretudo, as anotações que fazia desde o primeiro dia da caminhada, e me despedi de todos, dizendo:

– Irmãos, parto agora, mas se possível for retornarei um dia para vos acompanhar em vossa caminhada na divulgação de Boa Nova. Esse trabalho estarei fazendo em minha terra, e quando a verdade do Mestre estiver sendo compreendida, quem sabe eu retorne para participar dos trabalhos por aqui.

Aquele momento foi emocionante para todos, pois era a primeira partida de alguém do grupo, com vistas à divulgação do Evangelho. Após os abraços, parti. Deixava para trás uma boa parte do meu coração.

O astro rei já havia se recolhido no horizonte, dando espaço à lua, que trazia sua luz serena e opaca. Seguia na direção nas muralhas, procurando o local onde se encontrava o portal. Meu coração batia fortemente, pois se de um lado deixava amigos tão valorosos, de outro eu seguia para os braços de meus pais e para a realização do trabalho do qual havia me comprometido com o Mestre.

Subi a estradinha empoeirada, ladeando as muralhas da grande cidade, que ficavam à minha esquerda. Minha mente estava assaltada por um turbilhão de lembranças maravilhosas, inesquecíveis.

Finalmente, deparei-me com o local por onde deveria dar início à viagem de volta. Abaixei e comecei a cavar a terra com as mãos, à procura da dracma que havia enterrado há cerca de três anos, quando iniciei essa caminhada. Ela lá estava, intacta.

Levantei-me e, percebendo que ninguém se encontrava próximo, a introduzi na fenda da pedra da muralha, que se movimentou imediatamente, abrindo o túnel de acesso ao ano dois mil e trinta e três.

No final do túnel via o futuro, porém voltando o olhar para trás, via o passado. Meu Deus, que decisão difícil!

Com um olhar melancólico, despedi-me da velha Jerusalém e atravessei as muralhas do tempo.

* * *

Refeito da emoção, já me encontrava nos túneis de escavação onde minhas roupas se encontravam guardadas em saco hermeticamente fechado.

Achei-me um verdadeiro ser de outro planeta, quando me vi vestido com calça jeans, camiseta de listras, tênis, relógio ao pulso. Subi até a plataforma iluminada apenas pelas luzes de emergência e, escondido atrás de uma coluna, fiquei aguardando o primeiro grupo de visitação do dia seguinte, para me juntar a eles e sair em direção à Tel Aviv.

Aquela noite parecia interminável – carregava comigo as lembranças do passado e as expectativas do presente. Queria abraçar meus pais e lhes dizer da impossibilidade de me comunicar com eles ao longo desses três anos; das preces ardorosas feitas a cada novo dia, pedindo que Deus os protegesse. Certamente, levaria uma bronca do velho Daniel, meu pai, e receberia a doce proteção de minha mãe, Avivah.

Em meio a tantos pensamentos, finalmente adormeci.

Ao ouvir vozes, levantei-me prontamente. Era um novo dia, e o primeiro grupo já se aproximava do local onde me encontrava. Juntei-me a ele e ganhei o espaço livre, junto ao Muro Ocidental, o das Lamentações.

Tudo era diferente: a agitação impressionava; carros subiam a rua ao lado da muralha, onde até então eu via apenas a estrada poeirenta; via a Igreja das Nações, a Igreja de Santa Maria Madalena, e me recordei daquela valorosa companheira que havia deixado no passado.

Refeito do impacto, tomei o ônibus que me levaria a Tel Aviv. Os sessenta quilômetros percorridos até minha cidade nem fo-

326 *Seguindo com Jesus na Judeia*

ram percebidos por mim que observava o que havia mudado naquele cenário, ao longo dos anos em que permaneci ausente.

O coletivo chegou à rodoviária e me dirigi ao meu lar. Meu coração parecia explodir de tanta alegria – iria finalmente reencontrar meus pais.

Cheguei diante de minha casa e parei. Algo estava diferente, estranho. Comecei a suar frio.

Meu pai sempre afirmou não suportar a cor amarela, e a minha casa, que sempre foi verde, naquele momento tinha essa cor detestada por ele. A cerca de madeira, que sempre fez questão de preservar com tanto carinho, não estava mais lá. O som que vinha de dentro da casa era incompatível com os gostos musicais de meus pais. Algo não estava bem!

A passos lentos subi a escada e bati à porta. Já não sabia se ao atenderem, eu ficaria extremamente feliz ou teria alguma decepção.

Abriram a porta, mas não era nenhum deles.

Trêmulo e com o coração na garganta, perguntei à senhora que apareceu:

Por favor, preciso falar com o dono da casa, o senhor Daniel.

– Eu sou a dona desta casa – respondeu a senhora.

– Mas, como? Meus pais moram aqui, e eu também morava?

– Meu jovem, adquiri esta casa há cerca de dois anos. Ela estava sendo leiloada, e nada sei sobre os antigos proprietários. Sinto muito.

Completamente atordoado, quando fiz menção de sair, aquela senhora pediu que aguardasse um pouco mais. Em seguida, trouxe-me diversos apontamentos e livros encontrados no sótão, e que certamente teriam pertencido aos antigos proprietários – todos falavam da vida de Jesus.

Acenei com a cabeça e me retirei vagarosamente. Não mais conseguia concatenar as ideias. Após vários minutos sentado junto à calçada, comecei a pensar onde poderia obter alguma informação.

Foi quando me lembrei de um querido amigo, que morava no quarteirão ao lado – seu nome era Gidon C. Azaria, filho do velho Gad. Ele havia se formado comigo e frequentava minha casa; por certo saberia me informar sobre o paradeiro de meus pais.

Dirigi-me à sua casa e bati à porta. Ele apareceu e, assustado, me abraçou como nunca fizera antes.

– David, meu amigo! Que saudade de você! É uma alegria vê-lo assim tão bem, afinal, já o dávamos como morto. Você sumiu!

– Gidon, estou também muito alegre em vê-lo. Temos muito a conversar, mas estou agoniado, meu amigo. Depois de três anos ausente daqui, estive em minha casa e meus pais não mais moram lá. Você sabe onde eles estão? Eles estão bem? Por favor, me diga.

– David, sente-se e vamos conversar. Você precisa ser forte – disse-me o amigo Gidon, enquanto eu já começava a chorar.

* * *

O meu amigo contou-me em detalhes o que havia acontecido. Meses após a minha partida, ocorreu um grande atentado em nossa cidade, e as autoridades estavam perseguindo dois jovens palestinos, atribuindo-lhes a culpa. Meus pais haviam visto o episódio e sabiam que aqueles rapazes efetivamente eram inocentes.

Diante da delicadeza da situação, eles seriam fatalmente mortos se meus pais não se colocassem à frente deles, recebendo os tiros que lhes foram dirigidos. Minha mãe morreu no mesmo instante, mas meu pai teve tempo de revelar aos policiais a verdade, ou seja, que os verdadeiros culpados eram outros, que não os jovens palestinos.

Contou-me, ainda, que meu pai dissera uma última frase, que os policiais não conseguiram entender. Ele, num esforço derradeiro, segurou as mãos dos dois jovens palestinos, e disse: "– Um dia a humanidade se converterá em um só rebanho, conduzido por um único Pastor". E deu seu último suspiro.

328 *Seguindo com Jesus na Judeia*

Esse gesto de meus pais me deixou profundamente emocionado. Fiquei pensando sobre a frase dita por ele no final de sua vida, pois era exatamente a que eu havia lhes dito antes de empreender a viagem, ao me reportar a um Jesus que, até então, eu desconhecia.

Ainda sentado no sofá da sala de Gidon, comecei a compulsar os livros e apontamentos encontrados no sótão de minha casa, e vi que eram os que eu havia utilizado para a preparação da viagem através do tempo. Constatei, porém, que agora eles continham várias anotações, feitas com a letra de meus pais, e que denotavam um estudo meticuloso – eles haviam buscado compreender a mensagem do Mestre. Essa constatação me causou paz e alegria tamanha, em meio à dor da sua partida.

E fiquei pensando em Jesus e na sua mensagem. Sentia-me feliz por sentir que meus pais, mesmo continuando a ser judeus, haviam percebido que a mensagem de Jesus também poderia fazer parte de suas vidas.

Após os relatos feitos por Gidon, seu pai veio até a sala e me cumprimentou alegremente. Sabendo que não tinha mais para onde ir, ofereceu-me seu lar até que eu pudesse me reequilibrar. Nesse momento me recordei de Levi, o meu querido amigo Mateus, que fez o mesmo, ou seja, abrigou-me em sua casa quando eu não tinha para onde ir.

Quando a noite já se fazia alta, mostraram-me o quarto que agora seria meu por algum tempo. Após um reconfortante banho, recebi algumas roupas que eram do meu amigo, inclusive um pijama, e adormeci.

Os sonhos que tive foram impressionantes: via nitidamente meus pais conversando comigo sobre Jesus; diziam das preces que eu lhes dirigia todos os dias, e que as recebiam com extrema alegria; que se encontravam muito bem, do outro lado da vida.

Na manhã seguinte, despertei mais aliviado. Era preciso dar início à nova etapa de trabalhos.

CAPÍTULO 24

O coração ficou no passado

Logo cedo comecei a conversar demoradamente com Gidon. Contei-lhe sobre a minha viagem, embora não quisesse convencê-lo que de fato ela havia ocorrido. Eu também teria enormes dificuldades para acreditar nisso, caso ele tivesse tido a oportunidade que eu tive.

Quando lhe falei da mensagem inédita que trazia, que bem poderia atestar que de fato algo diferente acontecera comigo, ele se mostrou interessado em conhecer. Falei-lhe, também, do compromisso que assumi junto ao próprio Mestre, de publicar livros para divulgar esse entendimento, e nesse momento ele me interrompeu.

— Meu amigo, não costumo acreditar no acaso. Aprendi com meu pai que tudo tem um motivo para que venha a acontecer. Veja só: agora preciso mesmo me inteirar do que escreverás, pois poderei ajudá-lo, e muito. Quando concluímos o curso de jornalismo, mergulhei no ramo da produção de livros, e em muito pouco tempo fundei a minha própria editora.

330 *Seguindo com Jesus na Judeia*

– Que maravilha, Gidon. Vou começar a expor todos os meus apontamentos, e começarei imediatamente a escrever. Vai que dá certo.

O velho Gad, sentado na poltrona e lendo o seu jornal, ouviu parte do que falamos e se mostrou também interessado em conhecer a história que eu trazia.

Os dias seguintes foram de intenso trabalho. Apoiado nos apontamentos feitos há dois mil anos, comecei a dar forma ao livro que poderia revolucionar o entendimento da mensagem de Jesus.

É verdade que achei um pouco estranho o interesse dos meus amigos – Gidon e Gad, em possivelmente publicar um livro a respeito de Jesus, mas não me achei no direito de lhes perguntar nada. O tempo me permitiria esse esclarecimento, afinal, havia aprendido a confiar no bom encaminhamento das coisas, quando se tem boa vontade e amor.

Em prazo recorde, não mais que trinta dias, tinha os dois livros prontos. Disse "os dois livros", uma vez que o conteúdo não podia ser comportado em apenas um volume, por mais que procurasse sintetizar os acontecimentos que presenciei ao lado de Jesus.

Numa bela manhã de domingo, enquanto tomávamos o café, tive a alegria de entregar ao senhor Gad e a Gidon os textos dos dois exemplares. Então, lhes disse:

– Meus amigos, sou muito grato por me acolherem em seu lar. Dediquei-me integralmente à elaboração dos livros e não pude procurar alternativa que me permitisse alugar um quarto, ou mesmo ir à busca dos recursos que certamente se encontram à minha disposição, em razão do leilão da casa de meus pais. Farei isso em seguida.

– Não se preocupe com isso – disse o velho Gad. Estamos muito felizes em poder abrigar você durante esse período. Seu trabalho será muito bem sucedido, meu jovem.

– Muito obrigado, senhor Gad. Entendo perfeitamente porque meu pai tinha o senhor como um dos seus melhores amigos – disse-lhe, mostrando toda a minha franqueza e gratidão. – Além dos livros, tenho ainda outros dois assuntos urgentes. O primeiro deles é divulgar essa mensagem através de todos os meios possíveis: rádio, televisão, jornais, revistas, internet – falei-lhes para dar a entender que o trabalho não se encerraria simplesmente com o lançamento das obras.

– Se realmente publicarmos, precisaremos discutir sobre os direitos autorais, meu amigo – falou Gidon sorrindo.

Sorri também, e por instantes meus pensamentos viajaram até Cesareia de Filipe, quando eu e o Senhor descíamos a encosta do monte. Ele havia tocado no assunto da riqueza que os livros trariam às minhas mãos, e me lembrei com detalhes do diálogo que aconteceu.

Naquela ocasião eu disse ao Mestre: "– Agora compreendo como o Pai é bondoso. Deu-me os pais amorosos que tenho, e que deles não me esqueço um segundo sequer. Tenho amigos, saúde, alegria e descobri, através do amor que tu nos ensinaste, que não posso me esquecer de retribuir essas dádivas recebidas. E é servindo ao irmão que se agradece ao Pai. Se outrora buscava benefícios próprios, agora vejo que devo dar de graça o que de graça recebi."

Em seguida Jesus perguntou-me: "– E o que farás com a riqueza que vier às tuas mãos, fruto deste teu trabalho de divulgação da minha mensagem?" Então eu lhe respondi: "– Cada moeda que vier ao meu encontro será destinada às obras de assistência, socorrendo os carentes, os que têm fome, os idosos, os órfãos. Esse recurso auxiliará as pessoas com necessidades, do corpo e da alma. Esta será a minha melhor recompensa: a alegria de ter servido, ao menos, a algum de meus irmãos."Retornando desses pensamentos, respondi à pergunta formulada por Gidon. Falei assim:

332 *Seguindo com Jesus na Judeia*

– Na verdade, não tenho interesse algum nos recursos que possam advir dessas obras. Conforme compromisso que assumi com o próprio Jesus, se é que você consegue acreditar na viagem que fiz, serão destinados totalmente às obras assistenciais que existem pelo mundo afora.

– Que bom, fico feliz com sua atitude. É sempre bom dar de graça o que de graça recebemos – falou o velho Gad.

Ao ouvi-lo falar aquilo tomei um susto. Era exatamente o que eu havia falado para Jesus quando descíamos a encosta. Coincidência? Não sei.

Gidon, recordando-se que eu havia falado em outras urgências, além da publicação do livro, perguntou-me:

– É qual a segunda urgência que você tem, além do lançamento do livro e sua divulgação na mídia?

– Meus amigos, senhor Gad e Gidon, essa segunda necessidade foi alertada por Jesus, quando discutíamos vários temas que ainda hoje não são bem compreendidos pela humanidade, inclusive pelo mundo cristão. Muitas coisas discutíamos, eu e ele, e me falava que o entendimento que nos passava, naquela época, já era de conhecimento de uma doutrina que havia no meu tempo, e que deveria procurá-la assim que retornasse.

– Mas que doutrina é essa? – perguntou Gidon, bastante curioso.

Essa pergunta foi feita com tanta naturalidade, que já parecia que aquele meu amigo começava a acreditar que, de fato, eu havia feito a viagem ao lado de Jesus. Respondi-lhe:

– Não, ele não me disse qual era essa doutrina, mas sempre falava dela quando abordávamos temas ainda não compreendidos nos dias de hoje. Esses assuntos me eram totalmente novos, porém muito racionais e verdadeiros. A maior parte deles é entendida atualmente de forma totalmente equivocada, sem sentido. Se buscássemos a coerência em tudo, veríamos que muito do que se acredita hoje e que forma a base de muitos artigos de fé perderia sentido se fizéssemos uso unicamente da razão.

– É a mais pura verdade – disse o senhor Gad. – A verdadeira fé é somente aquela que encara, frente a frente, a razão, e em todas as épocas da humanidade.

Fiquei pensando naquela frase, afinal, era um pouco estranha nos meios judeus tal expressão. Havia algo que eu ainda não havia compreendido.

De qualquer forma, eles ficaram com os textos e prometeram ler rapidamente para, após, discutirmos a estratégia visando aos próximos passos.

* * *

Passados alguns poucos dias, nós nos reuníamos novamente, pois haviam lido os textos e se mostravam bastante surpresos com tudo. E mesmo sabendo da resposta que eu daria, Gidon perguntou:

– E quais eram os assuntos do qual falava com Jesus, que davam a entender que precisariam ser mais bem compreendidos na atualidade?

– Ele falou de coisas revolucionárias, que inexplicavelmente não foram escritas claramente nos Evangelhos. Se o foram, alguém as apagou. Mas essa doutrina, segundo o Senhor, as conhece claramente e as divulga.

– Do que se tratava?

– Ele falou de retornos sucessivos à vida, após a morte, objetivando o progresso da alma; da necessidade de nascer de novo; que seu primo João, o Batista, era o retorno do profeta Elias, que eu vi no alto do Monte Tabor; falou dos compromissos assumidos em existências anteriores, a serem reparados em existências futuras. Comentou sobre os diversos mundos serem habitados; da possibilidade da comunicação entre os que se encontram na Terra, com aqueles que já partiram; da evolução dos espíritos, explicando que, no início da caminhada, podem ser tomados por Gênios do mal, para depois se converterem em Anjos, e outras tantas coisas mais.

334 *Seguindo com Jesus na Judeia*

Ao falar isso, notei que os dois ficaram alegres, pois as respostas serviam de confirmação da veracidade de tudo o que havia lhes relatado – a partir daquele instante desconfiei que eles passaram a acreditar que eu de fato havia viajado no tempo e me encontrado com Jesus. Sem compreender, lhes perguntei:

– Tudo bem com vocês?

Ambos se entreolharam significativamente, e então o senhor Gad disse satisfeito:

– Prezado David, agora acreditamos que você realmente fez essa viagem no tempo. Você não precisará ir muito longe para ter notícias sobre essa doutrina, nós a conhecemos.

Impressionado mais uma vez em razão da sorte novamente sorrir para mim, perguntei curioso:

– Falem-me sobre essa doutrina, pois preciso conhecê-la.

As explicações seriam tão longas e completas, que o senhor Gad não poderia dá-las em um único dia; ficaríamos vários dias conversando a respeito.

Ele, então, começou as explicações falando que essa Doutrina havia sido codificada a partir no ano de 1857, por um pedagogo e escritor francês de nome Hippolyte Léon Denizard Rivail, e totalmente alicerçada nas verdades de Jesus. Relembrou que o próprio Mestre, quando se aproximava sua partida, havia prometido que pediria ao Pai, e Ele haveria de enviar outro Consolador, que ficaria eternamente conosco.

Lembrou que o Evangelista João deixou registradas as seguintes palavras de Jesus: "Eu vos tenho dito estas coisas enquanto permaneço convosco. Mas esse Consolador, o Santo Espírito, que meu Pai vos enviará em meu nome, vos ensinará todas as coisas e vos fará lembrar o que vos disse". Com essas palavras entende-se que o Consolador prometido por Jesus teria a missão de consolar, recordar o que ele havia dito e ensinar coisas novas.

Eu que tive a oportunidade de viver toda essa passagem, tinha a perfeita visão de quantas informações foram desprezadas, esquecidas e deturpadas ao longo do tempo. Ficava imaginando a enorme dificuldade dos meus companheiros de caminhada, os discípulos, tentando escrever todas as orientações do Mestre com a fidelidade que seria desejável.

Quanto às alterações que os homens poderiam ter promovido nos escritos originais dos Evangelistas, uma simples análise dos fatos históricos faz com que cheguemos à conclusão que elas fatalmente aconteceram. Disso me alertou Gad:

– Melhor que ninguém, você sabe que na época de Jesus a Palestina era dominada por Roma, que combatia ferozmente a mensagem de Jesus. As perseguições aos cristãos, inclusive levados à morte nos circos dos horrores, poucas décadas após a morte do Mestre, atingiu seu ponto maior no final do terceiro século e início do quarto, no período em que os Imperadores de Roma eram Caio Aurélio Valério Diocleciano e Galério Maximiano, e encerradas apenas com a edição do Édito de Constantino, ocorrida em 321 d.C. Em razão do crescimento contínuo no número de seguidores de Jesus, apesar de toda a perseguição, Roma que até então era exclusivamente voltada à adoração pagã, via-se às voltas também com a doutrina cristã. O Imperador Flavius Valerius Constantinus, também conhecido por Constantino I, que por volta do ano 306 fora proclamado Augusto, após vencer uma importante batalha no ano de 312 d.C., teria se professado cristão, assim também sua mãe – Helena, que já o era.

Eu estava muito atento a tudo o que o velho Gad falava, pois nunca havia ouvido falar disso. E ele continuou:

– Aquele imperador permitiu que a doutrina do Mestre começasse a sair das catacumbas, ou seja, viesse às claras e fosse tranquilamente difundida. A partir desse momento, começou haver uma convivência aberta entre as duas crenças: a pagã e a do Deus único, conforme a mensagem de Jesus. É natural que entendamos o seguinte: essa convivência fatalmente promoveria mistura de conceitos, tanto numa, quanto em outra crença; a permissão dada para que o cristianismo viesse a ser livremente professado, aconteceria após os devidos "ajustes" por parte de

336 *Seguindo com Jesus na Judeia*

Roma e da igreja reinante; naturalmente procurou-se eliminar a responsabilidade do dominador – Roma, nos episódios que marcaram a condenação e morte do Mestre, e assim por diante. Como exemplo da deformação provocada pela mistura de crenças, cito o continuísmo de um Inferno e de um Céu, tal qual entendido pelo paganismo; a manutenção de um Deus punitivo, vingativo e injusto. O Mestre insistentemente nos falou que o Pai não perderia uma única de suas ovelhas; deixou-nos parábolas que mostram claramente que nenhum dos filhos se perderia, como as do Filho Pródigo, da Dracma Perdida, da Ovelha Desgarrada; tantos foram os ensinamentos, que é muito estranho a humanidade ainda carregar esses entendimentos equivocados até os dias de hoje. Deus é amor, e amor unicamente AMA.

– É verdade, senhor Gad, recordo-me de Jesus falar que ele próprio teria sido criado tal qual todos nós, ou seja, sem nenhuma preferência especial por parte do Pai – disse, recordando o episódio vivido ao lado dele.

– Sim, é isso mesmo, pois qualquer distinção, qualquer mudança das Leis Divinas, qualquer preferência exclusiva a um, em detrimento de outros, deixaria o Pai na condição de um Ser injusto e nada bom – falou Gidon. – Continuando, em vários Concílios da igreja da época, os homens decidiram firmar conceitos que passaram a ser aceitos por todos. Entre esses conceitos temos: a virgindade de Maria; a questão da Santíssima Trindade, ou seja, um Deus único que se revela em três pessoas distintas: o Pai, o Filho e o Espírito Santo; até mesmo quais os Evangelhos que deveriam tomar parte das Escrituras Sagradas – *os canônicos*, e quais deveriam ser esquecidos – *os apócrifos*.

E continuou o velho amigo que me abrigava em sua casa:

– Não fosse tudo isso que acabou por interferir parcialmente na mensagem pura e cristalina de Jesus, ainda ocorreu o episódio da Vulgata, aquela de São Jerônimo, que ao traduzir do hebraico, aramaico e grego para o latim, acabou também interferindo em alguns aspectos. Ocorreram não somente as distorções, mas também o distanciamento daquilo que a nossa cultura representava nas mensagens do Mestre.

– Como assim? Não entendi.

– Davi, vou lhe dar como exemplo um episódio do qual você especialmente viveu ao lado dele: a Parábola do Bom Samaritano – disse-me o anfitrião. – No entendimento judaico, cuja tradição até hoje persiste, embora com menor importância, ir ao encontro do Pai, nas mais diversas situações, quer se dirigindo a Jerusalém quer indo em busca da leitura dos textos da Torá, sempre dizemos que "estamos subindo". Subimos até Jerusalém; subimos os degraus da Bimá, para a leitura do texto das escrituras, e assim por diante. Diferentemente, descer tem a simbologia do afastamento de Deus, e é por isso que na parábola foi citado como o homem "descendo" de Jerusalém a Jericó, dando a entender que ele se afastava de Deus e, portanto, sofreu as consequências desse afastamento: foi assaltado e agredido. Seria contraditório nessa história dizer que o homem subia de Jericó a Jerusalém, pois aí ele estaria indo ao encontro do Pai, e nada de mal lhe aconteceria. E pergunto: sem conhecer nossa cultura, como poderia São Jerônimo transmitir esse entendimento? Jamais.

Aquelas explicações abriam ainda mais a minha mente, em busca de entendimentos novos. Meus amigos Gidon e Gad continuavam a me explicar muito mais coisas, para que eu estivesse preparado para entender bem mais aquela Doutrina. E o velho amigo continuou:

– O entendimento é o de que o Pai se manifestou de uma forma bastante contundente através de Moisés, dando ao nosso povo um norte a ser seguido dentro da adoração ao Deus Único; em seguida, através de Jesus a mensagem foi pautada no Amor, a ponto de Deus ser identificado como o Pai; posteriormente, e após a humanidade atingir um determinado grau de compreensão, o Consolador veio para ampliar todo o conhecimento, dar sentido ao que havia sido transmitido anteriormente e libertar o

338 *Seguindo com Jesus na Judeia*

homem dos vícios religiosos implantados ao longo dos séculos, de acordo com a sua própria advertência: "Toda a planta que não foi plantada por meu Pai, esta será arrancada".

– Disseram-me também, que se a primeira grande revelação teve por figura central Moisés, e a segunda Jesus, a terceira, que é o Consolador, não se apoia em um único emissário, pois é sustentada pela presença amorável dos Espíritos, embora coordenada pelo Espírito de Verdade.

A exemplo do que havia ocorrido quando acompanhava o Mestre há dois mil anos, tudo o que os meus amigos falavam se encaixava dentro da mais rigorosa lógica. Era maravilhoso ficar recebendo essas orientações, por horas e horas – não me cansava de ouvi-los.

Em meio aos ensinamentos, certo dia me disseram que essa Doutrina era definida como ciência, que trata da natureza, origem e destino dos espíritos, bem como suas relações com o mundo material em que vivemos. Falaram, também, que ela se apoia em princípios básicos:

Existência de Deus: que é o princípio de tudo, a causa primeira de todas as coisas. Ele é a Suprema Perfeição e portador de todos os atributos já conhecidos pela humanidade, dentro de suas condições de entendimento: eterno, imutável, imaterial, único, onipotente, soberanamente justo e bom.

Imortalidade do espírito: antes de sermos seres humanos, inseridos em uma família, somos, na verdade, filhos de Deus. O espírito é o princípio inteligente criado por Deus, simples e ignorante, mas com um potencial infinito de crescimento através de seus próprios esforços, visando sempre à evolução. Ele já existia antes de nascer fisicamente e continuará existindo após a experiência encarnada, permitindo assim uma diferente visão sobre o que se conhece por morte.

Reencarnação: mecanismo natural de evolução dos espíritos, conforme mencionado por Jesus como "Guilgul Neshamot", ou Roda das Existências, motivo pelo qual se esperava fosse do conhecimento de Nicodemos, o Chefe dos Fariseus, quando Jesus lhe disse: – *Tu és mestre em Israel e desconhece essas coisas?* Por meio dela, o espírito decide e cria as linhas mestras de sua futura existência carnal, de vez que dotado de livre-arbítrio tem a capacidade de escolher. Dessa forma, encontra a possibilidade de se desenvolver, evoluir intelectual e moralmente, aperfeiçoar-se, de vez que lhe é permitida a retificação de atos que promoveram consequências funestas, tais quais inimizades. Como exemplo, em existência futura pode a criatura devolver a vida àquele a quem tenha retirado anteriormente: assassinou alguém no passado e, posteriormente, pode vir a se tornar seu pai ou sua mãe, dando-lhe novamente a oportunidade de viver nova experiência de encarnado. A reencarnação mostra-se como a verdadeira Justiça e Bondade de Deus: quando se erra, as consequências desse equívoco não são eternas – somente assim é possível entender que o Pai realmente não fecha as portas a nenhum de seus filhos. Por isso, é que Jesus nos falou sobre o trabalhador que havia negligenciado o trabalho, e ao final da jornada o senhor da vinha lhe ofereceu nova jornada, visando realizar o que não fora feito na véspera.

Comunicabilidade entre os espíritos: existe forte intercâmbio entre os dois planos – o material e o espiritual. Os espíritos agem em nosso meio, de vez que nos ligamos através do pensamento. Por questão de afinidade, podemos nos associar aos bons espíritos, que querem nos mostrar os melhores caminhos, ou aos espíritos ainda atrasados, que procuram nos desencaminhar em razão de sua precária condição espiritual.

Lei de Causas e Efeitos: existindo antes, e continuando a existir após a vida na Terra, os atos que praticamos se transformam em causas para efeitos que serão sentidos em algum momento. Hoje plantamos, amanhã colheremos; bons plantios representam boas colheitas, e o inverso, bem sabemos. Por isso Jesus nos falou: "... a cada um segundo as suas obras" (Mateus, 16:27). A retificação de atos que não puderam ser corrigidos na atual existência, acontecerá em caminhada futura – daí a reencarnação.

Pluralidade de Mundos Habitados: a Terra não é o único local onde existe vida inteligente, e que os diversos locais no universo abrigam a vida, em seus diferentes graus de densidade material. Os mundos também evoluem de acordo com a evolução dos seres que nele habitam. Exemplo clássico: somos inquilinos na Terra e ela estará cada vez melhor à medida que nos melhorarmos.

Outros princípios existem, coerentes e lógicos, que eu precisaria conhecer mais, mas, para tal, necessitava estudar detidamente as obras dessa Doutrina, que já me impressionava sobremaneira. Agora eu entendia porque Jesus havia me orientado no sentido de procurá-la.

Debruçava-me sobre os livros dela e cada vez mais me deliciava com a sua simplicidade, abrangência, pureza. Não havia dogmas, rituais, hierarquia, pois era de fato o cristianismo recuperado na sua essência, aquela praticada pelos meus queridos amigos que ficaram num tempo distante dois mil anos. E algumas orientações passadas por ela não saiam de minha mente: "Nascer, morrer, renascer ainda e progredir sempre, esta é a Lei"; outra frase: "Fé inabalável só o é a que pode encarar frente a frente a razão, em todas as épocas da humanidade."

A cada novo aprendizado, meus pensamentos dirigiam-se àquele tempo. Lia as citações dos Evangelhos, e parecia ver as mãos dos meus amigos deslizando sobre os papéis rudimentares, preocupados em deixar a mensagem para a posteridade. Não raras vezes escorriam dos meus olhos as lágrimas da saudade.

E em todas as vezes que assim pensava, acariciava a minha querida dracma que sempre trazia em meu bolso. Sentia vontade de retornar ao encontro daqueles valorosos companheiros, para saber o que estavam fazendo. Gostaria muito de participar de suas atividades, espalhar com mais intensidade as palavras do Mestre.

Por enquanto as minhas atividades eram: continuar divulgando os livros, já bem aceitos em vários pontos do mundo cristão, e me inteirar dos ensinamentos daquela Doutrina.

Certo dia, quando conversávamos a respeito desse entendimento maravilhoso, perguntei aos meus amigos:

– É verdade que estive afastado por cerca de três anos, mas eu os conheço há muito mais tempo, e nunca havia percebido que professavam uma fé diferente da nossa. Como vieram a conhecer essa Doutrina, que revoluciona a nossa forma de encarar a vida, os reveses que encontramos, e que nos faz ver a partida de um ente amado, de uma forma bem mais suave? Eu mesmo, apesar da tristeza pela partida de meus queridos pais, carrego comigo uma alegria imensa ao lembrar deles, sentir que se encontram amparados e se preparando para novas jornadas evolutivas.

– Esta é uma longa história, meu amigo – falou o velho Gad. – Em primeiro lugar, não professamos abertamente esse entendimento, pois ainda nos encontramos em um país onde existe certa intolerância nesses assuntos. Aqueles poucos que nos acompanham nesse entendimento acabam formando pequenos grupos silenciosos e fechados que, aos poucos, vão disseminando essa semente abençoada no coração daqueles que lhes são mais próximos. Queira o Pai tenhamos a oportunidade de professá-la com mais liberdade algum dia.

– E como tomaram conhecimento dela? – perguntei curioso.

– Para lhe responder, vou ter de fazer também uma viagem pelo tempo: voltarei quase vinte e cinco anos – disse-me sorrindo o velho Gad. No longínquo ano de 2009, pela primeira vez veio a estas terras um grupo de noventa seguidores dessa Doutrina, com o objetivo de visitar os locais por onde Jesus havia passado. Esse grupo veio do Brasil, e era organizado por duas senhoras atuantes na área do turismo – Wanda Guerreiro e Márcia Valente. À frente do grupo se encontrava um velho amigo meu – Prof. Severino Celestino da Silva, acompanhado de outro destacado divulgador – Dr. Adão Nonato. A partir de então, quase que em todos os anos um novo grupo vinha até nós, para essa viagem de estudos.[1]

– Que interessante! Vieram do Brasil? – comentei intrigado.

– Sim, Brasil. E deixaram por aqui a semente bendita dessa Doutrina especial. Recordo-me que o Prof. Severino confidenciou-me que esse primeiro grupo, o de 2009, realizou uma reunião que chamamos de "Evangelho no Lar", na cidade de Tiberíades, e num local nunca imaginado por eles mesmos.

– Onde foi? – perguntei apressadamente.

– Eles se encontravam dentro de um hotel naquela cidade que fica junto ao Mar da Galileia, e fizeram a reunião dentro da Sinagoga daquele local.[2] Creio que esse fato nunca mais se repetiu. E a partir de então, a semente do cristianismo redivivo parece estar germinando em nosso solo, embora ainda de forma acanhada.

Tudo aquilo me fascinava e me estimulava a conhecer e a divulgar cada vez mais a mensagem pura do Mestre.

Continuava a comparecer às emissoras de rádio e televisão, nos locais onde se interessavam pela mensagem redentora do Senhor. Viajava para todos os países de onde recebia convite; participava de matéria para revistas e jornais, dava palestras, enfim, não parava um instante sequer com a tarefa de divulgação da mensagem. E a cada novo dia recebia informações acerca das repercussões daquele meu trabalho, e sempre positivas.

Acreditar, ou não, que eu tivesse realmente realizado a viagem, era assunto que ficava em segundo plano. O interessante é que as pessoas tinham aprendido a analisar o conteúdo da mensagem, esquecendo-se do seu portador, e isso era tudo o que eu esperava que acontecesse. Que bom!

---

1 O autor dessa obra é um dos integrantes desse grupo conhecido por "NOS PASSOS DO MESTRE".

2 Hotel Prima Galil.

Eu me sentia imensamente feliz fazendo tudo aquilo, uma vez que havia me comprometido com o próprio Jesus, e sabia que ele me acompanhava em cada passo que dava. Entretanto, sentia que algo me faltava ao coração.

Ao me recolher no final de cada dia, as minhas preces sempre alcançavam meus pais; quanta saudade tinha deles, e quanto me deixava orgulhoso o gesto de ambos, que acabou culminando com sua partida para o outro lado da vida.

A alegria ainda era maior, pelo fato de saber que eles haviam compreendido e aceitado o Mestre em seu coração. Será que poderia revê-los em algum momento? A mensagem consoladora daquela Doutrina mostrava que o intercâmbio entre os dois planos era perfeitamente normal.

Se não pudesse revê-los ou sentir sua presença, será que poderia reencontrá-los, assim que eu partisse para o outro lado? Ah, que doce esperança sentia, ao saber que precisava conduzir minha existência de forma digna e correta e aguardar o tempo previsto pelo Pai, para que pudesse partir naturalmente, ao se esgotarem as minhas forças e, se permitido fosse, finalmente abraçá-los.

Meu coração também queria sentir a presença do meu amigo de Iscariotis, sempre presente em minhas orações. Como será que ele se encontrava agora? Certamente, estaria amparado pelos melhores amigos da espiritualidade, pois tinha sido valoroso seguidor de Jesus; apenas se equivocara ao dar cabo de sua própria vida, julgando-se culpado pela morte do Mestre.

Em todos os instantes, meu pensamento retornava dois mil anos, e me via caminhando ao lado de Jesus e de todos os meus amigos. Doces e inesquecíveis lembranças estavam armazenadas no fundo do meu coração. Como fui abençoado pelo Pai, em poder ter feito essa peregrinação!

Mas mesmo sabendo que o Mestre havia partido, assim também o meu querido amigo Judas, sentia-me impelido a retornar,

344 *Seguindo com Jesus na Judeia*

pois nada mais me prendia ao tempo atual. Havia divulgado a mensagem que corria o mundo; meus pais já não mais estavam fisicamente presentes; os recursos obtidos com os livros estavam definitivamente dirigidos a instituições de caridade, do mesmo modo o valor obtido com o leilão da residência que era de meus pais.

Durante os sonhos, sentia-me nas doces paragens da Galileia, presenciando o Senhor socorrendo a todos, dirigindo palavras de encorajamento e fé, abraçando, servindo. Presenciava o seu olhar dirigido à multidão, espalhando esperança, conforto, amor. Eu o via caminhando pelas ruas estreitas e empoeiradas de Jerusalém, abraçado por todos e, ao mesmo tempo, sendo vítima das mais cruéis ciladas proporcionadas pelos equívocos humanos. E sempre sorrindo, amando, servindo.

E nesses momentos em que minha mente me levava de volta ao passado, e eu via a sua imagem, eu chorava. Era um misto de alegria e tristeza; alegria por ter convivido com ele, ter aprendido suas lições, continuar amando e seguindo seus passos apesar de Ele não mais estar aqui; tristeza pelas dores que lhe impuseram, pela descrença em sua mensagem, pelas distorções vergonhosas colocadas pelos homens sedentos de poder, glória, destaque.

A ideia do retorno ao passado ficava mais forte, a cada novo dia. Sabia que a tarefa que desempenhariam os meus amigos de lá seria árdua, e não conseguiria ficar distante. Precisava estar junto, participando, espalhando as sementes daquela amorosa mensagem.

Como seria bom se, ao retornar, pudesse acompanhar os passos daqueles valorosos amigos; auxiliar no atendimento aos necessitados, que procurariam socorro junto à Casa do Caminho; ver a chegada de Estevão, o primeiro mártir da causa do Cristo; seguir pelas estradas juntamente com Paulo de Tarso e auxiliar na difusão da doutrina do Mestre; abraçar e acompanhar o trabalho e a partida de Maria de Magdala; rever a doce Maria de Nazaré, que futuramente residiria no lar de João, em Éfeso, e preparar os corações em razão da futura morte de Tiago Zebedeu.

Meu Deus! Não poderia mais ficar, precisava partir, pois, já havia se passado mais de um ano desde a minha volta. Como estariam as coisas por lá?

Numa bela manhã de domingo, quando estávamos à mesa fazendo o desjejum, disse aos meus amigos Gad e Gidon:

– Preciso lhes falar algo que venho planejando há algum tempo e que me pede coragem e força para fazê-lo. Não tenho como lhes pagar tanta generosidade me acolhendo por todo esse tempo. O carinho e a orientação recebida de vocês foram de fundamental importância para a execução do trabalho que assumi junto a Jesus.

– Você está emocionado, caro amigo e irmão – falou Gidon. Diga o que precisa dizer, que nós compreenderemos.

– Em meio às lágrimas, falei:

– Preciso retornar para lá, não suporto mais ficar ausente. Se meu coração chora em ter de partir daqui, visto que o amor que recebo de vocês é o mesmo que recebia de meus pais, ele também pede para que eu vá e trabalhe pela implantação da mensagem de Jesus, que varará os séculos espalhando alegria e consolo. Meus companheiros necessitam de mais braços, de mais vozes, de mais luta e empenho. Não posso ficar mais.

Aquela cena me emocionou, pois recordei de quando parti de minha casa para a viagem, e quando deixei meus amigos, no passado, e retornei ao meu tempo. A partida sempre é dolorosa, mas aqueles que partem em busca das boas obras, mesmo deixando aqueles que mais amam, sempre são reconhecidos pelo Pai.

Após alguns dias, já estava pronto para retornar. Apanhei a minha velha mochila e a minha valiosa dracma, que era o passaporte para a nova viagem que empreenderia. Levava roupas que poderiam ser usadas em meu retorno, após muitos e muitos anos de permanência no passado, e que deixaria junto ao túnel que me levava há dois mil anos distante. Uma manta surrada poderia ser utilizada como vestimenta, até mesmo de um mendigo, de modo a não chamar a atenção dos homens, décadas à frente, quando do meu retorno.

Despedi-me dos grandes amigos Gad e Gidon, prometendo retornar algum dia, talvez para trazer o material para a divulgação de um novo livro, contando as atividades dentro do cristianismo primitivo. Parti.

Era um fim de tarde esplêndido e o sol ainda banhava Tel Aviv com seus raios multicoloridos, mas nada deteria os meus passos.

O ônibus deixou-me em Jerusalém, e logo me encontrava junto às velhas muralhas da cidade, para iniciar a visitação às ruínas, acompanhando o último grupo de visitação daquele dia.

Novamente, o passado me aguardava, e eu ansiava por encontrar os amigos que por lá tinha deixado.

F i m

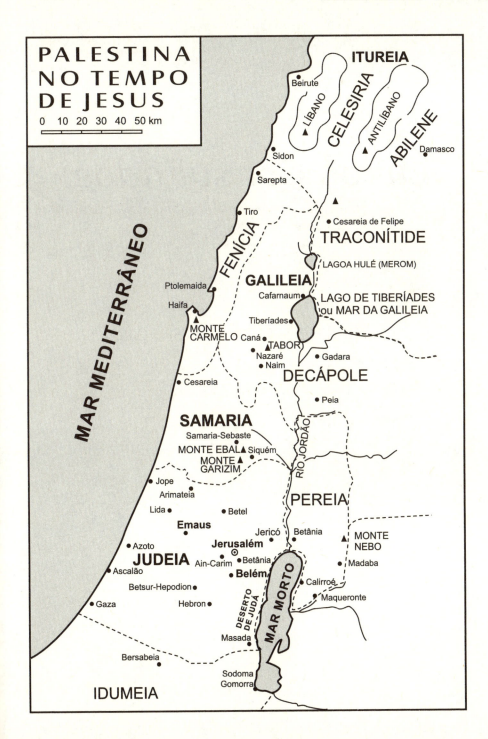

Livros Consultados:

- O EVANGELHO SEGUNDO O ESPIRITISMO
- A BÍBLIA
- BOA NOVA (Chico e Irmão X)
- JESUS NO LAR (Chico e Néio Lúcio)

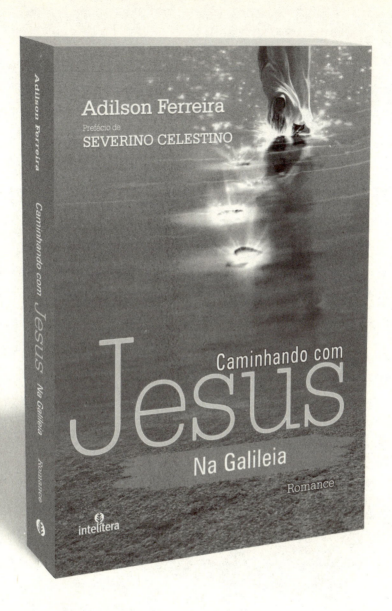

Caminhando com Jesus na Galileia
Adilson Ferreira

Com prefácio de Severino Celestino. Acompanhe neste romance fascinante o início das pregações de Jesus, a chegada de cada apóstolo e de Maria de Magdala, o Sermão das Bem-aventuranças e muito mais... Detalhes importantes que não são encontrados em outros livros.

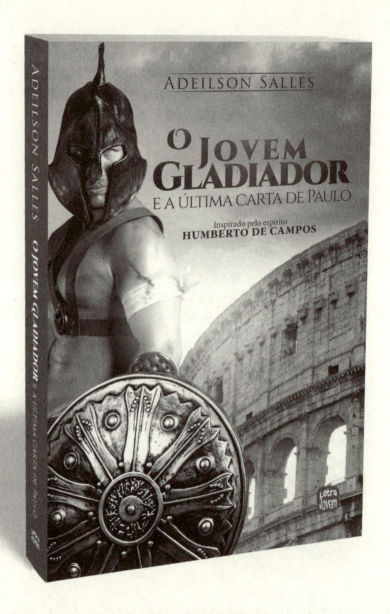

O jovem gladiador e a última carta de Paulo
Adeilson Salles - inspirado pelo espírito Humberto de Campos

Após a morte do apóstolo Paulo de Tarso pelos soldados romanos, cristãos encontram em sua túnica um pergaminho que vai desafiar um jovem gladiador a viver sua maior batalha, a fim de entregar a última carta de Paulo para seu filho espiritual, Timóteo.

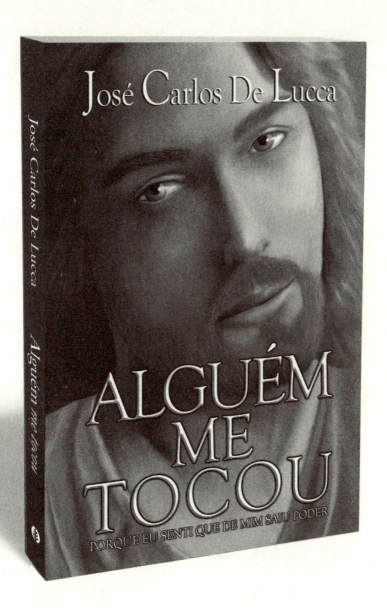

Alguém me tocou
José Carlos De Lucca

Este livro nos mostra que o Mestre espera mais de nós; que não fiquemos apenas aguardando ser "tocados" por Ele.

Para receber informações sobre os lançamentos da
INTELÍTERA EDITORA,
cadastre-se no site

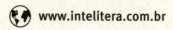 www.intelitera.com.br

Para saber mais sobre nossos títulos e autores, bem como
enviar seus comentários sobre este livro, mande e-mail para

@ atendimento@intelitera.com.br

Conheça mais a Intelítera

 youtube.com/inteliteraeditora

 facebook.com/intelitera

 www.instagram.com/intelitera

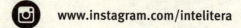 soundcloud.com/intelitera